Folka aus der Bronks

Mir war so danach ...

Folkasko-Verlag, Hagen

Ungekürzte Originalausgabe

© 2003 Volker Urban, Hagen
Folkasko-Verlag, Hagen

Alle Rechte liegen beim Autor. Kein Teil des Werkes darf in irgendeiner Form (durch Fotografie, Mikrofilm oder andere Verfahren) ohne schriftliche Genehmigung des Autors reproduziert oder unter Verwendung elektronischer Systeme verarbeitet, vervielfältigt oder verbreitet werden. Nachdruck, auch auszugsweise, nur mit schriftlicher Genehmigung des Autors.

Die in diesem Buch geschilderten Ereignisse fanden nur in der Phantasie des Autors statt. Jede Übereinstimmung mit tatsächlich stattgefundenen Ereignissen ist zufällig und unbeabsichtigt. Jede eventuelle Ähnlichkeit mit lebenden oder verstorbenen Personen ist ebenfalls rein zufällig und nicht beabsichtigt.

Eltern sollten das Buch nicht offen rumliegen lassen, weil unanständige Sachen drinstehen, die sie dann vielleicht erklären müssen.

Gestaltung und Layout: [⋯m.maass⋯]
Umschlagfotos: Kai Lange, Hagen
Herstellung und Vertrieb: Books on Demand GmbH, Norderstedt

ISBN: 3-8330-0699-4

Es war mal wieder der Kreativclubabend. *Und dann diskutierten wir über diesen Liedermacher und den Fußballtrainer. Der Fernseher berichtet und die Zeitung schreibt, die beiden sollen sich des öfteren 'ne Nase gezogen haben.*

Dann fiel mir die Verkehrsrichterin ein, die immer total zugekifft auf den Parties rumläuft. Und Samira sagte: Folka, du schreibst doch immer so schöne Geschichten. Kannst du nicht mal einfach eine Marihuana-Kokain-Geschichte schreiben. Ich als ehemalige Kokserin werde dir auch hilfreich zur Seite stehen.

Und Bärbel mischte sich auch noch ein: Ach, Folka, du schreibst wirklich so schön.

Dann war da ein Telefonat mit Farina. Mein letzter Satz war: Ich denk fast nur daran. Irgendwann schreib ich es auf.
Das Märchen für große Kinder.

Und Michael. Der hatte nur ein paar Seiten gelesen und da stand der Titel fest. Der Folka sagt nämlich oft, wenn er mal wieder so abgedrehtes Zeug gemacht hat: Mir war so danach ...

Daniela hat den ganzen Schwachsinn dann auch noch so zurechtgemacht, dass nicht alle Deutschlehrer sofort auf die Idee kommen, sie müssten da mal was Ernstes zu sagen.

Das meiste davon hat sie aber dann unverändert gelassen, weil es ja so auch von mir gekommen ist. So ist es echt, meint sie. Finde ich auch. Wenn also doch noch was falsch ist, immer dran denken: Mir war so danach ...

Vielen Dank an Euch!

[1]

Es ist der letzte Samstag im Wonnemonat Mai zweitausendeins. Die Sonne knallt erbarmungslos auf die Dachterrasse meines Penthouses. Gute Freunde bezeichnen diesen zuerst ohne Baugenehmigung fertiggestellten Pavillon auch als Bunker. Die Dachterrasse ist ein Urlaubsort, umlaufend Bäume und Außenbeschallung.

Dann kommt sie von ihrem Südafrikaurlaub zurück, blonde kurze Haare, braungebrannt, kurzer roter Rock, der ihre Superfigur noch besser hervorhebt, und am linken Fuß dieses Silberkettchen, was ich ihr mal schenkte.

Warum streichst du denn die ganze Terrasse gelb?

Weil mir das gefällt, entgegnete ich ihr, komm erzähl mir von deinem Urlaub.

Und ich hörte: Sonne, Strand, Hotel, der Flug und vieles andere.

Das will ich nicht hören, erzähl mir das sexuelle.

Und Corinna erzählte: Ja, ich hab jemanden kennen gelernt und konnte mich nicht beherrschen, ich war so geil. Der Sonnenschirmaufsteller war immer so nett und da ist das eben passiert. Wir haben es auch mit Gummi gemacht. Woher weißt du das überhaupt? Haben dir das meine Freundinnen erzählt?

Nein, ich habe es geträumt, und wie du mich letzten Mittwoch morgens um acht anriefst, wusste ich es eben. Ich denke, da bist du gerade vom Ficken gekommen. Wie oft konnte es dir der Bursche denn besorgen? Ach behalt es für dich, es interessiert mich nicht. Ich gebe dir bis Montag Zeit, deine Sachen zu packen, andernfalls rufe ich den Sperrmüll an.

Jetzt war ich wieder alleine, stellte mich auf die offene Plattform, ein Gitterrost, des mal vom Schrottplatz gekauften Bauaufzugs und glitt mit ungefähr acht Meter pro Sekunde nach unten abwärts zum Hof, schaltete mein spezielles Spielzeug, den Baukran, ein und hängte die sieben Meter lange Krantraverse, dieses 100 Millimeter dicke Rundrohr mit den am Ende angeschraubten Stahlseilen, an den Kranhaken und band die thailändische Hängematte fest. Kontrollierte meine eigenen vorgegebenen Sicherheitsbestimmungen, legte mich in die Hängematte und kurz danach befand ich mich in gut zwanzig Meter Höhe, rauchte mir eine Riesentüte und ließ meine letzten Jahre im Film ablaufen.

[2]

Am dritten Januar 1990 hielt ich es für besser, aus der Wohnung Berghofstraße auszuziehen. Die Ehe mit der Mutter meiner Kinder funktionierte überhaupt nicht mehr. Ich hörte oft Großkotz und: Warum kommst du immer so spät? Folka, wie ist das mit Haushaltsgeld?

Manchmal rastete ich auch aus. Da war wieder so ne Lieferung vom Ottoversand und die ganzen Schubladen waren mit Wolle voll, angebliche Sonderangebote. Dann fing sie mit Seidenmalerei an. Im Flur lagen diese Holzrahmen mit der aufgespannten Seide. Ich kam mir vor wie ein Bergsteiger. Bei einem Künstler wollte sie ein Bild kaufen. Tausend Mark wollte der Typ für dieses DIN A vier große mit Farbklecksen versehene Blatt haben. Lass uns mal im Kindergarten schauen, sagte ich, die machen auch schöne Bilder, die Kinder. Der Künstler fühlte sich auf den Schlips getreten und ich sagte noch: Josef Boys kotzt in eine Badewanne, wenn das Kunst ist, dann tun mir die Leute ganz schön leid, die sich eine vollgekotzte Badewanne in die Wohnung stellen.

Wir hatten noch eine Gästetoilette, die eine Etage tiefer lag, wie das früher bei Altbauwohnungen war.

So morgens gegen sieben Uhr, das Badezimmer war mal wieder blockiert und ich musste unbedingt Pippi machen.

Ach, ich geh jetzt einfach nach unten, dachte ich, nahm den Schlüssel, setzte meinen Arsch in Bewegung und schloss die Tür auf. Es kam mir Wolle in allen Farben entgegen.

Mein Gott, was tut Hilde denn da nur. Ist das ihre Selbstverwirklichung, wo sie immer von spricht?

Unsere gemeinsamen Kinder Tibor und Farina erzog sie aufopfernd und zu meiner vollsten Zufriedenheit. Eines Abends meinte sie: Kannst du dir nicht eine Wohnung suchen? Ich brauche eigentlich keinen Mann mehr, du kannst uns ja dreimal die Woche besuchen, dann mache ich es uns auch nett.

Hilde, hatten wir nicht vereinbart, dass du dich um unsere Kinder kümmerst und ich mich um mein Geschäft? Warum bist du immer so unzufrieden?

Sie entgegnete, dass sie wieder arbeiten will und eine Kinderfrau sucht. Und was kostet so eine Kinderfrau?, wollte ich wissen.

Willst du die Erziehung unserer Kinder jemand anderem überlassen? Schlag dir das aus dem Kopf.

Dann ging wie so oft und unerwartet mal wieder was kaputt und zwar das Fernsehgerät. Folka wollte sie überraschen, kaufte ein neues, aber dieses war ihr zu klein.

Du kannst mir doch nicht so einen kleinen Fernseher geben, sagte sie.

Also fuhr ich wieder los und besorgte so ne große Kiste mit Stereosound und Fernbedienung. Einige Tage später drehte sich die Waschmaschine nicht mehr. Wieder was kaufen. Meine Eltern kamen auch nicht mehr zu Besuch. Deine Frau ist nur am keifen, sagte Mama. Dann wollte sie wieder umziehen.

Findest du nicht, dass unsere Wohnung zu klein ist, und überhaupt die Lage, sagte sie, du liebst uns überhaupt nicht mehr.

Stress auf der Arbeit und zuhause. Dann wollte ich sie nur mal im Arm nehmen und sie sagte: Lass mich bitte in Ruhe, wenn du es so nötig hast, dann geh zur Toilette und mach es dir selber!

An einem schönen Sommertag, mitten in der Woche, nahm ich mir frei, steckte etwas Geld ein, fuhr zur Eisdiele und kaufte zwanzig kleine Portionen Eis, dann ging es weiter zum Spielplatz. Ah, da sind ja die kleinen Superzwerge.

Meine Kinder kamen sofort angelaufen. Oh, Papa ist da. Ich verteilte die kleinen Eisportionen an alle Kinder. Vier blieben übrig, die bekamen dann die Mütter von den anderen Kindern. Wir rutschten oft die Rutschbahn runter, schaukelten bis die Ketten fast waagerecht standen und bauten im Sandkasten eine Riesenburg, bis wir auf dem Betonboden des Sandkasten waren. Alle hatten Spaß. Ich hörte so beiläufig von den anderen Müttern: Das würde mein Mann nie machen, einfach so mal kommen mit Eis und einer großen Maurerschüppe.

So, ich gehe jetzt wieder arbeiten, wollte Hilde noch einen Kuss geben, die drehte aber ihren Kopf zur Seite. Abends wurde sie fast hysterisch und sagte: Musstest du mal wieder den Clown machen. Ich glaube, ich bin mit dem falschen Mann verheiratet.

Sonntags wollten wir mal in den Märchenwald fahren. Als sie ins Auto stieg, sagte ich zu ihr: Du könntest auch mal einen Rock anziehen, ich sehe dich nur in Jeans. Glaubst du etwa, ich setze mich mit Rock in so eine Schmierkarre, antwortete sie mir.

Montags kaufte ich ein neues Auto, einen Fiat Regatta Kombi, der stand da gerade und ich konnte das noch so eben finanziell vertreten. Mittags legte ich ihr den Schlüssel auf den Tisch und sagte: Fahr mal unsere Kinder etwas spazieren.

1989 zogen mein Bruder Gregor und ich in neue Fertigungsräume mitten in der tiefsten BRONKS an einem Fluss, der Volme. Wir arbeiteten bis spät in die Nacht, unsere Konten waren voll überzogen. Die Lage normalisierte sich, die ganze Arbeiterei wurde zum kleinen Erfolg.

Seit dem Auszug fing ich wieder mit Sport an. Es tat meinem Kopf und Körper gut. Hilde sagte mal irgendwann, ich hätte einen Adoniskomplex. Ich bin von mir überzeugt, wenn ich mir meinen Body im Spiegel ansehe. Ganz gut definiert durchtrainiert, wobei die biologische Uhr bei mir auch nicht stehen bleibt. Eine schwache Lesebrille. Die Zähne wurden weniger, teilweise auch durch einen mittelschweren Fahrradsturz im Wald. Irgendwann trifft es jeden. Heute stehe ich dazu und sage: Ich habe noch alle Zähne. Die gezogenen liegen in einer Dose in meinem Schreibtisch. Wer weiß, wie sich die Zahnmedizin noch entwickelt. Meine Kauleiste putzte ich mir immer.

Damals im neunten Schuljahr bei einer Klassenfahrt nach Manderscheid in der Eifel wurde ein Spruch über mich gemacht. Da hatte ich strahlend weiße Zähne, gerade gewachsen und messerscharf ohne irgendwelche Plomben. Meine Mitschüler dichteten dann: Jede Menge Strahler siebzig gesucht. Da ich jedes schöne Mädchen küssen muss, muss mein Mund immer stets hygienisch einwandfrei sein.

[3]

Corinna zog so im März 1999 in mein Haus und sagte oft, es sieht hier so nach Eleonore aus. Warum habe ich mich wieder mit ihr eingelassen? War es der abgedrehte Sex? Ihre Optik oder weil sie mir keinen Stress machte, wenn ich mal wieder länger gearbeitet habe. Selbst spät abends ging ich in meine Sportkammer und wenn es auch nur für eine halbe Stunde war. Verausgab dich nicht so, ich möchte auch noch was von dir haben, sagte Corinna.

Nachdem ich Corinna die Lovestory mit Eleonore erzählte, fand sie diese auch sehr nett und wir unternahmen hin und wieder gemeinsame Kinobesuche oder mal in die Kneipe gehen.

Eleonore ist jetzt mit einem netten achtunddreißigjährigen Holländer verheiratet. Ruud hat einen kleinen Herzfehler und ist Frührentner und Eleonore wollte immer einen Mann der jünger ist und der den ganzen Tag Zeit hat, weil sie durch ihr geerbtes Geld nicht arbeiten muss und auch nicht will.

Auf einer Silvesterparty lernte ich sie kennen. Eine total andere Frau. Ab und zu fuhr sie mal Mietwagen, einfach so zum Spaß. Am liebsten fuhr sie, wenn es schneite. Ach, das ist so schön, wenn die Schneeflocken vor die Scheibe fliegen.

Wieso bist du so braun. Solarium ist ungesund, sagte ich, beim Anstoßen auf das neue Jahr 1995.

Ich bin heute morgen aus Indien gekommen, dieses Wetter hier kann ich mir nicht al zu lange rein ziehen. Und die Leute hier auch nicht, ihr seid doch alles Mutanten, sagte sie.

Wie lange warst du denn in Indien?

Sieben Monate, ich habe das ganze Land bereist, antwortete sie.

Wir blieben drei Jahre zusammen, zum Schluss nur noch auf kumpeliger Art. Als mir das Wasser bei meiner Bauerei zum Hals stand, hat sie mir mal eben Geld geliehen. Meine beiden Kinder fuhren voll auf sie ab, wir fuhren zusammen in den Winterurlaub nach Lengrieß und ins Albbachtal.

Über Ostern waren wir drei Wochen in Thailand, nur mit Rucksack und Geld. Von Elli lernte ich das Grasrauchen, was ich bis heute beibehalten habe. Dieser Genuss, die Gedanken, das Abschalten und überhaupt. Ich kann mich noch richtig gut daran erinnern, als ich zu ihr sagte: Da wird man doch süchtig von. Sie lachte mich aus und ich bekam mein erstes Drogenaufklärungsgespräch.

Ist nicht jeder Weintrinker süchtig? Der sich abends auf seine Flasche Rotwein freut, oder die regelmäßigen Biertrinker in der Kneipe?

Der Asienurlaub gab mir teilweise eine andere Denkweise. Nette, freundliche Menschen, immer zueinander höflich. Oft saßen wir mit den Einheimischen zusammen und tranken ihr Nationalgetränk, Mekonwhisky, und der Joint ging um. In Bangkok auf der Kosanroud kaufte ich mir die Hängematte, die dann manchmal einfach so in den Baukran gehängt wird, weil es Spaß macht, da oben in zwanzig Meter Höhe die Seele bei einem Joint baumeln zu lassen. Auf der Insel Koh Samui am Strand von Menam Beach sah ich dann nach Mitternacht dieses Meeresleuchten, wo sie immer von erzählte. Wahrscheinlich sind kleine Mikroorganismen in diesem warmen Meerwasser und werden vom Mondlicht angestrahlt. Das Licht wird in allen nur erdenklichen Farben reflektiert. Es sieht phantastisch aus, dieses Meeresleuchten. Die Nachttemperaturen sind um 25 Grad, der feine Sand lädt nur so zum draußen schlafen ein.

Viele Eindrücke setze ich bei meinem Hausbau um.

Kurz nach dem Urlaub brannte ein verpachteter Raum in der Nacht von Freitag auf Samstag in unserem Gebäude ab. Gregor und ich waren so bis elf Uhr abends im Büro und hörten ein sehr lautes Geräusch und gingen auf den Werkstatthof und riefen, wie man das oft im Fernsehen sieht: Hallo, ist da jemand? Wir hörten aber keine Antwort, bestellten uns ein

Taxi und ließen uns in die City fahren. Samstags sahen wir die Bescherung. Das Holzdach war weggebrannt. Es standen nur noch die Außenmauern. Die Kripo sprach von Brandstiftung und wie sollte es auch anders sein, ich war der Hauptverdächtige, weil hier angeblich ein Feuerteufel seine Hände nicht in den Taschen lassen konnte. Der Pächter sagte zur Kripo: Der Burmann will mich aus dem Raum haben und wenn ich nicht gehe, dann hilft er etwas nach, notfalls mit einem Warmabriss.

Ich musste zur Kriminalpolizei. Die wurden richtig böse und ich sollte das jetzt zugeben, um die Angelegenheit eben vom Schreibtisch zu kriegen. Sie haben da mit Brandbeschleuniger gearbeitet, warfen die mir am Kopf. Auf meine Frage, was denn Brandbeschleuniger seien, sagten die Uniformierten: Spiritus oder Petroleum, das wissen wir auch nicht so genau. Wir nehmen jetzt ihre Fingerabdrücke.

Ich stand auf und sagte: Wenn Sie noch mal was von mir wollen, nur noch über meinen Anwalt.

Es war wohl letztendlich ein Fehler in der elektrischen Installation. Das Vorschaltgerät einer unter dem Dach angebrachten Neonröhre erhitze sich so stark und löste den Brand aus.

Der Raum ist jetzt an eine Druckerei vermietet, wir bauten da noch zwei Stockwerke drauf, weil Gregor und ich ein Haus wollten. Grundstücke sind teuer und dieses ganze Theater mit Baugenehmigungen und Behördengängen kotzte uns sowieso schon immer an. Oft wurde es spät. Hin und wieder ging es gegen zehn oder elf Uhr abends in die Volmestube. In diese direkt an der Volme liegende Dorfszenenkneipe mit rückseitigem Bootsanlegeplatz und einem 15 Meter langen Tresen mit vier Warsteiner Zapfhähnen. Oder ich legte mein gelb lackiertes Fahrrad in den Kombi und fuhr in die Stadt. Oft war ich in der Engen Weste oder in der Spinne. Beides sind so Kneipen wo sich jung und alt trifft. Wenn so einiges an Alkohol im Blut war, bezahlte ich den Deckel, holte das Fahrrad aus dem Kombi und radelte über Umwege durch den Wald zur Bronx.

[4]

Ich bekam eine Erkältung und ging zu unserer Dorfapotheke. Eine nette ca. 165 cm große mit grünbraunen Augen, kurzen dunklen Haaren mit ein paar helleren Strähnchen, einem Ohrring aus blauem Kunststoff und langen gepflegten Fingern verkaufte mir ein schleimlösendes Mittel. Das Mädchen hinterließ einen dauerhaften Eindruck, die nette Erkältungsberatung, die freundliche Art.

Ein paar Tage später stand sie neben mir im Supermarkt an der Käsetheke. Und den Ablauf kennen ja alle, wenn man sich schon mal irgendwo gesehen hat und sympathisch findet. Was macht denn ihre Erkältung? Ja, vielen Dank noch mal für das Medikament, es geht mir schon wieder besser, der Husten ist schon fast weg. Darf ich sie zu einer Tasse Kaffee einladen? Gerne, warum nicht, antwortete sie. In der Supermarktkaffeebude unterhielten wir uns nett und nach kurzer Zeit wusste ich den Namen der Kleinen. Michaela. Eine Woche später rief ich in der Apotheke an und äußerte den Wunsch, kurz mit Michaela zu sprechen. Sie kam zum Telefon und ich sagte: Hallo Michaela, hier ist Folka. Kaffee haben wir ja schon zusammen getrunken, was hältst du von einem oder zwei Glas Bier. Klar, warum nicht, morgen hätte ich Zeit, du kannst mich ja um sieben an der Apotheke abholen. Wir trafen uns und gingen in die Volmestuben, tranken Bier bis zum Abnippeln und verabredeten uns für den nächsten Samstag, das noch mal zu tun. Kurz danach lagen wir bei ihr im Bett.

Michaela machte gerne Blindekuh spielen. Nur mit einem super engen Body bekleidet, saß sie auf dem Küchenstuhl, nahm das Stirnband was auf dem Küchentisch lag und verschloss mir die Augen. Meine Arme band sie mit Bändern an den Türgriffen des Küchenoberschranks fest. Ich hörte, wie der Holzstuhl über dem gekachelten Fußboden rutschte. Ihre Zunge glitt an meinem Oberschenkel hoch, blieb bei Günter stehen und saugte ihn in sich hinein. Es tat ihm sehr gut und er richtete sich kontinuierlich auf. Das untere Drittel, also gut sechs Zentimeter, war schon so hart und dick wie ein Stahlabfallstück an der Maschinensäge, so Durchmesser 35 Millimeter. Dann hörte Michaela auf und es müssen wohl ihre langen Fingernägel gewesen sein, die da an meinem Oberschenkel langsam rauf und runter glitten. Ich merkte, wie Günter langsam zum Himmel sehen wollte. Dann zog sie ihn wieder in sich hinein, in ihren sinnlichen Mund. Das In ihren Lippen liegen und das Ablutschen. Ach, ich konnte es nur erraten, denn ich stand ja da so mit verbundenen Augen und angebundenen Händen. Größer und dicker konnte Günter jetzt nicht mehr werden. Warum soll ich mich beherrschen, dachte ich, denn Günter stand kurz davor. Ach, scheiß was auf meine Atmung, dachte ich, und musste einfach sagen: Bitte mach so weiter. Es tut mir gut und ich komme gleich. Dann war Schluss. Keine Fingernägel an dem Oberschenkel. Kein Saugen und kein Hin- und hergehen am Günter und dann hörte ich: Folka, ich werde mir jetzt deinen Günter von hinten reinstecken und dann gibst du mir 250 kräftige Stöße. Günter fühlte ihr Teil. Ein bisschen den Arschmuskel anspannen, ein paar Bewegungen von Michaela und dann wurde er reingezogen. Ich hörte eins, zwei, drei, komm stoß zu. Von dem ganzen Sport hatte ich voll töfte durchtrainierte Bein- und Arschmuskeln. Ich stieß zuerst zärtlich so um die fünf Zentimeter und dann heftiger zu, aber immer mit dem Hintergedanken, beherrsch dich, bis 250 ist noch lang. Michaela zählte sehr langsam, denn bei der nächsten Zahl musste ich ja wieder zurückgehen. Vier und ich zog langsam zurück. Fünf wieder nach vorne. Ja, so ist das schön, sagte sie. Sechs langsam zurück. Es ging so bis kurz nach 42. Dann kam nur noch Pumpen und Zucken und ich hörte: Oh war das gut.

Ey, Michaela, mach mich mal bitte wieder los, sagte ich und hörte sie kichern. Eine Flasche Warsteiner wurde wohl gerade aus dem Kühlschrank geholt und offen gemacht. Und ich stand noch immer mit zugebundenen Augen und festgebundenen Händen an der Küchenarbeitsplatte. Dann war Michaela dran. Ihre Hände bekamen Handschellen aus dem Kinderspielzeugladen. Ihren schlanken Körper streichelte ich mit einem Gänsekiel.

Nach drei Monaten war sie auf einmal in sich gekehrt und sagte: Mein letzter Freund ist HIV-positiv, er rief mich heute morgen an, ich habe sofort einen Test gemacht und will erst das Ergebnis abwarten, bevor wir wieder zusammen schlafen. Leider hat er sie infiziert.

Wir taten es immer blank.

Ich dachte an meine Kinder, mein Leben, meine Zukunft und an Michaela. Unabhängig ob ich das HIV habe oder nicht. Ich konnte das Mädchen nicht einfach so alleine lassen. Ich bin davon ausgegangen, dass ich mich nicht infiziert habe und zwei HIV Tests bestätigten dies. Michaela zog irgendwann in eine andere Stadt und ich hoffe, dass es ihr gut geht. Oder liegt das an meiner Beschneidung? Da ist die Vorhaut wie Hornhaut, las ich mal. Neuerdings werden alle Afrikaner beschnitten. Bei einem beschnittenen Mann soll die Infektionsrate nur noch bei zehn Prozent liegen. Im übrigen ist das auch hygienischer, meinte damals mein Papa, als ich so um zwei Jahre alt war, aber leider kann ich mich nicht mehr daran erinnern. Manche Menschen sollen auch immun gegen den HIV-Erreger sein. Lassen sich denn nicht daraus Antikörper herstellen?

Es wäre sehr schön, wenn man bezüglich HIV mehr forschen würde, alleine schon wegen Michaela.

[5]

Ich baute dann mein Haus. Jeden Tag von morgens sieben bis abends dreiundzwanzig Uhr, dann fuhr ich in die Volmestuben, trank zwei Bier, setzte mich in den Sierra Kombi und fuhr zu Eleonore etwas kuscheln. Kein Wochenende vor die Tür. Immer an diesem Haus, aber es hat Spaß gemacht, an diesem Bunker zu arbeiten, die fast uneinsehbare Lage, der alte Bauaufzug für die Alditüten und die Bierkästen.

An einem Wochenende konnte ich nicht arbeiten, da hatte Farina Konfirmation. Meine Eltern, Gregor, Eleonore und ich fuhren nach Holland zur Konfirmationsfeier. Auf der Rückfahrt schlug ich vor, noch einen Kaffee in Venlo zu trinken. Den Kaffee tranken wir im Kaffeeshop. Ihr habt den Kaffee doch gar nicht bezahlt, meinten unsere Eltern. Ach, die kennen mich und ich habe da noch was gekauft und zeigte meinen Eltern die kleine Tüte Gras. Was hab ich nur für Kinder, sagte Mama.

Irgendwann merkte ich ein Stechen in der Herzgegend. Wie ich die schweren Stahlträger für dieses ewig lange Treppenhaus schleppte, war ich alle.

Und ich fasste mich oft ans Herz. Dieses bemerkte auch Eleonore und ging mit mir zum Kardiologen. Bei der Konfirmationsfeier dachte ich einmal und wollte das auch sagen: Ich kann nicht mehr. Ein Brustbrennen, aber das war dann doch schnell wieder weg. Auf Drängen von Eleonore ging ich dann ins Krankenhaus. Die Untersuchung ergab eine Arterienverkalkung. Nun ja, jetzt ist da ein Durchmesser neun mal fünf Millimeter kleines Edelstahlrohr eingebaut. Der Arzt meinte, das kommt vom Rauchen. Und wieso sind nicht alle Adern verkalkt und im Querschnitt verengt, wollte ich wissen, oder ist da eine kleine Schwachstelle in meinem Körper? Na ja, sonst sieht das ganz gut bei ihnen aus, meinte noch der Doktor.

Mein Haus war dann endlich fertig, unsere Firma lief immer besser und Geld war auch wieder auf unseren Konten. Meine Gedanken: Tibor und Farina sind bald groß, ich werde mir jetzt ein Mädchen suchen, wo ich mit alt werde. Eine bezaubernde Prinzessin, die mein

Leben mit mir teilt. Selbstbewusst und gutaussehend. So als Partnerin, Geliebte und als private Nutte. Eben eine immer geile Kuschelmaus. Sexuell wurde ich immer abgedrehter. Na und. Man lebt nur einmal, glaube ich. Manche behaupten, sie wären schon mal irgendwann vor ihrem jetzigen Leben auf dieser Erde gewesen. Richtig glaubwürdig konnte das bisher aber noch keiner rüberbringen. Wer viel Absinth trinkt bekommt so Visionen, erzählte mal Alois.

[6]

Zwischenzeitlich lief mir wieder Corinna über den Weg, wieder die gleichen Gefühle, die Gier nach Sex. Wir waren ja schon mal von 1990-1993 zusammen. Man kannte sich und wir landeten im Bett und machten wieder diesen langen ausgefallenen abgedrehten Sex.

Beruflich musste ich damals in den Neunzigern oft ins Lennetal zu einer Industrieofenfabrik, mit der wir in geschäftlichem Kontakt standen, fahren. Die Mitarbeiter dieser Hightechschmiede hatten keinen Bock auf das Zusammenschweißen des hochhitzebeständigen Stahls. Das machten wir dann eben und ich lieferte die kleinen doppelwandigen Härteöfen mit dem Lieferwagen dahin, denn dann sah ich sie wieder, weil sie da im Wareneingangsbüro als Sekretärin arbeitete.

Nett, sympathisch gutaussehend, schlank, Jeanstyp, blonde Strähnchen, stahlblaue helle Augen.

Am Rosenmontag 1990 rief ich sie an und fragte: Was machen sie denn heute?
Zum Rosenmontagszug gehen, bekam ich zur Antwort. Schade, dachte ich.
Alleine oder mit Freund?, wollte ich wissen.
Mit meinem Sohn.
Wie alt ist ihr Sohn? Wie heißt er?
Paul wird jetzt zwölf, antwortete mir Corinna mit ihrer sinnlichen erotischen Stimme und ich wünschte ihr: Na dann viel Spaß und fragte: Trinken wir denn mal ein Bier zusammen?
Ja tun wir bestimmt bald, sagte sie und wir verblieben bis dahin und man sieht sich.

Ich sagte zu Gregor: Das ist doch genau was ich suche, jünger als ich, hat ein Kind und will wohl auch keins mehr haben.

Immer wenn ich in der Lennetalfirma war: Hallo usw. Sie wollen ja mit mir kein Bier trinken. Doch dann. Heute geht. Wir verabredeten uns für den Abend um neun in der Kneipe Enge Weste. Das war dienstags.

Für den Rest des Tages ein tolles Gefühl. Abends Sport, duschen, schön machen. Ich ging die Strecke zu Fuß, war eine viertel Stunde vorher da und dann kam sie, zog ihren Nerzmantel aus und saß neben mir am Tresen und ich dachte: Das ist so eine wie Angela oder die Straßenbahntante, nur noch ausgetragener, wie ich später bemerkte. Ich fing die Unterhaltung an: Geschäftlich kennen wir uns ja nun schon eine Weile. Sollen wir uns nicht duzen? Ich heiße Folka und finde dich sehr nett, Corinna. Du siehst ja total anders aus als sonst in dem Wareneingangsbüro.

Sie schaute mir mit ihren stahlblauen Augen in meine und lächelte, hinter ihren knallroten Lippen funkelten schneeweiße Zähne, die bei dem gedämpftem Kneipenlicht noch weißer wirkten, und sagte: Ich weiß, ich finde dich auch sehr nett.

Wie sie bei der weiteren Unterhaltung ihre schlanken Beine übereinander schlug und der blaue geschlitzte Rock etwas hochrutschte und ich ihre Oberschenkel sah, bekam ich dieses bekannte Kribbeln im Schwanz, meinem Günter. Wie lange habe ich schon nicht mehr mit einer Frau geschlafen?

Gegen 23:00 Uhr sagte sie: Ich muss morgen wieder früh raus, hast du ein Auto mit?

Nein, mein Auto lasse ich abends immer wegen dem Bier stehen.

Komm ich fahr dich nach Hause. Ich habe ein Auto, das ist von dem Typ, wo ich noch mit zusammen wohne.

Wie, du hast einen Freund?

Nein, nicht richtig. Wir leben gerade in Trennung. Lutz und ich haben uns nichts mehr zu sagen. Er war noch nie so richtig mein Typ.

Was macht der denn beruflich?

Der arbeitet bei dem Schraubengroßhandel Schnell und Fest.

Dann kenn ich den wohl, ich habe da auch schon mal ein paar Schrauben gekauft.

Wenn das der Typ ist, der mir immer in dem Großhandel die Schrauben verkauft, dann kann mir ja wohl nichts mehr passieren. Hinter Lutz brauch ich mich ja wohl mit Sicherheit nicht zu verstecken, dachte ich.

Wir gingen zum Parkplatz und ich dachte: Jetzt oder nie. Was kann mir schon passieren? Meinen Arm legte ich um ihre Schulter und bemerkte, aha, keinen Widerstand. An einem Schuhladen blieben wir stehen und schauten uns Damenschuhe an. Ich sagte zu ihr: Die Schuhe da mit den etwas höheren Absätzen würden dir wohl gut stehen. Dann nahm ich sie ganz im Arm, schaute in ihre Augen und meine Zunge verschwand in ihrem Hals. Zuerst war da ein leichter Widerstand, doch dann saugte sie sich feste. Dann gingen wir weiter zum Parkplatz. Auf dem Weg dorthin bemerkte ich ein Stechen. Kurz und heftig, wie ein tiefer schneller Nadelstich im rechten oberen Rücken. Corinna fuhr mich zu meiner Firma, denn eine Wohnung hatte ich noch nicht. Ich schlief in dem Raum, wo heute mein Büro ist. Im Auto knutschten wir eine ganze Weile und ich musste einfach ihre Beine anfassen. Sie machte sogar ihre Schenkel auseinander und ich streichelte sie weiter, bis sie sagte: Ich hab ein Loch in meiner Strumpfhose, ich bin schon so lange nicht mehr richtig angefasst worden, mach bitte weiter. Sie ließ sich fallen und atmete eben so wie Frauen atmen, wenn der Finger in diesem feuchten Teil steckt.

Wir verabredeten uns dann für den nächsten Tag mit den Worten: Wir telefonieren. Sie startete diesen uralten Opel Kadett und fuhr vom Hof. Am Mittwochmorgen hatte ich im Halswirbelsäulenbereich so Schmerzen, als wenn man längere Zeit im Sommer mit geöffnetem Fenster Auto fährt. Es ließ sich aber aushalten, die Arbeiterei lenkte mich ab. Gegen zehn rief ich Corinna an.

Bis du gut nach hause gekommen?
Ja, ich bin sofort eingeschlafen. Ich wollte heute morgen erst gar nicht aufstehen, dieser doofe Wecker.
Und wie geht es dir, Folka?
Soweit ganz gut, irgendwie sticht mir was im Hals, vielleicht habe ich mich verhoben oder beim Sport etwas zu viel gemacht.
Was machst du für Sport?
Karate, etwas Bodybuilding und Mountainbike fahren.
Was für einen Gürtel hast du?
Einen weißen, bei den Prüfungen nehme ich nicht teil. Erst mal kostet das Geld und zum anderen finde ich das ziemlich blöd, mit den Fingern Holzbretter und Ziegelsteine durchzuhauen. Aber als Körpertraining ist dieser Sport in Ordnung. Hast du denn heute Abend schon was vor?
Das wollte ich dich gerade auch fragen. Ich kann ja vorbei kommen und dann schauen wir mal.
So gegen 9:00 Uhr wie gestern?
Kann ich dich nicht schon vorher sehen?
In Ordnung, um acht?
Ja, dann bis gleich.
Sie kam und ich war voll weg. Schwarze Strümpfe, rotes Kostüm, weiße Bluse und sie hatte die Schuhe an, welche wir gestern Abend in diesem Salamanderschuhladen sahen, nur in rot.
Phantastisch geschminkt und wohlriechend.
Es war mir etwas peinlich, in meinem Zimmer war nur eine Couch, ein selbstgebauter Tisch aus einem alten Fahrrad, eine ganz kleine Musikanlage und eine Matratze, die auf dem Fußboden lag.
Wir tranken Asti Cinzano, weil bei unserem morgendlichen Telefonat ließ sie durchblicken, dass sie den gerne trinkt. Nach der zweiten Flasche wurde alles ganz locker. Was kann mir schon passieren, dachte ich und knöpfte ihre Bluse auf und streichelte ihre festen Brüste. Ihre Brustwarzen waren so groß und hart wie Haselnüsse. Jeder Maschinenbauer würde sagen: Da kann man mit anreißen. Corinna stand auf und zog sich aus. Ihre Strapse und die Strümpfe ließ sie an, ihre Taille verzierte sie mit einem Goldkettchen und sagte: Jetzt bist du dran. Ich entkleidete mich und sie sagte: Einen schönen durchtrainierten Körper hast du. Wir sexten fast die ganze Nacht.
Beim ersten Mal kam es mir ganz schnell, dann war ich wieder wie früher zärtlich, hemmungslos und ausdauernd. Das sagen zumindestens die Frauen.
Lutz spritzt nach drei Minuten ab, sagte sie, dann ist er fertig, lässt sich auf die Seite rollen und schläft. Du ziehst dich echt weiblich an, sagte ich zu Corinna. Ja, ich mach mich gerne nett zurecht. Es ist ein schönes Gefühl, in Strapsen rumzulaufen. Im übrigen finden die meisten Männer das auch sehr sexy. Wenn die Klamotten nur nicht immer so teuer wä-

ren, antwortete sie. Wo gibt es denn Strumpfhosen und Slips mit Schlitzen, wollte ich wissen. In Dortmund ist so ein schöner Wäscheladen, wir können ja mal zusammen dahin fahren, wenn du Lust hast, sagte sie.

Donnerstagmorgens konnte ich nicht mehr meinen Kopf drehen und fuhr zur Orthopädischen Klinik.

Ich wurde geröntgt und der Orthopäde meinte: Da kann man nur noch operieren. Ihr fünfter und sechster Halswirbel berühren sich, wenn sie das nicht machen lassen, können sie irgendwann nicht mehr ihren Arm bewegen, weil der Hauptnervenstrang eingeklemmt ist. Das kann nicht sein, dachte ich. Meine Mutter meinte, das kommt vom Kopf, wegen meiner Kinder, weil Hilde mir die beiden verweigert. Ich schluckte allerhand Schmerzmittel und machte immer mehr Sport über die Schmerzgrenze hinaus. Mein Rücken wurde wieder weich und schmerzfrei bis heute. Manchmal tut da noch was weh, aber da weiß ich mit umzugehen. Klimmzüge und hartes Hanteltraining. Damals dachte ich: Schmerz, ich besieg dich, gehe aus meinem Körper.

Corinna nahm sich eine neue Wohnung und ich nistete mich da ein, kaufte neue Matratzen und einen Elektroherd. Mein steifer Hals störte sie nicht, das geht schon wieder weg, sagte sie, warum fickst du das nicht aus. Das taten wir dann, manchmal drei Mal am Tag.

Leider kam ich mit ihrem Sohn Paul nicht so richtig klar, er war ein Durchhänger. Abends lag er wie ein Opa im Sofa, kein Sport, überhaupt kein Bock auf irgendwas. Wenn er mal was machen sollte, sagte er immer: Ja gleich und hat es dann vergessen. Die erste Zeit mit Corinna war super, dann kam, wie sagt man, diese Alltagskacke. Ach ich bin so müde, hörte ich oft und ich sollte nicht mehr zu meinem Karatetraining gehen, sie wollte nicht alleine sein. Dabei war das Karatetraining das non plus ultra überhaupt. Der Trainer, Roman, ist vierfacher Europameister und hat aus unserer Truppe, wir bestanden aus elf durchtrainierten Kerlchen, wie sagt man - Kampfmaschinen gemacht. Wenn du im Hinterkopf Augen hast, dann kannst du richtig kämpfen, sagte Roman oft. Deinen Feind von vorne zu besiegen, das kann fast jeder. Schlimm sind die Hinterhältigen, die von hinten kommen und angreifen. Das Aufwärmtraining ging oft bis zur völligen Erschöpfung. Kniebeugen und Liegestütze, immer wieder gegen den 50 Kilogramm schweren rot-weißen Boxsack treten und schlagen. Irgendwann konnte ich den Männerspagat, beugte den Oberkörper nach vorne und richtete mich auf den Armen auf und Roman verlangte dann noch zwanzig Handstände, damit die Schultermuskeln Kraft bekommen. Nach der Aufwärmerei war eine 15minütige Erholungsphase, die wir in der Sauna machten. Die Muskeln und Sehnen erholten sich. Dann zogen wir uns einen superisolierten Skianzug an. Da drüber kam der weiße Kampfanzug. Nach mehreren Sparringkämpfen mit Kopfschutz lehrte Roman uns immer wieder die Regeln der asiatischen Selbstverteidigung. Beobachte deinen Gegner, nutze seine Trägheit und besieg ihn. Nach zwei guten Trainingsstunden wusste keiner mehr, ob er Männlein oder Weiblein ist.

Corinna und ich gingen dann ein paar mal turnen in einem netten gemischten Turnverein. Die Turnlehrerin machte oft Zirkeltraining, eben so Körperschule für alles. Von der Stirne heiß, rinnen muss der Schweiß. Das anschließende Warsteiner in der Kneipe ging runter wie Öl. Alle fanden Corinna sehr nett. Ich geh da nicht mehr hin, mir wird das zu spät und überhaupt, sagte sie. Ich distanzierte mich etwas von ihr, blieb auch schon mal in meinem Zimmer oder ging alleine in die Stadt oder in die Volmestube. Dann kam mal ein kleines Postpaket. In einem roten Pappkarton war eine Stofftiermaus und ein Zettel: Ohne dich bin ich so einsam. Es funktionierte dann wieder eine Weile.

[7]

Um meine Kinder musste ich kämpfen. Hilde wollte sie mir zuerst nicht geben. Die Lage entspannte sich aber dann. Etwas stressig wurde es noch, als ich das neue Auto haben wollte. Und womit fahren wir dann?
Mit dem Bus, antwortete ich.
Das verzeihen dir deine Kinder nie, wenn du uns mit dem Bus fahren lässt.
Ach Hilde, ich bin früher als kleiner Junge auch mit dem Bus gefahren. Im übrigen fahren zehn Gelenkbusse mit dem Burmann'schen Namenzug durch die Stadt. Mit etwas Glück kannst du hin und wieder mal mit einem Folkabus fahren. Tibor und Farina freuen sich doch immer, wenn sie die Buswerbung sehen. Oh Mama, schau mal, da ist wieder einer von Papas Bussen. Hilde, was willst du denn noch?
Ich will 2000 Mark im Monat haben, das Auto und die Tankkarte. Und du zahlst die Miete dieser Wohnung. Ich erziehe ja schließlich unsere Kinder und ich denke, dass soll ja schließlich auch standesgemäß sein. Du bist doch Unternehmer, lass dir doch was einfallen.
Hilde, ich bin fertig mit dir und werde nichts mehr für dich tun. Wenn meinen Kindern was fehlt, sag es mir und sie bekommen es.
1988 kaufte ich in Holland einen sehr großen Wohnwagen wegen der Neurodermitis von Tibor.
Die Kinderärztin meinte, das Nordseeklima könnte dem Tibor helfen. Die Haut wurde immer besser. Hilde war oft in Holland, denn die beiden brauchten ja nur ihren Kindergarten ausfallen lassen.
Gregor brauchte auch mal unbedingt wieder Urlaub und buchte eine Flugreise nach Zypern. Freitags sollte es losgehen. Ich entschloss mich, mich sofort ins Auto zu setzen und bis zum Ende der Woche in Holland zu bleiben.
Bleib doch bis Montag. Freitag und Samstag können unsere Mitarbeiter auch mal ohne uns sein, da wird schon nichts passieren, sagte Gregor. Gesagt, getan. Ich nahm seinen Fiat und er den Lieferwagen, wo ich sonst mit rumfuhr, weil Hilde hatte ja den Kombi. Ich machte noch meinen Job zu Ende, fuhr zum Geldautomat, zog 500 Mark und erschreckte mich, als ich den Saldo auf dem Konto sah und setzte mich gegen 21.30 ins Auto und gab Gas. Drei Wochen hatte ich meine Familie nicht gesehen. Gegen Mitternacht war ich am Campingplatz in Egmond am See, alles dunkel und ruhig. Die Campingplatzschranke war verschlossen und ich ging dann die 800 Meter zu Fuß. Am Wohnwagen angekommen, die Tür ist verschlos-

sen, ich klopfe an und Hilde öffnet verschlafen die Tür und sagt: Warum bist du immer so spontan, kannst du nicht mal vorher anrufen. Mir standen fast die Tränen in den Augen, und wenn Farina nicht wachgeworden wäre, hätte ich mich wieder ins Auto gesetzt und wäre nach Deutschland gefahren. Oh, mein Papa ist da, Tibor wurde dann auch wach und wir drei drückten uns und schliefen dann zusammen ein. Hilde war unnahbar. Donnerstag rief ich Gregor an und erzählte ihm diese Schwimmbadgroßescheiße. Er rief dann am Campingplatz an und aus dem großem Lautsprecher hörte man dann: Herr Burmann, Telefon. Ich ging zum Empfang und sagte zu Gregor: Ja dann bis gleich mal. Meinen Kindern erklärte ich einfach, dass in der Firma Stress ist und ich wieder fahren muss. Sie waren sehr traurig. Farina wollte sogar mit. Tibor war noch zu klein, der hat das noch nicht verstanden, dass ich so schnell wieder wegmusste, und weinte.

Drei Wochen später war Hilde wieder in der Stadt und meinte, dass ich eh nichts an dem Wohnwagen machen würde. Der Zaun ist kaputt, hier und da muss was repariert werden. Ihre Mutter würde den gerne kaufen und wir könnten trotzdem wie gehabt da unten Urlaub machen. Ich war sofort damit einverstanden, die Bank hätte bald den Geldhahn zugedreht.

Pfingsten 1990 machte Hilde mit den Kindern wieder Urlaub und suchte unsere Tochter. Sie fand sie dann auch. Farina hatte einen neuen Spielkameraden gefunden. Als Hilde den Vater des Jungen sah, muss sie sich wohl verliebt haben. Sie kam zur BRONKS und erzählte mir das alles, war sogar richtig nett und toll zurecht gemacht, dezent geschminkt, neuer Haarschnitt und hatte einen roten Rock an. Bei mir hat sie ja keinen angezogen und rot schon gar nicht, weil das Nuttenfarbe ist, sagte sie mal und damit war das erledigt.

Ich habe in Egmond einen Mann kennen gelernt, den ich liebe, und werde mit den Kindern nach Holland ziehen.

Wie bitte? Farina wird bald eingeschult. Du kannst gerne nach Holland. Die Kinder bleiben hier und wenn ich eine Erzieherin einstelle.

Folka, du wirst kein Sorgerecht bekommen.

Ach Hilde, scheiß was auf Sorgerecht, an Gesetze habe ich mich noch nie gehalten. Ich kenne nur eine Art von Gesetzen und das sind Naturgesetze.

Folka, bitte lass uns reden. Du weißt, dass ich für unsere Kinder alles tue. Ich halte sie dir auch nicht mehr vor. Ich liebe diesen Mann und Farina geht dann in Holland zur Schule und Tibor in den Kindergarten. Ich habe das schon alles eingestielt. Aber wir brauchen Geld.

Wieviel Geld hättest du denn gerne? Bin ich ein Kassenschrank? Du kennst meine Lage. Dieser Betriebsumzug hätte uns bald das Genick gebrochen.

Fünfzig Mark, dann verzichte ich auf Unterhalt und du brauchst nur noch für die Kinder zahlen. Ich mache auch einen Vertrag mit dir, dass ich auf Unterhalt verzichte.

Hilde, ich denke darüber nach.

Folka, bitte mach es uns nicht so schwer. Ich entschuldige mich, dass ich dir nicht immer die Kinder gab. Ich schwöre dir, dass du die Kinder immer sehen kannst, wenn du das willst.

Wo ziehst du überhaupt hin?

Rilland heißt das Dorf und ist dreihundert Kilometer von hier entfernt.

Wann soll ich Tibor und Farina denn dann sehen? Ich kann bei der Entfernung nicht mal eben vorbei kommen.

Ich sprach die Sache mit meinem Freund Achim, der Rechtanwalt ist, durch und er meinte, lass dich darauf ein. Sollte dir irgendetwas nicht gefallen, pack die Kinder ins Auto und bring sie über die Grenze. Einmal hier, dann hast du das Sorgerecht. Denn Rest mache ich.

Achim, seine Frau Gerlinde, Hilde und ich waren gut befreundet. Als Scheidungsanwalt kam er also nicht in Frage. Achim half mir aber zumindestens mit Ratschlägen. Auch er war zuerst entsetzt, dass Hilde nach Holland umziehen wollte.

Hilde bekam das Geld, allerdings nur zwanzig Mark und ich eine Unterhaltsverzichterklärung, die das Gericht auch anerkannt hat. Das hatte ich ja von ihr gelernt. Schnelles Geld ist gutes Geld, oder noch ein Spruch von ihr: Bargeld lacht. Und wie sie das Bündel Geldscheine sah, wurde sie weich und ich hatte dreißig Mark weniger ausgegeben. Kurz danach fuhr ich nach Holland. Venlo, Eindhoven, Tilburg, Breda, Rosendahl, Abfahrt Rilland Krabbendeik. Ich hatte ein super Gefühl im Körper, beste Musik im Radio, die Fahrt ging gegen die aufgehende Sonne, die Autobahn ganz leer und dann war ich bei ihnen.

Tibor und Farina kamen mir an der Autobahnausfahrt schon entgegengelaufen und strahlten und freuten sich. Papa ist da. Na ja, wenigstens ist das hier eine gute Gegend. Viel Grün, nette kleine Häuser. Farina zeigte mir ihre Schule und Tibor seinen Kindergarten. Sie konnten sogar schon etwas holländisch sprechen.

Hilde empfing mich herzlich und stellte mir ihren neuen Stecher Riel vor, ein nicht unsympathischer fünfunddreißigjähriger großgewachsener schlanker Mann, der in der Holländischen Luftwaffe dient.

Bei einem Gespräch unter vier Augen erwähnte ich beiläufig: Wenn meine Kinder nicht ordentlich behandelt werden, dann bin ich sofort da und was dann passiert, kann man in der Zeitung lesen.

Farina war nun schon fast sechs Jahre alt und ich sagte zu ihr: Liebe Farisau, du weißt, wie ich zu euch stehe und bitte merk dir das für immer, wenn du in deinem Leben Probleme hast, denk bitte daran: Ich höre dir zu und helfe dir und Tibor. Ich schrieb ihr meine Telefonnummer auf einen kleinen Zettel und verlangte von ihr, dass sie die sofort auswendig lernt. Das ist ja auch eine lange Telefonnummer von Holland nach Deutschland 0049-47110 und so weiter mit jeder Menge Zahlen.

Sie sprach sie immer wieder auf, dann zerknüllte ich den Zettel und wir gingen zu einer Telefonzelle.

Los Farina, wähl jetzt.

Papa, du bist doch nicht zuhause, du bist doch jetzt hier, wieso soll ich denn dich jetzt anrufen?

Ich will wissen, ob du das kannst und ob du die Nummer im Kopf hast. Also mach jetzt.

Sie konnte es. Ein paar Stunden später musste sie noch mal wählen und wusste meine

Telefonnummer immer noch. Farina, merk sie dir wie den Namen deines Bruders und bitte haltet immer zusammen, du und Tibor. Die vier hatten ein kleines Haus gemietet und Hilde hatte mir eine nette Schlafstelle zurecht gemacht. Endlich konnte ich mal wieder mit meinen Kindern kuscheln und musste wieder Geschichten erzählen von Burgen und Schlössern im Mittelalter, von Ritter Kunibert und seinen Burgfräuleins am Lagerfeuer oder von Jules Verne, wie er im tiefen Ozean mit seinem Unterseeboot die Wasserwelt erforscht. Riel sein Sohn lebt in Hannover. Es wurde beschlossen, die Wohnung in der Berghofstraße aufzulösen, einen LKW zu mieten und die Kinderzimmer und den anderen Pröttelskram nach Holland zu bringen. An diesem Wochenende war Fußballweltmeisterschaft. Deutschland gegen Holland. Ein schwarzer holländischer Spieler soll einen deutschen ins Gesicht gespuckt haben.

Manchmal nahm ich mir frei und besuchte meine Kinder. Das Umfeld war in Ordnung und Hilde normal. Sie hatte eine Arbeit bei der Firma van der Ribbeck gefunden, eine Stelle im Labor.

Im Dezember ging das Telefon:

Ich bins, Hilde. Dieses Arschloch hat mir gerade ins Gesicht geschlagen.

Wer, dein neuer Typ?

Ja.

Und warum? Was hast du gemacht?

Er wollte wieder was und ich habe ihm ein Glas Wein ins Gesicht geschüttet.

Was wollte er denn?

Ach, er kam von seiner Arbeit und wollte Sex.

Hilde, bitte lass mich mit Riel reden.

Riel erzählte mir das etwas anders. Ja, ich kam gerade nach hause und wollte Hilde im Arm nehmen, sie rastet mal wieder aus und dann hatte ich Wein in meinen Augen und ich trage Kontaktlinsen. Es tut mir leid, dass ich ihr eine Ohrfeige gab, aber der Wein brannte so in meinen Augen.

Was tust du jetzt, Riel?

Ich werde hier ausziehen, die Beziehung ist schon länger keine mehr.

Wie verhältst du dich meinen Kindern gegenüber?, fragte ich ihn.

Folka, ich habe selber einen Sohn, wie du weißt, und deine Kinder mag ich sehr. Du brauchst dir keine Sorgen zu machen.

Hilde hatte also die gleichen Probleme wie mit mir. Ich redete noch kurz mit ihr und bat sie: Hilde, bitte reiß dich zusammen, denk an unsere Kinder, denn sonst hast du keine mehr.

Ja, Folka, sagte sie.

Alles wurde gut, meine Kinder wurden größer und entwickelten ihren eigenen Kopf. Hilde wurde ruhiger und meinte, dass sie mit Männern fertig ist. Auf ihrer Arbeitsstelle war sie angesehen und stieg zur stellvertretenden Laborleiterin auf. Vielleicht waren wir beide zu jung. Nun ja, sie ist ihren Weg gegangen und ich meinen auch. Da sie keine Beziehung hatte, bin ich oft am Wochenende dahin gefahren und kümmerte mich um meine Kinder. Corinna meinte, dass ich mit Hilde immer noch was hätte. Nein, sagte ich, aber das hat sie nicht geglaubt. Der Scheidungstermin dauerte ewig, weil die deutschen Behörden und die holländischen mit diesem ganzen Schriftverkehr und diese Postwege, es zog sich alles in die Länge.

Doch dann stand der Termin endlich fest. Ich war mal wieder bei Tibor und Farina und sagte zu Hilde: Ja, dann werden wir ja bald geschieden. Sie antwortete mir: Eigentlich will ich das gar nicht mehr, können wir uns denn nicht mehr zusammenraufen? Ich habe hier nette Leute kennen gelernt und ein paar Minuten von hier ist eine Schlosserei, der Inhaber hat einen Herzkasper bekommen und sucht einen Nachfolger.

Liebe Hilde, ich nahm dich damals an die Hand und führte dich zum Standesamt. Es ist viel passiert und nichts wird mehr wie früher. Ich werde dich abholen und wenn es sein muss, führe ich dich in Handschellen zum Scheidungsrichter. Lass uns Freunde werden, schon alleine wegen unserer Kinder.

Mittwochs fuhr ich nach Holland, gegen Abend waren alle im Auto und es ging zurück nach Deutschland. Es war eine angenehme Fahrt. In der Bronks angekommen, wollte Hilde noch in die Spinne. Ich setzte sie dort ab und fuhr weiter zur Werkstatt, brachte meine Kinder ins Bett und wollte dann sporten.

Ich hörte eine Stimme. Hallo Folka. Hilde war auf dem Werkstatthof. Ich ließ sie rein und sie sagte: Ich wollte dich noch mal sehen, morgen werden wir geschieden, komm wir schlafen zusammen.

Bist du verrückt, erst mal habe ich eine Freundin und Prinzipien, sagte ich.

Sie antwortete: Ach komm, ich bin die Mutter deiner Kinder und möchte gerne wissen, wie das früher war.

So wie früher wird das nie mehr werden.

Wir taten es dann doch auf der Turnmatte in meinem Sportraum. Ich besorgte es ihr richtig gut und mir auch.

Ich wusste gar nicht, dass du so gut bist, sagte sie, worauf ich erwiderte: Nun ja, ich mache mit Corinna ziemlich abgedrehten und langen Sex. Gegen fünf morgens brachte ich Hilde zu ihrer Mutter und wir verblieben bis gleich.

Gegen elf Uhr war ich wieder bei Hildes Mutter, nur Hilde war nicht da. Hilde ist vorhin gegangen, sagte meine noch Schwiegermutter.

Jetzt kommt die nicht zum Scheidungstermin, warum habe ich auch gestern mit der gevögelt, ging mir durch den Kopf und ich hielt an der nächsten Telefonzelle, rief die Auskunft an und dann meinen Freund Achim. Er sagte: Geh zum Gericht, aber sage bloß nicht, dass ihr was gehabt habt, sollte Hilde doch noch kommen und das mit der letzten Nacht sagen, dann streite das ab und dränge auf Scheidung. Ich schaffte es noch so eben pünktlich im zweiten Stock Zimmer 215 anzukommen. Hilde war schon vor mir da und sagte: Ha, ha, verarscht.

Ich fand das gar nicht lustig.

Hildes Rechtsanwalt zog ein langes Gesicht, als sie sagte: Über den Unterhalt habe ich mich schon mit Folka geeinigt und eigentlich brauchten wir jetzt nur noch die Scheidungsurkunde. Der Richter ließ sich noch von mir bestätigen, dass Hilde auch eine gute Mutter ist und die Kinder in geordneten Verhältnissen aufwachsen.

Die Mutter unserer Kinder hat sich in Holland eine neue Existenz aufgebaut, geht arbeiten und die Kinder sind bestens versorgt. Dann sprach der Richter die Scheidung aus und wir gingen Kaffee trinken.

Nachmittags fuhr ich mit Rosen zu Corinna. Diese machte mir allerdings eine Szene, weil ich erst jetzt kam. Ich erklärte ihr, dass wir noch einige Dinge bezüglich der Kinder bereden mussten. Das wollte sie aber gar nicht hören und sagte nur: Es ist wohl besser, wir sehen uns eine Weile nicht. Im Kopf hatte ich mit Corinna abgeschlossen. Die trampelt mir nicht auf meinen Nerven rum, nie wieder trampelt mir ein Weibstück auf meinen Nerven rum. Jetzt bin ich dran, dachte ich.

Den Rest der Woche und das Wochenende verbrachte ich mit meinen Kindern, wir fuhren ins Hallenbad, spielten Indianer und Cowboy und machten einen ganz langen Spaziergang um den Goldberg. So lange ich denken kann, gibt es diesen Berg. Ganz oben steht ein Aussichtsturm. Der Goldbergturm. Viele Waldwege führen zu diesem Turm.

Beiden gefiel das Laufen nicht so richtig. Papa, wann sind wir denn endlich wieder zuhause, drängelten sie. Die Beine tun so weh. Tibor sagte sogar: Scheiß Papa, immer laufen.

Montag brachte ich die drei zum Hauptbahnhof. Hilde wollte mit dem Zug fahren. Dann waren sie weg.

Ich ging wieder arbeiten und rief nachmittags Karen an. Hallo, Karen hast du heute Abend schon was vor? Ich muss mal mit jemandem reden. Wir verabredeten uns, also dann bis um acht beim Griechen.

Ich erzählte ihr die letzten Tage, das Verhalten von Corinna und dann plauderten wir von früher.

Ich weiß noch genau, damals als leider dein Vater gestorben ist, und wie du mit deinem Onkel zu meinem Vater gekommen bist, wegen der Lebensversicherungskacke, ja das war eine Augenweide, du mit deinen schlanken Beinen über diese zwanzig Zentimeter schmale Betonmauer bei dem Rohbau von Papa und unsere gemeinsame Zeit auf der Handelsschule. Ach ja, immer wenn wir keine Lust mehr hatten, musste einer anrufen und hat eine Bombendrohung mit einem vor den Mund gehaltenen Taschentuch ausgesprochen, dann war schulfrei.

Sag mal Folka, wie hast du eigentlich Hilde kennen gelernt?

Ja, das hat mein Papa eingestielt, er hätte Hilde gerne als Schwiegertochter gehabt und ließ mir immer schöne Grüße ausrichten. Er sagte sonntags oft: Ich hab die kleine Schwarze wieder gesehen, die hat jetzt bei mir so eine Singleversicherung abgeschlossen und einen Antiquitätenladen gegenüber vom Finanzamt eröffnet. Mit dem Holzmann will sie nichts mehr zu tun haben. Der ist ihr zu alt und zu knauserich. Den Holzmann kannte ich, weil der oft als Kunde zu mir kam, wie ich noch nebenbei die Schlosserarbeiten machte in der kleinen Baubude in Bochum. So alte Jugendstillampen wollte der immer zusammengeschweißt haben, die kamen dann eine Weile in Schwefelsäure, damit die auch wirklich alt aussahen. So kann ich nichts Nachteiliges über den sagen, aber der war wirklich immer nur am stöhnen, er hätte kein Geld, fuhr aber immer die neusten Mercedes-Benz Modelle und zwar die S-Klasse. Na ja, dann war ich mal samstags in der Disko und da war der Holzmann auch und da hat er mir seine Freundin, die Hilde, vorgestellt. Die war da vielleicht so 18 Jahre alt und ich dachte nur: Was macht die denn mit dem alten Kerl. Der Holzmann war so damals um 34. Ja und dann kam Hilde ab und zu mit ihrer Yamaha XT 500, wenn was zu schweißen war.

Im Dez 1983 gegen 18:00 Uhr war am Finanzamt wieder voll der Verkehrsstau und ich konnte vom Lieferwagen genau in ihrem Laden sehen, sie saß da an einem nachgebauten Louis Philippschreibtisch. Ich stellte den VW-Bus irgendwo ab und ging in diesen Laden, voll in Arbeitsklamotten, und sagte: Ein schönes Geschäft hast du und zeigte dabei auf ein altes Bügeleisen, so was hab ich auch zuhause.

Sie bemusterte mich von oben bis unten und sagte dann: Deshalb bist du aber nicht gekommen. Nein, antwortete ich, ich würde dich gerne heute Abend zum Essen einladen.

Oh, heute ist das nicht so gut, ich hatte gestern Antikmarkt in Oberhausen und bin froh, wenn ich den Laden nachher abschließen kann. Vielleicht ein anderes Mal.

Entweder heute oder nie, entgegnete ich.

Das hat ihr gefallen, wie sie mir beim Essen im Wuppertaler Pfannkuchenhaus sagte: Endlich mal einer, der Nägel mit Köpfe macht. Ja und wie ich sie zuhause abgeholt habe, ich hatte mir noch von meinem Freund Marcel das Auto, einen fast neuen Opel Commodore, geliehen.

Mit dem VW-Bus wollte ich sie nicht ausführen. In ihrer Wohnung fühlte ich mich sofort wohl. Nette stilvolle alte Möbel und alles dezent dekoriert. Um die Spannung etwas zu erleichtern, hatte sie ihre beiden Hamster aus dem Käfig gelassen und die mussten erst mal eingesammelt werden.

[8]

Folka, wie du weißt, hat mich mein Mann verlassen, er hatte kein Bock mehr, wie er sagt, und dann erzählte Karen, die Tränen standen ihr in den Augen. Ich wischte ihr mit einem Tempotuch die Wangen trocken und dann sagte sie: Jetzt bin ich bestimmt ganz verschmiert. Nein Karen, du siehst gut aus, entgegnete ich. Der Ouzo gab unseren Köpfen und Körpern ein entspanntes und lockeres Gefühl.

Wir bestellten ein Taxi und fuhren zu ihr. Eine mittelgroße saubere Wohnung mit viel Messing und einer ganz langen Mahagonischrankwand. Karen hatte noch eine fast halb volle Ouzoflasche und so tranken wir noch etwas. Sie stand auf und verschwand ins Badezimmer. Kurz danach hörte ich Wasserplätschern, diese Duschgeräusche.

Ich zog mich aus und ging in ihr Badezimmer, alles himmelblau und nett gemacht, Lippenstifte und Nagellack und einige Sorten Parfüm und Babyöl standen auf der Spiegelablage. Ich stellte mich zu ihr unter die Dusche. Wir küssten uns lange und intensiv und seiften uns zärtlich ein. Wäre die Dusche nicht so klein gewesen, hätten wir es hier schon getan. Ich hatte einen voll harten Günter. Wir trockneten uns gegenseitig ab, dann gingen wir in ihr Schlafzimmer. Ein Messingbett, blaue Satinbettwäsche, die noch nicht al zu lange benutzt war. In Seitenlage fummelten wir uns gegenseitig ab. Ich stand noch mal auf, ging in ihr Badezimmer, holte das Babyöl und massierte sie damit ein. Als sie auf dem Bauch lag und mir ihren Arsch entgegenhielt musste ich in sie eindringen. Sie war sehr eng und feucht und hat jeden Stoß genossen. Bitte Folka, halte meine Brüste fest und fick die Karen, hörte ich noch als es mir kam.

Ich musste feststellen, im Laufe der Jahre hatte Karen einiges an Gewicht zugelegt, aber eine wo etwas mehr dran ist, also das hat auch schon was. Ihre Brüste waren weich und groß, auf ihren Speckfalten fühlte ich mich wohl. Wir sind beide zusammen gekommen, wenn sie mir nichts vorgemacht hat. Morgens machte sie den Günter wieder groß und wir taten es in Seitenlage bis der Wecker klapperte. Wir müssen aufhören, mein Sohn muss gleich in die Schule. Komm, spritz mich voll, sagte sie. Dann machte sie ein schönes Frühstück, ich fuhr mit dem Taxi zur Firma und dachte im Auto, es geht auch ohne Corinna.

Die Tage vergingen durch das lange Arbeiten sehr schnell.

Bis das Telefon irgendwann mal ging und dann war sie es. Folka, kannst du heute Abend nicht kommen? Ihre erotische Stimme und der ausgesprochene Satz: Ich bin so geil auf dich.

Ich fuhr zu ihr und es ging tatsächlich eine Weile gut. Wenn ich manchmal nicht konnte oder einfach zu kaputt war, weil diese lange Arbeitszeit sowie das mit dem Fahrrad über den Golfberg zu ihr fahren, war sie noch nicht mal sauer. Ich bin doch keine achtzehn mehr. Freitagsnachmittags fuhren wir nach Dortmund in die City. In diesem Wäscheladen kaufte sie sich rote Strapse und Strümpfe, lange rote Spitzenhandschuhe und ein rotes ärmelloses Stretchkleid und so Kugeln, die mit einem Band verbunden sind.

Macht dich das an, sagte sie bei der Anprobe. Gleich zeigst du mir erst mal deinen Günter. Ist er schon dick und groß? Ich freue mich schon darauf, wenn du gleich in mich eindringst. Soll ich die schönen Sachen anlassen?

Ja, lass sie an, du siehst echt super sexy aus. Diese engen Sachen betonen deine Superfigur.

Wir schlenderten mit ihrer neuen Nuttenwäsche, die unter dem längeren Nerzmantel fast nicht auffiel, noch ein bisschen durch die Geschäfte und beschlossen, im Römischen Kaiser Abend zu essen. Es war ein geiles Gefühl, ihr unter dem Tisch zwischen ihre wohlgeformten festen Schenkel zu fassen. Sie sagte: Folka, führ mir die Kugeln ein, wenn du so nett bist, feuchte sie etwas an, dann flutschen sie besser in mein schwarzes Fickloch. Sie legte die kleine Pappschachtel mit der Aufschrift Wonnekugeln auf den Tisch, als gerade der Kellner kam und uns die Speisekarte überreichte. Mann, was hat der komisch reingeschaut. Ich ging zur Toilette, um die Kugeln erst mal unter fließendem Wasser abzuspülen, plötzlich stand sie hinter mir. Auf dem Männerklo steckte ich ihr den Günter von hinten rein. Sie brauchte ja auch nur dieses rote Kleid hochheben, ihr enger Stringtanga störte nicht und wenn er gestört hätte, hätte ich ihn wohl einfach zerrissen. Corinna, ich kann mich nicht mehr beherrschen, seit zwei Stunden hab ich einen dicken Günter, sagte ich. Komm mach schnell und spritz deine Corinna voll. Nach ein paar mal hin und her spritzte ich ihr die weiße Ficksahne in ihre geile nasse Pflaume. Als wir wieder am Tisch saßen, lächelte der nette Kellner. Wir bestellten eine Flasche Rotwein und zwei Fischplatten und beschlossen, die Nacht in Dortmund zu verbringen. Der Kellner besorgte uns telefonisch ein Zimmer im Hotel drei Eichen. Nach der dritten Flasche Rotwein gingen wir von Kneipe zu Kneipe und irgendwann lagen wir im Bett dieses kleinen Hotels.

Ist das denn nicht alles zu teuer, fragte sie morgens beim Frühstücken. Ich werde das auf unser Bewirtungskostenkonto verbuchen, weil dein Chef und ich machen ja schließlich Geschäfte zusammen.

Beruflich hat sie mir geholfen, wenn ich mal nicht klar kam. Computer gab es damals noch nicht so richtig, an der Schreibmaschine war sie perfekt. Und gut kochen konnte sie auch. Wenn sie mal sonntags Rechnungen tippte und Gregor nicht da war, steckte ich meine Zunge in ihr lecker nach Vanille riechendes Teil. Warum bist du nicht mein Chef, sagte sie, wenn du mich leckst, dann macht das Tippen richtig Spaß.

Dann Samstag im März 1992 wurde sie ganz anders und sagte: Ich will meine Ruhe haben, bitte lass mich alleine und geh.

Ich war ganz schön traurig und dachte aber, wer weiß wozu das alles gut ist. Die Firma lief ganz gut und ich beschloss mir eine Wohnung zu suchen. Ein paar Tage später fand ich sie.

Eine schnuckelige Eigentumswohnung mit Garage und Balkon in der Nähe vom Landgericht und leerstehend.

Ich nahm mir Urlaub, rief einen befreundeten Statiker an und dann wusste ich, wo überall Wände entfernt werden dürfen. Aus fünf Zimmern machte ich drei riesengroße. Als ich zum ersten Mal da schlief, dachte ich nur, was hab ich da gemacht. Unter mir die Leute streiten sich immer.

Über mir, der Kerl spielt Orgel und kann nur ein einziges Stück. Die Familie über dem Orgelspieler legte die Lautsprecherboxen auf die Erde und drehte nur den Bass auf, der Orgler kam aus dem Takt und ich wohnte dazwischen. Also kaufte ich mir erst mal eine ordentliche Musikanlage mit CD-Spieler und Riesenboxen. Mal sehen, wer hier der Chef ist!

Ich arbeitete mal wieder sehr lange und blieb in meinem Bronxzimmer und schlief auf meiner Turnmatte bis ich wach wurde und sich diese drehte. Es war ein Erdbeben. Zum Glück nur ein kleines. Hoffentlich ist dem Haus nichts passiert, wo ich jetzt wohne, dachte ich. Im Ruhrgebiet, da wo die Kohle unterirdisch abgebaut wird, da haben die Häuser richtig was abbekommen. Das fünfziger Jahrehaus mit dem dicken Ziegelmauerwerk stand aber so wie immer. Festgemauert in der Erde. Meinen Sportraum brachte ich dann auch in meine neue Wohnung und hatte Corinna immer mehr vergessen.

Es kamen die Osterferien, Farina und Tibor kamen für vierzehn Tage. Papa, du hast ja eine tolle Wohnung, hier sind ja fast alle Wände raus und in den Wänden stecken Weinflaschen. Ja, ich hatte mit einem Betonbohrgerät einhundert Millimeter große und fünfunddreißig Zentimeter tiefe Löcher in dieses fünfzig Zentimeter dicke Außenmauerwerk gebohrt und meine Rotweinflaschen da rein gesteckt.

Meine Kinder und ich besuchten den Wuppertaler Zoo, weil wir uns mal wieder die vielen Tiere ansehen wollten, dann fuhren wir mit der Schwebebahn. Die beiden haben ganz schön gestaunt über diese Schwebebahn, weil so etwas hatten sie noch nie gesehen. Ich erzählte ihnen, dass auch mal ein Elefant mit dieser Bahn gefahren sein soll. Farina kicherte als sie das hörte und meinte, ob so ein großer Elefant nicht zu schwer ist.

Abends als die beiden total alle und völlig übermüdet ins Bett fielen und ich an meinem Rotwein nippelte, ging das Telefon.

Hier ist Corinna, kann ich kommen.

Wo hast du meine Telefonnummer her?

Von deinem Bruder. Er wollte sie mir zuerst nicht geben, tat es dann aber doch, wie ich sagte es ist wichtig.

Corinna, was willst du?

Ich will vorbei kommen und mit dir vögeln.

Meine Kinder sind da.

Die schlafen doch schon bestimmt.

Folka, das tut uns beiden gut, wenn ich komme. Macht dich das denn nicht geil, wenn du dir vorstellst, dass du gleich in mich eindringst und mich ordentlich durchvögelst und es mir ganz ordentlich besorgen tust.

Ok, Gneisenaustr. Zweihundertdreiundfünfzig.

Bis gleich.

Dann kam sie, wieder fantastisch zurecht gemacht und mit einem Parfümgeruch, der sofort auf den Schwellkörper ging. Schaute sich meine Wohnung an und als sie meine Sportkammer sah, meinte sie: Das wäre ein schönes Zimmer für ihren Sohn Paul.

Liebe Corinna, ich war froh, etwas Abstand von dir bekommen zu haben und bleibe hier alleine wohnen.

Ich dachte ja nur so, Folka.

Wir tranken dann Rotwein zusammen und sie erzählte, dass sie ganz unglücklich ist und ob wir nicht wieder zusammen kommen könnten. Kannst du überhaupt noch mit einer anderen Frau ficken, sagte sie.

Ja, kann ich und habe es auch schon gemacht, entgegnete ich.

Sie zog sich bis auf ihre Strapse und hochhackigen Schuhe aus und setzte sich neben mir auf das Sofa. Hoffentlich werden meine Kinder nicht wach, dachte ich.

Dann öffnete sie ihre Handtasche und holte diese langen roten Handschuhe heraus, zog sie an und fasste noch mal in ihre Handtasche und hatte einen Vibrator in der Hand. Jeden Abend denke ich an dich und mache es mir damit selber, sagte sie, während sie sich das Teil einführte.

Folka, bitte fick mich, ich brauch jetzt deinen Schwanz.

Wir taten es ganz lange und in jeder Stellung. Es war die reinste Gier. Als sie meinen Saft in sich reinzog, musste ich fast aufschreien. So leer saugte sie mich. Wir trafen uns wieder regelmäßig, mal war ich bei ihr oder sie kam zu mir.

[9]

Hilde lernte doch noch einen voll im Leben stehenden Mann kennen. Joost, ein Agrarbiologiediplomingenieur, groß und schlank, etwas jünger als sie. Sie heirateten und machten ein Kind. Taco, ein aufgewecktes hyperaktives Bürschchen. Joost war meinen Kindern ein wirklich guter Freund. Farina sagte mal Papa zu ihm. Er korrigierte sie und sagte: Farina ich bin nicht dein Papa, dein Papa wohnt in Deutschland, ich kann nur dein Freund sein.

[10]

Es waren Sommerferien und meine Kinder waren wieder da. Wir fuhren nach Fort Fun, diesen Freizeitvergnügungspark. Wir machten Sommerrodeln, Achterbahnfahren und Wildwasserbootfahren. Paul kam mit. Auf der Rückfahrt in der Schnecke. Ich hatte da gerade einen alten Mercedes Benz 200 Diesel mit 55 PS. Einhundertzwanzig brachte der langsame Panzer auf die Straße und Paul sagte: Letzte Woche hat da so ein Typ bei uns geschlafen. Abends sprach ich Corinna darauf an und sie sagte: Da war nichts, ich war mit meiner Schwester unterwegs und wir hatten den kennen gelernt, der war voll betrunken und er wusste wohl nicht mehr wo er wohnt und dann habe ich ihn mit zu mir genommen.

Corinna es reicht mir jetzt, bitte bleib da wo der Pfeffer wächst, sagte ich und fuhr zu mir. Die Sommerferien gingen schnell zu Ende. Ich meldete mich bei der Technikerschule an und ging dreimal die Woche abends dahin. Irgendwann Montagsabends stand Corinna vor der Schule und sagte: Komm wir gehen ein Bier trinken, ich möchte mit dir reden.

In der Engen Weste erzählte sie: Ich bin so unglücklich und du fehlst mir so, können wir nicht wieder zusammen kommen, so wie früher, es war so schön, wie du bei mir gewohnt hast. Ich will auch jetzt vernünftig werden.

In Ordnung. Wir versuchen es, du und Paul und der Kater Tommi, ihr zieht bei mir ein. Drei Monate auf Probe. Deine Wohnung behältst du erst mal noch. Es ging auch wirklich eine Weile gut. Von einem Freund lieh ich mir ein Polyesterkanu, legte dieses auf den alten VW-Passatfirmenkombi und schnallte es mit Spanngurten fest. Dann ging es zum Hengsteysee. Das Kanufahren gefiel Corinna. Mitten auf dem See verspürte ich wieder diese Lust, ihr Körperbau, die kleinen Speckfalten an der richtigen Stelle, diese wohlgeformten Brüste. Ich packte sie und drang in sie ein. Folka, wenn uns jemand sieht, sagte sie. Ich antwortete: Wer soll uns sehen, die Fische? Du bist verrückt, ach mach weiter, ich brauch das auch jetzt, stöhnte sie. Ja, komm mach es mir schnell.

Paul war eine Vollschlampe und der Kater kratzte überall rum. Das Katzenklo machte keiner sauber und eines Abends sagte ich: Macht euch Gedanken über diesen Kater, es stinkt hier und überhaupt ein Tier braucht Auslauf. Ich schlage euch vor, das Tier macht einen Tauchlehrgang, besteht es den, dann darf er bleiben. Paul wollte wissen, was ein Tauchlehrgang ist und ich sagte: Du bringst jetzt erst mal den Mülleimer runter, seit zwei Tagen sollst du das machen, aber offensichtlich bist du so mit deiner Schule beschäftigt, dass du das vergessen hast. Wenn der Mülleimer leer ist, füllen wir den mit Wasser, stecken den Tommi darein, Deckel auf den Eimer und dann warten wir fünfzehn Minuten. Corinna und Paul sagten: Dann ist er tot.

Um das arme Tier kümmert sich eh keiner, wir hatten vereinbart, dass Paul regelmäßig das Katzenklo sauber macht, es passiert aber nichts, also der Kater ist morgen hier weg oder er macht den Tauchschein.

Tommi kam zu Corinnas Schwester, einer sehr tierlieben Frau.

Corinna wurde wieder unglücklich und wir beschlossen, diese Wohngemeinschaft aufzulösen, sie zog mit ihrem Sohn wieder in ihre Wohnung und ich war froh, dass sie weg waren. Als das letzte Teil auf dem LKW lag, sagte ich zu Corinna: Bitte verschwinde aus meinem Leben, schmeiß meine Telefonnummer weg und vergiss mich.

[11]

Dann war ich wieder der Asphaltcowboy und zog mein Ding durch. Arbeiten, sporten und vor die Tür gehen. Irgendwann Samstagsabends in der Tulpe von Westfalen, einer Kneipe, wo viele nach Mitternacht auf den Tischen tanzen.

An einem Stehtisch fand ich noch Platz. Zwei Girls standen auch da, eine Blonde und eine Dunkelhaarige. Die Dunkelhaarige gefiel mir. Ich hielt mein Bierglas hoch und prostete ihr zu. Wir stießen zusammen an und ich fragte: Wo ist denn dein Freund, so eine sympathische Erscheinung wie du kann doch nicht alleine vor die Tür gehen. Sie antwortete: Ich bin mit meiner Freundin hier und habe keinen Freund. Aha, die blonde ist ihre Freundin, dachte ich. Wir stellten uns vor. Die blonde heißt Ilona und die schwarze Angelika. Es wurde immer lustiger und immer später. Angelika ging zur Toilette, als sie wieder kam, stellte sie sich eng neben mich, was anderes blieb ihr in der mittlerweile überfüllten Kneipe auch nicht übrig.

Ich umarmte sie so wie ich das immer am Anfang mache und steckte meine Zunge in ihren Hals. Alle Frauen reagieren gleich, zuerst leichter Widerstand und dann berührten sich unsere Zungen. Mann, was kann die küssen, dachte ich und Günter kribbelte schon wieder. Komm, wir gehen noch woanders hin, sagte ich zu Angelika, als Ilona sagte, ich gehe jetzt nach hause. Wir trieben uns am Bahnhof rum, da ist immer noch irgendwas offen. Ich ließ erst mal Angelika reden. Zur Zeit ist sie arbeitslos und war Schmuckverkäuferin. Einunddreißig Jahre jung und hat ein Motorrad, eine alte Kawasaki. Um finanziell halbwegs klarzukommen, arbeitet sie nebenbei in einer Spielhölle und manchmal in einem Solarium, so ohne Steuerkarte.

Komm wir gehen zu mir, schlug ich ihr morgens gegen fünf Uhr vor. Nein, jetzt noch nicht, vielleicht irgendwann mal, ich finde dich sehr nett, aber ich bin nicht so schnell, lass uns erst mal besser kennen lernen. Die Sonne geht schon fast auf, das wird bestimmt ein ganz warmer Sonntag, wir könnten ja heute Nachmittag etwas Motorrad fahren, sagte sie. Das hört sich gut an, ich werde mir die Motorradklamotten von meinem Papa leihen, dann komm ich zu dir, sagen wir so gegen drei. Wo wohnst du überhaupt?, sagte ich. Auf der Iserlohnerstr. achtundzwanzig, hörte ich. Wir bestellten jeder ein Taxi und verblieben bis gleich. Da musste ich mir doch tatsächlich sonntagmorgens den Wecker stellen, um dieses Date nicht zu verschlafen. Gegen zwei war ich dann bei meinen Eltern und bekam erst mal wieder eine Moralpredigt, du kommst auch nur, wenn du was brauchst, sagte Mama. Ach ja, Mama, ich besser mich, im übrigen komme ich ja wohl immer, wenn die Kinder da sind, erwiderte ich. Mit dem Lederkombi und Sturzhelm von Papa fuhr ich zu Angelika. Eine nettes kleines Apartment mit Ikeamöbeln und ein sauberes Bad.

Gott sei Dank, dachte ich, denn ich hatte mal eine kennen gelernt, die sah echt super sexy aus, die nahm mich auch mit in ihre Wohnung, da hätte wer weiß was laufen können, doch als ich dann Pippi machen musste und ich die Toilette sah, hätte ich bald gekotzt, so versyft sah der Topf aus. Angelika hatte ihre Motorradsachen schon an und ich musste feststellen: eine ganz heiße Braut, in diesem schwarzen Leder. Sie kochte noch einen guten Kaffee, ich zog Papas Lederkombi an und dann gingen wir runter.

Ihre Z 1000, diese Kawasaki, steht in der Garage, eine echt hübsche Maschine. Ich lass die immer etwas warmlaufen, dann können wir fahren, sagte sie und dann ging es los, Richtung Glörtalsperre, wo soll man auch sonst mit einem Motorrad hin fahren. Sie drehte den Feuerstuhl richtig auf, ich hintendrauf und mir wurde das zu schnell und ich klopfte ihr in die Seite und sie fuhr rechts ran.

Angelika, ich habe zwei Kinder und die brauchen noch ihren Papa, kann ich bitte fahren, einen Führerschein habe ich und im übrigen wurde ich mal als Fünfzehnjähriger mit der vierhundertfünfziger Honda von meinem Alten angehalten. Ich erzähl dir das an der Glör. Also bitte lass mich fahren oder der Tag ist gegessen. Dieses Moped hatte wirklich Leistung ohne Ende. Angelika hielt sich gut feste.

Es war ein gutes Körpergefühl, ein Motorrad, gutes Wetter und eine Braut hinten drauf. An der Glör stellte ich die Maschine zwischen die anderen Motorräder. Wir nahmen uns die Sturzhelme vom Kopf und dann schauen natürlich erst mal die anderen Motorradfahrer, wie die neu dazugekommenen denn so aussehen.

Angelika brauchte sich wirklich nicht zu verstecken. Ich trank mir ein Bier in dieser Glörkneipe und erzählte die Hondageschichte. Mein Vater war so um zweiundvierzig und redete oft von einem Motorrad, meine Mutter sagte immer: Hans, schlag dir das aus dem Kopf, da bist du zu alt für. Ein paar Tage später sagte er zu mir: Wenn du mit willst, Folka, dann komm, ich kauf mir jetzt eine Maschine. Er fuhr mit mir und seinem zweihundertfünfziger Mercedes irgendwo in die Bronxener Blumengegend, in die Rosenstrasse glaube ich, und schellte da irgendwo. Kurz danach kamen zwei jüngere Männer aus diesem Haus und stiegen in unser Auto, dann fuhren wir zu einer Esso Tankstelle, die auch heute immer noch da ist. Da steht jetzt DEA Tankstation dran. Hinter der Tankstelle ist ein Garagenhof, in einer dieser Garagen stand sie, die Honda. Papa setzte sich drauf, betätigte den elektrischen Anlasser, zog den Kupplungshebel und war weg.

Nach zwanzig Minuten kam er wieder angedüst und redete mit den beiden Männern über den Preis. Wir sagten doch dreitausendsiebenhundert soll die Honda kosten, die hat erst zweitausendfünfhundert Kilometer auf dem Tacho, das müssen wir wirklich dafür haben. Ich gebe euch jetzt dreitausendzweihundert oder das Geschäft ist geplatzt, sagte mein Vater, griff in die Hosentasche und zog eine Rolle Geld hervor. Ihr könnt euch das ja überlegen, mehr gebe ich nicht dafür. Die beiden verkauften die Maschine für das Geld und fuhren sie zur Frankfurterstrasse, wo wir damals wohnten. Auf der Rückfahrt sagte mein Papa zu mir: So, jetzt weißt du hoffentlich, wie man die Leute drücken kann, zeige ihnen eine Rolle Geld, dann werden sie schwach. Papa stellte die Maschine auf den Hinterhof, wir mussten sie auf einer Gerüstbohle die Treppenstufen hochschieben, die vor der Haustür sind, und ich sagte zu ihm: Und was sagt jetzt Mama? Glaubst du etwa im Ernst, dass ich mir von deiner Mutter etwas verbieten lasse, sagte Papa daraufhin.

Meine Mutter kam gegen Mitternacht vom Kegeln, von dem Kegelclub Kesse Bienen, schaute aus dem Fenster zum Hof und sah die Maschine in der Dunkelheit schimmern und sagte: Hans, du hast ja doch dieses Motorrad gekauft. Nein, das ist Folkas Mofa, sagte er zu ihr, er hat die geputzt. Seit wann putzt Folka seine Mofa, der streicht die doch immer in gelb, erwiderte Mama.

Samstagsmorgens gab es zwischen meinen Eltern etwas Streit, doch nachmittags fuhren sie Honda und abends haben sie wohl gevögelt, glaube ich, die taten das sowieso ziemlich oft. Montags mietete Papa eine Garage, damit die Honda nicht mehr auf dieser Gerüstbohle durchs Treppenhaus auf den Hinterhof geschoben werden musste.

An unserem Wohnwagen brachte Papa mir das Motorradfahren bei und eine Woche danach kam ich mit meinem Freund Arnold etwa gegen zwanzig Uhr nach Hause und sagte: Ich fahre mit Arnold etwas Kreidler und leihe mir mal deine Lederjacke, Papa. Nahm die Lederjacke und den Hondaschlüssel auch. Arnold hatte eine Kreidler, Florett hieß die fünfzig Kubikzentimeter Maschine mit fast sieben Pferdestärken. Papa riet mir davon ab, so etwas zu kaufen, weil da wahnsinnig hohe Versicherungsprämien für gezahlt werden mussten. Ein Mitschüler hat sich mit seiner Kreidler, kurz nachdem er den Führerschein hatte, platt gefahren. Wahrscheinlich ist er mit Höchstgeschwindigkeit in einen Betonmischwagen reingefahren. Boris war sofort tot.

Meine Mofa war eine Starflight. Die erstand ich für einen Cassettenrecorder. Arnold und Folka verdienten sich ein paar Mark mit dem Reparieren und Auftunen von Mofas. Wir entfernten ein kleines Röhrchen aus dem Ansaugkanal, erhöhten den Verdichtungsdruck durch diverses Schleifen am Zylinderkopf und das Innenleben des Auspuffrohres wurde teilweise entfernt. Dann fuhr eine Mofa auch schon mal um die siebzig Stundenkilometer.

An der Honda schraubten wir die Tachowelle ab und dann ging es los. Richtung Breckerfeld, an der Glörtalsperre vorbei und etliche Kilometer weiter. An vielen Tagen machten wir das so, nachher fuhr ich sogar alleine zum CVJM oder zu anderen Jugendtreffs und habe da ganz guten Eindruck hinterlassen. Irgendwann war mal die Polizei vor mir und ich war so nervös, dass ich den Blinker mit dem Lichtschalter vertauschte. Das Scheinwerferlicht ging aus und die Kelle kam aus dem VW Käfer Peterwagen.

Ich wäre bald mit der Honda umgefallen, so zitterte ich. Die Polizisten sahen sofort, dass ich noch sehr klein war, als ich den Sturzhelm abnahm, und einer der beiden sagte: Du bist doch der Sohn vom Hans, der in Versicherungen macht, ihr habt doch eure Garage nicht weit von hier, was glaubst du was dein Vater mit dir macht, wenn er erfährt, dass du mit seinem Motorrad rumfährst. Ich hätte bald geheult. Der Polizist sagte dann: Du schiebst jetzt das Motorrad und wage dich nicht darauf zusetzen, wir werden hier noch ein bisschen Streife fahren. Sehen wir dich noch einmal, dann weißt du wohl selber was passiert. Ich hielt es dann für besser, wieder mit meiner Mofa zu fahren.

[12]

Angelika schaute mich die ganze Zeit verliebt an und sagte: Ich hab gleich gemerkt, dass du nicht normal bist, aber davon ab: Motorrad fahren kannst du, ich hatte kein bisschen Angst. Mir schmeckte das Warsteiner so gut und sagte zu ihr: Du fährt gleich langsam zurück und kannst mich bei mir absetzen, ich hole dann irgendwann mein Auto bei dir ab.

Ich gab das nur als Vorwand an, um sie in meine Wohnung zu locken.

Wir redeten über alles mögliche und ich musste oft auf ihre Brüste schauen, der schwarze Pullover war gut ausgestopft. Bei der Rückfahrt hielt ich mich gut an ihr feste und zwar zwischen ihren Oberschenkeln. Als wir in der Gneisenaustr. vor meiner Wohnung standen, sagte ich: Komm mit zu mir, ich beiße nicht, lass uns noch ein bisschen reden.

Meine Wohnung gefiel ihr sehr gut und sie wollte gerne ihr Lederzeug ausziehen und ich gab ihr eine Gymnastikhose, eine ganz enge. Sie hatte einen fantastischen Apfelarsch und zwischen Ihren Oberschenkeln, da wo das Dingen ist, passten gerade mal zwei Finger durch. Wir tranken Baileys und es wurde immer lockerer und später. Ich sollte ihr ein Taxi rufen und sagte: Du kannst auch hier schlafen, ich weiß mich schon zu benehmen. Irgendwann lagen wir im Bett. Sie, mit ihrem engen schwarzen Slip und einem weißen T-Shirt und ich in Unterhose. Meine Finger konnte ich natürlich nicht ruhig halten und sie ihre dann auch nicht. Ich nehme keine Pille, sagte sie, und habe Angst. Wir standen wieder auf und gingen in die Stadt. Sie hatte von mir eine Jeans und Jacke an, mit dem Lederkombi wollte sie nicht vor die Tür.

In der Gerichtsklause tranken wir dann ein paar Bier und ich zog drei Doppelpack Präservative. Die restliche Nacht haben wir fast nicht geschlafen, am liebsten hatte sie es in normaler Stellung, ihre langen schlanken Beine hatte sie angewinkelt nach oben stehen.

Ich war erst montags gegen elf in meiner Firma, beim Pippi machen tat mir mein Günter weh, so hat sie mich rangenommen. Sie besorgte sich die Pille und wir trafen uns regelmäßig. Sie kam auch oft in meine Firma, hin und wieder mit Rock, und ich versteckte ihr mal eben einen im Büro. Sie wollte dann irgendwann zu mir ziehen und als ich ihr sagte, dass wir zu verschiedene Weltanschauungen haben, ging die Beziehung langsam den Bach runter.

Viele Leute lernte ich kennen, einige sehr nett, einige weniger nett. Eine Annette war auch dabei, die war auch super nett im Bett.

Endlich, mein Haus war fertiggestellt. Die Wohnung in der Gneisenaustrasse hätte ich vermieten können, aber bei den sowieso schon vielen leerstehenden Wohnungen hielt ich es für besser, sie zu verkaufen. Einfach war das nicht. Die Hypothekenzinsen gingen nach oben. Die Immobilienpreise nach unten. Desweiteren stand eine Rundumsanierung an. Das Haus musste eine neue Kellerabdichtung erhalten. Die Reparaturkasse war leer. Ich inserierte oft in der Zeitung. Ein Makler kam nicht in Frage. Bei meinen Vorstellungen vom Verkaufspreis plus die anfallende Maklergebühr, da wäre fast jeder Käufer abgesprungen.

Wieder sind die Zeiten schlecht. Jeden Tag mehr Arbeitslose. Die Benzinpreise schnellen in die Höhe. Die Menschen sind verunsichert. Einige Interessenten kamen, denen gefiel das auch sehr gut. Diese drei großen Zimmer und alle fuhren voll auf das Badezimmer ab. Aber keiner hatte das Geld was ich haben wollte.

Morgens früh kam mir dann eine Idee und ich gab ein Inserat in der hiesigen Tageszeitung auf. Rubrik: Ehewünsche, Bekanntschaften unter Vermischtes: Einhundert Quadratmeter große Eigentumswohnung mit Balkon und Garage sowie zusätzlichem Autoeinstellplatz in bevorzugter Lage Nähe Landgericht zu verkaufen. Für Hostess oder Prostituierte bestens geeignet. Handy 017701904711. Unter Chiffre wollte ich die Wohnung nicht setzen, welche Nutte schreibt schon gerne Briefe? Zwei Tage später schrillte mein gelbes Siemens C 15 Handy. Ja bitte, hier ist Folka.

Mein Name ist Chris, ich habe ihre Wohnungsanzeige gelesen. Können wir uns mal treffen?

Ja klar, jederzeit, gab ich zurück. Gegen neunzehn Uhr war ich dann mal wieder in der Gneisenaustrasse. Alte Erinnerungen kamen hoch. Der Umbau, die Zeit mit Corinna, Angelika, Eleonore und Annette und dann ging die Schelle. Zwei gutgebaute Mädchen, eine Deutsche, die andere Thailänderin, stellten sich vor. Die Deutsche heißt Chris, die Thai nannte sich Samira. Sie erklärten, ihre richtigen Namen seien erst mal unwichtig.

Sie schauten sich alles sehr genau an, fragten, wie die Mitbewohner seien, ob Kinder im Haus wohnen. Dann ging das Handy von Samira. Ihre Tonlage änderte sich sofort, ihre Stimme wurde weich und erotisch anmachend. Ich entfernte mich diskret, aber nur so weit, dass ich auch noch etwas mitbekam. Sie sagte ins Handy: Cherry, ich weiß doch, wie du es gerne hast. In Ordnung, in zwei Stunden im Queenshotel. Ich habe auch die langen Stiefel an, die darfst du dann wieder lecken, wenn du schön lieb bist. So was hatte ich ja noch nie gehört, höchstens mal in dem Song von Marius Müller-Westernhagen: Sexy. Als das Gespräch beendet war, wandte sich Samira zu Chris und sagte: Ich denke, du kommst auch mit Herrn Burmann alleine klar. Ich hab einen Termin, du weißt schon, mit dem Stiefellecker.

Chris wandte sich zu mir, lächelte und sagte: Ja, jetzt muss sie sich erst mal umziehen gehen. Sie hat besondere Kunden. Wir redeten über den Kaufpreis und Chris schien mir recht geschäftstüchtig und ehrlich zu sein. Also, sagte sie, die Lage hier ist wirklich gut und der zusätzliche Auto-Einstellplatz, passt doch alles ganz gut zusammen.

Im Badezimmer müssten vergoldete Wasserarmaturen rein. Die Fußböden erhalten roten Teppichboden, dann könnte das klappen. Wir verblieben, dass sie etwas Bedenkzeit haben müssten, und verabschiedeten uns. Wie sehen die beiden wohl aus, wenn sie ihrer Beschäftigung als Prostituierte nachgehen, dachte ich. Wie normale Nutten wirkten die nicht. Normal angezogen fielen sie in der Öffentlichkeit nicht besonders auf. Tags darauf kam die Thailänderin zu mir ins Büro.

Ich war sichtlich überrascht, eine ganz andere Optik als gestern, damenhaft angezogen, schwarze Lidschatten, die ihre Mandelaugen noch mehr hervorhoben. Ich bot ihr einen Stuhl und Kaffee an. Und sie fragte, ob sie mal einen von meinen Zigarillos haben könnte, dann sprach sie in einem perfekten Deutsch: Also, Chris und ich. Ich heiße übrigens Scarlett Montgomery. Mein Vater war Engländer, aber Samira gefällt mir besser und Chris heißt Christine Cristbaum. Wir haben gestern noch viel über diese Wohnung geredet und wir wollen ihnen einen Vorschlag machen.

Sie griff in ihre rote Handtasche und legte mir sechs von den größten deutschen Geldscheinen auf meinen Schreibtisch: Wir mieten die Wohnung für sechs Monate. Ich denke, das Geld reicht für die Zeit. Wenn sich das so entwickelt wie wir uns das vorstellen, kaufen wir die Wohnung.

Und wenn sie mal eine Sonderbehandlung wollen, rufen sie uns einfach an, für sie ist das kostenlos, wenn sie mal den Unterschied zu normalen käuflichen Damen erfahren wollen.

Ich denke über eine Sonderbehandlung nach. Das Geld ist für die Zeit in Ordnung. Hier sind die Schlüssel, hier ist der Funker für das Garagentor. Sollte irgendwas sein, müssen wir telefonieren, sagte ich. Meine Mitarbeiter bekamen lange Hälse, als die Thai mit ihrem kleinen Flitzer, einem MX 5, vom Hof fuhr.

[13]

Wir machten mal wieder eine Party in den Burmann'schen Werkstätten, da sah ich sie: Petra, schlank und mit einem gazellenhaften Gang, lange auf schwarz gefärbte Haare, dunkle Augen und ein Kussmund wie Marilyn Monroe. Der Diskjockey legte langsame Musik auf, Nights in white satin, When a man loves a women, Sitting in a dog of a bay, Black magic women. Sie tanzte gerne und war richtig gut anzufassen. Petra hatte so was an sich, dass Günter sofort kribbelte, als er in diese tiefbraunen Augen sah. Meine Hände hielten ein gebärfreudiges Becken fest. Günter drückte gegen ihren festen Oberschenkel. Unsere Größe stimmte auch. Petra war einen Kopf kleiner als ich. Als sie nach Hause wollte, sagte sie: Eigentlich kann ich dir ja meine Telefonnummer geben.

Sechs Wochen später, an einem Samstag ging ich mal wieder vor die Tür zuerst in die

Volmestuben. Hier war leider der Fernseher an, irgend so eine Fußballkacke, und ich sagte: Susan, bestell mal ein Taxi. Ich ließ mich zur Spinne fahren, wo soll ich sonst auch noch hingehen. Diese Stadt stirbt so langsam ab.

Ach wie schön, dachte ich, als ich den Laden betrat, da stehen ja meine beiden Mieterinnen. Es war eine etwas andere Unterhaltung. Ich erfuhr, dass sie die Wohnung wohl kaufen werden, weil, wie ich so raushörte, laufen die Geschäfte wegen der Landgerichtsnähe recht ordentlich.

Wir gaben abwechselnd eine Runde und kurz danach duzten wir uns. Samira schaute mir beim Zuprosten tief in die Augen und sagte: Ich dachte, du hättest dich mal gemeldet, wegen der Sonderbehandlung. Normalerweise kostet das so um tausend Mark. Folka, Chris und Samira.

Wie? Tausend echte deutsche Mark, für einen Stich?, fragte ich.

Nein, wenn wir dich anfassen, bist du auf Wolke sieben. Chris und ich sind die besten.

Wie sie das so sagte mit ihrer anderen Stimme, mit diesem anmachenden erotischen flittchenhaften Unterton, zuckten alle Schwellkörper, es kribbelte bei Günter und ich erwiderte: Wenn schon, dann bei mir vor dem Kamin und dann könnt ihr ja mal mein Haus sehen.

Bei dem Schweinewetter mit den beiden vor dem Kamin. Mit zweien hatte ich es noch nie gemacht, dachte ich und stellte mir so einiges vor. Wir tranken fast bis zum Abnippeln, die Spinne wurde langsam leerer und ich dachte in diesem Augenblick an Petra. Wie oft habe ich bei ihr angerufen? Ihr einen netten Brief geschrieben?

Petra, als ich dich auf der Party zum ersten Mal sah. Ich kann dir nur sagen, ich finde dich faszinierend. Bei unserem längeren Gespräch bemerkten wir beide viele Gemeinsamkeiten. Folka würde dich gerne zum Essen einladen und er ruft dich in den nächsten Tagen an. Bis dahin wünscht dir Folka eine angenehme schöne Zeit.

Günter hätte ich ja wohl kaum schreiben können. Er war aber voll geil auf dieses, wie sich erst später herausstellte, voll sexuelle und nymphomane Schlampenstück.

Und immer, wenn ich sie so weit hatte, bekam sie ihre Beine nicht auseinander. Stundenlang fummelten wir vor dem Kamin. Einmal sagte ich zu Petra: Ich glaube, deine Fotze ist zusammengewachsen. Worauf sie sofort verschwand und noch sagte: Sag mal, spinnst du so mit mir zu reden.

Jetzt lass ich mich abfummeln, die beiden sind nett. Irgendwie ergänzen die sich. Samira schlank und ganz dunkelhaarig und mit einer wahnsinnigen sexuell anmachenden Ausstrahlung. Chris etwas fülliger, etwas reizvoller angezogen, super vollbusig. Echt blond, sagte sie mal irgendwann, als ich sie noch einmal alleine traf.

Wir wurden auch oft angesehen. Zwei nette Girls am Tresen, da bekommen manche Halbgare schon mal Stielaugen. Und dann sagte ich, etwas lauter damit die Umstehenden das auch gut hören konnten: Ich möchte, dass wir jetzt zu mir fahren, ich will von euch beiden abgefummelt werden. Chris schaute mich an und sagte: Gleich geht es dir sehr gut.

Mein Bunker gefiel den beiden sofort. Die ausgesprochene Begeisterung für die Kleinigkeiten tat meinem Kopf gut. Und die überhaupt lockere Art der Schönheiten. Den Rest der Nacht blieben wir wach. Ich steckte den Kamin an, Samira ließ die Badewanne vollaufen. Chris kümmerte sich um Musik und Warsteiner. Ganz selbstbewusst ging sie zum Kühlschrank. Samira fragte mich, ob ich denn auch Kerzen im Haus hätte. Ich ging zur Küche, um die Kerzen zu holen.

Samira folgte mir und stellte sich vor mich, öffnete die Gürtelschnalle meiner Jeans und sagte: Zieh dir doch diese Hose aus und lauf doch einfach so rum. Komm, zieh dich ganz aus. Samira entkleidete sich auch dabei und ich sah ihren super Körperbau, alles stimmte an diesem Body, und als ich nackt vor ihr stand, nahm sie meine Hand und zog mich in die Badewanne. Chris setzte sich auf den Beckenrand. Auch sie war nackt. Ich sah eine Frau mit blauen Augen, langen blonden Haaren, einem festen, an den richtigen Stellen mit kleinen griffigen Speckpölsterchen versehenen Körper und festen ganz großen Brüsten. Ihre Brustwarzen sahen so aus, wie sie bei besseren pornografischen Wandkalendern eben so zu sehen sind. Ein von Gott erschaffener blonder Engel.

Samira sagte zu Chris: Folkas Kerzen sind im Küchenschrank, dritte Schublade rechte Seite.

Mein Gott, hat die ein fotografisches Gedächtnis, dachte ich. Chris kam mit einem ganzen Beutel Teelichter und stellte die Dinger überall hin, aus den Lautsprechern kam nur noch Kuschelmusik. Chris kam dann auch in die Wanne.

Samira sah dieses aus Glas hergestellte MENSCH ÄRGERE DICH NICHT Spiel und schlug eine Runde vor. Ich wurde immer entspannter, der anfangs auf zweihundertfünfzig hochgeschnellte Adrenalinspiegel war auf einmal nur noch auf SEX eingestellt. Jeder weiß, wie lustig MENSCH ÄRGERE DICH NICHT Spiele sein können und dann noch mit zwei wirklich ganz netten und nicht verklemmten vollreifen Mädchen.

Chris gewann die Runde. Samira baute eine Riesentüte. Ihres und mein Gras gemischt verhalfen dem Kopf und Körper zu noch mehr Geilheit.

Auf der Kaminmatratze wurde ich von beiden massiert und eingeölt. Samira setzte sich breitbeinig ins Ledersofa. Chris nahm meinen Günter, steckte irgendwie anders als andere Frauen (wenn sie das überhaupt machen) einen Pariser darauf und führte ihn in Samira ein und fasste mich an Bauch und Rücken und gab den Takt an. Mir ging es voll gut. Als Günter die vor ihm sitzende Samira sah, die gepflegten langen und schlanken Finger mit den roten Fingernägeln, wurde er immer dicker und härter.

Samira streichelte mich über Brust und Arme und gab mir zu verstehen, dass sie geküsst werden möchte. Chris sagte: Fick die Samira, die braucht das jetzt. Nach ein paar Minuten hörte ich auf und zog Günter raus und sagte: Ich muss mir jetzt erst noch einen Joint rauchen, sonst spritz ich sofort ab und da habe ich noch keinen Bock drauf. Ich wollte dieses Gefühl noch länger genießen. Günter stand kurz davor.

Chris holte ihre Handtasche und streute weißes Pulver auf den Glasplattenfahrradtisch, dann nahm sie ihre Scheckkarte und drückte damit auf dem Pulver rum, bis sich eine ganz lange weiße Linie aus Pulver auf der Tischplatte abzeichnete, dann griff sie in ihre Geldbörse und zog einen zehn Mark Schein heraus und rollte diesen zum Trinkhalm. Das Pulver zog sie sich in die Nase und Samira machte das dann auch. Folka, willst du auch mal, fragte Chris. Ich wollte wissen was das ist und bekam zur Antwort: Kokain. Samira riet mir davon ab, als sie hörte, dass ich das noch nie genommen habe. Bleib bei deinem Joint, wenn du noch nie gekokst hast und noch Alkohol dazu, also lass es sein.

Warum nehmt ihr denn dieses Zeug, ich weiß nur so beiläufig davon. Leute beim Film, Jimi Hendrix und Politiker sollen das nehmen. Neuerdings auch ein Fußballtrainer. Irgendwas müssen die Gerichte ja auch zu tun haben. Die Kilopreise für dieses Pulver liegen, so glaube ich, bei Millionenhöhe. Und dann erzählten sie mir eines über Kokain. Zu dem Schnüffeln sagen die Kokser: eine Nase ziehen, manche soll es geil machen.

Samira fasste meinen Günter, der, senkrecht zum Himmel stehend, der Unterhaltung zuhörte, und sagte: Und er braucht das auch nicht, tat eine Tüte über ihn und Chris setzte sich auf mich. Ihre Brüste waren faszinierend. Samira massierte uns beiden Öl in die Haut, unsere Körper flutschten übereinander. Ich will auch noch mal mit dir ficken, hör jetzt auf, Folka, sagte Samira und drückte Chris von mir ab, zog die Tüte runter und schlug vor, noch ein bisschen in die Badewanne zu gehen, zum Abkühlen. Wir spielten noch eine Runde MENSCH ÄRGERE DICH NICHT und sie fragten mich, welche sexuelle Ambitionen ich denn so gerne hätte. Na ja, nette Dessous und Stöckelschuhe haben schon was. Rote Lippen und Fingernägel auch und mal eventuell ein kleiner Telefonsex, so untereinander, wenn man sich kennt.

Und dann bekam ich Elefantenohren, was ich da hörte. Günter hat jetzt auch erst mal keine Lust auf Sex, denn es wurde auch für ihn interessant, als er den Sex von Richtern, Staatsanwälten und Rechtsanwälten hörte.

[14]

Ich gab dann meine Geburtstagsfeier. Ich, das Obersackgesicht aus der Bronks, Folka, trauert um seine Jugend. Aus diesem Anlass findet am 23. Dezember ab 20:00 Uhr in den Burmann'schen Werkstätten meine Geburtstagsparty statt. Ich freue mich auf euer Kommen. Bölkstoff (Flaschbier), Essen und Smokwaren sind reichlich vorhanden. Ende der Party??? Sachgeschenke möchte ich nicht haben, eventuell CD-Gutscheine, Kinofreikarten oder ein Stück Geld, um mir dann einen Porsche zu kaufen. Die Bude war rappelvoll. Die Meiers bösen Mieter machten den besten Rock und Pop.

Und Corinna kam auch, irgendwer muss ihr das erzählt haben mit der Megaparty. Ich stellte ihr meine Freundin Petra vor. Diese Beziehung hielt nicht sehr lange. Was anfangs so gut anfing endete im Chaos. Sie war voll die Diskotante und das allerschärfste war, bei diesem immer wieder geil machenden Ficken sagte sie zu mir: Du machst mir jetzt ein Kind. Günter zog sich sofort zusammen, so als ob draußen minus fünfunddreißig Grad sind. Wie stellst du dir das vor. Du hast doch schon ein Kind. Wie soll das gehen in diesem Haus mitten in der Bronks? Dieses Umfeld, keine ordentliche Schule, kein richtiger Spielplatz, sagte ich und sie antwortete: Ach auf Emst, da wird ein Haus verkauft, das kannst du doch kaufen, wir streichen uns das schön gelb und dann machen wir in Familie. Also, das reichte mir jetzt. Bitte Petra, zieh dich an, nimm deine paar Sachen mit und verschwinde für immer.

Ich besorgte mir einen Termin beim Urologen Doktor Fleischhauer und ließ mich sterilisieren. Haben sie denn im Auto schon mal eine Flasche Bier getrunken, als Beifahrer meine ich natürlich, sagte Herr Fleischhauer und stach die Betäubungsspritze in meinen Hoden. Das war es schon, sagte er. Er schnitt mir den Sack auf und entfernte zwei lange Rohre, die Samenleiter, und nähte alles wieder zu. Nächste Woche kommen sie mal eben vorbei und machen eine Spermaprobe. Es ist zwar unwahrscheinlich, dass da wieder was zusammenwächst, aber es ist schon mal passiert, sagte Doktor Fleischhauer beim Verabschieden.

Die Heilungsschmerzen waren ganz schlimm. Zweimal am Tag ging ich in die Badewanne. Sackpflege nannte ich das. Nach dem Baden puderte ich meinen Beutel mit Wundpuder ein und ging mit einer schlabberigen blauen Jogginghose ins Büro. Normale Hosen hätten den Günter getötet. Dieser Verband mit dem Sackhalter war schon immens groß.

[15]

Im April stand Corinna vor der Tür. Kann ich auf einen Kaffee reinkommen.
Ja klar, komm rein.
Wir tranken Kaffee und wie sollte es anders sein übernachtete sie auch bei mir. Die Nacht war mal wieder so wie viele davor. Es gab keinen Schlaf.
Morgens erzählte sie, dass Paul jetzt eine eigene Wohnung hat und dass sie oft an mich gedacht hat.
Können wir es denn nicht noch mal versuchen?, fragte sie.
Was kann mir passieren, dachte ich und wir versuchten es.
Es klappte auch ganz gut und sie zog Ende April bei mir ein. Sie schrieb einen Brief zu ihrer Schwester. Den öffnete ich, neugierig wie ich nun mal bin, denn ich wollte auch wissen wo ich dran bin. Und es stand geschrieben: Hallo Elke, ich wohne jetzt bei Folka. Ich weiß, dass du das nicht verstehen kannst, aber ich liebe diesen Mann. Er ist der einzige in meinem Leben wo ich mich wirklich hingezogen fühle. Können wir uns mal treffen? Du bist doch meine Schwester. Deine Corinna.
Ich machte den Brief wieder zu und dann ab die Post.
Es funktionierte zuerst auch recht ordentlich, wie eine eheähnliche Beziehung. Sexuell wurde es immer abgedrehter. Sie kaufte eine Videokamera mit Stativ und wir filmten uns, wie wir es trieben. Etwa fünf Meter vor der Kaminmatratze stellten wir die Kamera auf, drückten auf die Aufnahmetaste und dann hieß es Film ab. Hinterher schauten wir uns die Eigenproduktion an.
Gegen neun schrillt das Telefon: Ja, Graham hier. Tach Herr Burmann. Darf ich mich kurz vorstellen. Ich bin der Kraftfahrzeuggutachter der Bronxchen Autoversicherung. Ich kenne ihren Vater sehr gut und er meinte, ich solle sie mal anrufen. Ich habe gestern ein Cabriolet

begutachtet und ihr Vater meinte, sie suchen ein billiges Auto.

Ja, das stimmt, aber bei diesen Preisen nehme ich erst mal Abstand davon. Ich finanziere doch nicht den Wohlstand dieser Automanager. Ich denke, eine offene Unfallkarre tut es auch.

Ja, so was hab ich. Einen fünfhunderter SL AMG mit Front- und Heckschaden. Die Maschine hat irgendwo einen Defekt, der sich nicht feststellen lässt. Für ein paar Mark könnten sie das Auto kaufen. Die Reparaturkosten übersteigen den Zeitwert. Das Auto ist abgeschrieben. Jemand der nicht ganz dumm ist könnte das Auto wieder auseinanderziehen. Ich glaube, der Motor springt wegen dem Auffahrunfall nicht an. Es ist möglich, dass nur ein paar elektronische Teile nicht richtig funktionieren.

Herr Graham und ich trafen uns. Ich kaufte diesen Nuttenedelflitzer mit erheblichen Bügelfalten auf der gesamten Karosserie. Das Auto war in einen Massenunfall verwickelt. Ein LKW Fahrer ist eingeschlafen.

Gregor belächelte mich ein bisschen, als ich den Mercedes an seiner linken hinteren Abschleppöse an die Kranbahnstütze mit einem dicken Stahlseil festband. Vorne spannte ich den Gabelstapler fest und zog das Auto mm weise auseinander. Die Blechverschiebungsgeräusche waren faszinierend. Nach mehrmaligem Umsetzen der Stahlseile, selbst an den Hauptstreben im Motorraum musste ich ziehen, um die Verwerfungen irgendwie zu längen. So richtig müde ging ich nach fünf harten fahrzeugauseinanderziehenden Stunden schlapp über den Hof zu meinem Haus, baute mir einen guten großen Riesenjoint und dachte über das Autogeschäft nach.

Der Kerl hätte auch mehr dafür bekommen können, einige tausend Mark sogar, aber mein Alter hat dem Graham damals viel zugeschoben, so unter der Hand.

Als ich zum ersten Mal den Maschinenraum von diesem dreihundertachtzig PS starken aufgetunten V8 Antriebsaggregat sah, bekam ich wieder Lust. Irgendwann waren die Türspalten fast parallel. Die Beifahrertür ließ sich nur durch Zutreten von außen schließen. Das Schloss der Fahrerseite riss ich raus und ersetzte es durch eine einfache Überfalle, wie sie an jedem Jägerzauntor hängt. Die Tür muss doch nur zubleiben.

Mittlerweile kam mein Freund Hugo, der weltbeste Motorenspezialist. Nach seinen Anweisungen bauten wir einiges von diesen elektronischen Kisten ab und legten normale Leitungen, Telefondrähte, von hier nach da.

Dann sagte er: Setz dich rein und starte mal durch.

Ich drehte den Zündschlüssel rum und der Motor sprang spuckend und fehlzündend an. Das ganze Auto wurde so durchgeschüttelt, dass man hätte Cocktails mixen können. Hugo drehte an ein paar kleinen elektronischen Verstellschrauben rum, dann lief die Turbine wie ein Patek Phillipp Uhrwerk.

Dann bekam ich eine ordentliche Belehrung von Hugo, er schimpfte sogar, dass ich die Reparatur nicht überall sorgfältig ausgeführt habe. Das defekte Türschloss hätte man vielleicht noch reparieren können. Hinten hast du einfach ein Loch in die Karosserie gehauen, um das Stahlseil dadurch zu ziehen. Da gibt es Spezialwerkzeug für. Warum bringst du das

Auto nicht zu einem Karosseriebauer, dann sieht das wieder wie neu aus. Neue Kotflügel, zwei neue Hauben und ein neues Scheinwerferglas. Geht das Dach überhaupt auf?

Ja, das elektrohydraulische Dach funktioniert einwandfrei und ist sogar dicht. Das Türschloss kostet bestimmt achthundert Mark. Alleine die Einbaukosten. Wofür sind überhaupt die ganzen Kabel und Schläuche an dem Schloss. Ich habe tausendzweihundert Mark für dieses Auto aus meiner privaten Tasche gezahlt. Hätten wir nicht so scheiß Steuergesetze, weißt du, das Finanzamt will von mir ein Prozent haben vom Neupreis des Autos. Die Karre hat mal hundertsechzigtausend Mark gekostet und ich bin nicht bereit, sechzehnhundert Mark jeden Monat als Privatentnahme zusätzlich zu verbuchen. Der Schrotthaufen bleibt so, von innen ist alles Top. Jetzt schau dir doch nur mal diese butterweichen schwarzen Nappaledersitze an, dieses Teakholzarmaturenbrett, die Edelstahlinstrumente. Aber diese Kiste hat zweihundertsechzigtausend Kilometer auf dem Buckel. Auch bei Daimler verschleißt was und dieses Auto könnte zur Geldvernichtungsmaschine werden.

Ich werd jetzt ganz ordentlich Fahrtenbuch führen, um mir wenigstens diese hohen Treibstoffkosten über die Steuern wieder zu holen. Ich werde mir mit meinem Fummelchen einen schönen Sommer machen und im Herbst geht die Mühle mit abgefahrenen Reifen meistbietend durchs Internet. Oder ich lass das Auto auf Corinna zu und der Mehrerlös geht in die private Tasche.

Ich strich den hellblaumetallic lackierten Edelflitzer mit einem dicken Pinsel in schwarz, verzierte die Beulen mit ein paar gelben Pinselstrichen und schrieb hinten drauf: Corinnas Schrottcabrio.

Wie kommst du mit Corinna denn so klar, wollte Hugo wissen.

Sie ist schlimmer als deine Schwester Angela, nur nicht so schlampig. Sexuell bekommt sie nie genug, aber ich wollte ja so eine.

Was macht Angela jetzt eigentlich so?, fragte ich meinen Freund Hugo, den ich seit über zwanzig Jahre kenne.

Die wohnt in Berlin und ist mit einem Physikalischen Universitätsprofessor verheiratet. Ihre Umzugskartons hat sie immer noch nicht ausgepackt. Ihr Mann wird immer dünner, sie kocht nicht und will wohl auch immer nur sexen.

[16]

Manchmal rief Angela einfach an: Ich bin schon wieder geil auf dich, mein Schritt ist feucht, ich möchte gerne heute Abend richtig durchgebumst werden. Damals war sie zweiundzwanzig, hatte schon als Elfjährige den ersten sexuellen Kontakt. Wir lernten uns durch eine Freundin und Freund kennen, fuhren von Breckerfeld nach Lüdenscheid zu einem Griechen. Auf der Rückfahrt, wir beide saßen hinten in einem alten Käfer, dachte ich: Versuch es doch mal. Angela hatte eine enge Jeans an. Ich streichelte ihre Oberschenkel. Sie öffnete ihre Beine und drückte meine Hand gegen ihre Muschi, dann kam sie zur Sache. Ging mir über meine Beine, öffnete meine Jeans und strich mir mit ihren langen rotlackierten Fingernägeln über meine Eichel. Günter stand hart und dick aus der Unterhose. Dann nahm sie meinen Günter in den Mund und saugte sich feste, dann flüsterte Angela mir mit ihrer langen spitzen Zunge ins Ohr: Du schläfst heute bei mir, ich möchte von dir durchgevögelt werden, denn ich finde dich sehr nett und ihn auch. Mit ihn meinte sie Günter, den sie wirklich ganz toll in ihren Fingern hielt. Günter platzte fast!

Marcel setzte uns vor ihrem kleinen Haus, was sie von einem Landwirt gemietet hatte, ab. Ihre Einrichtung war sehr nett. Alte Möbel, erdfarbene gestrichene Wände, bequeme Sessel, aber überall lag was rum. In Ihrem Schlafzimmer war das reinste Chaos. Sie lebte vom Wäscheständer, aber das französische Bett war mit roter Bettwäsche frisch bezogen. Sie zog sich aus und ich war fasziniert: lange schlanke Beine, große feste Brüste und diese langen honigblonden Haare. Wir beide waren so geil, wir taten es sofort. Nach ein paar Minuten war ich fertig und wollte einschlafen. Wir hatten doch bei dem Griechen sehr viel Alkohol getrunken. Wieder saugte sie und sagte: Komm Folka, stell dir was geiles vor. Ich mach ihn noch mal hart. Und wir machten es noch mal. Diesmal setzte sie sich auf mich. Sie hatte so kraftvolle Oberschenkel, dass sie mich vögelte. Laut aufschreiend kam sie und sagte: Fick die Angela und spritz sie voll.

Tags darauf, sie kam aus ihrem Badezimmer mit einem bezaubernden geilen Lächeln um die roten Lippen, die schwarz geschminkten grünblauen Augen, ihr roter geschlitzter kurzer Rock, weiße durchsichtige Bluse ohne BH, weiße Strümpfe mit Strapsen und hochhackige rote Schuhe.

Ich musste sie noch mal packen und hatte sofort ihr feuchtes Teil in meiner Hand. Ich trage fast nie einen Slip, das Dingen hindert nur, komm mach es mir von hinten, sagte sie. Angela kniete sich in diesen weichen Stoffsessel und ich drang in sie ein. Oh ist das gut, ich habe das so gerne, fick mich durch, hörte ich und spritzte ab. Als ich vom Duschen aus ihrem Badezimmer kam, saß sie breitbeinig im Sessel und sagte: Bitte Folka, leck mich. Mein Gott, dachte ich, die kriegt den Hals nicht voll.

Wir fuhren zu mir. Sie hatte einen blauen Renault vier und sagte: Bitte fahr du. Auf halber Strecke legte sie ihre langen weiß gestrapsten Beine breitbeinig auf das Armaturenbrett und sagte: Kannst du es mir noch mal besorgen, dahinten geht ein Weg in den Wald. Ich mach ihn schon groß. Das tat sie dann auch. Sie saß auf der warmen Motorhaube und ich machte es ihr im Stehen. Günter war aber nicht mehr richtig gut drauf, aber halbsteif geht das auch, wenn die Vagina eng und feucht ist. Sie konnte ihr Dingen zusammenkneifen, wie sie wollte, wie das bei wenigen Frauen so ist, dieser Reinsaugeffekt. Gefällt dir das mit mir zu ficken?, sagte sie. Ja, aber ich kann nicht mehr, irgendwann ist Schluss, sagte ich.

Meine kleine Kellerwohnung im Haus meiner Eltern gefiel ihr sehr gut. Mein selbstgebautes Eisenbett mit Blätterwerk und handgeschmiedeten Rosen auf den Ecken noch besser. Schon wieder lagen wir nebeneinander und Angela fragte: Sag mal Folka, machst du es dir auch schon mal selber?

Wenn ich dazu Lust habe, tue ich das.

Folka, du musst es mir sagen, wenn du kurz vorm Abspritzen bist, sagte Angela zu mir beim Gegenübersitzen und massierte sich ihre festen, großen Brüste dabei.

Ja, jetzt, gleich kommt der Saft. Ich merke das und ich kann das nicht mehr zurückhalten. Angela beugte sich runter und sagte: Halte mir meinen Kopf feste und saugte und leckte, bis Günter mehrmals zuckend das weiße Zeug wie bei einem Vulkanausbruch herausschleuderte.

Oh, schmeckt das gut, nahm ich noch wahr.

Wir hatten mal Besuch. Ach, ich würde ja gerne früh schlafen gehen, aber mir kommt immer was dazwischen, sagte sie und machte ihre Beine auseinander.

Das ging so um ein Jahr. Ich meldete mich zur Meisterschule an und fuhr zweimal die Woche abends nach Dortmund, zum Haus des Handwerks. Ich hatte die Knechterei leid. Lieber ein kleiner Selbständiger als ein großer Knecht. Wenn eine Frau beim Vögeln sagt: Komm fick deine Schlampe, dann ist das in Ordnung und sexuell gut stimulierend. Sie entwickelte sich aber leider zur Vollschlampe, sie war den ganzen Tag eine. Zum Schluss arbeitete sie in einem Wurstgeschäft an der Kasse, ging morgens ungewaschen mit zottelligen Haaren zur Arbeit. Abends kam sie, wollte wieder Sex und ich schlief bei der Meisterabendschule oft ein, ich war unkonzentriert und alle. So konnte es nicht weitergehen.

Ich will weiterkommen, mit dir geht das nicht. Lass uns die Beziehung beenden. Angela, ich habe keinen Bock mehr auf dich.

Glaubst du, dass du noch mal mit einer anderen klarkommst. Kannst du dir vorstellen, noch mal mit einer anderen zu schlafen, mit diesen Breitarschweibern.

Irgendwann kommt mein Supergirl, pack bitte deine paar Sachen, setz dich in deinen Renault und fahr nach Breckerfeld. Ich bin fertig mit dir, du bist nymphoman, unersättlich und wenn ich mal nicht kann, bist du sauer.

Ich hatte schon erste Aufträge (der Steuerminister möge mir verzeihen, die Sache ist jetzt eh verjährt) und es machte mir Spaß und gab dem Folka Selbstvertrauen, wie die Leute auf meine Blumentische, Kupferschalen, Fisch- und Weintraubengeländer abfuhren und auch gut dafür bezahlten. Alles Cash. Und wenn mal einer eine Quittung brauchte, kam die Mehrwertsteuer, die damals bei elf Prozent lag, noch dazu. Als Sonderbonus sozusagen.

Oft hing mir diese Lernerei zum Hals raus. Die Handwerksordnung ist eine Einrichtung aus dem Mittelalter. Die Vorträge gingen meistens an der Praxis vorbei. Zwei Pauker, die aus der Wirtschaft kamen, hatten es allerdings ganz gut drauf. Meine Herren, sie müssen sich für ihre Zukunft merken: Investieren ist besser als konsumieren. Wer schreibt gewinnt. Lernen sie die Verdingungsordnung für Bauleistungen auswendig. Wenn sie für einen neuen Kunden arbeiten, überprüfen sie seine Bonität. Werden sie beleggeil, jedes Stück Papier, was sie in ihren Büchern haben, ist steuermindernd. Dieser Staat ist wie die Blutsauger. Och, das wusste ich auch schon. Ich fand es sehr nett und ehrlich, dass mal ein Finanzbeamter seinen Frust vor angehenden Unternehmern frei lässt. Herr Becker unterrichtete das Fach Finanz- und Steuerrecht.

Die Prüfungsverordnungen für die angehenden Schlossermeister wurden zwischenzeitlich geändert. Zusätzlich musste ich noch einen Kunststoffverarbeitungslehrgang absolvieren. Die Handwerkskammer brauchte wohl mal wieder außerordentliche Einnahmen, um ihren aufgeblähten Wasserkopf zu finanzieren. Der Lehrer war ein ausgesprochener Praktiker. Meine Herren, wenn sie irgendwas angefasst haben und müssen zur Toilette, waschen sie sich vorher die Finger, sonst kann es passieren, dass sie Schitschiwum an ihrer Fickstange kriegen und ihre Partnerin hat dann auch Probleme mit ihrem Teil. Sie wissen schon was ich meine. Und dann erzählte er. Sein Freund musste eine PVC-Verrohrung herstellen. Der Kunststoff wird vor dem Schweißen mit dem ihnen bekannten Nahtreiniger gesäubert. Irgendwie kam das Zeug dann an seinen Pimmel und er musste mit erheblichen Blasen und aufgerissener Penishaut ins Krankenhaus. Die Ärzte machten dann erst mal ihre Sprüche und was glauben sie, was mein Freund zuhause mit seiner lieben Gattin für einen Stress bekam. Sie meinte doch tatsächlich: In was für ein Loch hast du deinen Schwanz reingesteckt?

Ich konnte meinen Mund nicht halten und sagte: Das geht auch weg, wenn man in eine Steckdose pisst. Die ganze Klasse hat sich vor Lachen auf die Erde gelegt.

Meine Kumpels gingen vor die Tür und ich zog mir abends diese langweilige Handwerksordnung rein, lernte DIN Normen und Kostenrechnung. Zum Schluss arbeitete ich in einer Gesenkschmiede als Reparaturschlosser. Das war die größte Schmiererei überhaupt. Die ganze Firma war total veraltet. Von einem österreichischen Gastarbeiter mit einem kleinen Oberlippenbärtchen hat die Schmiede während des verhängnisvollen zweiten Weltkrieges Doppelgegenschlaghämmer, die man bei den Belgiern geklaut hat, bekommen. So sahen diese Maschinen auch aus. In Hückeswagen gebaut und an die Belgier verkauft und von Adolf geklaut. Auf diesen nun wirklich überalterten Schmiedepressen wurden Präzisionsteile für Kernkraftregelventile hergestellt.

Jeden Tag ging in dieser Schmiede was kaputt und ich arbeitete länger. Ich hatte oft Schwierigkeiten, pünktlich an der Schulbank zu sitzen. Morgens früh, als ich mal wieder etwas später an meinem Arbeitsplatz war, kam der Betriebsleiter dieser dunklen staubigen Bude und sagte: Herr Burmann, warum kommen sie immer zu spät?

Ich habe hier gestern zwei Überstunden gemacht. Meine gestellten Aufgaben erledige ich ja wohl zu ihrer Zufriedenheit und wissen sie, ich muss mir jeden Abend aufschreiben wo ich meine Sachen hingelegt habe und heute morgen fand ich den Zettel nicht, deswegen kam ich zu spät. Und wenn wir schon am reden sind, wie sieht das mit mehr Geld aus?

Ich bekam zur Antwort, dass die Geschäfte angeblich schlecht laufen usw.

Ach wissen sie was, ich weiß nicht, ob sie das schon gehört haben, dass ich an der Meisterprüfung dran bin und vorhabe, mich selbständig zu machen. Ich kündige hiermit. Die Kündigungszeit können wir mit meinem Resturlaub verrechnen. Ich geh jetzt nach hause.

Ach, was hatte ich jetzt ein tolles Leben. In unserer Stadt war ich nicht mehr unbekannt und schlosserte nur noch für die Leute, die Häuser und Geld hatten.

Mein Vater kannte ja Gott und die Welt und sein Freund Alexander, ein Bauträger, gab mir den Auftrag, für einige Reihenhäuser die Schlosserarbeiten auszuführen. Alles ohne Rechnung. Ich ließ mir einen Sparvertrag auszahlen und kaufte hiervon eine ordentliche elektrische Säge und ein Schweißgerät. Der Werkzeughändler bekam Glanz auf den Augen, als er von mir hörte: Ich brauche keine Rechnung. An der kleinen Baubude hing ein Schild: Folka Burmann Schlosserei Kunstschmiede Treppenbau.

Eines Samstags gingen meine Kumpels und ich vor die Tür. Nach einem Streifzug durch die Gemeinde landeten wir im Cafe Krönchen. Drei jüngere Damen saßen am Tisch. Marcel kannte eine davon und wir setzten uns dazu. Eine von den Schicksen gefiel mir sofort. Gitte, 21Jahre, eine Schlanke mit braunen Augen und mittellangen dunklen Haaren. Eine richtig nette. Wir kamen ins Gespräch und ich merkte, wie sie mich musterte, als ich sagte: Ich kann mich nicht über die normale Alltagskacke wie Fußball usw. unterhalten. Als sie nach hause wollte fragte ich sie: Gibst du mir deine Telefonnummer?

Ja klar, aber ruf bitte nicht mitten in der Nacht an. Ich wohne noch bei meinen Eltern.

Mittwochs darauf rief ich sie an.

Hallo hier ist Folka. Kannst du dich noch an mich erinnern?

Ja, letzten Samstag im Krönchen.

Ich würde gerne mit dir essen gehen.

Lass uns Samstag wieder im Krönchen treffen, antwortete sie.

Sie kam gegen einundzwanzig Uhr und brachte ihre Freundin Andrea und deren Freund Knut mit.

Knut kam auch aus der Metallverarbeitung und so konnten wir beide etwas fachsimpeln. Gitte und Andrea unterhielten sich über so Frauenkram.

Das Krönchen wurde leerer und ich wäre gerne mit Gitte alleine gewesen, was sie auch merkte.

Ich lade euch zu mir ein, hier ist eh nichts mehr los, sagte ich und wir fuhren zu mir. All zu viel Alkohol hatten wir noch nicht getrunken. Knut und ich fuhren mit meinem Kombi Volkswagen vierhundertelf vor. Gitte und Andrea folgten uns mit ihrem kleinen Fiat Bambino. Knut erzählte, dass er von seiner Andrea gehört hat, dass Gitte mich nett findet.

In meiner kleinen Kellerwohnung unterhielten wir uns und ich merkte diese Gitteblicke und ein echt bezauberndes Lächeln.

Gitte ging zum Pott und als sie herauskam, sprang ich vom Sofa, ging ihr entgegen und zog an dieser Schlaufe, die früher an manchen Jeans angenäht waren und an ihrer eben auch.

Ich hatte sie förmlich überrumpelt und bis zu meinem Bett waren es nur vier Meter. Wir küssten uns lange und intensiv. Als ich ihre Beine streichelte und dann über ihre Brust meine Hände gleiten ließ, hielt sie diese fest und schaute mich mit ihren großen braunen Augen an und sagte: Für was hältst du mich eigentlich? Wir haben uns jetzt zweimal gesehen und findest du nicht, dass das alles zu schnell geht. Kurz darauf fuhr sie mit Andrea und Knut. Wir verabredeten uns für Sonntagabend zehn Uhr Enge Weste. Die drei waren vorher in dem Theaterstück Holiday on Ice.

Gitte kam pünktlich, ihre Brille war von der draußen kalten Luft und der warmen in der Kneipe gut beschlagen. Ach, warum habe ich nur so schlechte Augen, sagte sie.

Deine Brille steht dir echt gut, dieses Neonblaue passt zu dir. Und wer ist schon vollkommen?

Das hätte dir bestimmt auch gut gefallen. Die Eiskünstler waren richtig gut. Leider muss man die Karten schon lange vorher kaufen.

Wir redeten noch fast zwei Stunden und verblieben, dass ich sie montags von ihrer Arbeitsstelle, wo sie als Sekretärin in einem Ingenieurbüro arbeitet, abhole.

Im Cafe Krönchen tranken wir Cafe mit Baileys und dann sagte sie: Ich finde gut, dass du zur Meisterschule gehst. Endlich mal einer der was macht. Ich lerne nur Hirnies mit schmutzigen Fingernägeln und ungepflegten Haaren und Zähnen kennen.

Gegen zwanzig Uhr schlug ich Gitte vor, zu mir zu fahren.

Wenn du dich zu benehmen weißt. Du kannst mir das jetzt glauben oder nicht. Ich bin noch Jungfrau, auch vom Sternzeichen her und wenn du mehr willst, dann musst du einfach Zeit haben.

Wir verbrachten viele Kuschelabende auf dem Sofa unternahmen Theater und Kinobesuche. Meine Eltern fanden sie total nett. Jetzt hat Folka ein vernünftiges Mädchen, meinte Mama. Als sie endlich die Pille nahm, hatte ich, nach dem sie ihre sexuelle Mauer zerbrach, einen Vulkan. Einmal stolperte sie und schlug sich ihre Kniescheibe auf, es blutete etwas und sie sagte: Ach jetzt bin ich ein gefallenes Mädchen. Hatte sie ihre Tage, dann hörte ich von ihr: Ich habe wieder mein Gedönse. Zu ihrer Freundin Andrea, die ein kränklicher Typ ist, sagte sie mal: Am besten, du kriegst es am Arsch, dann kannst du es ausscheißen. Sexuell wurden wir immer vertrauter. Sie zog auch gerne halterlose Strümpfe an. Einmal, an einem Samstag, hielt ich den Fahrstuhl in dem Hochhaus von Andreas Wohnung an und wir machten es hier. Als der Fahrstuhl dann nach einer guten Viertelstunde weiterfuhr und im achtzehnten Stockwerk hielt, sahen wir viele Leute, als die Tür sich öffnete. Wir hatten vielleicht eine Angst, als der Fahrstuhl einfach stehen blieb, sagte Gitte zu den Wartenden.

Die Unterhaltungen mit Andrea und Knut waren immer sehr amüsant. Wir verabredeten für den nächsten Tag, uns an der Glörtalsperre unterhalb der Jugendherberge zu treffen. Sag mal Andrea, hast du nicht eine Decke, unsere hängt auf dem Wäscheständer und ist bestimmt morgen früh noch nicht trocken, sagte Gitte und fasste mich auf den Oberschenkel.

Was hat Gitte denn jetzt, dachte ich, denn unser Schwimmzeug einschließlich frischer Decke lag immer im Auto.

Nach Mitternacht hielten wir den Aufzug zwischen der achten und neunten Etage an und breiteten die Decke aus. Das war so richtiger Fahrstuhlsex. Und ein ganz geiles Gefühl war das auch noch, so im Aufzug.

[17]

Die gotische Markuskirche am Citymarktplatz wurde im großzügigen Stil umgebaut. Der fünfzig Meter hohe Kirchturm lag waagerecht auf dicken, schweren Stahlböcken auf dem Kirchplatz. Klempner und Spengler beschlugen den Turm mit bestem deutschem Kupferblech.

Gitte, geh doch mal bitte mit deiner Freundin zu den Handwerkern, mach denen schöne Augen und sag, dass ihr in einem Bastelclub seid, und ob die nicht ein paar Kupferbleche über haben. Drei Wochen lang bekam sie die Reststücke, dann wurde leider der Turm wieder mit einem riesigen Autokran aufgerichtet. Aus einem hydraulischen Autowagenheber baute ich eine kleine Tischpresse. Gregor und sein Freund Henry schnitten die Ecken an den Kupferblechstücken rund und hielten einen Autogenschweißbrenner an die Kanten, bis das Kupfer wie Kerzenwachs runter lief. Anschließend kam das Blech unter die Presse in einem Werkzeug, was mir ein Meisterschüler für kleines Geld baute, und fertig war eine Designerkupferschale. Gut fünfhundert Stück wurden hergestellt und an die umliegenden Blumengeschäfte verkauft. Manchmal war der kleine Bambino bis auf dem Fahrersitz vollgepackt, wenn Gitte mal eben nach Feierabend die Kupferschalenbestellungen auslieferte.

Gitte und ich fuhren nach Bernkastel-Kues und machten uns ein paar nette Tage. Geld war ja genug da. Unterwegs fasste ich ihr auf die Oberschenkel und fragte: Sag mal, bist du ein Mädchen? Schau doch mal nach, hörte ich. Sogar in einem kleinen Fiat Bambino kann man sexen, stellten wir fest.

Der Meisterprüfungstermin rückte immer näher und immer wenn wir uns sahen, fragte sie mich aus meinen Fragen- und Antwortbüchern. Sie fragte und ich musste antworten. Diese ganze Fachtheorie und den kaufmännischen Teil hatte ich in der Tasche.

Der mündliche Teil stand bevor. Ich ging mit meinem alten ausrangierten Konfirmationsanzug dahin, die Form muss ja gewahrt werden. Die Schaumeister, alles Herren im gesetzten Alter, die eben so aussehen als wenn sie abends mit der Flasche Bier vor dem Fernseher einschlafen oder ihrer Frau drei Stöße geben und sich dann ganz erschöpft zur Seite rollen lassen, fragten einigen Mist, den man nicht unbedingt wissen muss.

Ein ganz besonderer Typ dieses Meisterprüfungsausschusses ging mir besonders stark auf den Leim. Er hat in dem Stadtteil, wo ich zum erstenmal das Licht der Welt erblickte, einen Verkaufsladen. Original handgeschmiedet steht daran, die Kaminbestecke und Laternen waren aber industrielle Fließbandarbeit. Jeder Hammerschlag in millimetergleicher Teilung, auch da wo keiner hingehört.

Herr Aufschneider wollte hören, was denn so alles in einer Schlosserei zu stehen hat. Die Prüflinge zählten alles mögliche auf: ne Säge, eine Bohrmaschine, eine Drehmaschine, ein Schweißgerät usw. Herrn Aufschneider reichte das aber noch nicht und ich stand in Gedanken vor seinem Schaufenster und blickte hinein. Was will dieser Tünnes denn noch hören? Und dann wusste ich es. Ich hob meinen Finger wie in der Grundschule und kam zu Wort und sagte: Ein Amboss und ein Schmiedefeuer muss in jeder Schlosserei stehen. Genau das wollte der Aufschneider hören. Von acht Prüflingen bestanden sechs. Einer war leider so doof und antwortete auf die Frage, was denn BAB heißt: Bundesautobahn. Der Prüfungsausschuss wollte aber Betriebsabrechnungsbogen hören. Ich hielt noch einen kleinen Vortrag über das Eisenkohlenstoffdiagramm, was ich sehr gut konnte: Eine reine Eisenschmelze erstarrt bei fast tausendvierhundert Grad Celsius in gut hellweißer Farbe zum kubisch raumzentrierten Deltaeisen ab. Bei weiterem Abkühlen usw. Oder so, was weiß ich?

Herr Aufschneider, der aus dem Mund wie die Kuh aus dem Arsch roch, und was noch schlimmer war, die Aussprache war äußerst feucht, er spuckte beim Sprechen, überreichte mir mit einem Händedruck die Meisterrolle und ich sagte: Vielen Dank Herr Kollege, ich mache mich zum ersten April selbständig und werde mir einen sehr großen Teil von dem Kuchen abschneiden.

Haben sie denn schon eine Werkstatt? Und was ganz wichtig ist, haben sie denn auch schon Aufträge? Es ist nicht so einfach, heute am Markt zu existieren, hörte ich und sagte: Sie werden von mir hören, denn ich möchte, dass Generationen später noch von mir reden. Gitte überreichte mir einen dicken knallroten Rosenstrauß mit einem kleinen Zettel: Arbeit scheue nicht und wachen, aber hüte deine Seele vor dem Karriere machen. Deine Gitte. Ich liebe dich.

Ich werde meinen Meisterbrief über das Bett hängen, dann macht es dir immer dein Lehrmeister, sagte ich und wir feierten die bestandene Prüfung.

Eine gute Mutter und Ehefrau ist sie geworden, ihre lustige Art, ihre Power. Ich dachte, da kommt noch was Besseres. Sexuell hat sie keinen Vergleich. Ich war der, welcher sie entjungferte. Heute wohnt sie in Herdecke, hat zwei Kinder und ist glücklich verheiratet.

Es ist bitterkalt und Corinna und ich sind auf dem Weihnachtsmarkt und trinken Glühwein. Gitte läuft mir mit ihrem Ehemann über den Weg, und wie sagt man nach zwanzig Jahren: Hallo. Wir unterhielten uns nett. Einen sehr sympathischen Mann hat sie, dachte ich, und ihre lustige Art hat sie noch immer. Am Kinn hat sie etwas zugelegt, aber diese braunen Augen leuchten noch immer so wie früher.

[18]

Mein Nachbar, Hassan, ein türkischer Autohändler, lieh mir seine roten Kennzeichen und ich fuhr mit dem frisch lackierten Daimler-Benz Richtung Autobahn. Das Gaspedal trat ich voll durch. Das Auto hat ja Schub ohne Ende. Ratz fatz stand die Tachonadel auf zweihundertsechzig Stundenkilometer. Leider geht die Tankanzeige nach unten, während die Tachonadel nach oben geht. Ach was soll es, ich habe eine Tankkarte und ein bisschen Spaß muss sein. Trotzdem war ich entsetzt. In den Tank gingen für gute 150 Mark ungesättigte Kohlenwasserstoffe hinein.

In Wellpappe eingepackt und mit rotem Isolierband verziert, stellte ich die Karre mit dem Baukran auf meine Terrasse. Den werden wir im Sommer fahren, sagte ich zu Corinna, während sie das rote Isolierband durchschnitt. Als sie das Auto sah, sagte sie: Du bist verrückt, ein 500SL. Sie hat sich echt gefreut über dieses Auto. Abends fuhren wir zum Goldberg, tranken etwas Rotwein und machten Cabriolesex unter dem Sternenhimmel.

Manchmal rief ich sie an: Hi, ich habe gehört, du bist die beste Ficksau. Kann ich mal vorbei kommen? Meine Pfanne kriegt ihre Beine nicht auseinander. Sie antwortete: Wenn du bezahlst, dann mache ich es dir gut, heute abend habe ich Zeit. Ich mache es dir so wie du es gerne hast.

Ich tat dann so, als ob sie eine Edelnutte mit eigenem Penthouse, Kamin usw. ist. Den vereinbarten Zwanziger musste ich vorher bezahlen, wie im richtigen Leben. Die zwei Flaschen Puffbrause spendete der Kühlschrank und dann ging es los. Sie zog sich gerne um und schminkte ihr süßes Gesicht in allerlei bunten Farben. Am liebsten rannte sie mit Stöckelschuhen durch die Wohnung. Dieses Geräusch auf den Kacheln, das Schwingen ihrer Hüften, das Goldkettchen um ihre weibliche Taille machten mich jedes Mal gut an. Hin und wieder putzte ich nackt den Küchenfußboden, sie filmte das, während sie breitbeinig auf dem Tisch saß und sich ihren Vibrator einführte.

Wenn das Auto mal auf dem Aldi oder Lidl Parkplatz steht, erzählte sie mir abends, dass viele Leute wieder geguckt haben und die Knitterfalten auch anfassten. Einige schüttelten sogar mit dem Kopf und ich hörte, wie einer sagte: Der hat das Auto mit einem Pinsel gestrichen, das ist ja Fassadenfarbe. Das könnte die Handschrift von Folka sein, der hat dahinten mit seinem Bruder Gregor die Metallverarbeitungsbude. Die machen doch auch Teile für die Flugdinosaurierraketenabwehrfabrik. Jetzt haben die sogar noch einen Auftrag, eine Schildkrötenpanzerverstärkungskonstruktion in ganz hohen Stückzahlen zu produzieren. Als ich von diesem Gerede und Gegaffe hörte, sagte ich: Wir werden noch diesen Sommer ein paar nette Erlebnisse haben, dann geht die Karre in die Tonne und wir kaufen uns einen ganz funkelnagelneuen SLK mit Kompressormotor und hinten schreib ich ganz klein drauf: Eure Armut kotzt mich an!

Und hin und wieder fahre ich mit dem Auto und du machst ein auf Anhalter und ich sage zu dir: Komm steig ein, und dann fahren wir noch einmal zum Goldberg. Der Sternenhimmel war so schön, der Gesang der Grillen, ach überhaupt. Was spricht dagegen. Morgen ist Samstag und wenn ich eine Stunde später am Schreibtisch sitze, macht das nichts. Geil wär das schon, sagte Corinna und ich ging in meine Sportkammer, machte 15 Klimmzüge, 100 Situps jeweils abwechselnd für die gerade und schräge Bauchmuskulatur und einen siebenfachen Supersatz Kniebeugen. Während der Pause ließ ich den Bizeps arbeiten. Lary Scott Curls sind die besten, um den Bizeps auf maximale Kraft und Dicke zu trainieren. Hundert echte deutsche Mark gewann ich bei einer Wette. Es ging um eine fünfundfünfzig Kilohantel, die nach scottscher Trainingsart mindestens fünfmal langsam hoch gezogen werden musste. Bei ordentlichem pyramidenförmigem Warmmachtraining ist der Folka da gut eine halbe Stunde beschäftigt. Die letzte Übung war wie immer die Beste. Füße nach oben an der Reckstange, Arme hängen lassen und Kopf ausbaumeln lassen. Ich duschte sehr lange kalt, nahm sie als unterkühlter Eismann im Arm und sagte: Was soll ich jetzt tun?

Mit ihrer sanften erotischen Stimme flüsterte sie mir ins Ohr: Geh doch mal in die Volmestuben und nimm dein Handy mit. Jill, die Schwester von Susan, welche die Besitzerin der Volmestuben ist, stellte mir ein kühles frisch gezapftes Warsteiner auf den Tresen.

Mein Handy klingelte und ich hörte: Hi, hier ist Corinna. Ich bin sexuell vernachlässigt. Mein Mann hat wohl keinen Bock mehr. Ich bin so geil und feucht, kannst du es mir nicht besorgen. Ich zahle was du willst.

Hol mich in der Volmestube ab und bring 100 Mark mit, sagte ich. Zehn Minuten später stand der SL vor der Kneipe. Ich bezahlte meinen Deckel und stieg ein. Corinna hatte wieder ihr Nuttenparfüm, wildeste Rose, reichlich aufgetragen und nur den Nerzmantel an, den sie mal von ihrer Mutter geschenkt bekam. Ihre langen Beine verzierte sie mit den roten Stöckelschuhen und wir fuhren zum Goldberg.

Bist du überhaupt einhundert Mark wert? Komm, zeig mir erst mal wie du ficken kannst, sagte Corinna und zog sich den Nerz aus.

Liebes Baby, wenn du es besorgt haben willst, dann musst du meinen Günter erst mal auf Durchmesser und Länge blasen. Wenn du meinst, er ist groß genug, dann führ ich ihn dir ein.

Komm zieh deine Nuttenschuhe aus und stell dich hin. Die Absätze durchlöchern das edle Leder, ich hatte vorhin am Tresen eine Vision.

Corinna hielt sich an dem Windschutzscheibenrahmen feste und ich machte es ihr von hinten im Stehen.

Ja, komm, mach es mir, ich habe schließlich dafür bezahlt. Komm fick deine Schlampe.

Wieso heißt dieser Berg mit dem Turm überhaupt Goldberg, wollte sie nach dem Sexuellen hören. Nun ja, Gold gibt es hier nicht, aber früher fuhren mein Vater und seine Kollegen hier mit ihren 250 Maico oder Puch Geländemotorradmaschinen Motorcrossrennen und der Gewinner bekam einen vergoldeten Pokal.

Den Tag darauf verspeisten wir die hundert Mark beim Griechen und ich erzählte ihr meine Vision, die ich vormittags eingestielt hatte.

Du kennst doch meinen Freund Bischeck, der polnische Zigeuner, der vom Sozialamt lebt und einen deutschen Pass hat. Er fährt das Auto morgen nach Olawa, das ist in der Nähe von Breslau. Der SL wird da richtig für ganz kleines Geld fertig gemacht. Bischeck sagte, solche Autos werden zu Dutzenden in Deutschland geklaut. Ersatzteile sind genug da und die Polen sind hervorragende Handwerker.

Vier Wochen später kam Bischeck mit dem reparierten und neu lackierten SL auf dem Hof gefahren. Ich konnte es nicht glauben, das Auto sah wie gestern gekauft aus. Die Türen fielen hervorragend ins Schloss. Was mich wunderte, war der Tachostand, statt 260 000 Kilometer hatte der Benz jetzt nur noch 80 000 Kilometer gelaufen, das Lenkrad war kleiner und ich hatte noch zusätzlich ein Hardtop.

Mein Freund Rüdiger stellte den SL auf seinen Hondaverkaufshof. Ein jüngerer Möchtegern mit rostender Roleximitation kaufte dann das völlig übertourte Auto. Er meinte, er sei dann was.

Im März des folgenden Jahres waren wir bei Gregor und Anja. Wir sind ja nur zwei Minuten voneinander entfernt. Es regnete mal wieder eimerweise, aber wir standen ja im Trockenen an Gregor seinem Küchentresen, tranken Bier und redeten über Gott und die Welt. Da wir saubere Menschen sind, zogen Corinna und ich uns die Schuhe bei Gregor im Flur aus und standen da in Socken rum. Plötzlich ging Corinna ohne sich ihre Schuhe anzuziehen nach draußen.

Gregor, Anja und ich. Wir schauten uns nur an. Was hat sie denn, warum macht Corinna denn so was?

Ich verstehe sie manchmal auch nicht und kann ihr nicht helfen, sagte ich, die Tür zum Bunker ist aber unten zu und bei dem Regen holt die sich jetzt bestimmt einen nassen Arsch. Ich verabschiedete mich und ging dann auch. Allerdings mit Schuhen. Corinna wirkte wie verstört und wurde hysterisch. Sie sagte: Alles Scheiße, zuviel Alkohol, diese ganze Arbeiterei, dieses große Haus und überhaupt.

Was überhaupt, wollte ich wissen.

Warum heiratest du mich nicht, ich tue doch alles was du willst, ich will Burmann heißen. Ich mache auch einen Ehevertrag mit dir, sagte sie dann.

Lass uns ein anderes Mal darüber reden, schlug ich vor. Dann kam Südafrika.

[19]

Ich baute wieder etwas an meinem Haus um. Die Kachelfugen nervten mich schon längere Zeit. Die spachtelte ich dann mit Autospachtel zu und lackierte Badezimmer und alle Fußböden in gelb, blau und grün. Meine Eltern schüttelten mit dem Kopf und sagten: Der Folka denkt manchmal etwas anders.

Dann lief mir Annette wieder zufällig über den Weg. Wir spielten in der Badewanne MENSCH ÄRGERE DICH NICHT und besorgten es uns gegenseitig. Hemmungslos, lange und laut. Gregor sagte mal morgens früh: Letzte Nacht war es wieder sehr laut im Haus.

Dann kamen die Sommerferien und ich trippte mit Farina nach Tunesien. Nur Tochter und Papa.

Wir kamen uns richtig nah und redeten sehr viel. Einige Leute am Strand und im Hotel meinten, Farina sei meine Freundin. Wir ließen sie in dem Glauben und hatten den tollsten Spaß, wie wir wie ein verliebtes Paar Arm in Arm oder Hand in Hand daher liefen. Diese Blicke von manchen Leuten, jetzt guck dir den Typ an, was für ein junges Ding der sich geangelt hat, das könnte doch seine Tochter sein. Zum Abendessen in diesem vier Sterne Hotel hatte sie sich aber auch echt toll zurecht geschminkt und wirkte vielleicht drei Jahre älter, diese kleine Farimaus.

Die tunesischen Jungs fuhren voll auf sie ab und machten ihr die tollsten Komplimente. Die Masche ist immer dieselbe, immer sagen sie: Können wir ein bisschen reden und am Strand spazieren gehen? Ich ermahnte Farina, nicht aus meinem Sichtfeld zu verschwinden. Wir wurden oft angesprochen, hier ein bisschen Kamelreiten, dann kam einer mit seinem Pferd und bot seine Leistung feil. Ich willigte ein und dann saß sie auf einem schwarzen Hengst und ritt am Strand entlang. Nach etwa fünfzehn Minuten bekam ich dann doch merkwürdige Gedanken, ich sah den Tunesier und Farina nicht mehr und ging in die Richtung, wo sie hingeritten waren. Nirgendwo waren zwei Pferde zu sehen. Was soll ich in einem Land mit anderer Kultur und Sitte tun, wenn die Tochter verschwunden ist? Ich lief bestimmt über eine halbe Stunde und trank mir dann ein Bier an einer Strandbude, die ja hier überall alle

800 Meter stehen und schaute in die Farinarichtung. Es vergingen vielleicht noch zehn Minuten, ich wurde immer nervöser. Komm noch ein Bier, dachte ich, dann muss mir was einfallen.

Ich sah dann ein schwarzes Pferd und einen Schimmel. Das können sie nicht sein, denn der Tunesier und Farina ritten jeder auf einem schwarzen Pferd, also sind das andere Personen, dachte ich, ging den beiden Reitern aber doch entgegen, vielleicht kann ich mir eins von den Pferden leihen und Farina entgegenreiten, wenn sie überhaupt noch auf einem Pferd sitzt. Alles mögliche ging mir durch mein Gehirn. Farina hatte gerade mal wieder ihre Haare auf mittelblond gefärbt, eine recht ordentliche Oberweite und einen gut geformten Arsch, eben so wie gutgebaute fast 18-jährige Gören aussehen. Langsam wurden die Personen auf den Pferden deutlicher, auf dem schwarzen saß ein dunkelhaariger Mann, auf dem Schimmel eine Frau, das konnte ich an den langen hellen Haaren und an dem Bikinioberteil sehen. Die Entfernung wurde schnell immer weniger und dann sah ich sie doch, meine Tochter saß auf dem weißen Pferd. Ich stellte mich ihnen in den Weg. Farina war voll mit dem Tunesier am reden und lachen. Der Tunesier grinste mich an und sagte: Eine schöne Tochter hast du und sie hat Talent zum Reiten und da habe ich in meinem Pferdestall das schwarze gegen den Schimmel getauscht, und so lange hat noch keine für 100 Dinar geritten.

Farina, weißt du überhaupt, was mir alles durch den Kopf ging, als ich dich nicht mehr sah, das tust du nie wieder mit mir. Ach Papa, tut mir leid, der Typ ist wirklich sehr nett und hat mir gezeigt wie man auf einem Pferd sitzen muss. Dann meinte er, dieser Hengst sei nur für die normalen Touries und dann gab er mir die weiße Stute, sein Lieblingspferd. Reiten ist voll cool, was kostet denn ein Pferd?

Katamaus und ich redeten über Pferde und ich sagte zu ihr: Der Tunesier kann ja verdammt gut deutsch.

Ja, Papa, er hat mit erzählt, dass er drei Jahre in Deutschland in einer Fabrik gearbeitet hat. Farina wollte dann noch einmal Kamelreiten um einen Vergleich zu haben. Diesmal blieb sie auch auf Sichtweite.

Jeden Morgen musste ich eine Pickelausdrückprozedur über mich ergehen lassen, sind denn alle Mädchen gleich? Farina, meine erste richtige Freundin, die Jacqueline, hat mir auch immer in meinem Gesicht rumgedrückt, sagte ich zu ihr und dann musste ich ihr erzählen, wie ich Jacqueline kennen lernte.

Farina, ich war damals 17 Jahre alt und auf dem Springeplatz, da wo heute dieses Riesenkino steht, war Kirmes. Alle Jugendlichen trieben sich bei dem Autoscooter rum und dann sah ich sie. Ein bisschen kleiner als ich, fast schwarze mittellange Haare, früher waren so Pagenhaarschnitte modern, und ganz dunkle kohlrabenschwarze Augen und eine ganz süße Figur. Mein damaliger bester Freund Klaus kannte die Kleine und ich fragte ihn: Wer ist das?

Das ist Jacqueline und sie ist 15 Jahre alt, wenn du mir eine Schachtel Zigaretten gibst, dann stell ich sie dir vor. So war das früher. Gesagt getan, wir kamen ins Gespräch und fuhren ein paar Runden Autoscooter, gegen 22:00 brachte ich sie dann nach Hause. Sie wohnte auch nicht so weit von meinem Elternhaus entfernt, ungefähr 15 Minuten zu Fuß.

Papa, wie lange warst du denn mit Jacqueline zusammen.

Fast drei Jahre, antwortete ich.

Wann habt ihr denn das erste Mal zusammen, ja du weißt schon was ich meine, sagte Farina.

Vielleicht nach zwei Monaten, aber beim ersten Mal mit ihr war ich so nervös und konnte gar nicht und hab das dann abends meiner Mama erzählt, die wusste aber auch keinen Rat und als dann Papa von der Arbeit kam, redeten wir darüber und Papa sagte: Versuch es mal mit kalt duschen und mach mal ordentlich Liegestützen, das erhöht die Standfestigkeit

Und seitdem dusche ich kalt und mache Liegestützen und konnte eigentlich immer.

Papa, mit wem hast du denn das erste Mal.

Ich glaube da war ich 15. In der Elisabethstraße wohnte eine ganz Dicke mit ganz großen Brüsten und wir fummelten in einem Abwassertunnel, der nur von der Volme aus zu erreichen war.

Irgendwann lag ich bei ihr im Bett. Honky Tonk Women lief da gerade von den Rolling Stones.

Papa, hast du oft mit Jacqueline geschlafen?

Ja, Farina sehr oft, manchmal dreimal am Tag. Die wollte und konnte immer und war ganz kuschelig. Einmal sagte ich zu meinem Papa, dass ich heute nicht in die Berufsschule brauche sondern arbeiten müsste. Ich hatte da schon den Führerschein und durfte mit dem Auto von meiner Mama fahren. Jacqueline und ich trafen uns morgens früh am Bronksener Bahnhof und sind dann zu dem Wohnwagen von meinen Eltern am Harkortsee gefahren und haben den ganzen Tag gesext. Papa hatte mir das nicht geglaubt mit der Berufsschule und rief bei meiner Lehrstelle an uns so kam alles raus.

Was hat dann Opa Hans gemacht?

Meine Eltern haben Jacquelines Eltern angerufen. Ich bekam ein paar Tage Autoverbot und Jacqueline Stubenarrest, aber nicht so lange.

Papa, was dachtest du denn eigentlich als du hörtest, dass ich die Pille nehme und einen Freund habe.

Nun ja, Farina, als ich merkte, dass du nicht mehr so wie früher mit mir kuscheltest, da hab ich das eben gewusst. Vielleicht war es etwas zu früh, dachte ich, aber so ist das nun mal eben und wenn du den Sex mit Verstand machst, dann ist das schon in Ordnung.

Farina und ich unterhielten uns noch eine Weile über Sex, weil ich denke, vor mir braucht sie sich nicht zu schämen. Papa, hast du denn noch Kontakt zu deinem Freund Klaus? Nein, wir verloren uns irgendwann aus den Augen und dann hörte ich, er sei nach München gezogen und hat sich sein Geschlechtsteil abgeschnitten, weil er von Frauen die Schnauze voll hatte. Die Ärzte konnten Klaus noch in letzter Minute helfen, sonst wäre er wohl verblutet.

Ach du meine Güte, das muss ja weh tun, wenn man sich den Penis abschneidet, sagte Farina.

Ja, alleine der Gedanke an so etwas tut schon weh. Jetzt hat er das Dingen eben nur noch zum Pippi machen, sagte ich zu meiner kleinen Farimaus.

Was lernte denn Jacqueline, Papa.

Ja, die lernte da in Wuppertal beim Finanzamt, irgendwas mit Steuern. Und als sie ihre Ausbildung beendete ist sie nach Wuppertal gezogen. Irgendwann später besuchte sie mich mal und hat sich verabschiedet. Sie hätte einen Amerikaner kennen gelernt und ist wohl jetzt noch immer in den Staaten. Ihren doofen Alten, den konnte ich überhaupt nicht ab, das war so ein Vermessungstechniker bei dem Stromversorger und sagte zu mir, ein Schlosser ist nichts für seine Tochter, die hätte was geistig besseres verdient.

Nachmittags machten wir dann Fallschirmsegeln mit dem Motorboot. Die tunesischen Jungs legten die Gurte sehr sorgfältig um Farinas Körper. Sie war die ganze Zeit am kichern. Als sie wieder festen Boden unter den Füßen hatte, sagte sie: Das ist ja voll geil, da oben in der Luft. Nach acht Tagen ging es dann zum Flughafen Monastir und kurz danach waren wir in Düsseldorf in Old Germany.

Zwei Tage konnte sie noch in dem Bronxchenbunker verbringen, dann fuhr ich sie zu Hilde und nahm Tibor mit, der den Rest der Sommerferien am Haus und im Betrieb arbeitete. Er sollte den Lagerschuppen aufräumen und fand eine Kiste sogenannter Kugelrollen. Kugelrollen werden bei Schlagscheren auf dem Maschinentisch in vorher hergestellte Bohrungen hineingedrückt. Die schweren Stahlbleche lassen sich durch diese Rollen ganz einfach von Hand hin und her schieben. Eine alte drei Meter lange Küchenarbeitsplatte ohne Spülausschnitt, also ein richtig voll gutes Holzbrett, stand auch noch im Schuppen. Tibor bohrte 40 Löcher in das Holzbrett und drückte die Kugelrollen darein. An einer 20 mal 20 Zentimeter großen Blechplatte mit vier außenliegenden Bohrungen schweißte er sich mittig ein im Innendurchmesser von 5 Zentimeter und 30 Zentimeter langes Stahlrohr an und verschraubte die Blechplatte mit dem Holzbrett und legte diese eigenwillige Burmann'sche Konstruktion auf den Verbundsteinpflasterhof. Er trat mit dem Fuß dagegen und durch diese unten angebrachten Kugelrollen glitt das Holzbrett so vier bis fünf Meter über den Hof. In das nach oben zeigende angeschweißte Stahlrohr steckte er ein Surfsegel was auch da so im Schuppen rumlag und so hatten wir unser Trockensurfbrett. Voll geil ist das Surfen auf dem Hof.

[20]

Ich gab dann einfach mal eine Bekanntschaftsanzeige in der Tageszeitung auf:

Sensibler Steinbock, 45 Jahre, 178 cm, durchtrainierter Kuscheltyp mit Penthouse, Kamin und Rotweinlager sucht Dich (ab 36 Jahre, selbstbewusst, sportlich, gutaussehend) zum reden, Skifahren, für Sauna, Sonne und zum Cabriofahren, für Rotweinzigarettenküsse ... und mehr.

So viel Post bekam ich noch nie, stellte aber fest, dass einige Girls soziale Absicherung suchen.

Ein paar Frauen rief ich an und fragte, was denn der Spiegel sagt, ich meine nicht die Zeitung, sondern das Teil an der Wand im Badezimmer, und was zeigt die Waage an? Mit einer traf ich mich auf einem Parkplatz. Monika war eine äußerst vorsichtige. Nach einem sehr guten sexistischen Schriftverkehr und Durchführen eines Bluttests trafen wir uns dann auf einem Autobahnrastplatz. Ihr scheibenschwarz gefärbter Grand Cherokee ließ keinen Blick von draußen rein. Monikas Ehemann, den sie sehr liebt, kriegt den Aal selbst mit Viagra nicht mehr hart. Sein Kopf ist voll mit Aktienkursen und Warentermingeschäften. Dafür hat Monika alles was sie braucht. Zehn laufende Meter Kleiderschrank vollgestopft mit Boutiqueklamotten, den Grand Cherokee, eine immer gedeckte Kreditkarte und fünftausend Mark Haushaltsgeld, Putzfrau und Gärtner. Und den Sex holte sie sich bei mir, auch schon mal tagsüber auf der Kaminmatratze. Zweimal besuchte ich sie in ihrer Prunkvilla. Ihr Mann war in Kolumbien und wollte sich Kaffeeplantagen ansehen. Um die 300 Quadratmeter Wohnfläche, alles vom feinsten und vom teuersten, sah ich. Das benutzte Geschirr und die Essensreste blieben nach dem Mittagessen auf dem Tisch. Dafür ist die Putzfrau zuständig. Monika hatte ihrer Putzfrau für vier Stunden frei gegeben, um keine Zeugen für die Fremdfickerei zu haben.

Irgendwann nachmittags in der Pizzeria traf ich meinen alten Freund Alois und wir gründeten den Kreativclub Bronks. Jeden Freitag hantierten wir mit Filmsilikon, Gips und Mullbinden. Wir formten unsere Gesichter ab und hatten den tollsten Spaß. Die Gruppe wurde immer größer und die Abende immer lustiger. Irgendwann kam Susanne dazu, eine selbständige Steuerberaterin, die ich schon einige Jahre kenne.

Unsere Unterhaltungen drehten sich um diese arschlochmässige Politik und dass es Zeit würde, mal in Deutschland eine Revolution ins Leben zu rufen. Diese weltfremden Politiker, die das normale Volk wie die Blutsauger zur Ader lassen. Immer in die eigene Tasche. Von den jeden Monat neu erscheinenden Steuerrichtlinien ganz zu schweigen. Das deutsche Steuerrecht ist das komplizierteste, was es überhaupt gibt. Warum machen wir es nicht so: Einnahmen minus Ausgaben gleich Gewinn mal zwanzig Prozent Steuern und gut ist es. Hugo ist unserer Zeit voraus. Er macht alles Cash. Er sagt: Steuern? Steuerrad? Lenkrad? Auto. Um kein schlechtes Gewissen gegenüber der Allgemeinheit zu haben, spendet er jeden Monat anonym eine ordentliche Portion Geld an verschiedene soziale Einrichtungen, von denen er genau weiß, dass die Verwalterei von vielen Leuten ehrenamtlich ausgeführt wird. Letzen Monat spendete er einen größeren Betrag zur hiesigen Aidshilfe. Chris kam auch manchmal. Sie machte auch keinen Hehl daraus, dass sie ihren Lebensunterhalt als Prostituierte verdiente.

Chris, ich hab Stress mit einem ehemaligen Mitarbeiter, der hat mir die Schleifhexe vor die Füße geworfen und ich hatte ihn daraufhin fristlos gekündigt. Weißt du, die kommen aus dem Ausland und meinen, hier sei das Schlaraffialand. Jetzt hat der mich auch noch verklagt, in acht Wochen ist Termin am Arbeitsgericht. Sag mal, kennst du vielleicht einen Richter Richard Löwenherz? Wenn ja, könntest du den nicht eventuell etwas sexuell beeinflussen. Dieses deutsche Arbeitsrecht ist nämlich Arbeitnehmerrecht und ich habe keine Lust, diesem ungezogenen Kerl die Tausendmarkstücke in den Arsch zu stecken.

Als Chris den Namen Löwenherz hörte, grinste sie und sagte: Ich glaube, Samira kennt den, ich werd mal mit ihr reden.

Dann kam ein sehr netter Brief von einer Jasmin mit ein paar Fotos.

Hallo, ich bin gerade über deine Anzeige gestolpert.

Ich bin keine typische „Annoncenbeantworterin", gelegentlich ja und nur wenn sie für mich auffällig und interessant klingen, so wie deine. Wie fängt man also an, vielleicht so: Ich bin 35 Jahre, halte mich für attraktiv, normale Figur (nicht dick, nicht dünn), niveauvoll, bodenständig, häuslich, finanziell unabhängig, von Beruf Lehrerin.

Ich stehe also mit beiden Beinen im Leben, nach meiner Scheidung vor fünf Jahren, wie sagt man in „geordneten Verhältnissen" und suche keinen Mann um jeden Preis! Meine Freizeit gestalte ich mir vielfältig, gehe gern spazieren, koche gern, mag Kino, Theater und habe eine Vorliebe für sonnige Urlaubsziele (also keine Skifahrerin). Nun, dies soll ein kleiner Überblick sein, es gibt sicherlich noch viele Fragen, aber hierzu bedarf es dann schon eines persönlichen Gespräches.

Meinen Traummann könnte ich nicht beschreiben, ich glaube, es muss einfach stimmen und das hängt von vielen Dingen ab. Fotos verschicken ist eigentlich nicht mein Ding, aber ich mag keine Blind Dates, und ich denke, dass so Schlimmeres verhindert wird. Jedenfalls freue ich mich von dir zu hören und schicke Phantasiereiches mit. Tschüss, bis vielleicht zu einem netten Gespräch.

PS: Sollte ich dein Interesse nicht geweckt haben, bitte ich dich, mir meine Fotos zurück zu senden. Danke, sagt Jasmin.

Nach den drei Fotos eine sehr nette Erscheinung. Superlange blonde Haare, blaue Augen, Megabrüste und ein nettes natürliches Lächeln.

Ich schickte ihr meine Fotosession mit ein paar Zeilen.

Hallo Jasmin,

ich habe mich über deine netten Zeilen sehr gefreut und wenn ich auf dich keinen abstoßenden Eindruck mache, können wir uns doch mal zwanglos irgendwo in einem netten Lokal treffen. Von dir zur Bronks ist nicht weit. Deinen Anruf abwartend verbleibe ich bis bald. Folka

Zwei Tage später schrillte das Telefon. Hier ist Jasmin. Ich habe mich über deine Fotos und die paar Zeilen sehr gefreut.

Jasmin, dann können wir ja mal irgendwo hingehen. Ich bin flexibel und richte mich nach dir, sagte ich.

Wir verabredeten uns für Samstagabend um acht in der Volmeburg. Da gibt es ganz viele Biersorten und spanische Küche. Oh, ich liebe spanisches Essen, diese Tapas, diese Paella und dieser Sangria.

Eine sehr erotische Stimme hat sie, dachte ich und freute mich auf Samstag. Ich ging wie fast immer zu Fuß um meinen Arschmuskel in Form zu halten und sah mal wieder diese im Mittelalter erbaute Volmeburg mit den riesigen dicken Wänden. Der umlaufende Wassergraben, die Zugbrücke und die Schießscharten. Der spanische Kellner führte mich zu dem reservierten Tisch. Die gedämpfte Beleuchtung, die Kerzen, es war eine gemütliche Atmosphäre. Dann kam Jasmin durch die Tür und ich ging ihr entgegen. Wir beide lächelten und gaben uns die Hand. Du siehst ja noch besser als auf den Fotos aus, musste ich zu ihr sagen, so fasziniert war ich. Sie erzählte von ihrem Lehrerinnenjob an der Gesamtschule und Jasmin wollte wissen, was das denn für eine Burg, diese Volmeburg, ist.

Nun ja, diese Burg steht unter Naturschutz. Zu der Zeit, als die Obrigkeit der Christen mit der Ritterschaft den ersten Vertrag machte, also dies soll hier passiert sein. Die Ritter nannten sich dann Kreuzritter und konnten morden und plündern so viel sie wollten. Die Kirche hat alles erlaubt, es geschah ja auch alles im Namen Gottes. Wer den christlichen Glauben nicht annahm, wurde gefoltert, Frauen wurden grundsätzlich vergewaltigt und Kinder gegen die Wand geworfen. Eine die besser ficken konnte als die Durchschnittsfrauen, wurde als Hexe auf dem Scheiterhaufen verbrannt. Jahrhundertelang verhinderte die Kirche, dass das normale Volk lesen und schreiben lernt

Jasmin erzählte, dass sie von Priestern gelesen hat, die sich an kleinen Jungs vergangen hätten. Die Kirche soll das als kleines Kavaliersdelikt abtun. Selbst die Bischöfe reden um den heißen Brei herum. Und der Papst wohnt im italienischen Altenheim. Zu Hunderttausenden rennen die Pilger zu diesem sehr kranken Mann und wenn er dann das Orbi et urbi sagt, dann schreien alle hurra. Europäische Kinder gehen so fünf bis sieben Stunden am Tag in die Schule. Die Kinder in manchen afrikanischen Staaten müssen sieben Stunden am Tag Wasser in ganz schweren Gefäßen tragen, um zu überleben. Der Vatikan stinkt vor Gold, Geld und Diamanten. Dagobert Duck hat den Papst mal besucht und wurde ganz neidisch, als er die großen Geldspeicher gesehen hat. Wenn der Baumarkt mal wieder Hauswasserpumpenwerke im Angebot hat, könnte der Papst doch ruhig mal ein paar von den Dingern kaufen und die Pilger bringen die Teile dann dahin. Das Wasser fließt und die Kinder können in die Schule gehen. Warum spendet der Vatikan denn mal nicht einfach eine Milliarde Geldstücke zur Pillenherstellung gegen HIV. Aber die verbieten ja den vorehelichen Geschlechtsverkehr. Und das Schlucken von Antibabypillen auch. Seihet fruchtbar und mehret euch.

Die Kinder haben doch heute kein Vertrauen mehr zu ihren Eltern. Welcher Papa spielt denn noch mit ihnen? Jeden Tag läuft in den Wohnklos der Deutschen die Glotze, wenn die Kids mal was wissen wollen, dann sagen ihre Alten immer: Ja gleich.

Ja, meine Schulklasse wird immer undisziplinierter. Die Kinder kommen unausgeschlafen zur Schule und wenn Elternsprechtag ist, sind nur ein paar Eltern da.

Das Essen, was Jasmin aussuchte, war vom feinsten, der Rotwein auch. Komm wir fahren noch in die Stadt, die Nacht ist noch lang, sagte ich zu ihr. Das Taxi kam und kurz danach waren wir in der City.

Ich erzählte ihr von dem neu gegründeten Kreativclub und sie wollte nächsten Freitag kommen. Jeder für sich in sein eigenes Taxi einsteigend verblieben wir bis Dienstag bei ihr in Halden. Vorher musste ich sie küssen. Mann, was kann die sich festsaugen, dachte ich und bekam eine Halbglatte.

Sie bewohnt eine doppelstöckige 120 qm große Eigentumswohnung, die ihr ihre Eltern gesponsert haben. Ein total anderer Geschmack als ich. Überall Staubfänger und so Kinkerlitzkes, die keiner braucht. Na und! Dafür hatte sich Jasmin toll zurecht gemacht. Ihr weißes T-Shirt war voll ausgestopft, kein BH, die Teile standen wie eine Eins. Wir mussten uns sofort küssen und ich konnte meine Finger nicht bei mir behalten und musste es einfach tun, ihre Brüste anfassen. Es tat ihr auch offensichtlich sehr gut. Sie hatte hervorragende Kochkünste. Es gab Garnelen mit Knoblauchsoße in Öl und einen knackigen Salat. Beim Rotwein hatten wir den gleichen Geschmack. Angenehm lieblich und aus Ungarn. Nach dem Essen knutschten wir lange auf ihrem Sofa rum und sie meinte, dass es Zeit würde, ins Bett zu gehen. Ich müsste aber auf dem Sofa schlafen. Sie hält nicht soviel von One Night Stands. Morgens früh wurde ich durch zärtliche Küsse geweckt und wir verließen beide ihre Wohnung mit einem Dauerbrenner und: Na dann bis Freitag.

Tagsüber holte ich meine neue Lesebrille beim Optiker um die Ecke ab und Folka freute sich, dass er auch nun wieder das Kleinstgedruckte lesen kann.

Tags darauf kam das Gewerbeaufsichtsamt und machte uns großen Stress. Ein Nachbar hatte sich bei dieser Behörde beschwert. Über zehn Jahre ist dieser Mensch Sozialhilfeempfänger und liegt der Allgemeinheit, das heißt der arbeitenden Bevölkerung, voll auf den Knochen. Dieses Faultier macht einen auf gehbehindert. Oft vergisst er, welches Bein einen Schaden hat. Mal humpelt er mit dem linken, mal humpelt er mit dem rechten Fuß. Der grauhaarige erfahrene Beamte erklärte uns die Gesetzeslage und wir versuchten eine Lösung zu finden.

Wenn ich will, dann können sie die Maschine nur noch drei Stunden am Tag laufen lassen. Sie überschreiten den zugelassenen Geräuschpegel um mehr als 20 Prozent, sagte Herr Gewerbeaufsichtsmann. Gregor und ich redeten mit dem Herrn, erklärten ihm, dass vier Familien von dieser Maschine leben und dass unsere Kunden enge Termine setzen. Wir einigten uns, dass die dicken Fräsklötze nur noch vormittags bearbeitet werden.

Von unserem Bierpartner ließen wir uns sofort ein paar Kartons Weizenkorn liefern. Gregor und ich besuchten den gestörten Nachbarn und hörten so raus, das er eben gerne Korn trinkt und wir dachten uns, wenn Herr Blätterhörraschelln gut und ordentlich einen sitzen hat, er eben nicht mehr bei der Gewerbeaufsicht anruft. Ich denke bei dem Verzehr von einer Flasche Korn ist man wahrscheinlich mehrere Stunden fast klinisch tot.

Und dann kam sie, meine Kollegen und Kolleginnen der Kreativclubvereinigung schauten nicht schlecht.

Jasmin war ganz in blau gekleidet. Der Rock ihres Kostüms ging kurz über die Knie. Wir sahen durchtrainierte Waden und schmale Fesseln. Ihre Haare hatte sie auf Wasserstoffsuperoxidblond färben lassen. Ihre himmelblauen Augen mit den ewig langen Wimpern, jeder musste sie ansehen. Ein richtig blonder Engel und noch nett dazu.

Ulla, ein um dreißig Jahre altes, noch mal auf die Schulbank gehendes Stadtverwaltungslehrlingsmädchen, die das Abformen mit ihrer Canon fotografisch festhält, kam sofort mit Jasmin und Susanne klar. Sie unterhielten sich über Kunst. Jasmin gibt der Unterstufe Malunterricht. Susanne malt nebenbei abstrakte Kunst und gibt auch schon mal Ausstellungen. Ulla fand keine Stelle als Graphikdesignerin, da hat sie sich entschlossen, was Krisensicheres bei der Stadt zu lernen.

Heute wurde Susannes fein geschnitztes Gesicht abgeformt. Zuallererst werden die Wimpern und Augenbrauen mit Bübchencreme, welche auf einem Ohrenstäbchen aufgebracht ist, gut eingefettet. Das Gesichtsilikon mit zehn Prozent Härter mischte Jasmin nach der Anweisung von Alois auf der digitalen Waage, die er sich immer von seiner Beleuchtetemöbelgriffe-Fabrik für freitags auslieh. Das Silikon wurde auf Susannes Gesicht mit einem Malerpinsel aufgetragen. Atmen konnte sie jetzt nur noch durch einen Strohhalm. Lass bloß deine Augen zu, ermahnten wir sie. Nach 25 Minuten war das Silikon ausgehärtet. Die Form wurde mit Gipsbinden verstärkt. Als das halbe Kunstwerk ausgehärtet war und endlich von ihrem Gesicht entfernt werden konnte, hat sie wie alle ein paar Wimpern und Augenbrauenhaare verloren. Aua haben bisher alle gesagt. Der Negativabdruck wird anschließend mit Alabastergips ausgegossen und wieder war eine Fratze fertig. Ulla baute eine Riesentüte, welche die ganze Zeit umherging. Jasmin war etwas über die Marihuanaraucherei geschockt, wurde aber, da die Küche mittlerweile voll im Dunst stand, immer lockerer. Alois fragte mich, wo ich denn diese Granate kennen lernte. Aus der Zeitung, sagte ich.

Jasmin und ich knutschten auf dem Sofa. Sie genoss es, wie ich ihre großen festen Brüste massierte und mich an ihrem schlanken Hals festsaugte. Mal sehen, wie flexibel die Kleine ist, dachte ich und ging ihr langsam über ihre dunkelblaue Strumpfhose zu ihrem Teil. Ihre heißen Oberschenkel und das Gefühl des Nylons taten Günter gut, der mir einfach sagte: Mach weiter. Ich könnte so mit dir schlafen, flüsterte ich ihr ins Ohr und massierte ihr Teil durch die Strumpfhose. Langsam wurden meine Finger feucht, so nass wurde ihr Dingen. Der Kreativclub verschwand so langsam und ich zog sie einfach aus, was sie ohne Widerstand geschehen ließ. Ihr Körperbau war allererste Sahne. Steile feste Schenkel, kleine Fettpolster an der richtigen Stelle und diese super Brüste. Sie blieb im Sessel sitzen. Ich musste sie einfach von oben bis unten ablecken und ihren weiblichen Geruch einsaugen. Dann hörte ich: Bitte küss und fick mich. Ich schob die Kaminmatratze vor das Sofa, kniete mich vor sie und drang in sie ein. Jasmin war super eng und klatschnass.

So schnell habe ich noch nie mit einem Mann geschlafen, nicht dass du jetzt denkst, dass ich immer so bin, irgendwie ist heute alles anders, sagte sie hinterher. Jetzt haben wir es eben gemacht und irgendwann hätten wir es sowieso getan, sagte ich.

Nach dem Samstagmorgenfrühstück kuschelten und redeten wir und verabredeten uns, spät nachmittags mit dem Fahrrad den Wald zu erforschen. Ach, ich liebe Sport und Bewegung, sagte sie. Bei der ersten Pause drehte ich mir einen und sie zog diesmal auch daran und sagte: Das ist ja wie damals bei meinem Studium.

Mir tut es gut und ich werde meistens so richtig schön geil davon, sagte ich zu ihr und genoss ihre zärtlichen Küsse und ihre Berührungen. Wir kamen überein, dass wir beide ganz schnell einen HIV-Test machen, um in Zukunft auf der sicheren Seite zu sein. Was macht wohl Michaela?, dachte ich. Wie weit ist die Medizin?

Montags ließ ich mir Blut abnehmen. Drei Tage später lag ein Fax auf meinem Schreibtisch. Negativ. Bei Jasmin war es genau so.

Durch ihren Lehrerinnenjob hatte sie früh Feierabend und kam oft nachmittags vorbei. Als ich ihr sagte, dass ich nicht so früh Zeit hätte, weil ich meinem Betrieb zur Verfügung stehen muss, war sie zum erstenmal richtig sauer. Einmal brachte sie freitags eine Freundin, Carla, mit, die sich sehr für die Abformtechnik interessierte. Ihr Körperbau war es auch wert. Carla ist Schwimmmeisterin und Sportlehrerin.

Folka, ich bin schwanger, ich verstehe dass nicht, ich habe immer die Pille genommen, sagte Jasmin nach ein paar Wochen. Nun, wir werden darüber reden, bist du sicher, dass ich dich geschwängert habe?, sagte ich.

Jasmin wurde böse und ausfallend. Was denkst du eigentlich von mir.

Das werde ich dir morgen sagen, antwortete ich ihr. Sie setzte sich in ihren kleinen hellblauen Corsa und fuhr vom Hof.

Gegen halb sieben stand ich auf, machte meine Kaffee und Zigarillo Denkstunde und holte mir einen runter. Geistige Vorlagen hatte ich ja genug. Endlich kam es mir, den weißen klebrigen Saft spritzte ich in eine Dose, wo normalerweise Filme reinkommen.

Mit dem Fahrrad ging es zu Dr. Fleischhauer. Morgen Herr Doktor, hier ist mein Sperma. Er nahm die kleine schwarze Dose, öffnete sie und holte mit einem kleinen Holzspatel etwas von den DNS-Molekülen heraus und legte es auf den Objektträger seines verchromten Mikroskops.

Sie können alles machen, nur keine Kinder mehr, sagte er, nachdem er eine Minute durch das Objektiv schaute. Der Saft ist genau so tot wie beim ersten Mal. Wollen sie auch mal sehen?

Ich schaute dann auch durch das Mikroskop und sah auch nichts. Nicht eine einzige kleine Kaulquappe.

Dann muss die Schlampe sich einen anderen für das Kind besorgen, sagte ich zu Herrn Doktor Fleischhauer und verabschiedete mich.

Als der Uhrzeiger meiner Bürouhr auf kurz vor zehn stand, griff ich zum Telefon und hörte nach dem Wählen: Gesamtschule Obere Waldlust. Guten Morgen, hier ist Folka, könnte ich mal bitte kurz Jasmin sprechen. Kein Problem, sie sitzt mir gerade gegenüber.

Morgen Jasmin, hier ist Folka, das kastrierte Steinböckchen. Ich war vorhin beim Urologen und muss dir leider sagen, dass ich nur noch ficken ohne Kinder dabei zu machen kann. Vor langer Zeit ließ ich mich kastrieren und wie sollte es anders sein, ich bin unfruchtbar. Such dir bitte einen anderen für das Kind, was du im Bauch hast.

Dann legte ich den Hörer auf und sah sie bis heute nicht wieder.

[21]

Der Prozess verlief zu meiner Zufriedenheit. Arbeitsgerichtstermine kosten immer Geld, wegen dem Gesetz der sozialen Benachteiligung und dass Unternehmer sowieso schlechte Menschen sind und als Ausbeuter gelten.

Samira, ich möchte mich bei dir bedanken, denn ich glaube, du hast diesen Volksvertreter irgendwie beeinflusst, sonst hätte er nicht so ein mildes Urteil, im Namen des Volkes, ausgesprochen.

Wir trafen uns Samstagsmorgens gegen acht am Hauptbahnhof und frühstückten erst mal ausgiebig im Bahnhofslokal, tranken einen Piccolo, stiegen in den Zug nach Willingen. Samira sah mal wieder echt rattenscharf aus. Ihre langen schwarzen Haare hatte sie zum Pferdeschwanz zusammen gebunden. Am linken Ohr hing eine kleine ca. 1,5 Zentimeter aus Platin hergestellte nackte Frau. In Willingen quartierten wir uns in ein kleines Hotel, das Türmchen, ein und gingen dann zu Siggis Albhornstube, eine Skihütte, die ganz oben auf dem Berg liegt. Sie erzählte von sich, wie sie vor Jahren nach Deutschland kam. Ein deutscher Fabrikarbeiter versprach ihr den Himmel auf Erden. Ihr Deutschen seid gar nicht so locker wie ihr immer tut. Ich konnte mir diesen Typ irgendwann nicht mehr reinziehen. Einmal in der Woche ging er unter die Dusche. Jeden Abend lief das Fernsehen. Wenn ich mal keinen Bock auf Sex hatte, hat er mich vergewaltigt. Dieser Schweißgeruch und seine Freunde kotzten mich an und ich hab dann die Scheidung eingereicht und eure Sprache gelernt. Irgendwann lernte ich Chris kennen und nun mache ich diesen Job. Irgendwann werde ich wieder in Thailand, bei meiner Familie, sein. Sie erzählte mir, dass sie einen englischen Vater hatte, der bei der Britischen Krone als Soldat sein Geld verdiente und leider bei dem Falklandkrieg erschossen wurde. Elf Jahre war sie da alt. Das bisschen britische Rente reichte so eben, um in Thailand zu überleben.

Ich erzählte Samira, dass ich auch mal drei Wochen in Thailand war, das Land bereiste und entsetzt war, wie sich manche Europäer da aufgeführt haben. Mit ihren Schmierbäuchen, Badelatschen und Doppelrippunterhemden und fünf Mark in der Jogginghose machten sie den dicken Macker.

Siggis Albhornstube wurde immer voller. Der Wirt mixt ein Geheimrezept, einen braunen Schnaps mit Zimtgeschmack, der brennend am Tisch reserviert wird. Manche in der Kneipe waren schon so besoffen, dass sie manchmal umfielen. Zwei Typen, die nur noch durch einen Unfall schöner werden können, stellten sich zu uns an den Stehtisch und machten sich breit. Einer wurde ausfallend und sagte in nach Streit suchendem Tonfall: Eine schöne asiatische Ficksau hast du, kannst du die überhaupt verarbeiten, oder sollen wir dir dabei helfen? Der andere Trümmerhaufen fasste Samira an die Brust und sagte zu ihr: So genau hältst du das doch nicht, du brauchst doch bestimmt Meterware. Samira hob ihren Oberschenkel hoch und trat dem Typ mit ihrem Knie zwischen den Beinen genau in die Eier. An seiner schmerzverzerrten Fresse sah man, dass sie gut getroffen hatte. Dem anderen Stück Scheiße schlug ich mit einer kraftvollen Oberkörperdrehung meinen Ellenbogenknochen gegen die Schläfe, so wie ich das tausendmal bei meinem Karatetraining geübt habe. Er sackte sofort zusammen und jammerte. Wenn ihr noch mehr haben wollt, ich habe da kein Problem mit. Es wäre für euch besser, wenn ihr euch jetzt sofort von diesem Tisch entfernt, sonst seid ihr gleich ganz verbeult. Oder sehe ich aus wie ein Komiker?, sagte ich zu den beiden. Sie erwiderten, dass das nicht so gemeint sei und gingen.

So sind viele Deutsche, sagte Samira. Dieser Richard Löwenherz ist auch so einer. Erst zieht er sich eine Nase und dann krabbelt er mit Knieschonern nackt auf dem Fußboden rum und isst wie ein Hund aus einem Blechnapf und lässt sich dabei einen runterholen. Aha, deshalb konnte mir der Richter am Prozesstag nicht in die Augen sehen, denn Samira hat ihn so an seiner Stange gezogen und sie ist wohl die einzige, die ihm das so gut besorgt, wie er das haben will, und hat dem Löwenherz einfach gesagt, dass sie mich kennt und wenn der Burmann diesen Prozess hat, dann soll er an das Penisstangenlangziehspiel denken und Gnade walten lassen.

Ja, zu unseren Partys kommt auch immer eine Verkehrsrichterin und ist total zugekifft und besoffen. Deshalb habe ich meine eigenen Gesetze entworfen. Denn jemand, der fünf Mark am Finanzamt vorbei gemacht hat, wird härter bestraft als der, der sich an einem Kind vergangen hat. Dieses Land ist mittlerweile so korrupt, die Bevölkerung wird durch Fernsehen und Fußball ruhiggestellt. Im alten Rom hatte das Volk das Kolosseum, hier wurden sie ruhiggestellt. Formel Eins und Tennis ist die größte Volksbelustigung überhaupt. Ich glaube, die Stars mit ihren millionendicken Konten lachen sogar über ihre Fans, sagte ich zu Samira.

Wir gingen langsam den Berg runter und schauten uns auf halber Strecke das Willinger Technikmuseum an. Alte Trabbis und Flugzeuge sind hier gut in die Landschaft integriert. Im Märchenwald mussten wir beide über die Gebrüder Grimm Geschichten lachen.

Im Restaurant zum Wilddieb aßen wir eine lecker zubereitete Rehkeule mit Rotwein und stießen auf gute Freundschaft an. Ziemlich müde gingen wir in das kleine saubere Hotelzimmer und rauchten noch eine Tüte. Ich lag in Rückenlage auf dem Hotelbett. Samira hatte ihren Kopf auf meiner Brust abgelegt und ich erfreute mich an dem Duft ihrer Haut und überhaupt. Wir redeten sehr lange und merkten, dass wir viele gemeinsame Interessen hatten. Folka, Chris erzählte mir, dass du auf diese Jasmin voll abgefahren bist und dass sie schwanger wurde. Ja, so kann man sich vertun, sagte ich. Liebst du sie denn gar nicht, vielleicht war es nur ein Ausrutscher mit Folgen, sagte Samira. Liebe Samira, erst mal muss ich jetzt meine Tante Helga zitieren, die hat mal zu mir gesagt, dass Liebe stöhnen und schwitzen ist und zweitens: Ich halte nichts vom Fremdgehen. Wenn die Tussie nicht so blöd gewesen wäre, hätte ich es nie bemerkt, bei Corinna merkte ich es auch, mit dem Fremdfick, und ich habe meine Prinzipien.

An einem anderen Freitag brachte Alois seine langjährige Bekannte Maria mit. Wie ich die so sah, dachte ich: Ist das nicht eine geile Puppe? Wir unterhielten uns den ganzen Abend, der Joint ging um und der Rotwein floss gut. Montags rief ich die Kleine an und schlug ihr eine Interessengemeinschaft vor. Maria fragte: Was ist eine Interessengemeinschaft?

Also, Maria, ich sag jetzt Baby zu dir oder Fummelchen. Entweder du wirst damit fertig oder nicht. Wahrscheinlich legst du gleich sowieso den Hörer auf oder sagst noch: Ruf bloß nie wieder bei mir an. Du lebst in Scheidung, wie ich so raushörte, und wie ich deine langen, schlanken, rotlackierten und nervösen Finger beobachtete, deine roten Lippen und die etwas zuviel geschminkten Augen ansah, dachte ich nur, da sitzt so eine ganz geile Mistsau, deshalb reden wir jetzt. Bei dem Gespräch kribbelte er schon wieder, mein Günter. Komm doch dreimal die Woche zu mir. Wir beide liegen vor dem Kamin und besorgen es uns gegenseitig. Ich schlage dir vor, du gehst zum Arzt und machst einen HIV Test. Ich würde mich auch mit dir in der Stadt treffen und wir könnten ein paar aufreizende Dessous für dich kaufen. So jetzt bist du am Zug.

Du bist verdammt ehrlich. Die meisten Männer reden drum herum, aber ich suche was Festes und ich habe drei Kinder.

Die Kinder sollen bei der Vögelei nicht dabei sein. Und wir könnten den besten ausgefallenen Sex so lange treiben, bis du deinen Herzbuben gefunden hast.

Maria wollte aber nicht. Dann hat sie eben Pech gehabt.

[22]

Dann machte ich den Fehler und antwortete auf eine Zeitungsanzeige:

Vernachlässigte gut aussehende kreative naturverbundene Katze sucht einen im Leben stehenden sportlichen Mann ab 45 für alles was Spaß macht. Chiffre.

Ich ging zur Druckerei, gab Herrn Druckganzschnell ein paar Fotos von mir und hatte kurz danach eine Fotosession. Ich war begeistert von dieser Technik. Man legt ein paar Bilder auf einen Scanner, fummelt noch ein bisschen am Computer rum und schon ist alles fertig. Bärbel half mir beim Textentwurf:

Hallo Supergirl, jetzt sitz ich hier, bin etabliert, schreib auf ein Blatt Papier an eine Superklassefrau, dass ich mein Herz verlier.

Nun ja, so bin ich: In meinem Job ernst, diszipliniert und strebsam ... und privat ein bisschen abgedreht und durchgeknallt. Schaue selten Fernsehen (Sportschau schon gar nicht), und suche die Frau, die ich zur Prinzessin machen möchte. Ich bin pflegeleicht und wenn du einen Freund sowie Partner suchst, schicke ich dir anbei ein paar Kleinigkeiten von mir.

Wenn du möchtest, antworte mir bitte mit Bild. Diskretion u.s.w. setze ich voraus.

Mit Vorfreude auf deine Antwort.

Kurz danach ging mein Telefon. Guten Tag Folka, hier ist Grete. Ich habe deine netten Fotos und deinen schönen Brief erhalten. Wann können wir uns sehen?

Als ich dann hörte, wie sich Grete beschrieb, achtundsechzig Kilo schwer und 158 cm klein, wollte ich das ganze abblocken. Sie verstand einfach nicht, dass ich auf kleine filigrane Püppchen abfahre, denn Günter ist ja schließlich auch noch da. Sie schickte mir fast jeden Tag ein Telefax, und Grete muss mich auch beschattet haben, denn woher wusste diese Frau, dass ich regelmäßig in die Volmestuben gehe. Sie rief auch unregelmäßig an und hat mir sogar gedroht, wenn ich sie nicht mal treffen werde. Bei den Benzinpreisen werde ich mich hüten, irgendwo hin zu fahren, sagte ich bei dem letzten Telefonat und legte auf.

Morgens früh lag wieder ein Fax auf meinem Schreibtisch:

Folka, ich bin so verletzt und traurig. Warum verhalten wir uns nur so und nicht wie normale Menschen? Ich würde dich so gerne anrufen, aber ich habe Angst, dass du mich wieder so demütigend abservierst. Oder ich würde dich gerne aufsuchen, aber ich habe Angst, dass du mich vor allen lächerlich machst und mich bloßstellst. Ich habe so Sehnsucht nach dir und ich möchte dich gerne umarmen und küssen. Aber du behandelst mich wie Luft, als wäre ich ein Ekelspaket und Kotzbrocken. Und als ob deine minderwertigen Damen bessere Frauen sind als ich. Das tut so weh. Ich hab tagelang geschrien, so weh tat meine Seele. Ich habe bitterböse Briefe verfasst, aber dir nicht gefaxt. Ich war erschreckt, dass ich so böse Gedanken haben kann, wo ich eigentlich dir gehören will. Irgendwie sind wir beide blockiert. Ich denke, wenn wir alleine wären, könnten wir die Blockade auflösen. Ich will dir doch nicht weh tun. Ich tu nie jemand weh. Und dich hab ich doch so gerne und wenn du mich mit deinen dunklen Augen verbrennst, kann ich nicht mehr denken. Wollen wir uns nicht irgendwo heimlich treffen. Und niemand weiß etwas davon, nur wir beide. Ich würde dich gerne drücken und dich spüren. Und ich möchte mich ganz schick machen für dich. Immer wenn du mich siehst, sehe ich doof aus. Aber ich habe jetzt schon wieder Angst, dir diesen Brief zu faxen, aus Angst, du machst mich wieder lächerlich und demütigst mich. Wenn du wüsstest, was ich hier schon vorhatte mit mir, Gott sei Dank habe ich nur 30 ml Insulin im Haus. Das reicht nicht für eine Überdosis. Folka, ich weine. Kannst du nicht einfach kommen. Ich hab so Sehnsucht nach dir. Kannst du das nicht verstehen. Bitte gib mir nur einmal eine faire Chance. Irgendwann muss doch mal deine Wut auf mich verraucht sein. Ich hoffe, dass du nicht mehr solche Wut auf mich hast. Bitte verzeih mir. Wenn du kommst, ruf mich an, ja bitte sobald du das Fax hast. Wenn es deine Grenzen übersteigt, darf ich dann noch mal anrufen? Ich mache es sowieso, weil ich deine Stimme so gerne höre. Sie streichelt mich, auch wenn die Worte wie Schwerter sind. Siehst du jetzt das Bild noch? Ich habe es für uns gezeichnet. Gerade bin ich dabei es farblich zu gestalten, in deiner Lieblingsfarbe, (Woher kennt die Pfanne meine Lieblingsfarbe) lieber Folka. Ich hab es auf 100 mal 80 cm vergrößert. Es hat einen zärtlichen Titel, meine Gedanken an dich. Irgendwann wird mein Sohn es dir bringen, er versprach es mir. Ihr kennt euch vom Karatetraining. (Was weiß die alles von mir?) Dann hast du eine Erinnerung an mich, wenn du in 100 Jahren Opa bist. Ein Andenken an mich. Die Frau, die dich so akzeptiert, wie du bist, immer. Weil du ein ganz netter bist. Deine Grete

Gegen viertel vor zehn ging das Telefon und sie war schon wieder am Apparat und ich sagte: Ich weiß nicht, was du alles über mich weißt. Es ist mir auch egal, aber tu mir einen Gefallen und lass mich in Ruhe, sonst könnte es sein, dass ich eine einstweilige Verfügung erlasse.

Kurz danach stand sie an meinem Schreibtisch. Ach, die ist das, ja, ich hab diese Tussie schon mal in den Volmestuben gesehen. Ganz selbstbewusst wollte sie mich umarmen. Ich blockte ab und sprach in mein Mikrofon. Aus den Werkstattlautsprechern kam dann meine Stimme: Gerald und Juan, kommt ihr bitte sofort in mein Büro, es ist ganz wichtig.

Die zuverlässigen Mitarbeiter waren sofort da und ich sagte: Diese Dame belästigt mich und möchte gerne zur Straße geführt werden.

Gegen elfuhrfünfzehn kam meine langjährige Friseurin Colette. Meine Haare hatten mal wieder Überlänge und wurden in meinem Haus zurecht gestutzt. Colette war gerade weg, ich war im Begriff, mir meine Schuhe anzuziehen, da stand sie schon wieder vor mir, diese Frau. Jetzt wurde ich böse und griff zum Telefon und sagte: Liebe Grete, wenn du jetzt nicht augenblicklich verschwindest, rufe ich die Polizei und verklage dich wegen Hausfriedensbruch. Ich will doch nur mit dir reden, antwortete sie.

In Ordnung, gehen wir runter, sagte ich. Auf dem Hof erzählte sie ihre Sorgen. Sie hat mich also doch schon längere Zeit beobachtet und hätte mich gerne als Freund. Frag doch mal deinen Freund Karl Groß nach mir, sagte sie noch. Juan und Gerald luden gerade einen LKW ab. Ich ging zu ihnen und sagte: Das mach ich, und ihr beiden bringt jetzt diese Dame zur Straße und erzählt der bitte, dass ich auch böse werden kann. Sag dieser Tussie, sie soll sich hier nie wieder sehen lassen. Einer der beiden, mein spezieller Freund Juan, meinte: Fick die doch mal richtig durch und schick sie auf den Strich. Dann hast du doch noch eine zusätzliche Einnahmequelle.

Karl Groß erzählte mir am Telefon: Ja, diese Grete hab ich vor Jahren auf meiner Bildergalerieausstellung kennen gelernt. Die malt auch Bilder, so Jesus und Gottbilder malt die und schreibt poetische Gedichte. Einen ganzen Ordner voll Briefe hat die mir zugeschickt. Jeden Tag rief die mich an, meine Ehe wäre fast den Bach runter gegangen. Irgendwann schrieb ich ihr, sie könne mich am Arsch lecken, ich bin Antichrist und wenn sie mich noch weiter belästigt, würde sie Besuch vom Teufel bekommen.

Karl, wie läuft denn die Malerei überhaupt?

Ach es geht so. Die Leute sind am sparen. Früher konnte ich nehmen was ich wollte, mit drei Bildern im Jahr hatte ich ein super Auskommen. Im Moment weiß ich nicht, wie ich die Hypothek von meiner Hütte bezahlen soll, würde Reinhild nicht arbeiten gehen, wäre der Kühlschrank immer leer. Ich hoffe, dass mir die Stadt Duisburg bald den Auftrag über diese Edelstahlskulptur erteilt, dann hab ich wieder Geld.

Was macht denn dein Laden, Folka?

Zur Zeit läuft das ganz gut. Wir haben einen mehrjährigen Auftrag von dieser Schiffsbaufirma Hensel & Gretel, die da oberhalb des Volmewasserfalls in Rummenohl ihr Hauptwerk haben, erhalten. Jede Woche kommt ein voll beladener Sattelzug und bringt uns viele Tonnen U-Bootstahl zum Bearbeiten. Wir könnten uns ja mal wieder treffen und den Joint umgehen lassen. Du kennst doch auch Alois, der mit diesen beleuchteten Klobrillen und Möbelknöpfen macht. Wir haben einen Kreativclub gegründet, jeden Freitag treffen wir uns bei mir in der Küche und formen unsere Gesichter und Körperteile ab. Eine neu dazu gekommene Frau würde sich gerne ihre Brüste für die Ewigkeit an die Wand hängen. Jetzt sehen sie noch gut aus, meint sie. Die hat aber auch Riesendinger.

Zwei Tage später lief mir der Drucker über den Weg und sagte: Da war so eine Frau mit so Gottesbildern und wollte von mir ein Angebot über Jahreskalender haben. Dann sagte sie, dass sie gerade aus dem Büro der Burmann'schen Werkstätten geworfen sei. Ein Angestellter dieser Firma gab sich als Herr Burmann aus und ließ sie von zwei Leuten im Blaumann zur Strasse bringen. Ich sagte zu dieser Frau: Gehen sie mal dem langen Treppenhaus nach, ganz oben am Ende ist eine Tür, da ist das Penthouse von Herrn Burmann.

Ach, jetzt ist mir alles klar. Vom Drucker weiß diese Grete, wo mein Haus ist. Ganz schön ausgetragen, dieses Luder.

Wissen sie noch, als sie mir damals diese Bilder am PC gemacht haben. Ich hatte mal auf eine Zeitungsanzeige geantwortet und seit dem belästigt mich diese Frau. Die versteht nicht, dass ich keinen Bock auf sie habe. Ich brauche eine temperamentvolle filigrane Katze.

Freitags kamen sie alle wieder mit Rotwein, einem guten vollen Beutel Gras und einer Schachtel Warsteiner. Ich hatte mehrere Säcke Rotband Maschinenputz besorgt. Maschinenputz ist günstiger als normaler Putz und härtet nicht so schnell aus. Die Fußbodenheizung wurde ein kleines bisschen höher gestellt und auf den Fußboden kam eine billige dünne Malerabdeckplane und ein Kantholzrahmen, der umlaufend ca. 12 cm größer als Carla ist. In diesen Rahmen legten wir wieder eine Plane. Carla zog sich bis auf ihren Schwimmbadeanzug, Marke super eng, aus und legte sich in den Holzrahmen auf die Plane. Ulla, Sammy der Dealer und Alois zogen die Plane nach oben. Carla lag jetzt wie in einer Hängematte auf dem Fußboden. Karl und ich rührten den Maschinenputz mit einem Riesenquirl, den wir uns von einem Putzbetrieb ausgeliehen haben, an. Meine Küche sah wie eine Gipsfabrik aus. Den gut flüssigen Maschinenputz gossen wir in den Kantholzrahmen bis dieser voll war. Carla konnte mit dem Gips nicht in Berührung kommen, da sie ja eingetütet in dieser hochgehaltenen Plane lag. Es war ein Bild für die Götter. Carla mit ihrer Superfigur, die durchtrainierten Schwimmarme eng am Körper anliegend in diesem Gipsbett. Die Plane wurde jetzt auf dem Holzrahmen gelegt und wir mischten unser Spezialsilikon mit dem zugehörigen Härter und schmierten sie von der Vorderseite voll, bis sie ca. gute 5 mm Silikon auf der vorderen Körperhälfte hatte. Jetzt kam ihr Gesicht dran. Nach dem Einsilikonieren ließen wir wirklich ganz schnell unsere Finger fliegen, denn die Gipsbinden mussten auch noch auf das Silikon. Als dies endlich geschehen war, kam ein zweiter Holzrahmen auf den ersten. Carla wurde noch mit dünnen Stahlverstärkungsmatten abgedeckt, wie sie von Estrichlegern benutzt werden. Dann kam der zweite Abguss. Carla war jetzt nicht mehr zu sehen, nur noch der Strohhalm zum Atmen. Mit zwei Riesenfönen, die Ulla sich vom Friseurladen auslieh, trockneten wir den Gips, denn wie lange kann Carla denn so eingegipst überleben? Endlich, der Gips war trocken und wir befreiten Carla aus ihrem Gefängnis. Hatte ich eine Angst, sagte Carla, als sie wieder aufrecht stand. Nach einer guten Stunde war der Negativabdruck ausgegossen und Carla stand da, aus Gips wie damals die Figuren bei Akropolis, die glatte Rückseite sah aus wie abgefräst. Sie wollte sich ja auch zuhause an die Wand kleben.

Im Sofa bei Rotwein unterhielten wir uns über Jasmin und ich sagte zu Carla: Schade, dass sie nicht treu sein kann, aber so blöd ist doch keine und lässt sich schwängern und versucht das Kind jemand anderem anzudrehen.

Folka, ich habe mich lange mit Jasmin unterhalten und sie hatte hin und wieder Kontakt zu ihrem Exmann. Wahrscheinlich kommen sie wieder zusammen.

Meinen Segen hat sie.

Karl kam zu unserer Unterhaltung dazu und ich zeigte ihm das Fax von unserer gemeinsamen Nervensäge Grete.

Lieber Folka, jetzt muss ich dich doch noch mal stören. Aber seitdem ich bei dir war, kann ich meinen Postfachschlüssel nicht finden. Gerade erst musste ich mein Postfachschloss auswechseln lassen, weil ich den Schlüssel verklüngelt hatte. Vielleicht ist er aus meiner Tasche gerutscht, als ich auf deiner Treppe hochgegangen bin. Ich habe schon überall gesucht und gefragt. Wenn der Schlüssel sich jetzt nicht bei dir auffindet, muss ich ihn wieder verloren haben. Das ist blöd und wird teuer. Lieber Folka, an dem Tag, wo ich bei dir war, habe ich dich wohl ganz schön an deine Grenzen gebracht. Aber jeder hat eine andere Art, mit den Gefühlen anderer umzugehen. Das muss man akzeptieren. Mir hat das letzte Jahr gezeigt, wie sehr Gefühle täuschen können und wie es ist, dass Gefühle ausgesprochen werden, um nicht in den Sog von Falsch- oder Wunschdenken zu geraten. Völlig irritiert hatten mich dabei deine offenen Augen, als du mir so nah gegenüber standest. Hätte ich geahnt, dass ich für dich als Frau nicht akzeptabel bin, hätte ich mich nicht so weit geöffnet. Ich habe mich ohnehin für meine inneren Verhältnisse als ganz normale Frau mit völlig normalen Rollenverhältnissen sehr weit vorgewagt. Nun – als positiver Mensch lerne ich aus jeder Situation und jeder Schritt ist eine Lektion des Lebens und bringt mich irgendwie voran. Lieber Folka, ich bitte dich dringend, bei dir nachzusehen, ob sich mein Schlüssel da irgendwo auffindet. Vielleicht kannst du auch bitte bei der Druckerei nachsehen, denn meine Tasche kegelte daher, als ich bei denen auf dem Klo war. Falls sich der Schlüssel findet, gib mir bitte Bescheid. Danke Grete.

Das ist alles noch harmlos, was meinst du, was ich für Briefe von der bekam. Ich mal dir einen Teufel mit einem Riesenpenis. Wenn du der das Bild zufaxt, dann hast du Ruhe, sagte Karl.

Carla ging zur Toilette und Sammy wollte etwas von Carla hören. Mann, das ist ja ein heißes Teilchen, sagte er.

Sammy, schlag dir das aus dem Kopf. Ich habe auch schon daran gedacht und war mal mit ihr Kaffee trinken. Carla ist voll in Ordnung, man kann sich hervorragend mit ihr unterhalten. Was ich dir jetzt sage, wirst du nicht glauben, aber sie ist lesbisch. Sonntag fahre ich übrigens mit ihr zur Sorpetalsperre, sie hat da einen Schwimmwettkampf und bat mich, sie dahin zu fahren.

Die Kreativclubtruppe löste sich langsam auf. Carla blieb bei mir. Wir rauchten noch in Ruhe eine Tüte und legten uns gegen zwei morgens ins Bett. Was kann schon mit einer Lesbe passieren? Schade, dachte ich, denn an ihr stimmte alles.

Gegen zwölf ging ich ausgeschlafen ins Büro und wühlte mich durch die nie endenden Papierhaufen. Sonntags holte ich Carla ab. Folka, du hast ja ein schönes Auto, sagte sie. Das ist von Papa, er braucht dieses kleine BMW-Bauercabrio nicht mehr. Er meinte, dass die

Kiste eh nur vor seinem Haus steht und wenn er mal offen fahren will, kann er sich das Auto ja von mir leihen. Seit er sich aus der Versicherungstätigkeit zurückgezogen hat, murkst er nur noch an seinem Haus rum und wird wahrscheinlich 125 Jahre alt dabei, sagte ich zu Carla.

An der Sorpe war voll der Bär los. Nun ja, wo sollen die Leute denn auch hin, wenn die gelbe Sau erbarmungslos ihre kosmische Strahlung zur Erde sendet. Endlich fanden wir eine Parklücke und gingen Richtung Wasser. Carla und ihr Trainer umarmten sich herzlich. Er massierte ihren Rücken und sagte: Gib dir Mühe, bald ist die Olympiade, hier wimmelt es nur so von Sportreportern. Ich sah eine silberfarbige 45 Magnum aufblitzen, der Startschuss fiel und gut drei Dutzend Schwimmerinnen stürzten ins Wasser. Ich ging zum Bierstand, als ich das Wappen der Warsteiner sah, bekam ich wieder Geschmack auf diesen kühlen blonden Hopfen- und Gerstensaft. Bier und Sonne und dieser Trubel, dieses Stimmengewirr, nach dem fünften Glas hatte ich ein lockeres Gefühl in Kopf und Körper.

Carla machte den zweiten Platz. Völlig durchkühlt wurde sie von ihrem Trainer durchmassiert. Am Bierstand wurde heftig diskutiert. Carla muss in die Muckibude und lange Waldläufe machen, ihre Oberschenkel müssen kräftiger werden. Ihre Kraft hat zum Schluss nachgelassen. Wäre sie eine halbe Sekunde schneller geschwommen, hätte sie den Ersten gemacht, sagte ihr Trainer. Den BMW steuerte sie zurück. Ich war so besoffen und wäre bald auf allen vieren zum Auto gekrabbelt. Lass uns doch heute Abend grillen. Meine Freundin und ich haben noch viel Grillfleisch in der Tiefkühltruhe, sagte sie auf dem Hof der Burmann'schen Maschinenbauanstalt. Das ist eine gute Idee, du nimmst das Auto mit und ich lege mich erst mal hin, um meinen Rausch auszuschlafen. Meine Tür lasse ich offen, du kennst dich ja bei mir aus.

Gegen 18:00 Uhr kamen sie. Carla mit ihrer Freundin Adelheit und deren vierjähriger Tochter Stefanie, mit Grillkoteletts, Garnelenspießen und Spareribs, Curry- und Schaschliksoße und Paprikasalat mit kleinen Zwiebelstücken durchzogen.

Stefanie ist eine richtige kleine süße Maus. Ich musste das Mädchen einfach durchpurcken, das heißt mit einem Arm hielt ich sie feste und mit der anderen Hand wurde sie durchgekitzelt. Das hättest du nicht machen dürfen, sagte Adelheit, jetzt hat sie nämlich ein neues Opfer gefunden. Pass auf, die hängt jetzt wie eine Klette an dir, manchmal ist sie richtig nervig. Ach ich könnte sie manchmal.

Ach lass doch, Stefanie ist doch noch klein und hat noch so viel vor sich, sagte ich zu Adelheit.

Ich steckte den Grill an. Carla und Adelheit kümmerten sich um die Zubereitung des Essens und ich machte den Einäugigen Zyklopen auf der unbewohnten Insel, so wie ich das damals mit meinen Kindern machte.

Ich bin der Zyklop, ein Auge ist mir zugewachsen und du bist so ein schönes Mädchen, gleich fresse ich dich, los versteck dich irgendwo und wenn ich dich finde, dann nehme ich dich zum Frühstück. Laut kichernd verschwand die Kurze in der Abstellkammer. Ich tat natürlich so, als ob ich das nicht gesehen habe und ging mit lauten Schritten und mit den Worten: Na wo ist sie denn, die kleine Speckmaus, ich habe doch so einen Hunger und rieche junges Fleisch, durch die Wohnung.

Ach da bist du ja, endlich habe ich dich gefunden, du kleine Göre, jetzt wirst du aufgegessen. Ich kitzelte sie noch mal richtig durch und hatte eine neue kleine Freundin.

Das Essen war lecker, die Abendluft angenehm warm. Stefanie saß auf meinem Schoß und wurde Gott sei Dank langsam müde. Ich trug sie zu mir ins Bett und betete mit ihr: Mein Herzchen ist rein, mein Popo ist schmutzig, ist das nicht putzig. Ich gab ihr einen kleinen Kuss auf die Wange und atmete ihren natürlichen Kindergeruch ein und sagte: Schlaf gut, meine kleine Prinzessin, und träum süß.

Du kannst ja gut mit Kindern umgehen, meinte Adelheit. Nun ja, so lange es nicht zur Gewohnheit wird, so zwei Stunden lang geht das noch, aber dann hab ich auch keine Lust mehr auf Kinder. Ich bin auch froh, dass mein Blagenzeug langsam groß wird. Wenn du willst, kann Stefanie heute Nacht hier schlafen. Morgen früh bring ich sie dann in den Kindergarten.

Adelheit erzählte von dem Papa der Kleinen. Nie hat er etwas mit ihr gemacht und einmal sogar richtig wund und blau verprügelt. Alfredo war ein Stehpisser, wechselte alle drei Tage seine Unterhose, als ich ihm sagte, dass ich die Scheidung eingereicht habe, schlug er mich ins Gesicht. Das Gericht hat ihm verboten, mit Stefanie Kontakt aufzunehmen.

Was machte der denn beruflich?

Der war zuerst Betriebsprüfer, jetzt ist er bei der Steuerfahndung, bekam ich zur Antwort.

Ach du meine Güte, diese Typen kann ich überhaupt nicht ab. Wenn ich an meine letzte Betriebsprüfung denke, kommt mir das Kotzen. Vierzehn Tage waren zwei Finanzbeamte in meinem Laden, verbrauchten den ganzen Sauerstoff, durchlöcherten mich mit Fragen und zogen sich über die einzelnen Kosten hoch. Einen Beleg wollten sie gar nicht anerkennen, sie meinten, die Ausgaben für Nutten seien nicht steuerlich absetzbar. Gregor und ich hatten einen großen mehrjährigen Auftrag ausgehandelt, das Geschäft war perfekt, unsere ca. 30-jährigen alleinstehenden Geschäftspartner wollten noch unsere Stadt kennen lernen. Ich gab den beiden Chris und Samira als Begleitperson mit. Natürlich haben die sich auch ausgevögelt. Chris schrieb mir eine Rechnung über 3000 Mark für sexuelle und begleitende Dienste usw. Es war ein Auftragsvolumen von ganz viel Geld, nur Lohnarbeit. Nachher haben sie es dann doch anerkannt, diese Raubritter vom Staat, als ich sagte, wenn sie die Auftragssumme aus unserer Bilanz rausrechnen, hätte dieser Arschlochstaat wohl einen Steuerbatzen weniger bekommen. Dann ging es noch um die Kaffee- und Bierkosten, die, so meinten diese Steuerexperten, zu hoch seien. Meine lieben Herren Finanzbeamte, wir machen hier ordentlichen Gewinn, das geht nur, wenn die Mitarbeiter zufrieden sind, und zufriedene Mitarbeiter trinken auch gerne mal Kaffee oder nach Feierabend ein Warsteiner. Warum prüfen sie nicht bei den Großkonzernen? Wahrscheinlich blicken sie da nicht durch bei den großen Konzernen, wenn die überhaupt Gewinn machen. Wie war das mit der Baufirma, Schürmann, die nicht kalkulieren konnte und mehrere Millionen Schulden hatte.

Dann kommt der Oberindianer unser Bundeskanzler und sponsert diese Firmen, die dann doch kurze Zeit später vom Markt verschwunden sind. Wie gewonnen so zerronnen.

Carla und Adelheit fuhren mit dem Taxi zu sich und ich hatte eine kleine Supermaus im Arm. Ich wunderte mich über dieses vierjährige Energiebündel, denn Stefanie wurde wach als ich mich neben ihr ins Bett legte. Spielst du noch mal mit mir, sagte die Kleine und fing an mich zu kitzeln. Es war mir sehr schwer die Augen aufzuhalten, denn draußen bei der Grillerei hatte ich ja ein paar Warsteiner getrunken. Der Waltdisneyfilm Pokahontas, den Farina und Tibor sich auch mehrmals ansahen, gab der kleinen Stefanie dann doch endlich Ruhe und mir auch.

Morgens früh erzählte ich ihr die Geschichte von Hans guck in die Luft und ließ die Badewanne voll. Als Otto, mein Chamäleon, das Wasser hörte, kam er unter dem Sofa hervorgekrabbelt und planschte mit Stefanie im Fichtennadelschaumbad. Ach was war das wieder lustig. Ich fuhr Stefanie zu ihrem Kindergarten, parkte das Auto aber gute achthundert Meter an der Volmehauptstrasse vom Kindergarten weg, purkte sie im Auto noch mal richtig durch. Ich bin der Zyklop, der so gerne kleine Mädchen kitzelt. So, meine kleine Prinzessin, ich bin jetzt blind und du musst aufpassen, dass mir nichts passiert. Kannst du dich noch an Hans guck in die Luft erinnern. Meine Augen verschloss ich mit einem Stirnband und Stefanie musste mich an ihrer Hand zum Kindergarten bringen. Richtig gut machte sie die Blindenführung. Beim Überqueren der Hauptstrasse hatte ich schon ein komisches Magengefühl. Die Autogeräusche und dann sagte sie: Folka, jetzt kommt die Bordsteinkante. Stefanie, das hast du ganz toll gemacht, denn deine Mama erzählte mir gestern Abend, dass du einfach immer ohne zu schauen über die Straße rennst. Versprich mir, dass du immer zuerst nach links und rechts schaust. Stefanie versprach es und wir verblieben am Kindergarten: Wenn du Lust hast, kannst du mich ja noch mal besuchen kommen.

[23]

Der Sommer ging langsam zu Ende. Hin und wieder kam Annette. Einmal hatte ich so ne durchgeknallte Vision und führte sie, wie sollte es auch anders sein, aus. Also, mein Küchentisch hat nur ein Bein und zwar im letzten Drittel. Das Bein ist aus einem Rohr, welches 180 mm im Durchmesser ist. Oben ist ein Flansch angeschweißt und in dem Rohr steckt ein anderes Rohr. An diesem ist ein Vierkantrohrrahmen angeschweißt. Zwischen den beiden Rohren liegt ein Polyamidring als Lagerscheibe. Die 60 mm dicke Buchenmultiplexküchentischplatte ist von unten an dem Vierkantrohrrahmen festgeschraubt. Das Hauptstandrohr betonierte ich mit in die Betondecke ein und hatte meinen drehbaren und nie umkippbaren Küchentisch, ein Küchentisch fürs Leben und zum Vererben und für ganz angenehme sinnliche Tätigkeiten.

Nun ja, es wurde langsam dunkel und kühler. Ich steckte den Kamin an, legte mein Oberbett auf den Tisch und stellte fünf brennende Duftkerzen, die als Rohstofflieferant die Bienen hatten, in den von mir einmal selbstgebauten zeitlos eleganten Edelstahlkerzenständer dahinter. Ich zog mich aus und setzte mich nackt in den Küchenstuhl, nippelte an meinem Rotwein und zog hin und wieder an meiner Tüte. Die Wohnungseingangstür ging auf und ich sagte: Schließ bitte die Tür ab. Annette kam die Treppe hoch, und als sie mich im Stuhl sitzen sah, sagte sie: Das ist ja ein schöner Empfang. Sie kniete sich auf das Handtuch was vor mir lag und blies das Hohe C. Es war die reinste Freude für Günter. Er besorgte es Annette dann gut und heftig auf dem Küchentisch. Folka, hält der Tisch denn das aus, fragte sie am Anfang. Nachher hörte man sie wahrscheinlich bis zur Volmebrücke quieken. Sie genoss auch jeden Stoß und als ich sagte: Ich komme gleich, schaute sie mich mit ihren dunklen Kulleraugen an und sagte: Folka beherrsch dich und gib dir mal richtig Mühe, komm besorg es mir richtig und gut. Tags darauf kam ich erst gegen zehn in die Firma, und wenn ich an den Stich von gestern Abend dachte, bekam ich schon wieder eine kleine Halblatte.

In der Obernahmerschweiz, wo eine riesengroße Stahlfirma die Werkstore schloss, weil angeblich die Kassen leer sind, steht das 15000 qm große Industriebrachgelände mit einem unterirdischen Bachlauf, die Nahmer. Aus dem CD-Spieler kommt Stairways to Heaven und dann sehe ich sie, meine Gesprächspartner der Landesentwicklungsgesellschaft, die Gregor und mir gerne das Grundstück für relativ kleines Geld verkaufen würden. Ich bremste den BMW langsam aus und stieg selbstbewusst in geschäftsmäßiger, sportlicher Kleidung aus dem kleinen sportlichen Flitzer. Tach die Herrn, Burmann mein Name, entschuldigen sie bitte die kleine vierminütige Verspätung, leider kam mir vorhin ein Sattelzug entgegen und diese Straße ist ja so eng, dass ich nicht mehr daran vorbei kam, als dieser sich im Schlamm festgefahren hat. Aha, Vogt und Ludwig heißen die beiden, und ich baue mir eine geistige Eselsbrücke, um mir die Namen dieser Staatsangestellten zu merken, als Herr Ludwig, der vom zu vielen Biertrinken ein Geschwür am Bauch hat, was so aussah, als ob er im 18. Monat schwanger ist, antwortet: Die Probleme sind bekannt mit dieser zu engen Straße, die Stadt will darangehen, sobald die Gelder vom Bund freigeben werden, die Anträge werden zur Zeit in Berlin bearbeitet, weil diese Stadt den wirtschaftlichen Ruin angemeldet hat. Wenn hier erst mal neue Firmen angesiedelt sind, müssen die da oben sowie schnell reagieren.

Meinen sie unseren Finanzminister oder Herrn Schröder? Ich glaube nicht, dass die sich mit so Kleinigkeiten abgeben können. Diese Stadt heißt nicht Frankfurt oder Oberhausen, sage ich.

Herr Ludwig überreicht mir einen amtlichen Lageplan dieses am Wald angrenzenden Grundstücks. Ich zeige in östlicher Richtung und frage: Was ist denn mit der Halle, wo jetzt die Mülltrennung unseres Städtchens gemacht wird. Zur Antwort bekam ich, dass dieses aus Stahlbeton mit guter elektrischer Installation, hervorragenden riesigen Krananlagen und bestens ausgebauten Sozial- und Büroräumen bestehende Gebäude schon an die Stadt verkauft wäre.

Das war mir wieder klar, denke ich, die Sahnestücke gehen vorher mit ein paar kleinen zusätzlichen Geldnoten für die private Tasche über den Tisch. Der Dreck der dann überbleibt steht in der Zeitung und wird unter zu verschenken angeboten, weil hier jede Menge Sondermüll zu entsorgen ist.

Wir verabschiedeten uns und verblieben bis zum nächsten Tag, bei den Burmann'schen Maschinenbauanstalten über die Einzelheiten bei Kaffee zu reden. Im Auto dachte ich viel über das Grundstück nach und mir wurde ganz anders, dann muss wieder von vorne angefangen werden, wie damals, als wir die Reingussmaschinenfabrik mit Herrn Braun umbauten und durchsanierten. Wieder einen Hof pflastern, einen Grundstückszaun setzen, ein elektrisches Schiebetor montieren und das Anlegen der Grünanlagen und sonst noch ganz viel, man will es ja schön haben. Jeder Mitarbeiter ist stolz, wenn er einen ordentlichen Arbeitsplatz mit Grünanlagen und wohnungsmäßigem Aufenthaltsraum vorfindet. Neue Häuser oder Wohnungen für Gregor und mich. Ist denn nie ein Ende? Irgendwann muss doch mal gut sein. Es liegt doch kaum ein Grund zum Beschweren vor. Vielleicht sponsert man irgendwas der Stadt, was unter guter öffentlicher Meinung bestens ankommt, vielleicht einen Kindergartenplatz. Wir könnten die Öffentlichkeit davon in Kenntnis setzen, wenn uns die Stadt das Grundstück verkauft was genau neben unserem ist, diese 15 mal 100 m verkommenes Motschgelände mit den viereinhalb Meter hohen Herkulesstauden, wo am Ende der Volmelauf ist. Aber nein, seit 25 Jahren reden die davon, hier einen Fahrradweg zu bauen und nichts passiert. Dann hörte ich von einer neuen Verordnung, dass die Kommunen freie Grundstücke zu verkaufen haben, damit Geld in die Kasse kommt, um die Neuverschuldung abzubauen. Auf diesen Hinweis wurden mir andere Paragrafen genannt, so dass ich nur noch antworten konnte: Ich kann mich selber verarschen. Aber wenn man sagt: Wenn wir dieses Grundstück besitzen würden und eine große Halle hier drauf bauen dürfen, dann sponsern wir ein ganzes Jahr einen Kindergartenplatz, weil wir ja so nett sind. Für jeden Scheiß muss der Mensch heute eine Genehmigung haben. Wo muss bald der Geschlechtsverkehr angemeldet werden? Und wann wird er genehmigt? Und Fahrradwege, wer braucht die denn noch. Wer kann sich denn heute noch mal eben ein Fahrrad kaufen. Fast jedermann hat Angst um seinen Job.

Wieder im Büro, dass Telefon rappelt unentwegt, was auch sehr gut ist, man kann reden und Kundenpflege miteinander verbinden und wird meistens nicht dümmer davon, so wie zum Beispiel ein sehr netter Mann aus dem Sauerland, der Meerwasserentsalzungsanlagen in Wüstenregionen verkauft und vieles bei uns aus dem besten meerwasserbeständigen Edelstahl herstellen lässt. Herr Joachim kennt fast alle Politiker und erzählt manchmal, wie er sagt, von diesen Tortentänzern, was nicht in Zeitungen stehen darf. Neulich hatte er ein Telefongespräch mit einem französischen Geschäftsfreund. Dieser sagte zu Herrn Joachim: Also angenommen, ihr Deutschen wollt mal eine Revolution machen und fangt diese am Bahnhof an, dann seid ihr so blöd und kauft euch erst mal eine Bahnsteigkarte. Er war wohl schon längere Zeit nicht mehr in Old Germany, aber so sind die Deutschen nun mal. Und das denkt das Ausland über uns.

Gregor und ich reden über dieses eventuelle neue Obernahmergrundstück. Wir kommen überein, dass die Sache wahrscheinlich nicht gemacht wird, weil die nicht den unterirdischen Bach aus dem Grundstück herausnehmen, unsere Nachkommen würden uns für verrückt erklären.

Ach nein, schon wieder ein Fax von Grete, es reicht mir jetzt wirklich, dieses Mistsaustück verbraucht das ganze Telefaxpapier und dann dieses Grinsen von meinem Bruder: Da ist was Handgeschriebenes im Fax, das sieht so aus, als ob das für dich ist.

Wie ich es mir schon dachte, die suchen tatsächlich einen Doofen, dem sie das Grundstück aufs Auge drücken können. Herr Burmann, wir haben schon den notariellen Kaufvertrag vorbereitet, sagt Herr Ludwig. Gregor setzt sich dazu und wir sagen zu Herrn Ludwig und Herrn Vogt: Wir kaufen das Grundstück, wenn sie den Bachlauf herausnehmen bzw. für alle Folgekosten aufkommen. Das Gutachten belegt eindeutig, dass der Nahmerbach marode und sanierungsbedürftig ist. So 500 Meter Bachlauf zu sanieren kostet schon ein ordentliches großes Stück Geld. Weiterhin muss die Straße ausgebaut werden, wenn ich an den gestern im Schlamm festgefahrenen Sattelzug denke, unsere Kunden erwarten, dass der Materialtransport reibungslos funktioniert, wir leben doch nicht in der Pampa. Ach, einige Jahre wird die Betondecke der Nahmer doch noch halten, sagt Herr Vogt. Nein, meine Herren, ich habe mich gestern mit dem Bach beschäftigt. In dem Gutachten steht sogar, das die Betondecke nur eine Tragkraft von zwei Tonnen pro Quadratmeter hat. Wissen sie, wie schwer ein vollbeladener Lastkraftwagen ist. Das steht in der Zeitung, wenn ein Auto in einen unterirdischen Bach gestürzt ist. Ich glaube, der gestrige Tag war für die Katz, nein, wir lassen die Finger von diesem Gelände und schauen uns mal nach was anderem um.

[24]

Ach ja, bald ist ja Marburg, der Fanclub der Meiers bösen Mieter hat ein Openair Konzert organisiert. Die Vorbereitungen sind im vollen Gang. Samstag geht es los. Selbst Eleonore und Ruud kommen extra aus Ungarn, um dem Spektakel beizuwohnen. Der doppelstöckige Reisebus steht bereit und dann geht es los Richtung Marburg. Mindestens 80 Prozent der Teilnehmer rauchen Gras, die in Eisbrocken gekühlten Bierdosen liegen in Speisfässern auf dem Mittelgang des restaurierten alten HANOMAG-Busses, den Sammy der Dealer immer sponsert. Sogenannte Kaffeevenlofahrten führt er immer durch. Der Hanomag hält genau vor dem Coffeeshop. Die Stimmung wird immer besser, die Augen der Marihuanaraucher immer kleiner, die Biertrinker fangen langsam an zu lallen.

Sag mal Folka, wieso heißt diese Band eigentlich Meiers böse Mieter, will Karen wissen, die mit ihrem neuen Freund Dieter auch zu den Teilnehmern gehört.

Ja, wir haben in der Nachbarschaft einen großen Fensterbaubetrieb und als ich damals für mein Haus die Fenster brauchte, dachte ich, frag mal da an, ob die nicht die nach außen zu öffnenden Fenster liefern und montieren können. So bleibt das Geld wenigstens im Dorf. Es kam auch ein Aufmaßtechniker und maß alles aus. Nach etwa acht Tagen hatte ich einen an mich adressierten Briefumschlag von der Fensterbaufirma in dem jeden Tag kommenden Poststapel. Und es stand geschrieben, ja zweimal musste ich lesen, weil ich es beim ersten

Mal nicht geglaubt habe:

Sehr geehrter Herr Burmann, Leuten, die unsere Mieter ständig mit Lärm und Krach belästigen, denen möchten wir keine Fenster liefern. Wir sehen es deshalb als überflüssig an, ihnen ein Angebot zu machen. Es ist auch nicht nur ein Mieter, der sich beschwert, sondern mehrere. Hochachtungsvoll Meier. Fenster und Rolladen. Offene Handelsgesellschaft.

Gregor kam gerade vom Betrieb ins Büro und ich sagte zu ihm: Du und deine Band seid schuld, dass der Maier mir keine Fenster liefert, und zeigte ihm das Schwachsinnsschreiben. Wir hatten damals das Bürodach offengerissen und nur eine Zeltplane als Regenschutz auf die Öffnungen gelegt, weil die Glasscheiben der Dachverglasung falsch geliefert wurden. Wenn Tim der Schlagzeuger auf seine Trommeln haut, also dieser Schalldruck ging natürlich voll durch die Plane, und diese Betonwohnsilos, die an unserer Grundstücksgrenze gebaut sind, gehören dem Meier. Nun, so kam die Band dann zu ihrem Namen, der mittlerweile ja in Insiderkreisen nicht mehr unbekannt ist.

Hör mal Eleonore, ich werd da von einer Tussie belästigt, kannst du dir mal nicht was ausdenken, irgendein Schreiben, damit dieser Scheiß aufhört. Du hast doch mal mit einem Germanistikstudium angefangen, sagte ich.

Karen und Dieter kamen auch dazu, als ich die Story von Grete erzählte, und Alois spendete ein Stück Papier und nach einigen Dosen Bier hatte ich einen netten Schrieb:

Hallo, Grete,

ich rede dich in diesen Zeilen einfach mit du an.

Das ist sonst gar nicht meine Art fremden erwachsenen Menschen gegenüber, aber ich glaube, du bist da überhaupt nicht empört drüber.

Ich kenne dich persönlich nicht, aber deine Faxe, Telefonate und erschreckenden Besuche (Bei deinem Besuch war ich leider nicht zuhause) geben mir irgendwie das Gefühl, du hast oder vielmehr du kennst diese Worte wie Stolz und sein „Gesicht bewahren" nicht. Die Worte wahrscheinlich schon, aber die Aussage nicht.

Folka lassen wir mal ganz außen vor!

Was tust du dir da an? Komm doch mal wieder runter von deinem Trip. Du wirst nie eine Liebe oder gar eine Beziehung erzwingen können. Da gehören nach wie vor immer zwei zu. Mensch Mädel, lass dich doch einfach mal erobern. Du fühlst dich bestimmt besser dabei. Auf jeden Topf passt ein Deckel. Geh vor die Tür. Das war ein gutgemeinter Rat von mir, so von Frau zu Frau.

So, und nun zu Folka und zu mir (Wir wohnen und sind zusammen). Lass bitte deine Anrufe usw., das nervt.

Poh, ey, ihr beiden habt ja eine literarische Ader, sagte ich zu Elli und Karen. Ich werd der Tussie das am Montag zufaxen und denke, dann ist Ruhe mit diesen Belästigungen.

Gegen 14:00 Uhr war der Bus in Marburg-City und wir schauten uns diese nette kleine Studentenstadt an. Viele schmale Gassen mit netten kleinen Lokalen und Bierstuben. Meine Hausmarke, das Warsteiner, war auch zu haben. Ist denn hier nicht irgend so ein Weibstück vom Fanclub, mit dem ich auf der Rückfahrt etwas im Bus fummeln kann?, dachte ich und sah dann auch eine blonde ca. 1,60 große mit blauen Augen und ausgestopfter Bluse und Knackarsch, so um die vierzig. Ach wie toll, die kennt ja meine Bekannte Bärbel, dachte ich und ging zu den beiden hin. Hallo Bärbel, willst du mich mal nicht vorstellen? Ramona, das ist Folka, der Bruder von Gregor dem Mundharmonikaspieler, pass auf, dass der seine Finger nicht an deinen Körper legt, das ist ein ganz schlimmer, der sucht immer ein neues Opfer. Ramona arbeitet als Datenverarbeitungskauffrau in dem gleichen aufgeblähten Konzern wie Bärbel, bei einer Behörde, die sich staatliches Amt für Bürgersteigplattenmengenermittlung nennt.

Das Openair fand auf der Marburg statt. Sascha, der Gitarrist und Sänger, hatte wieder die Schnelligkeit und die Gabe, die Saiten der kunstvoll verzierten elektrischen Gitarre wie Gary Moore zu bearbeiten. Die Töne wurden immer länger, es ging durch Mark und Bein. Der Trommelwirbel von Tim ließ die Erde erschüttern. Der Bassist Arndt ließ sich nie aus der Ruhe bringen, auch wenn er mal aus dem Takt kam, weil er zu besoffen war. Der Luftdruck von Gregor seiner Mundharmonika erinnerte an den Song Spiel mir das Lied vom Tod. Als sie dann noch den alten von Marius Müller Westernhagen: Mit achtzehn rannte ich in Düsseldorf rum, war Sänger in einer Rockenrollband, meine Mutter nahm mir das immer krumm, ich sollte doch was seriöses werden, auflegten, war die Party voll im Gang. Immer wieder rief das Publikum Zugabe. Als dann mal endlich was Langsames kam, Child in Time, Musik was my first love, packte ich mir die schüchterne Ramona und sagte: Komm wir tanzen mal. Ach, sie hat ein Pferd und ist noch gar keine 40, sie ist erst 31 Jahre alt und hat an dem gleichen Tag Geburtstag wie Corinna, von diesem Sternzeichen habe ich die Nase voll. Und ich setzte mich zu Alois, Ruud, Eleonore, Dieter und Karen.

Der Joint ging um und wir redeten über das Betäubungsmittelgesetz und ich musste an meinen Vater denken, der damals Finas Küriatky rauchte, das waren türkische Zigaretten mit etwas Marihuana drin (Wenn die Literatur, die ich bisher über Hanf gelesen habe, das richtig recherchiert hat). Papa hat die immer geraucht, bis sie verboten wurden. Seitdem ist er Zigarilloraucher, aber ich sehe noch, wie er im Sessel sitzt und seine Finas pafft und ungarischen Tokaiwein trinkt. Susi, die Rauhaardackellady, bekam auch Tokai. Papa nahm das Oberteil der Finasverpackung, einen hochgebogenen Pappendeckel, und schüttete Tokai darein, stellte die Pappdose auf den Fußboden und die Hündin kam angelaufen und leckte den edlen Tropfen mit Schmatzgeräuschen in sich hinein. Meine Mama, die Ruth, sagte mal wieder: Also Hans wirklich, muss das wieder sein. Der Hund bekommt noch einen Schaden vom Alkohol. Papa grinste und sagte, so ein bisschen Tokai schadet dem Hund nicht. Die Susi soll auch standesgemäß ihr Hundeleben genießen und da gehört eben ein Schluck Wein dazu. Papa hatte voll seinen Spaß und die Hündin auch. Wenn meine Eltern, was sie oft taten, vor die Tür gingen, ich war da so um 13 Jahre alt, rauchte ich mir auch mal eine Finas und war ganz gut benebelt.

Irgendwann fingen wir dann richtig an zu rauchen, ich und mein Freund Klaus, und hatten natürlich wie alle damals diese Geldprobleme. Ich konnte ja nicht jeden Tag ein paar Silberlinge aus den Geldbörsen meiner Eltern klauen. Klaus und ich warfen eine Mark in den

Zigarettenautomaten, entnahmen eine Schachtel Rothändle, schoben die Zigarettenentnahmeschublade aber nur bis zur Hälfte des Automaten und stocherten mit einem Teelöffelstiel an den oberen Schachteln rum bis das Fach alle war. Mit milder Sorte und Peter stoß mich sanft machten wir das auch so. Diese verkauften wir dann an unsere Mitschüler zum halben Preis. Irgendwann war ein neuer Zigarettenautomat an dieser ruhigen Straßenecke, die Löffeltechnik funktionierte nicht mehr. Hinter der Glasscheibe war ein dickes Drahtgitter, also hatte es auch keinen Zweck, die Scheibe einzuschlagen. In einem etwas weiter entfernten Rohbau mit einem Bauwagen davor fanden wir die Lösung unserer Geld- und Zigarettenprobleme. Die Baumenschen hatten die Tür des Bauwagens nicht abgeschlossen. Jede nur erdenkliche Art von Werkzeugen lag darum. Wir nahmen einen Meißel, Hammer und Brechstange mit, rissen den ganzen Automaten von der Wand und zerlegten diesen in dem Bauwagen in seine Einzelteile und hatten wieder was zu rauchen und ein paar Markstücke.

[25]

Gegen fünf Sonntagsmorgen waren wir wieder in der tiefen Bronks, die Vögel fingen gerade an zu zwitschern, die Sonne ging langsam auf, die Natur hat morgens einen nicht zu beschreibenden köstlichen Duft. Elli und Ruud schliefen bei mir in meinem Bett. Ich legte die Kaminmatratze auf meinen Urlaubsort und schlief völlig erschöpft ein.

Gegen Mittag ging das Telefon. Ja ich bin es, Angelika. Willst du die Kawasaki kaufen. Ich habe einen neuen Freund und er möchte nicht, dass ich mit der Karre rumfahre. Er hätte ganz gerne, dass ich das Motorrad verkaufe.

Ja, wenn du nicht so Horrorvorstellungen hast. 500 Mark gebe ich dir freiwillig, wenn du mir die Kiste gleich vorbei bringst, kannst du die Kohle gleich mitnehmen.

Folka, sagen wir 1000 Mark und sie gehört dir. Vor zwei Monaten habe ich noch eine neue Kette anbauen lassen und sie ist noch fast zwei Jahre TÜV frei.

Wir einigten uns auf 800 Mark.

In Ordnung, bring sie mir. 800 Mark habe ich noch hier rumliegen.

Hallo Annette, sagte ich am Telefon, hast du eine Beziehung? Nein, bekam ich zur Antwort.

Ich bekomme nachher eine alte Kawasaki, wenn du Bock hast, können wir etwas durch die Gegend düsen.

Ja, ich hätte Zeit, aber ob das beim Motorradfahren bleibt, möchte ich bezweifeln. Mein Bruder hat noch einen Helm. Ich könnte so in zwei Stunden bei dir sein.

In zwei Stunden ist gut. Sei doch bitte so lieb und fahr bei meinen Eltern vorbei und hol dort den Lederkombi und den Sturzhelm von meinen Vater. Du warst doch schon mal bei meinen Eltern.

Ja tu ich, dann bis gleich.

Angelika brachte mir die Maschine mit der Bitte, sie schnell umzumelden. Kurz danach kam Annette. Elli und Ruud verabschiedeten sich, sie wollten noch ein paar Bekannte in unserem Dorf besuchen und dann langsam nach Ungarn fahren.

Ach wie toll, sagte ich zu Annette beim knutschen, jetzt habe ich mein eigenes Motorrad und brauche mir nicht immer die Honda von Papa leihen. Ich müsste ihr nur noch meine persönliche Note geben. Hilfst du mir dabei? Eine Stunde dauert das ungefähr und eine Stunde dauert der Rest, der geht aber von alleine, in der Zeit könnte ich ja etwas lieb zu dir sein.

Folka, du redest wieder in Rätseln. Einen kleinen Fick machen, das wäre nicht schlecht. Komm mit, kümmern uns erst um die Kawa.

In der Werkstatt nahm ich ein paar Rollen Malerabdeckband und verbrauchte Aldituüten und klebte Spiegel, Blinker, Lampen und Sitzbank ab. Annette hatte, wie ich feststellte, handwerkliches Geschick. Mach du den Rest, sagte ich, und rührte meine Spezialfarbe mit viel Härter an und hielt die Spritzpistole auf das Motorrad. Nach zwanzig Minuten war die ganze Maschine in superhellemsonnengelb lackiert, alles war gelb außer das vorher abgeklebte.

Komm wir gehen sexen, damit dein Dingen nicht zuwächst, du brauchst das doch immer. Und ich auch, dachte ich und Günter kribbelte.

Wir machten es heftig und schnell, so wie man das tut, wenn man sich gut kennt, gingen duschen und Annette bückte sich noch nach der Seife!

Das Abgeklebte war schnell entfernt. Auf den Tank schrieb ich mit einem ganz dicken wasserfesten schwarzen Filzstift. DIE GELBE SAU.

Annette hielt sich eng umschlungen feste und ich fuhr mit der Kawa fast bis an die Grenzen der Physik. Die Kurven der Volmestrasse sind übersichtlich und gut ausgebaut. Um die sogenannten Starenkästen brauchte ich mich nicht zu kümmern, noch müssen Motorräder kein vorderes Nummernschild haben. Manchmal blitzte es auch auf.

An der Glör wurde erst mal voll gegafft, als ich den Feuerstuhl zwischen den hochglanzpolierten optisch eins A Maschinen parkte. So richtig die Mäuler haben sich die anderen Motorradfahrer zerrissen. Guck mal, der hat die ganze Maschine lackiert, dass kann man doch nicht machen. Wer ist man, ich bin Folka und kann das, sagte ich zu einem weißgesockten Motorradfreak mit Jesusbart, dem über den nietenverzierten acht Zentimeter breiten Gürtel das Bauchfett bis zu seinen Eiern hing.

Beim Kaffee in der Glörkneipe sagte ich zu Annette: Dieses ungewaschene Stück Scheiße hat Spiegeleier. Bei dem überdimensionierten Schweinebauch kann der seine Eier nur mit einem Spiegel, der auf dem Fußboden liegt, sehen. Annette hat sich vor Lachen gekrümmt.

Tags darauf meldete ich die Maschine um, wickelte einen Flachgurt um sie und stellte sie wie damals den 500SL auf meinen Urlaubsort und fuhr sie in die Küche. Folka will ja sehen was er hat.

Gegen sechsuhrfünfzehn bimmelte das Telefon. Werden die Kunden denn immer verrückter, dachte ich beim Abnehmen und hörte dann Hildes Stimme: Folka, die Polizei hat gerade unseren Sohn verhaftet.

Bitte, was ist passiert?

Die Bullerei war gerade hier und hatte einen Haftbefehl und nahm den Tibor ungewaschen mit. Mit drei Lieferwagen sind die gekommen. Die Autos waren schon ganz mit Jugendlichen voll, einige davon kenne ich, das sind Freunde von Tibor. Keine meiner Fragen hat man mir beantwortet.

Meine Kaffee und Zigarillo Denkstunde ließ ich ausfallen, duschte nur kurz, machte im Büro nur das wichtigste und setze mich gegen neun in den BMW und war dreieinhalb Stunden später bei dem Haus wo meine Kinder wohnen.

Hilde und ich fuhren zur Polizeiwache. Sie können ihren Sohn wieder mitnehmen, er bekommt noch eine Vorladung zur Staatsanwaltschaft, sagten die nicht unfreundlichen Polizisten zu uns.

Bitte Hilde, ich möchte mit Tibor alleine reden, sagte ich in ihrem Haus und ging mit Tibor in sein Zimmer.

So Tibor, ich höre und bitte sage die Wahrheit.

Papa, weißt du noch wie du in den Sommerferien hier warst und wie wir bei Mac Donalds essen waren, und wie wir wieder mit dem Auto vom Parkplatz fuhren zeigte ich auf ein paar Jungens, die gerade eine Autotür knackten um das Radio oder so was zu klauen.

Ja, ich kann mich daran erinnern. Hast du auch was damit zu tun?

Nein, aber ich kenne die Jungens, die das immer machen und einmal hat die Polizei welche erwischt und ich stand mit meinen anderen Freunden ca. 20 Meter davon entfernt und musste auch meinen Namen angeben. Die Polizei hat mich den ganzen Morgen ausgefragt und alles was ich sagte haben die aufgeschrieben.

Tibor, ist das wahr oder lügst du?

Nein Papa, ich bin doch nicht so doof und klaue Autoradios.

Ich glaubte es ihm und Tibor erzählte mir, wie das auf einer Polizeiwache so läuft. Der Bulle konnte gar nicht richtig seinen Computer bedienen.

Ja, dann hast du ja jetzt deine Erfahrung mit der Bullerei gemacht. Hoffentlich die letzte.

Hilde schaltete gegen 15:00 Uhr das Fernsehen ein und ich sah, wie ein Flugzeug in ein Hochhaus geflogen wurde. Bitte mach einen anderen Sender, das ist schon wieder so ein amerikanischer Schwachsinnsfilm. Doch dann sahen wir, dass es Wirklichkeit war, der Supergau. Terroristen hatten entführte Großraumjets in das Word Trade Center und ins Pentagon geflogen. Gibt es bald Krieg?

Gegen Abend fuhr ich mit traurigen Gedanken nach Hause und dachte, solange die Menschheit an Götter oder so etwas glaubt, werden sie sich auch bekämpfen. Irland, die Kreuzritter, alles mögliche ging mir durchs Gehirn.

In den Herbstferien flog ich mit Tibor nach Kroatien und war entsetzt, als wir die Stadt Dobrovnik besichtigten. Diese im Mittelalter erbaute Stadt, wo der Füllhalter erfunden worden sein soll, war durch den Bürgerkrieg völlig ramponiert.

Hin und wieder traf ich mich mit Annette und dachte: Wieso nehme ich sie nicht als Freundin. Aber ihre lange Arbeitszeit in Düsseldorf bei einer Computerfirma, der andere Einrichtungsgeschmack, Frankfurter Barock, und wenn ich mal bei ihr übernachtete, musste ich einen auf Bergsteiger machen, überall stand und lag was rum, auch wenn ihre Wohnung, insbesondere ihr Badezimmer, sauber waren, hielten mich davon ab. Wenn sie bei mir war, musste ich immer hinter ihr her räumen und bemerkte oft, dass wir völlig verschiedene Weltanschauungen haben.

Freitags machten wir den Kreativclubabend. Ich sportete viel und eines Sonntagsmorgens setzte ich mich auf mein Mountainbike und fuhr meine bekannten Strecken um den Goldberg ab. Setzte mich in einen Försterhochsitz und genoss bei einer Tasse Thermosflaschenkaffee und Zigarillo die langsam aufwachende Natur, die Rehe und Hasen. Das letzte Stück wurde immer ganz superschnell. Es ging den abschüssigen Berg runter und nach der kurzen Kurve sah ich ihn leider zu spät, den umgestürzten Baum. Ich versuchte noch zu bremsen und bekam meine Beine nicht aus den Pedalschlaufen und knallte mit dem Vorderrad gegen den Stamm und machte den Überschlag und schlug mit der rechten Schulter und dem Kopf gegen einen nach oben gerichteten dicken Ast. Irgendwann wachte ich mit nicht zu beschreibenden Schulterschmerzen aus der Bewusstlosigkeit auf. Oft, wenn der Mensch ein Handy braucht, hat er es nicht bei sich. Das schöne gelbe Cannondale war Schrott. Ich ging zur Notambulanz, erklärte denen, was passiert ist und bekam erst mal eine Spritze gegen die Schmerzen und eine Riesenpackung Diclofenac. Montags legte ich mich in eine Computertomograhieröhre und hörte schreckliche Sachen. Die Sehnen der rechten Schulter sind teilweise angerissen. Sie müssen sich operieren lassen. Mit den Tabletten ließ es sich aushalten. In der orthopädischen Klinik meinte der Chefarzt Dr. Auamann, al zu lange können sie das nicht hinausschieben. Ich denke darüber nach und werde den Arm erst mal ruhig halten, sagte ich. Mit leichten gymnastischen Übungen kam wieder der normale Bewegungsablauf des Arms. Allerdings wurde ich oft nachts wach, und bei manchen Bewegungen knackte und knirschte es in der Schulter. Im November rief ich Herrn Auamann an und sagte: Herr Dr. Auamann, ich beabsichtige, über den Jahreswechsel mit meinen Kindern Winterurlaub zu machen. Ich hätte jetzt Zeit, die Schulter operieren zu lassen.

Burmann, das was sie an ihrer Schulter haben, dauert mindestens drei Monate, wahrscheinlich sogar noch länger, und nach einem guten Jahr können sie mal eventuell wieder an Skifahren denken.

Gut, Herr Doktor, das ist eine Aussage. Ich melde mich wieder.

Die Schmerzen wurden täglich weniger und das Wort Aua auch. Bald konnte ich fast wie gewohnt meinen Sport ausüben, von den schweren Gewichten ließ ich die Finger. Hin und wieder ging ich in die Volmestuben, zum einen um meinen Arschmuskel in Bewegung zu halten, zum anderen wegen der Neuigkeiten die ich hier immer erfahre, die nicht in der Zeitung stehen. Der selbständige Gärtner Oskar zeigte einmal auf einen, der jeden Tag in der Zeitung steht, weil er als Vorstandsvorsitzender der Wasserwerke zuviel in die eigene Tasche gesteckt hat, und sagte: Der da hinten in dem Nadelstreifenanzug lernt ja jetzt auch eine neue Sportart, nämlich den Golfsport, den kann man auch in Handschellen machen, und machte dabei die Handbewegung wie Golfer. Herr In die eigene Tasche stecken hörte das und fand das gar nicht gut, bezahlte seinen Deckel und ging. Wir hatten mal wieder voll unseren Spaß. Susan fand das gar nicht gut und sagte von ihrem Arbeitsplatz, dem Warsteiner Zapfhahn: Eh, seid ihr verrückt, den In die eigene Tasche stecken so zu verärgern, der ist doch gar nicht so, der sponsert den Turn- und Spielverein. Alois sagte hierauf: Wer sponsert den Turn- und Spielverein? Der doch nicht, das haben bisher immer die Wasserwerke direkt gemacht. Der In die eigene Tasche stecken hat immer nur seine Unterschrift auf das Geldüberweisungsformular geschrieben und dafür gesorgt, dass er in der Zeitung steht.

Jetzt steht er unter der Rubrik Der Staatsanwalt gibt bekannt, sagte Gernot und wir mussten nochmals lachen. Leider verloren 50 Arbeitnehmer ihre Stelle durch den aufgedeckten Skandal. Die Baufirma Spezialtiefbau hatte den Wasserwerken eine Rechnung über eine Million geschrieben. Für Arbeiten, die nie gemacht wurden. Herr In die eigene Tasche stecken zeichnete diese ab und sorgte dafür, dass ganz schnell bezahlt wurde, und holte sich ein paar Tage später seinen ausgehandelten Anteil ab. Eine viertel Millionen soll er für den Deal erhalten haben.

Einmal ging ich später in die Volmestuben, so gegen 23:00 Uhr, hatte vorher gut gesportet und geduscht, weil ich ja die Wette, welche ich mit Gernot hatte über zweimal 20 Meter Hanfseilklettern am Baukran unangeseilt mit nach oben gerichteten angespitzten zwölf Millimeter Rundeisen, die auf einer Eisenplatte angeschweißt sind und auf dem Hofpflaster liegen, gewinnen wollte.

Zwei merkwürdige ungepflegte Erscheinungen so um die 100 kg kamen mir entgegen. Ich ging über die Strasse um den anderen Bürgersteig zu benutzen und sie auch. Eh, wie spät haben wir es denn, fragte mich einer dieser Glatzköpfe mit mindestens zehn Piercingringen in dem Pickelgesicht. Ich wollte noch ausweichen, wurde aber am Arm festgehalten und dann sagte der andere mit einer ähnlich schlampigen Figur wie der weißgesockte Motorradfahrer mit Spiegeleiern: Hör mal, haben wir uns denn nicht richtig ausgedrückt.

Was sollte ich anderes tun: Ich schlug ihm eine rein, genauso wie damals in Siggis Albhornstube. Der andere bekam einen guten Kick in die Nierengegend. Der Kampf war beendet. Das erste Stück Scheiße blutete aus der Nase und ich dachte: Früher konnte ich auch mal besser treffen. Vielleicht war es auch besser so. Hätte er meinen Ellebogenknochen gegen die Schläfe bekommen, wäre wahrscheinlich sein Kopf geplatzt. In der Volmestube kamen wir überein, dass man eigentlich nur noch mit einem Colt vor die Tür gehen kann. Jeden Tag wird doch irgendjemand überfallen. Neulich wieder eine alte Oma. Man klaute ihr einfach die Handtasche.

Ich fragte Stefan, den Ehemann von Susan, der auch oft am Tresen steht: Wer ist das?
Das ist Melanie, Susans Schwester.

Ey, das ist ja eine Nette. Komm, erzähl mir mal etwas von dieser filigranen Katze. Hat Melanie eine Beziehung? Wenn ich diese Augen sehe, der gazellenhafte Gang, die langen schlanken Finger und diese Rastalocken mit den bunten Perlen in meiner Hausfarbe gelb, blau und grün. Ich könnte die Kleine so mit in meine Suite nehmen. Was macht Melanie beruflich?

Sie ist Gruppenleiterin in einer Behindertenwerkstatt, oh die war lange auf der Schule, hat jede Menge Diplome und ist staatlich geprüfte Pädagogin. Zur Zeit wohnt sie in einer Wohngemeinschaft in Hohenlimburg.

Komm doch am Freitag mit Melanie zu unserem Kreativclubabend. Ach komm, gib mir mal ihre Handynummer.

Die hab ich nicht, aber ich rufe dich morgen an. Susan hat die, aber die ist kegeln.

Folka, was macht denn eure neue Halle?

Ach hör bloß auf. Diese ganze Scheiße geht mir aufs Arschloch. Ich habe einen Brief an den Oberbürgermeister geschrieben.

Sehr geehrter Herr Oberbürgermeister Cornuto, wie sie sich für unsere Gemeinde einsetzen, gefällt uns. Mein Bruder und ich wollen ganz schnell eine weitere Produktionshalle auf unserem Firmengelände in der Bronks errichten. Die Auftragsbücher sind voll und wir müssen noch unbedingt sieben Mitarbeiter einstellen. So etwas hören sie doch sicher gerne. Jedes Jahr fließt zusätzliche Gewerbesteuer in ihre leere Stadtkasse. Wir dachten, dass wir sie mal zwanglos zu einer leckeren Tasse Kaffee einladen. Ihren geschätzten Terminvorschlag abwartend verbleiben wir mit freundlichen Grüßen aus der Bronks.

Ja und dann geht drei Tage später das Telefon. Die Vorzimmerdame des sehr beschäftigten Herrn Oberbürgermeister Cornuto sagt, dass ihr Chef sich sehr über den Brief gefreut hat, aber sein ausgebuchter Terminkalender hat in den nächsten Wochen keinen Termin frei.

Da hätte der Kerl mal die Möglichkeit, sich die Probleme seiner steuerzahlenden Bürger anzuhören und sagt über seine Tippse ab. Dieser, von mir natürlich nicht gewählte, hält es nicht für nötig, sich unsere Situation anzusehen, stattdessen schickt er uns einen unqualifizierten Trümmerhaufen vom Wirtschaftsförderungsamt. Jetzt verkauft die Stadt uns 18qm von diesem Niemandsland. Mehr geht nicht, weil die da einen Fahrradweg bauen wollen. Gestern rief Willibald, unser Architekt, an und erzählte mir was von neuen Baugesetzen. Jetzt muss die Halle, die ursprünglich als Blechdose geplant war, aus feuerfestem Beton hergestellt werden. Von unseren Seecontainern, die wir als Lagerraum nutzen, wollen diese Arschlöcher jetzt auch noch eine Zeichnung und Statik haben. Die Burmann'schen Maschinenbauanstalten sind doch kein Kassenschrank. Dann hörte ich noch was von einem Geräuschgutachten, was wir so einem Ingenieurbüro in Auftrag geben müssen. Wieder 3000 Mark in die Tonne gehauen.

Wie, von diesen drei nebeneinander gestellten Seecontainern mit dem betonierten Dach wollen die eine Zeichnung und Statik haben. Der Schuppen steht doch wie eine Eins.

Weißt du Stefan, dieser Mensch vom Bauamt wird mir wahrscheinlich nie in meinem Leben sympathisch sein, nicht dass ich was persönlich gegen ihn habe, dieser Kaugummikauer war auch damals mit einer Kamera auf unserem Grundstück und hat mein Haus fotografiert. Hinterher hingen die Fotos auf dem Flur des Bauamtes hinter einer Glasscheibe mit der Überschrift: Nicht genehmigte Bauten. Dabei hatte ich mir das genehmigt und mein Bruder auch. Ein dicker DIN A vier Umschlag lag in der Post. 126 Seiten Ordnungsverfügung mit

Androhung eines Zwangsgeldes drohte man dem Folka an.

Wie kam denn dann die Baugenehmigung?

Ja, dieser sehr genaue papierabarbeitende und paragrafenreitende Kaugummikauer kam mit dem Statiker des städtischen Bauamtes und die haben sich meine Festung angesehen, nach der Statik usw. gefragt.

Wir könnten das alles zurückbauen lassen, sagte der Kaugummikauer. Der Statiker hatte wenigstens ein bisschen Ahnung, schaute sich dies und jenes an und sagte: Verdammt gut gebaut. Dicke Wände, ordentliche Dachbalken, beste Wärmedämmung. Die Glasscheiben nach der neuen Wärmeschutzverordnung.

Meine Herren, jetzt hören sie mir bitte ganz genau zu. Ihr Modewort zurückbauen heißt ja wohl abreißen. Ich werde den hiesigen Radiosender informieren und der ganze Stadtteil wird evakuiert und ich sprenge diesen Bunker. Und ich meine das ganz ernst.

Nun ja, die Baugenehmigung kam dann doch, weil der Bunker und das Haus von meinem Bruder genehmigungsfähig waren. Allerdings mussten wir uns einen Rechtsanwalt nehmen, der einen heißen Draht zum Bauamt hat. Gregor sollte etwas von seinem Dachüberstand abschneiden. Es kam uns so vor, als ob man diesen Korinthenkackern schutzlos ausgeliefert ist. Ob hier auch wieder geschmiert wurde, ist gut möglich, als die Honorarrechnung kam, saß ich Gott sei Dank auf dem Stuhl, sonst wäre ich wohl hingefallen.

In dem Containerschuppen fand ich noch einen Kupferring so um 50 Meter lang und 15 mm im Durchmesser. Die doofen Heizkörper nervten mich schon längere Zeit. Ich riss die ab und bog mir eine schöne Schlange aus dem Rohr, dübelte diese an die Wand, nagelte ein Streckmetall darüber und putzte das ganze mit Rotband zu. 20 qm Wandheizung sind eine tolle Sache. Die Bude ist lecker warm und keiner weiß, wo die Wärme herkommt.

[26]

Würde gerne mal mit dir eine Tüte rauchen, einfach so zum Spaß. Folka Telnummer. 0178-09580815

Das ging per SMS zu Melanie, nachdem mir Stefan die Handynummer mitteilte.

Und kurz danach bimmelte es. Hier ist Melanie, wer bist du? Wir unterhielten uns sehr nett und verblieben bis Freitag.

Sie kam mit Stefan und es wurde ein sehr lustiger Abend. Die Kreativclubgruppe wurde auch immer größer. Diesmal wollten wir einen Armleuchter bauen, das heißt einen Arm mit Silikon einschmieren und eine geteilte Gipsform über den Silikonstrumpf aufbringen. Es wurde ausgelost und mit etwas mogeln und Absprache der anderen war Melanie dran. Der Gipsabdruck von ihrem schlanken durchtrainierten Handballspielarm sah nachher so aus, als ob er einen Unfall mit einem schnell rotierenden Rasenmähermesser hatte. Nachdem wir die Kerze noch angebracht hatten, kam die Aufschrift, Armleuchter nach einem schweren Unfall, auf den Gipsabdruck. Gegen vier morgens löste sich die Truppe auf. Melanie wollte nicht bleiben, bat mich aber, ihr Auto irgendwann zu den Volmestuben zu bringen.

Gegen 15:00 Uhr samstags brachte ich ihr ihren alten silbernen Honda CRX zu den Volmestuben und wir verblieben bis nächsten Freitag. Tut mir leid, sagte sie: Leider bin ich die ganze Woche voll ausgebucht.

Freitags kam sie und drückte mir ein kleines Küsschen auf die Backe. Wir entfernten uns von den anderen Kreativclubleuten, setzten uns ins Ledersofa und redeten fast die ganze Nacht. Und sie erzählte: Meinen Sohn, Phil, bekam ich sehr früh, mit fast siebzehn. Gegen halb sechs legten wir uns hin, verblieben aber ohne Sex. Mann was ist die schlank, dachte ich.

Donnerstags kam mein Freund Rüdiger. Wir redeten wieder über Gott und die Welt. Das Telefon ging, und am anderen Ende der Leitung: Tach Herr Burmann. Aha Annette.

Hi, tut mir leid, ich habe Besuch, kann ich dich nachher anrufen.

Ruf aber auch an.

Ja, tue ich, Annette bis gleich, und legte auf.

Dann ging wieder das Telefon. Diesmal war es Melanie.

Hallo, Folka, kann ich heute bei dir schlafen? Ich habe keinen Bock noch nach Hohenlimburg zu fahren. Wir haben gerade einen Umtrunk gemacht, meine Schwester hat Geburtstag. Ein Arbeitskollege ist krank und morgen muss ich leider arbeiten. Ich möchte nicht mein Geld mit Taxifahren ausgeben.

Ja, du kannst bei mir schlafen. Mein Freund Rüdiger ist noch hier. Das Tor ist offen. Du kennst ja den Weg.

Ey, bei dir ist ja was los, sagte Rüdiger. Wie viel Weiber hast du eigentlich?

Eigentlich habe ich keine. Mit Annette, das ist eine reine Interessengemeinschaft, wenn wir gevögelt haben, bin ich froh wenn sie wieder gegangen ist. Melanie habe ich vor kurzen kennen gelernt. Sie kellnert schon mal in den Volmestuben. Ihre Schwester sucht dringend ein neues Zapfhahnmädchen, findet aber nicht die richtige. Melanie arbeitet als Gruppenleiterin in einer Behindertenwerkstatt. Jetzt war sie schon bei unserem Kreativclubabend. Letzte Woche formten wir ihren Arm ab. Ich finde die richtig nett. Ach mal schauen. Sie kommt gleich und will hier schlafen.

Rüdiger bestellte sich ein Taxi. Er lässt sein Auto nach unseren Unterhaltungen immer stehen. Mit Marihuana im Körper fährt man nicht.

Hallo Annette. Ich bin zu müde, dass bringt nichts mehr wenn du heute Abend kommst. Ich werde dich morgen anrufen und wir könnten ja am Wochenende was für Körper, Geist und Seele tun.

Folka, ruf aber auch an. Ich möchte mich mal wieder auf den Tisch legen und richtig durchgevögelt werden.

Kurz danach kam Melanie, etwas angeheitert und ein bisschen am kichern. Was ist denn das, schrie sie als sie ins Badezimmer ging.

Das ist Otto, das Chamäleon. Er schläft meistens in der Dusche, weil er die naturfarben gestrichenen Wände und die Wärme so mag.

Wo hast du Otto denn her?

Nun ja, er war auf einmal da und nach ein paar Tagen hatten wir uns eben angefreundet. Letztes Jahr habe ich ihn verprügelt. Otto hat mein Sofa auseinandergepflückt, aber jetzt hat er sich an meine Hausordnung gewöhnt. Hin und wieder verläuft sich eine Maus, ich weiß auch nicht wie die hierein kommen, wahrscheinlich von der Volme, und dann hat er ein besonderes Leckerchen. Im Sommer lungert er immer auf der Terrasse rum. Oft sehe ich ihn gar nicht. Er hat die Gabe, sich seiner Umgebung anpassen. Neulich klebte er an der gelb gestrichenen Ziegelsteinwand. Sein Körper nahm sogar die grauen Zementfugen an.

Melanie, ich lege mich jetzt ins Bett, es ist schon sehr spät und morgen muss ich wieder früh raus und arbeiten, leider finde ich das Geld nicht auf der Strasse, sagte ich so gegen fast Mitternacht.

Ja, ich auch. Ach irgendwie habe ich gar keinen Bock: Um acht haben wir wieder eine größere Besprechung mit diesen Teppichtaschen.

Was sind denn Teppichtaschen?

Wir sagen das zu den Sozialarbeitern, diese Oberstudierten gehen voll am Leben vorbei. Die wollen immer neue Reformen einführen. Die Hälfte meiner Arbeitszeit verbringe ich mittlerweile mit Papier.

Ja, Deutschland erstickt im Papier, sagte ich.

Im Bett hörte ich von Melanie: Du, ich muss dir was sagen. Ich habe mich in dich verschossen, mich hat es erwischt. Komm schlaf mit mir.

Freitags war wieder Kreativclubabend. Diesmal waren fast alle da. Samira und Chris sagten: Weißt du, dass Melanie eine richtig Nette ist.

Samstagsabend kam sie wieder und wir unterhielten uns über diesen weißen Stoff, den man durch die Nase zieht. Ja, ich weiß, dass Prostituierte das nehmen, um die Nacht zu überstehen, sagte ich. Ich nehme das manchmal auch, hörte ich und sagte: Ich brauch das nicht, mir reicht das Gras und Samira hat mir davon abgeraten. Irgendwann ist man süchtig, sagt sie, und ich habe sie zittern sehen, als ich mal mit ihr im Sauerland war. Folka, es tut mir leid, ich wollte es nicht machen, aber es geht nicht anders, sagte Samira.

Ich war mal mit ihr in Rotterdam, da kann man das günstiger als bei Sammy um die Ecke kaufen. Als dann die Kohle über den Tisch ging, wurde mir ganz anders, und als wir über die Grenze mit dem weißen Beutel fuhren, stieg der Adrenalinspiegel in nicht mehr messbare Werte. Also lass es sein, sonst wird aus uns nichts.

Ey, jetzt sei nicht so kleinkariert, was glaubst du was ich für eine harte Woche hinter mir habe. Ich wäre vorhin in der Volmestube beinahe eingeschlafen und da rief ich Hendrik an, das ist der Vater von Phil, der kommt da günstig dran, ich wollte mir mit dir einen schönen Abend machen und nicht sofort einschlafen. So hin und wieder eine Nase ziehen macht nicht süchtig. Ich dachte, du nimmst das auch.

Wie kommst du darauf?

Weil du so locker bist, entgegnete mir Melanie.

Ich zog dann auch mal ein bisschen durch die Nase und bekam ein steifes taubes Gefühl auf der Zunge und wir haben die ganze Nacht auf der Kaminmatratze geredet. Melanie, warum hast du so Berührungsängste, was hast du denn bisher für Sex gehabt?, fragte ich sie.

Ach ich weiß nicht, irgendwie normal. Wenn du aber morgens um sieben schon hörst: Mutti heute abend bist du reif, dann hast du keine Lust mehr und lässt es über dich ergehen und denkst, hoffentlich ist der bald fertig.

Was ist das denn für ein Typ?

Romeo war so ganz nett, sonst wäre ich ja nicht 14 Jahre mit ihm zusammen gewesen. Aber irgendwann war die Luft raus. Er wollte die Beziehung mit Geschenken festigen. Vorletztes Jahr lag eine Rolex unter dem Weihnachtsbaum. Irgendwann stand ein fast neuer 911 Porsche Targa vor der Tür. Aber das kann nicht alles sein und als ich hörte, dass bei dieser Wohngemeinschaft in Hohenlimburg zwei Zimmer frei sind, zog ich mit Phil dahin.

Was machte denn dieser Romeo beruflich? Mal eben eine Rolex und einen neunhundertelfer, das kostet doch alles ein paar Mark.

Der ist Fliesenleger und der beste Freund von Phil seinem Chef. Die haben nur in Supermärkten gekachelt. Richtig hunderte von qm kachelten die. So 10 000 hatte der im Monat. Von der ganzen Arbeiterei bekam er dann einen Herzinfarkt und versucht jetzt ein auf Frührentner zu machen.

Kurz vor Weihnachten ging das Telefon. Hallo Paps. Bist du mir böse, wenn ich nicht mit in den Winterurlaub fahre. Ich bin so verstresst und möchte eigentlich nur noch schlafen.

Farina, wenn du keine Lust hast, dann ist das in Ordnung. Ich hatte mich sehr gefreut, mal wieder mit euch was zu machen. Mal sehen, ob ich die Reise stornieren kann. Vielleicht hat ja Melanie Bock auf Skilaufen.

Wer ist Melanie. Hast du eine neue Freundin?

Ja, Farina, ich bin verliebt. Weißt du, was ich gemacht habe?

Nein, noch nicht, aber gleich, sagte meine eigenwillige Tochter.

Jetzt steht unten an meiner Tür: Melanie, Prinzessin von Folka.

Ja, Farina, mich hat es erwischt. Melanie ist hier eingezogen und ihr Hund, ein Riesenbobtail auch. Der läuft mir den ganzen Tag hinterher und liegt neben mir am Schreibtisch.

Was ist denn mit Otto? Kommen die beiden denn klar?

Ja, die haben sich ganz schön beschnuppert. Und als Otto dem Bobby eine mit seinem Schwanz reingezogen hat. Nun ja, jetzt kuscheln die beiden immer unten im Flur.

Heiligabend verbrachte ich mit Gregor, Anja und Melanie bei unseren Eltern. Ich schenkte Melanie einen Gutschein. Es wäre schön, wenn wir mal ein paar Tage nur so für uns in einem warmen Land verbringen könnten. Am zweiten Weihnachtstag ging es los nach Kärnten zum Mölltaler Gletscher. Es schneite pausenlos. Einmal sind wir sogar von der Autobahn abgekommen. Endlich nach elf Stunden standen wir vor dem Mölltaler Hof. Tibor kam mit Melanie bestens klar. Nun ja, sie hat ja auch einen Sohn. Phil ist schon zwanzig, hat seine Wohnung und wie das Leben manchmal so ist, wohnt er ca. 1500 Meter vom Bunker entfernt, ca. 150 Meter weiter ist die Volmestube. Auf Skilaufen hat er keinen Bock. Er wollte lieber mit seiner Freundin Doris alleine sein und sein Chef hatte noch ein Badezimmer zwischen den Feiertagen zu kacheln und da die jungen Burschen immer Geldprobleme haben, kam das Badezimmer gerade richtig.

Der stinkt voll nach Geld, dieser Kunde, der sein Badezimmer mit dem besten Indischen Marmor kacheln lässt. In seiner Garage hat er einen Ferrari F40 stehen, erzählte uns Phil am ersten Weihnachtstag.

Wenn du weniger ausgibst als du einnimmst, dann hast du auch mal irgendwann ein Haus und ein großes Auto, sofern du das wirklich willst. Was machst du denn mit dem Geld was du für die Kachelei bekommst.

Ich werde mir eine Dolby Sorrand Anlage kaufen, sagte Phil.

Das ist doch wohl nicht dein Ernst. Ich bin es langsam leid, dich immer noch zu unterstützen. Wann wirst du endlich mal erwachsen. Du gibst dein ganzes Geld für Scheißdreck aus, dein Konto ist immer überzogen, schrie Melanie.

Ja, Phil, irgendwie muss ich deiner Mutter recht geben. Warum paukst du nicht für deine Prüfung und sagst zu deinem Chef, diese Fliesenlegerlehre hat jetzt lange genug gedauert, ich will die Prüfung vorzeitig machen. So ein halbes Jahr vorher den Gesellenbrief, das wirkt sich doch richtig in Mark und Pfennig aus. Schreibst du eigentlich dein Berichtsheft regelmäßig? Und wie sind deine Schulnoten?

Tibor und Phil gingen mit Bobby vor die Tür. Melanie und ich mussten uns erst mal nach diesem leckeren Stockfisch mit Aiolisauce hinlegen.

Wir hatten Glück, das Wetter war gut. Nachts viel Neuschnee. Tagsüber etwas Sonne. Melanie machte in der Skischule Fortschritte und als der Skilehrer ihr sagte, beim Spagat oder im Bett kannst du die Beine auseinander machen, aber beim Skifahren lass sie zusammen, bekam sie immer mehr Lust auf Skifahren. Tibor drängelte immer, wenn ich mal wieder in einer Skihütte ein Weizenbier trank. Komm Eddy Daddy, wir skien jetzt wieder. Ja, bei dem vorletzten Winterurlaub in Kaprun gab man mir den Namen Eddy the Eagle. Ein englischer Skifahrer soll genau so blöde gefahren sein wie ich, mit unelastischem Oberkörper.

Die Sylvesterparty war vom feinsten. Die Wirtsleute hatten sich richtig Mühe gemacht. Das Büffet hatte die tollsten Leckereien. Das Sylvesterfeuerwerk ließ den ganzen Gletscher in wahnsinnigen Dimensionen erstrahlen. Am zweiten Januar feierten wir beim Frühstück Tibor seinen fünfzehnjährigen Geburtstag. Mann, was geht die Zeit rum.

Nein, ich werde nicht mehr um diese Zeit in den Winterurlaub fahren. Hinter München lagen Skier auf der Autobahn, ein Dachgepäckträgersarg war wohl nicht richtig verschlossen. Nach fast 14 Stunden waren wir endlich auf der Sauerlandlinie und ich konnte an diesem Opel Vectra Firmenkombi das Gaspedal bis zum Anschlag durchtreten. Die Außentemperaturanzeige stand im Plusbereich, die Tachonadel bei fast 200. Melanie meinte: Irgendwie riecht das hier komisch. Und dann sah ich den Qualm aus dem Armaturenbrett kommen. Los, alle raus hier.

Nach kurzer Zeit war dieser Scheiß Opel ausgebrannt. Nach einer weiteren dreiviertel Stunde kam dann endlich ein Leihwagen und Melanie fuhr den Rest der Strecke mit dem

318i Kombi. Völlig erschöpft und platt waren wir, als wir in dem bronksschen Bunker im Bett lagen.

Wie immer, wenn die Kinder oder eins nach Holland gefahren werden, halten wir bei Opa Hans und Oma Ruth an, um ein Stück Geld abzuholen. Meine Eltern freuen sich immer, wenn sie mein Blagenzeug sehen und machen eine großzügige Geldspende.

Ich habe euch doch gesagt, wer um diese Zeit nach Österreich fährt, hat nicht alle Tassen im Schrank. Um diese Zeit fährt man nach Winterberg, das ist mal eben um die Ecke. Jetzt ist der Opel auch kaputt, ach Folka, was hast du da wieder gemacht, sagte mein Papa bei Kaffee und Kuchen.

Ich war diese Kiste sowieso leid. Du weißt doch auch, wie oft der in der Werkstatt war. Die haben die Probleme mit der Elektrik nicht beheben können. Gestern habe ich den Leasingvertrag aufgelöst. Soll sich die Vollkasko mit der Opel Garantieversicherung rumschlagen. Ich bin froh, dass die Karre ausgebrannt ist. Mann, das war ein schönes Feuerwerk.

Folka, das ist ja nicht das erste Mal, dass bei dir ein Auto brennt, sagte meine Mama.

Mein Gott, das wird so dahin gestellt, als ob ich das extra mache.

Wie, bei dir ist schon mal ein Auto abgebrannt, fragte Melanie.

Der Vectra war jetzt der dritte. Gregor hatte auch mal einen und der brannte an der gleichen Stelle wo die dicke Kabelbaumverteilung unter dem Beifahrerairbag ist. Irgendwie hat Opel da Probleme. Und damals hatte ich so ein kleines Jugocabriole. 150 Stück hatten die nur davon gebaut. Dann fing der Bürgerkrieg in Jugoslawien an und die Firma baute dann Panzer.

Eines Samstags, ich war gerade auf dem Weg zu einem Kunden, kam aus dem Motorraum Feuer und nach zehn Minuten war das Auto geschmolzen. Die Feuerwehr meinte, das sei ein Vergaserbrand oder eine poröse Benzinleitung. Das einzige, was von dem kleinen roten Flitzer noch über geblieben ist, waren diese Kugeln von dem Rückenschonteil, was mir mal Mama schenkte und ich auf den Sitz legte, um zu wissen wie das ist, wenn der Folka mal als Rückenkranker Auto fährt. Ich bin nur so blöd gewesen und hielt genau an einer Straßenlaterne an, die brannte dann mit ab.

Untersteh dich bloß und streiche den BMW um, sagte Papa und schaute Melanie an und redete weiter: Wenn der ein Topf Farbe sieht, dann überkommt es ihn und der pinselt mal eben so ein Auto um. Wenn ich an den 500SL denke. Wann wird der denn endlich mal vernünftig?

Meinen CRX hat er jetzt auch gestrichen. Eigentlich mag ich nur schwarze Autos und als Folka das hörte, ist er Sonntagsmorgens ganz früh aufgestanden und hat den silbernen Honda auf schwarz umlackiert, sagte Melanie und lächelte mich an.

Tibor wurde in Venlo von Joost abgeholt. Wir treffen uns oft da. Melanie und ich schlenderten ein bisschen durch Venlocity und fuhren gegen Abend zur Bronks.

Wir verstanden uns immer besser und eines Nachmittags kam sie freudestrahlend die Treppe hoch und sagte: Ich bin jetzt Leiterin der Arbeitsvorbereitung. Meine Vorgesetzte hat gekündigt und nun hab ich die Stelle. Herzlichen Glückwunsch, sagte ich, nahm sie im Arm und wir küssten uns.

Wir gingen in die Badewanne, lümmelten uns bei Kerzenschein auf dem Sofa rum und als sie das Pulver auf die Glasplatte streute, änderte sich meine gute Laune, ließ sie aber das Kleinstochern mit der Scheckkarte machen. Nachdem sie einen Geldschein zum Strohhalm wickelte und sich das Zeug in die Nase ziehen wollte, stand ich vom Sofa auf, bückte mich über den Tisch und pustete einmal richtig kräftig. Das Pulver war wie vom Winde verweht und ich sagte: Liebe Melanie, ich empfinde sehr viel für dich, wenn du aber nicht mit der Kokserei aufhörst, wird aus uns nichts.

Ich hatte mich so auf meine neue Stelle gefreut und dachte, das kann ich mir heute mal gönnen.

Und irgendwann ist es dann zur Gewohnheit geworden, sagte ich.

Wir vertrugen uns schnell und schlichteten den Streit auf der Kaminmatratze vor dem brennenden Feuer. Nach unserem ausgiebigen Matratzensport beschlossen wir, etwas für die Geschmacksknospen zu tun, setzten uns ins Taxi und sagten: Bitte zum Volmeburgspanier.

Dieses Schweinewetter, diese feuchtkalte Luft kotzt mich an, sagte Melanie beim Spanier und wir beschlossen, den Weihnachtsgutschein einzulösen.

Tags darauf verfasste ich mal eben ein kleines Fax zum Reisebüro. Wir, also die Melanie und der Folka, würden gerne eine Reise so um zehn Tage in ein sonniges Land mit Hotel und Meerblick buchen.

Wir trafen uns in der Stadt, gingen zum Reisebüro und machten die Sache klar. In dem Pub gegenüber vom Reisebüro gab es erst mal einen guten Cognac und wir stießen auf die gebuchte Reise an.

Es ging ins Land der Fahraonen nach Ägypten. Melanie hat Angst vorm fliegen. Ihre Behindertentruppe wird oft mit Tavor ruhiggestellt, also besorgte sie sich diese Beruhigungspillen von dem Arzt, der auch ihr Kollege ist, welcher die besonderen Pflegefälle betreut. Nach zwei Cognacs im Flughafen eine Tavor, dann war sie ruhig und sagte im Flugzeug keinen Muckser. Nur in meinem Arm waren ihre Fingernägelabdrücke, so festgehalten hat sie sich. Das Hotel mit Meerblick war allererste Klasse. Das Meer hatte die Farbe, als wenn eine Frau in der Badewanne sitzt und am tagen ist. Wie war das noch, als damals die Eva den Adam verführte und der liebe Gott sagte: Dafür musst du bluten. So weit ich gehört habe, fragte die verführerische Eva den lieben Gott: Darf es auch in Raten sein? Aha, daher kommt also die Regelblutung.

Der Hotelier überredete uns, an einem ägyptischen Abend mit Bauchtanz und einheimischer Küche und Volksmusik teilzunehmen. Das Essen war der größte Nepp, die Bauchtänzerin eine aufgeblasene dicke Vollschlampe, die etwas mit ihren überfetteten Hüften versuchte rumzuwackeln. Wir waren die ersten, die den Saal verließen. Nach uns kam auch ein sehr nettes Ehepaar, so um die 45 Jahre alt, mit lockeren Ansichten. Mit den beiden unternahmen wir einen zweitägigen Ausflug nach Kairo. Wir waren entsetzt, wie arm dieses Land ist. Auf dem Bürgersteig, sofern man überhaupt davon reden kann, sterben die Leute und werden einfach in den Nil geworfen. Wir machten einen dreitägigen Schnorcheltauchkurs und waren von der Unterwasserwelt beeindruckt. Um Melanies sexuelle Barriere abzubauen, gab mir meine gute Freundin Bärbel den Rat, das Buch von Tracy Cocks zu kaufen. HOT SEX auf den Punkt gebracht. Melanie hat viel darin gelesen und sagte oft vom Liegestuhl, wir könnten ja mal auf unser Zimmer gehen. An der Hotelbar kamen wir irgendwie auf Gras zu sprechen. Auf der Toilette sprach mich dann einer an und sagte: Ich heiße Peer und habe was mit. Er hatte sehr viele fertig gedrehte Joints in der Verpackung von Unox heiße Tasse eingewickelt. Die sieht und merkt keine Sau am Flughafen, sagte er und grinste. Mit Peer und dem Ehepaar, die auch mal am Joint zogen, schauten wir uns die anderen Hotelbars an. In der Stadt war es nicht so angenehm. Die Armut dieses Landes ist katastrophal.

Wieder in Deutschland, am Schreibtisch die Papierhaufen abarbeitend, geht das Telefon und unser guter Kunde Herr Hensel von der Schiffsbaufirma erzählt: Wir hatten vor ein paar Wochen die Idee, kleine Unterseeboote mit Brennstoffzellenantrieb für Privatpersonen zu bauen und unsere Konstrukteure haben Tag und Nacht gerechnet und gezeichnet. Der erste Prototyp ist fertig. Wir wollen nächste Woche in Serie gehen und dachten, dass die Burmanns für uns die Fräsarbeiten an den Blechen machen. Können sie morgen gegen neun bei uns sein?

Klar Herr Hensel, ich komme um neun.

Gegen halb neun setzte ich mich in den BMW und fuhr normal zur Autobahn. Ich musste normal fahren, denn die Polizei war hinter mir. Auf der Beschleunigungsspur wollte ich rechts zwei LKW überholen, um mich in den Autobahnverkehr einzufädeln, und machte das so wie jeder das macht oder machen sollte.

Was genau passiert ist, weiß ich nicht mehr. Der BMW drehte sich zur Leitplanke und dann sah ich die Polizei und dann den LKW. Es knallte wie verrückt und ich bin Karussell gefahren. Als das Spektakel endlich vorbei war, saß ich in einem Edelschrotthaufen und konnte mein Überleben erst begreifen, nachdem ich meinen Kopf und alle anderen Körperteile bewegte. Die Polizei sperrte sofort die Autobahn und sagte zu mir: Wir waren die ganze Zeit hinter ihnen, auf einmal haben sie sich gedreht. Seien sie bloß froh, dass ihnen nichts passiert ist. Mehr Glück kann man nicht haben. Der Alkoholtest ergab, wie sollte es anders sein, nichts. Der nicht mehr fahrbereite BMW wurde mit dem Abschleppwagen zu unserer Firma gebracht. Wo ist denn die Motorhaube, fragte ich den Abschleppwagenfahrer, als ich vom Büro aus dem Fenster schaute. Die hat die Feuerwehr aus der Wiese geholt und mitgenommen. Gegen elf rief ich Papa an und erzählte ihm, dass sein Auto leider nur noch ein Fall für die Tonne ist, und er sagte: Also was hast du denn da schon wieder gemacht, das ist mir noch nie passiert.

Abends dachte ich lange über den Crash nach, sah, wie das Rad des LKW immer näher kam und in die Beifahrerseite des BMW knallte. Das Armaturenbrett und das kleine Lederlenkrad kamen mir immer näher. Das Auto muss, so denke ich, unter einem Winkel von 30° da rein gefahren sein. Einen Frontalzusammenstoß, so glaube ich, kann keiner überleben, immerhin hatte der LKW Höchstgeschwindigkeit drauf.

Axel, ein befreundeter Polizist, der wirklich gut Auto fahren kann. Er war bei Fahrerausbildungen usw. und meinte: Wenn vorher etwas Diesel auf die Straße gelaufen ist und ein wenig Feuchtigkeit und im falschen Moment Gas gegeben wird, dann ist das wie Glatteis und wenn sich ca. 1400 kg in Rotation befinden, dann macht keiner mehr was. Und wenn man was macht, wahrscheinlich sogar das falsche. Wer in der Schule bei Physik aufgepasst hat, weiß: Kraft ist Masse mal Beschleunigung.

Heute vor drei Wochen wurde ich an der rechten Schulter operiert und muss mit einem blauen Armstützkissen umherlaufen und auch mit schlafen. Das Schreiben ist schwierig und sehr unangenehm, der Arm muss immer abgestützt sein. Gegen die Schmerzen rauche ich Gras und trinke Bier, das dämmt ein. Arbeitsmäßig kann ich nur das wirklich wichtigste erledigen.

Farina meldet sich mal wieder und sagt: Ich hab es bestanden. Ich hab das Abitur. Poh, antworte ich und wir reden darüber, dass sie nach den Sommerferien Kommunikation studiert und im Moment als Altenkrankenpflegerin für acht Euro die Stunde arbeitet und auch noch den Job bei einem Erfinder hat. Der soll genau so verrückt wie ich sein. Da er selten zuhause ist, muss Farina sich um dessen älteren Vater kümmern.

Was bin ich stolz auf meine kleine Farimaus, lege mich in die Sonne und denke über so einige Dinge nach und beschließe, meinen angefangenen literarischen Schwachsinn zu Ende zu schreiben. Was soll ich auch sonst anders tun, auch wenn es schwer fällt. Meine rechte Hand liegt auf einen Bierdeckel, unter diesem ist ein Drucklager, so kann ich aus dem Handgelenk schreiben, ohne einen Armmuskel zu bewegen. Mein Spiralkollegblock bleibt auf dem Tisch liegen, auch auf das Risiko, dass Melanie darin liest. Was kann mir schon passieren? Vielleicht ist sie ja auch der Grund, dass ich wieder mit der Schreiberei anfange. Sie hatte mich mal gefragt, was ich denn so für Frauen vor ihr hatte und ich wollte immer mal ein Buch schreiben. Mir war so danach.

In letzter Zeit ist viel passiert. Melanie zog aus der Hohenlimburgerwohngemeinschaft aus und zu mir, aber das hatten wir ja schon. Tibor war gerade hier und wir beide und Phil wollten Melanies Wasserbett demontieren und es kam zum heftigen Streit. Tibor und ich pumpten noch das Wasser aus den Matratzen und dann waren wir weg mit der neuen Gardena Gartenpumpe und 25 Meter nagelneuem, gelbem Wasserschlauch.

Das hat sich wohl erledigt. Mir tanzt keine Pfanne mehr auf dem Kopf rum. Das ging auch vorher ohne Melanie und bisher kam immer eine neue, sagte ich zu meinem Sohn.

Ach, Papa, das ist doch ein nettes Mädchen und die meinte das nicht so. Vielleicht ist sie auch nur verstresst.

Abends sagte Melanie: Ich will mit dir keinen Stress haben und wegen diesem scheiß Wasserbett schon gar nicht. Komm wir gehen zu dieser Party, wo wir eingeladen sind.

Als ich ihre leuchtenden braunen Augen sah und ihre zärtliche Umarmung spürte, dachte ich: Warte mal ab, was so passiert, trennen kann ich mich immer noch von ihr.

Bei der Party waren nette Leute, einige koksten und der Joint ging pausenlos rum. Melanie ließ es sein. Wir hatten beschlossen, keinen Joint auf Partys anzurühren und das Koksen war eh passe. Bier ist auf Partys voll ausreichend. Wir sprachen uns aus und nach einer Weile, wie wird so gesagt: Friede, Freude, Eierkuchen.

[27]

Ich werde jetzt einfach meine Tagebuchaufzeichnungen aufschreiben. Zum besseren Verständnis sollte der Leser wissen, das ich mir bei dem Autounfall beide Schultern völlig demoliert habe. Alle Sehnen und Muskeln im Schulterbereich sind vermokkert. Wahrscheinlich weil ich mich instinktmäßig mit ausgestreckten Armen gegen das kleine Lederlenkrad abstützte. Zuerst hatte ich keine Schmerzen. Zumindestens konnte ich ganz gut mit Schmerz durch meinen jahrelangen Sport umgehen. Anfang Mai, so glaube ich, Melanies Schwester Rita war gerade da, wir saßen bei Kaffee und Kuchen, da kam ein Mann mit einer riesengroßen Kettensäge, so Teile wie sie Waldarbeiter benutzen, und schnitt an meiner linken Schulter rum. So ein scheiß Schmerz war das. Ich ging auf den Hof und brüllte los.

In einer sehr guten orthopädischen Klinik ließ ich mich operieren. Herr Auamann, mein Operateur, ignorierte den Schmerz der linken Schulter und sagte: Ich habe die Computertomographie-Bilder ihrer rechten Schulter gesehen und die müssen sie zuerst machen lassen. Auch wenn sie nur nachts Schmerz spüren. Da drin ist alles vermockert. Die linke Schulter hat nicht viel, sagte er, nachdem er hier und da rumgedrückt hat. Es tut nur halt weh.

Dientags ließ ich mich mit dem Taxi zur Klinik fahren. Es wurden allerhand Voruntersuchungen gemacht. Der Stationsarzt erklärte mir die Operation und sagte: In manchen Kliniken schneidet man durch die Achselhöhle, wir machen das aber von vorne, weil das erfolgversprechender ist. Ach wie beruhigend, dachte ich und bekam eine Gänsehaut. Gegen 15:00 war alles abgeschlossen. Der Anästhesist sagte: Essen und trinken sie nach 22:00 Uhr nichts mehr. Ich lief dann in diesem Dorf rum, fand auch ein nettes Lokal und dachte: Morgen setzen die das Messer an. Noch kann ich die ganze Sache abblasen, aber ob ich mich jemals an diese Dauerschmerzen gewöhnen kann? Wie kam ich gerade an diese Klinik?

Früher machten wir Bauschlosserarbeiten. Die Klinikleitung hat gehört, dass wir gute kostengünstige Arbeit abliefern. So fünf Jahre haben wir für dieses Klinikgelände, wo auch mehrere Behindertenheime sind, gearbeitet. Als der Haus- und Hofarchitekt in Rente ging und der neue für jede Arbeit ein Angebot wollte, wurden die Geschäfte langsam weniger. Was soll das kosten, an einer alten Stahltür eine neue Türklinke anzubringen? In der Vergangenheit hatten die Monteure sich die Reparaturen angesehen, sich ihre Skizzen gemacht und beim nächsten Mal die Sache fertiggestellt. Unser Stundenverrechnungssatz lag damals bei 42,00 DM ab Werkstatt. Da konnte jeder mit leben. Jetzt sollte ich dahin fahren und für jede kleine Arbeit ein Angebot abgeben. Das Auswechseln eines Schlosses kostet. Oder was kostet ein dreieinhalb Meter langer neuer Mipolhandlauf in rot. Beachten sie bitte, dass von eins bis um drei auf den Behindertenwohnheimen nicht gearbeitet werden darf. Als ich dann diese Unsicherheitsfaktoren mit in meine Preise einrechnete, war dem neuen Architekt das dann alles zu teuer. Sie holten sich dann eine andere Schlosserbude. Was hält schon ewig?

Melanie kam gegen 17:00 Uhr zum Klinikparkplatz, stellte ihren CRX ab und wir gingen ein bisschen durch dieses Dorf, aßen in einer netten Pizzeria eine voll leckere Pizza und ich trank kühles blondes Warsteiner. Gegen 21:00 wollte ich dann in mein Zimmer. Auf dem Weg zur Klinik, den wir über den Parkplatz gingen, war er wieder. Ein ca. 25-jähriger schlanker, nicht ungepflegter junger Bursche, der wohl in irgend so einem Behindertenwohnheim wohnt, kam uns entgegen und wirkte voll verstört.

Der ist mir heute Nachmittag schon aufgefallen, da hatte er einen Walkmann auf und tanzte und machte Luftsprünge, sagte ich zu Melanie.

Mann, ich komme nicht mehr in mein Heim. Ich habe doch mein Zimmer so schön gestrichen und bekomme gleich Besuch von Tina Turner, sagte der geistig Verwirrte.

Der kriegt gleich voll die Panik. Wir haben bei uns auch so welche, sagte Melanie.

Ach, komm mit mir. Ich habe da oben ein Zimmer, sagte ich zu dem Jungen und zeigte dabei auf die Klinik.

Melanie und ich verabschiedeten uns mit Küsschen, eben so wie man das macht. Wenn ich morgen wiederkomme, dann hast du alles hinter dir, sagte sie noch, als sie sich in den CRX setzte.

Na, dann komm mal mit mir, mein Freund. Das sind ja vielleicht Flegels. Haben die dich einfach ausgesperrt.

Das Wort Flegels hatte er wohl noch nie gehört und ließ es sich erklären. Nun, das sind so Leute, die andere ärgern usw., versuchte ich dem Verwirrten zu erklären. Ach, was mach ich nur, gleich kommt doch Tina Turner und will sich mein Zimmer ansehen.

Wir standen vor der Kliniktür, die normalerweise wie von Geisterhand automatisch aufgeht, doch sie blieb zu. Ach, nehme ich die Nebentür, dachte ich, drückte auf die Türklinke und musste feststellen, dass diese auch verschlossen ist. Ich drückte auf die Schelle und hörte kurz danach: Ja bitte, hier ist Schwester Wanda.

Ja, guten Abend. Mein Name ist Burmann, ich werde hier morgen früh operiert und habe ein Zimmer im dritten Stock. Können sie mal bitte die Tür öffnen. Ich habe auch noch eine Begleitperson mit, der junge Mann bekommt gleich Besuch von Tina Turner, sagt er. Und dann sprach ich leise in das Mikrofon der Sprechanlage: Hören sie bitte, der Junge ist nicht ganz richtig im Kopf. Er weiß wohl nicht wo er hingehört. Er lief vorhin total verstört auf dem Parkplatz rum. Irgendwie muss man ihm doch helfen.

Nach ein paar Minuten kam Schwester Wanda und sagte: Ich musste erst ihre Angaben überprüfen, ich warte schon auf sie, weil sie noch eine Spritze bekommen. Der da muss draußen bleiben, und zeigte auf den nervösen 25-jährigen, der ja gleich Besuch bekommt.

Liebe Schwester, sagte ich: Es wird gleich kalt und ich möchte, dass sie sich um diesen Menschen kümmern. Es muss doch festzustellen sein, in welchem Haus der wohnt.

Schwester Wanda zog ihr Haushandy aus dem weißen Kittel und telefonierte wohl mit einer Kollegin und sagte: Hier ist wieder so ein Geistigeingeschränkter, der nicht weiß wo er hin gehört. Kannst du bitte kommen und dich um diesen Typ kümmern. Ich habe hier noch einen Patienten, der morgen früh operiert wird und seine Trombosespritze bekommen muss.

Es kam dann auch sofort eine andere weiß Bekittelte und sagte zu dem jungen Burschen: Na, dann wollen wir mal sehen, wo du hingehörst.

Hat man ihnen denn nicht gesagt, dass diese Klinik um 20.30 Uhr abgeschlossen wird, Herr Burmann.

Nein, gab ich zurück, aber jetzt weiß ich das.

In meinem Krankenzimmer bekam ich diese unangenehme Trombosespritze in den Bauch gespritzt und konnte nicht einschlafen, weil meine Schultern sich wieder bemerkbar machten.

Ach, ich paff mir erst mal eine und trink mir von dem Rotwein, den ich mir vorsorglich mitgebracht habe, dachte ich und ging auf den kleinen Balkon, der zu meinem Zimmer gehört, setzte mich auf den unbequemen Plastikstuhl und steckte mir einen mitgebrachten Joint an und nippelte an der Rotweinflasche.

Ach du Scheiße, jetzt steht diese Schwester neben mir und sagt: Dann kann ich ja noch ihren Puls messen. Ich hielt meinen Joint so in der Hand wie das damals Humpry Bogart in Casablanca machte. Ob die Schwester das gemerkt hat, dass ich da Gras rauche, weiß ich nicht, auf jeden Fall sagte sie zu mir: Herr Burmann, sie werden morgen früh operiert. Bitte rauchen sie nicht so viel, und ging.

Gegen fünf wurde ich wieder mit Schulterschmerzen wach, ging auf die Stationsdusche und machte erst mal Körperpflege und versuchte, den Operationsgedanken zu verdrängen, was mir leider nicht gelang. Nach einer guten Tüte war ich jedoch locker. Gegen acht kam Herr Auamann und sagte: Was war denn gestern Abend hier los. Wie viel Bier haben sie denn getrunken?

Nicht so viele, gab ich zur Antwort. Na, dann waren die aber größer als normal, jetzt bleiben sie ruhig liegen, denn in zwei Stunden mache ich ihre Schulter, sagte der Operateur und ging.

Die diensthabende Schwester gab mir gegen neun weiße Trombosestrümpfe und irgendsone Pille und kurz danach war mir alles scheißegal. Ich dämmerte langsam ein und bekam so nebenbei mit, wie ich im Bett durch den Flur in den Aufzug geschoben wurde.

Gegen 14:00 Uhr wachte ich auf und hatte ein blaues Armstützkissen, eine Thoraxabduktionsschiene, unter der rechten Achselhöhle. Doktor Auamann kam, setzte sich auf den Stuhl, schaute mich an und sagte: Burmann, zwei Stunden haben wir an ihrer Schulter rumgemacht, da war alles kaputt was nur kaputt sein kann. Dieses Armstützkissen müssen sie mindestens drei Monate tragen. Wenn sie versuchen, vorher den Arm zu bewegen, war die Operation umsonst. Wir haben ihnen alle Sehnen und Schultermuskeln neu fixiert. Ihr Körper braucht jetzt Zeit und Ruhe. Kurz danach kamen Schmerzen, die unbeschreiblich waren. Ich betätigte den Notklingelknopf und dann kam der Stationsarzt und drückte mir durch eine dünne Kunststoffleitung, ein sogenannter Schmerzkatheter, eine grüne Flüssigkeit, die direkt in die Schulter lief. Es wurde sofort warm und der Schmerz war weg. Kurz danach kam

Melanie und ich bestand darauf, mit ihr in die Kaffeeteria dieser Klinik zu gehen. Vorher zog ich erst mal diese weißen Strümpfe aus. Diese Klinikkneipe hatte sogar Warsteiner zu zivilen Preisen, machte aber leider um 17.30 Uhr zu. Manche männlichen Patienten liefen doch tatsächlich mit diesen weißen Sexystrümpfen und kurzer Hose durch die Klinik, das sah so richtig scheiße aus. Männer in weißen Strümpfen. Wir gingen wieder in mein Zimmer, setzten uns auf den Balkon rauchten uns eine und redeten, was man so redet. Dann kamen diese scheiß Schmerzen wieder. Ein bisschen grünes Zeug und alles wird gut. Das Atmen ist etwas anders, aber sonst ist alles im grünen Bereich. Schlafen konnte ich nur stundenweise. Immer wieder tat es weh, und immer wieder kam das grüne Zeug darein. Ich dröhnte mich mit Rotwein zu, dann ließ es sich aushalten.

Donnerstags kam fast der ganze Kreativclub einschließlich Melanie, Samira und Chris. In meinem Zimmer machten wir eine kleine Party, gingen zum rauchen auf den Balkon und dann kam so ne Schwester und sagte: Ich muss ihnen das Rauchen verbieten. Der Qualm zieht durch die Fenster und die ganze Station riecht wie eine Kneipe. Ich ließ mir noch mal grünes Zeug spritzen. Da die Klinikkneipe schon zu hatte, gingen wir alle ins Dorf zum Volmarsteiner. Ich mit blauer Jogginghose und gelbem T-Shirt. Drei Schwestern mussten mir bei dem T-Shirtwechsel helfen. Zuerst die Armstütze ab, den Arm festhalten und irgendwie geht dann ein T-Shirt über den Arm.

Der Volmarsteiner ist eine nette gemütliche Kneipe. Mit viel Bier ging es mir langsam besser. Gegen 20.15 Uhr ging es wieder zur Klinik. Vor dem Eingang haben wir dann weiter gemacht. Alois hatte noch eine Kiste Warsteiner in seinem Jaguar und alles war in Ordnung. Damit ich ohne Probleme wieder in mein Zimmer kam, steckte ich ein Paket Tempotaschentücher zwischen die Tür, damit diese nicht ins Schloss fiel. Ich wollte ja nicht mehr unangenehm auffallen.

Freitags lernte ich meinen Zimmernachbar kennen. Er trug auch eine Armstütze und hatte einen schweren Fahrradunfall und bekam eine Stahlplatte in das Schultergelenk eingepflanzt. Da hatte ich ja noch mal Glück, dachte ich. Der 28-jährige trank auch gerne Bier und ich verbrachte mit ihm die Zeit in der Klinikkneipe, bis endlich meine süße nette Melanie kam.

Die diensthabende Stationsärztin meinte, dass ich eh nur rumlaufe und sagte: Sie sind ja den ganzen Tag auf den Beinen, dann brauchen sie nicht mehr diese Trombosespritzen. Ach, wie toll, denn das war richtig unangenehm, jeden Abend diese Spritze in den Bauch. Samstags kamen Gregor und Anja. Melanie kam schon vorher. Und wir sind dann zum Volmarsteiner gegangen, tranken gutes Warsteiner und aßen Grillteller nach Art des Hauses. Die Nacht von Samstag auf Sonntag ging ohne Schmerzmittel und ich rief mein süßes nettes Baby an und sagte: Guten Morgen mein Fummelchen, bitte hol mich gleich hier ab.

Gegen zehn war ich wieder in meiner alten Umgebung. Die Sonne schien gut und ich machte es mir auf meinem Urlaubsort so gut es mit diesem Scheißarmstützkissen ging bequem. Melanie brachte mir was ich nur wollte. Telefonisch meldete ich mich bei der Klinik ab, damit die sich keine Gedanken machen. Die Schwester sagte: Sie kommen doch heute

Abend wieder. Gehen sie mal davon aus, dass ich nicht mehr wiederkomme. Mein persönliches Umfeld lässt wahrscheinlich die Heilung schneller von statten gehen. Ich kann Musik hören, ich kann machen was ich will.

Montags rief der Stationsarzt an und fragte, ob die Klinik denn noch die weitere Behandlung ausführen soll.

Klar, es müssen ja noch die Fäden gezogen werden. Ich habe die Klinik doch nur verlassen, weil die Heilerei bei mir zuhause besser geht. Jemand, der die gleiche Operation hat machen lassen und angenommen derjenige hat drei Kinder und wohnt in einer kleinen Wohnung, der muss in einer Klinik bleiben, damit er Ruhe hat, sagte ich und wir verblieben bis nächste Woche zum Fäden ziehen.

Donnerstag dreizehnter Juni. Heute Morgen starke Schmerzen in der linken Schulter. Das Schreiben geht besser. Melanie fährt mit Bobby zu ihrer Schwester Margret und ist bis jetzt 21:00 Uhr nicht wiedergekommen. Auch kein Anruf. Ich rauchte mir gestern Abend eine Riesentüte. Der Leser soll nicht meinen, dass ich der unentwegte Marihuanaraucher bin, aber es lässt sich nicht anders aushalten. Ich kann mich fast nur in meinem Bunker aufhalten, darf eigentlich gar nichts machen, sonst war die Armreparatur umsonst und ich bin für immer gehandikapt. Nun ja, nach der Tüte rief ich bei Margret an und wollte mein Herzblatt sprechen und sagte zu ihr: Bleib nicht so lange weg, ich bin geil auf dich.

Och, auf einmal, bekam ich zur Antwort und war so verdattert, dass ich den Hörer auflegte, mir noch eine baute und ein paar Flaschen Warsteiner bei normaler Radiomusik reinzog. Gegen Mitternacht legte ich mich vollgedröhnt ins Bett und stand so gegen sechs morgens ausgeschlafen auf und dachte: Ist doch eigentlich egal, ob Melanie da ist oder nicht. Meinem Arm geht es langsam besser. Duschen geht jetzt ohne dieses Stützkissen und das Schreiben fällt mir nicht mehr ganz so schwer. Herr Auamann gab mir freundlicherweise ein zweites Armstützkissen, was ich dann zum Duschen nahm, weil dieser Schaumstoffkörper und Wasser, das ist eben wie ein Schwamm. Anfangs war das eine ganz langsame Prozedur, dieser Kissenwechsel. Ganz vorsichtig in der MENSCH ÄRGERE DICH NICHT Badewanne musste ich das immer tun. Die Hand hatte ich auf dem Beckenrand. Jede Millimeterbewegung des Armes hätte mich aufschreien lassen.

[28]

Papa hat Geburtstag. 72 Jahre ist der Kerl nun mittlerweile und immer noch gut drauf und voll der Komiker. Die Party war samstags. Melanie kam etwas später nach, weil ihre Schwester noch immer kein neues Zapfhahnmädchen gefunden hat. Richtig toll zurecht gemacht hat sie sich. In ihren Rastalocken waren neue leuchtende Perlen in allen nur erdenklichen Farben. Mit Spießbraten, Ossenkemper und Warsteiner wurde es ein gemütlicher Abend. Ich saß da mit diesem Schweißarmstützkissen und mir juckte und stach es da oben in dem Schultergelenk. Das sollen die Heilungsschmerzen sein. Papa erzählte, dass er vorletzte Woche am Gericht war. Ein zehn Familienhaus wurde zwangsversteigert. Er hat ordentlich mitgeboten, bis nur noch er und ein anderer in dem Gerichtssaal saßen. Wenn sie mir 1000 Euro geben, höre ich auf zu bieten, sagte Papa zu dem anderen Bieter. Das Geld wechselte den Besitzer und das Haus bekam einen neuen Eigentümer.

Gegen 23:00 Uhr ging es zurück und Melanie motzte rum: Hier liegt überall was rum. Da die Turnmatte, da der Staubsauger und überhaupt.

Die Turnmatte legte ich neben die Kaminmatratze, so konnte ich immer zwischendurch immer etwas sporten, was so ohne Arme geht. Kniebeugen, Ausfallschritte, Bauchmuskeltraining.

Melanie schläft auf der Kaminmatratze und ich bin im Sofa eingeschlafen und irgendwann ins Bett gegangen und konnte bis um sieben gut durchschlafen. Die Schulter juckt und sticht, so gegen neun geht es wieder besser. Mal sehen, was der Tag noch so bringt. Melanie wurde gerade wach und fragte: Kannst du mir ein Glas Orangensaft bringen, was ich auch tat. Das geht auch mit einem Arm.

Montag erster Juli. Dem Arm geht es besser. Er muss allerdings noch immer abgestützt werden und das Schreiben geht langsam. Melanie und ich verstehen uns wieder besser. Musste vorhin so gegen zehn an sie denken, wie sie mit dem blauen Bademantel so rumläuft und bekam eine Latte.

Dienstag zweiter Juli. Gestern bis ca. 16:00 im Büro gearbeitet und dann ein bisschen rumgesext. Wenn ich hier von Sex schreibe, muss ich betonen, dass ich das nur wie ein toter Käfer in Rückenlage machen kann oder im Stehen. Baby, wenn du Sex möchtest, kannst du ihn aufblasen und dich draufsetzen. Abends waren wir beim Inder essen. Ich finde es gut, dass Melanie es nichts ausmacht, dass sie mit mir mit diesem Scheißarmstützkissen vor die Tür geht. Gegen 22:00 ins Bett, total müde und mit Schmerzen gegen acht aufgestanden. Irgendwie verliefen alle Tage so, es wurde immer blöder. Wenn ich mal am Schreibtisch saß, schmerzte die Schulter nach kurzer Zeit und ich ging wieder in mein Haus. Die Zeit konnte ich mir nur mit Lesen und langsamem Schreiben vertreiben oder mit Bobby rausgehen. Ich hatte ihn so erzogen, dass er ohne Leine neben mir herging. Bald hatte ich auch die Sonne leid. Ich kam mir richtig scheiße vor, dazu kam noch das schlechte Gewissen meinem Bruder gegenüber. Aber was soll ich machen. Immer wieder kamen mir die Worte von Herrn Auamann in den Kopf: Wenn sie den Arm bewegen, war die Operation umsonst. Der Heilungsprozess ging langsam, aber kontinuierlich weiter, das Schreiben ging langsam besser und Melanie schaute mir hin und wieder über die Schultern.

Gestern war auch wieder so ein völlig arschlochmäßiger Tag. Schmerzen und nur Regen und dann kommt Melanie so gegen halb fünf von ihrer geistigen Tieffliegergruppe, auch noch mit so einem doofen Blick und einem gequälten Lächeln. Ach du Scheiße, dieser Blick von der Pfanne. Ach, ich werd mir erst mal was rauchen und Musik hören. Der Abend verlief dann doch noch normal. Heute morgen aufgestanden, kurz mit Melanie gesprochen, dann Kaffee, paffen, duschen usw. Mit Bobby zur Apotheke gegangen und Kalzium wegen meiner Knochen gekauft. Irgendwie muss doch die Heilung zu beschleunigen sein. Mit dem Scheißarmstützkissen und Bobby ging ich dann mal wieder nach ganz langer Zeit in die Volmestube. Folka, du warst ja lange nicht da. Was hast du denn da unter dem Arm, hörte ich und musste viel erzählen.

Nach ein paar Bier ging ich dann wieder zu mir und zog mich wieder krüppelgerecht um. Jogginghose und gelbes T-Shirt. Und dann dachte ich an Melanie. Das Rehlein macht fast alles, eben diesen Haushaltskram und den Zapfhahnjob. Wann findet ihre Schwester denn mal endlich eine neue? Gerade macht sie sich wieder fertig für diesen Job.

Tags darauf sitze ich wieder am Tisch und schreibe, während Melanie das Essen vorbereitet. Irgendwie kommen wir auf die Straßenbahn zu sprechen, die ja schon lange nicht mehr durch unsere Stadt fährt. Da hattest du doch bestimmt auch mal was, hörte ich von Melanie. Ja, ich hatte mal so ein Erlebnis in der Straßenbahn, das ist zwar schon lange her, aber ich kann mich noch genau daran erinnern. Ich werde es nach dem Essen aufschreiben, sagte ich.

Es gab zarte Steaks mit einer grünen Pfeffersoße und Folienkartoffel, einfach wieder echt lecker. Nach dem Essen tranken wir Redbull, das Getränk, was ja Flügel verleihen soll. Dann presste Melanie frische Orangen aus und gab einen Schuss Wodka dazu. Wir tranken das Zeug bis zum Abnippeln. Am nächsten Morgen wurde ich so gegen neun wach und überlegte: Wie bin ich ins Bett gekommen? Ist mein Arm in Ordnung? Das Scheißarmstützkissen liegt so am Körper wie immer. Ich bin wohl nicht hingefallen. Der Red Bull als Lebensretter? Was hat Melanie mit mir gemacht? Hatten wir letzte Nacht wieder behinderten Sex?, fragte ich sie.

Du warst voll besoffen und wenn ich dich nicht festgehalten und abgestützt hätte, wärst du auf dem Weg zum Bett wahrscheinlich 30mal hingefallen, sagte Melanie.

Wie? Wir haben nicht rumgesext, selber schuld, sagte ich. Wir können das ja nachholen, sagte sie mit ihrem bezaubernden Lächeln.

Ich werde jetzt erst mal lange duschen, mir geht es gar nicht so gut, ich glaube, das war zu viel Alkohol, und dann gehe ich ins Büro und schaue wenigstens die Post durch, sagte ich.

Melanie, komm mal bitte, rief ich vom Urlaubsort. Sie kam und ich bat sie, einen von diesen blau gestrichenen Gartenstühlen in die Dusche zu stellen. Du bist verrückt, sagte sie.

Das ist schon gut möglich. Ich glaube aber, wenn ich mich jetzt schön beim Duschen hinsetze, geht es mir gleich besser. Ich bin ja immer noch betrunken. Ich zog mir meinen Slip aus, setzte mich auf den Gartenstuhl, schnallte dieses Scheißarmstützkissen ab, zog einarmig das T-Shirt aus und legte meinen defekten Arm auf die Stuhllehne und dachte: Bloß nicht bewegen. Das Wasser tat richtig gut. So abwechselnd heiß und kalt duschen beruhigte meinen Kopf und Körper.

Eine Stunde später saß ich am Schreibtisch und machte nur das wichtigste, bis die Schulter wieder kribbelte. Ich geh und mache Armpflege, sagte ich zu Gregor und war kurz danach wieder im Bunker. Otto lag bewegungslos vor der unteren Eingangstür und genoss die Sonne.

Melanie lag immer noch im Bett. Ihre Körperpflege hatte sie aber wohl schon gemacht. Ihre Augen sahen durch das dezente Schminken wieder voll gut aus und ich dachte: Wann geht diese Armscheiße endlich weg. Manchmal fängt der Arm an zu zucken. Hoffentlich kommt da bald wieder Leben rein.

Was soll ich tun? Nach draußen in die Sonne oder zu Melanie. Ich baute mir eine kleine Tüte, holte mir ein Warsteiner, setzte mich nach draußen und genoss wie Otto die warme Sonnenstrahlung. So einen kleinen Stich in Löffelchenstellung machen, wäre jetzt auch nicht schlecht, dachte ich und legte mich neben sie. Sie lag da mit ihrer eng anliegenden Leggings und versteckte ihre langen Beine, ihre handgroßen festen Brüste versteckte sie unter einem engen schwarzen ärmellosen T-Shirt.

Ach, deine schwarzen Sachen und dieses weiße Bettlaken. Mal schauen, wie flexibel du bist. Ich gehe jetzt noch mal duschen, das Wasser tut der Schulter richtig gut und es geht jetzt schon ohne Armstütze, wenn ich meine Hand auf die Stuhllehne lege. Wenn ich gleich wiederkomme, also vielleicht liegst du schwarz gestrapst auf dem weißen Bettlaken und ich besorg es dir behindertengerecht, mein Täubchen, sagte ich und ging unter die Dusche.

Ob sie wohl diese schwarze Wäsche anzieht, die ich ihr zum Muttertag schenkte, dachte ich beim duschen. Nun ja, der Folka kann nicht alles haben. Stattdessen bekam unsere Spielwiese neues Bettzeug. So ein frisch bezogenes Bett ist doch auch was. Der Freitag ging harmonisch zu Ende.

[29]

Der Samstag war sehr warm und ich machte einen echt guten Armfortschritt. Am Tisch konnte ich schon kurz ohne dieses Scheißarmstützkissen sitzen und langsam schreiben. Melanie kommt vom Einkaufen, lächelt mich an und sagt: Wir könnten ja nach Zandvoort fahren. Ich schreib weiter, hatte anfangs keinen Bock.

Ach, gar keine schlechte Idee, denke ich dann. Die Matratze in den Lieferwagen und ab nach Holland. Bei dem Gedanken, unterwegs auf irgend so einem Rastplatz im Auto auf der Matratze einen Joint zu rauchen und mit Melanie Rastplatzautobahnsex zu machen, sagte ich: Ja dann fahren wir mal los. Sie machte sich schnell fertig und sah affengeil aus. Ihre langen Beinen in Jeans gepackt, ihren Apfelarsch voll abzeichnend, Westernstiefel und schwarz geschminkte Augen.

Soll sie mal die Sachen packen, dann hat sie was zu tun.

Alles Gute geht schnell vorbei. Sonntagsnachmittags waren wir vom superguten Zandvoortwochenende gegen 16:00 zuhause. Im Auto hatten wir nicht geschlafen, das wollte ich meinen Armen nicht antun, sondern im Hotel. Zumindestens stand Hotel an diesem Plattenbunker geschrieben. Dafür waren wir strandnah und mitten in der Szene. Oft waren wir im Coffeeshop, wo wir fertige Joints kauften, und nebenan gab es Heinekenbier. Wir gingen spät ins Bett, ich schlief wieder wie ein toter Käfer auf dem Rücken und wir beide machten noch etwas Händchenhalten unter der Bettdecke, bis wir so gegen acht wach wurden. Auf die Dusche hatte ich keinen Bock, wenn ich daran dachte, jetzt die Scheißarmstütze zu wechseln, das ganze Theater, bis ich endlich ein neues T-Shirt anhatte. Also mit der linken Hand eine Katzenwäsche. Dann gingen wir frühstücken auf holländische Art, denn als allererste Sahne konnten wir das Frühstück nicht bezeichnen, so haben wir eben auf unsere Figuren geachtet.

Auf der Rückfahrt hab ich mir noch eine schöne fertig gedrehte Tüte reingezogen und Melanie steuerte sicher und vorausschauend fahrend den blauen Citroen Jumpy Kastenwagen. Oft schaute ich mir meine kleine süße Zuckerpuppe an und dachte, wenn ich diese Armscheiße jetzt nicht hätte, würde ich zu ihr sagen: Fahr auf den nächsten Rastplatz, wenn du möchtest, dring ich in dich ein und vögel dich durch.

Wir verstehen uns immer besser (glaube ich). Beim Kochen sagt sie: Ich hab da noch grünen Pfeffer, der kommt jetzt auch noch in den Gulasch, das wird wohl gut schmecken. Hast du auch an Sellerie gedacht, frage ich. Nein, sagt sie. Selber schuld antworte ich, weil das Zeug soll ja potenzfördernd sein.

Der Wildschwein-Rehkeulengulasch mit dem grünen Pfeffer, Zwiebeln, Pilzen und so weiter wird wohl noch etwas dauern. Melanie hantiert da an dieser fast fünf Meter langen Küchenarbeitsplatte rum, hat ein etwas längeres blaues T-Shirt an und wenn sie sich bückt, um etwas in den Mülleimer zu werfen, sehe ich ihren wohl geformten Apfelarsch, ihre langen Beine und Günter kribbelt.

[30]

Nun, jetzt hätte ich Zeit, mal endlich diese Straßenbahnstory aufzuschreiben. Ich muss ja dieses Buch zu Ende schreiben, schon alleine wegen meiner Tochter, denn sie hat mich mal vor längerer Zeit angerufen und sagte: Hallo, Paps, ich habe gelesen, dass Männer jede halbe Stunde an Sex denken. Wie, so wenig, gab ich zurück, ich denke nur daran. Wir beide mussten richtig laut lachen.

Ich war siebzehn Jahre alt. Führerschein und Auto besaß ich noch nicht, stattdessen fuhr ich Straßenbahn, wenn gerade eine da war. Meistens ging ich zu Fuß oder benutzte mein Fahrrad, was wie fast alle meine Sachen in lecker gelb gestrichen war. So irgendwann im Sommer 1973 ging ich morgens aus dem Haus, welches an dieser vielbefahrenen Straße noch immer steht, und dachte: In einer Minute kommt die Straßenbahn, also nehme ich die, stieg wie immer ohne zu bezahlen ein und sagte ganz laut: Guten Morgen. Diese ganzen Morgenmuffel schauten mich an, als ob ich E.T., dieser Außerirdische, persönlich wäre. Ich setzte mich auf eine dieser ungepolsterten Holzbänke und dachte: Hoffentlich kommt kein Fahrscheinkontrolleur, die mag ich nämlich nicht.

Nun ja, rechts von mir saß eine nett und adrett zurechtgemachte, so um 25 Jahre junge Brünette mit rotem Rock, schwarzen Pumps, weißer fast durchsichtiger Bluse mit enganliegendem, brustbetonungsformendem Büstenhalter. Die hat sich heute morgen bestimmt eine Stunde geschminkt, dachte ich. Die sieht ja so aus wie aus diesem Musical Cats, würde ich heute sagen. Aber nicht schlecht. Ach egal, die ist eh älter und Frauen so in der Straßenbahn ansprechen konnte ich nicht. Aber so morgens um sieben dieses optische Flittchen, mein Papa hätte die auch angeschaut und wäre meine Mutter noch dabei gewesen, hätte es mal wieder Ehekrach gegeben. Papa hat sich oft die Ärsche von anderen Frauen angesehen und Mama fand das gar nicht gut. Bei Melanie und mir ist das ähnlich. Das sind so Augenblicke, du weißt, dass du nicht schauen sollst, aber tust es trotzdem. Ich hörte schon oft von Melanie: Du guckst doch auch jedem Weiberarsch hinterher. Nur wenn er gut aussieht, sagte ich dann immer. Und woher weißt du, ob ich mir nur den Arsch ansehe? Aber das traute ich mich noch nicht zu sagen, aber jetzt las ich ihr das vor. Melanie sagte nur: Oh, lächelte vergnügt oder gequält, wie auch immer, und ging dann pinkeln.

So morgens um sieben in der Straßenbahn eine brünette Katze, schlank und rank. Als 17-jähriger musste ich eben doch dahin sehen zu diesem gestrapsten Weiß was sie will-Girl, denn sie merkte das wohl, schaute mich herausfordernd an, dann so ein Blick, als wenn du dich irgendwo um eine neue Arbeitsstelle bewirbst und dann ein nettes Lächeln. Sie schlug ihre Beine übereinander, tat das aber so geschickt weiblich oder fast schon nuttenhaft, als ob sie das immer wieder geübt hat. Ich sah braune Haut, das Ende ihrer Strümpfe und diese Strapsbänder wo die Strümpfe dran befestigt sind. Sogleich ein Blick in ihrem Gesicht wie: Oh mein Rock ist zu hoch, und gleich darauf saß sie wieder damenhaft auf dem Straßenbahnholzstuhlsitz.

Auf meiner Arbeitsstelle sah ich an diesem Tag oft diese Erscheinung auf meiner geistigen Festplatte und, wie das so früher war, dieser Druck im Günter und so Gedanken. Ich hab es mir dann auf dem Klo dieser Maschinenbaubude, wo ich meine Lehre machte, selber gemacht, denn ich wollte mich ja auf die mir gestellten Aufgaben konzentrieren, ohne einen Steifen. Abends kam Jacqueline und, na ja, sie war auch immer feucht im Schritt. Die Straßenbahntante hab ich nie wiedergesehen. Vielleicht hat sie auch eine Stelle bei diesem Katzenmusical bekommen.

Die Straßenbahnstory machte mich, wie fast immer, wenn ich an so etwas denke, geil und ich beobachtete Melanie, dieses süße filigrane Püppchen, bei ihrer Küchenarbeit.

Das Essen war mal wieder vom allerfeinsten. Die Stimmung auch. Wir schauten noch etwas Fernsehen. Ich musste mir im Bett immer ganz viele Kissen unter meinem Kopf legen, damit ich auch auf die Glotze sehen konnte und meinem Arm mit diesem Scheißarmstützkissen tat das auch gut. Ich drehte mich auf die linke Seite und Melanie auch. Sie schaltete noch das Fernsehen aus, der CD-Spieler ging an und aus den kleinen Schlafzimmerlautsprechern sang Cili Dion. Ihr Apfelarsch an meinem Günter. Bei äußerster Vorsicht auf meinen in Heilung befindenden Arm streckte ich diesen ganz langsam aus dem Scheißarmstützkissen aus, achtete darauf, dass der Unterarm unterstützt wurde und zwar von Melanies festem Oberschenkel. Ich streichelte ihren Venushügel, ihren kleinen Speckbauch, oh ist das gut, dich anzufassen, flüsterte ich ihr ins Ohr und führte dabei meinen Zeigefinger an ihren Punkt. Du bist ja nass und weich, sagte ich zu ihr, streichelte mit der anderen Hand ihre kleinen aber feinen Brüste und drückte Günter gegen ihren festen Arsch.

Baby, wenn du willst, kannst du ihn ja einführen und es dir besorgen lassen, sagte ich zu ihr. Scheiße, dachte ich, lass dir doch mal andere Wörter einfallen. Du liebst dieses Mädchen, bist fast immer geil auf sie und Melanie ist voll in Ordnung und echt nett. Prinzessin kenn ich noch als Wort oder Honigmäuschen, Pfanne, Keule oder Unterlegscheibe. Ich werde mir mal neue Wörter einfallen lassen. Melanie nahm den Günter, fühlte, ob er wohl noch eine Handmassage braucht. Er war leider schon groß und hart, weil Melanie macht diese Massagen vom feinsten. Schon der Gedanke daran macht geil. Ein gut harter Günter wird sofort eingeführt. Oh, ist das gut, hörte ich und spürte ihren weichen Körper und irgendwann waren wir eins.

Gregor fuhr am Sonntag, als Melanie und ich aus Zandvoort kamen, ins Krankenhaus. Er hat so eine Scheiße am Rücken, da wächst was raus und tut weh. Gestern wurde er operiert. Am Telefon sagte er, dass es ihm gut geht. Die Woche hat er verdammt gut vorbereitet. Sämtliche neueingegangene Aufträge hat er erfasst, die fehlenden Werkzeuge bestellt und die CNC-Programme geschrieben.

Mein Arm muss jetzt endlich mal in Ordnung kommen, denke ich, der andere ist auch noch dran. Selbst bei absoluter Ruhe rumort er und schmerzt. Manchmal sagt Melanie, wenn sie von ihren geistigen Tiefliegern kommt: Du hättest ja auch mal die Spülmaschine leer räumen können, das geht auch mit einem Arm.

Und wenn der auch ständig schmerzt, macht der Folka eben gar nichts. Wenn ich in den Spiegel sehe, schaue ich sofort weg. Da, wo mal gut durchtrainierte Oberarmmuskeln waren, sehe ich die Arme eines Fünfjährigen. Der Trizeps hängt schon fast wie alte Pelle. Mein Körper hatte eine ausgeprägte V-Form. Bald wird er wie eine Pyramide aussehen. Mein Sport fehlt mir. Nun ja, wenn es ganz schlimm wird, habe ich ja noch Bobby und gehe in den Wald. Neulich ist er abgehauen, als er die Leine sah. Ach, das dauert immer so lange, wenn der mit mir rausgeht, dachte Bobby wohl. Manchmal ist er voll am Ende, wenn wir von der Waldspaziererei wiederkommen. Völlig erschöpft lässt er sich dann auf seinen vorgesehen Platz nieder, legt sich auf die Seite und schnarcht. Selbst Otto kann ihn nicht mehr aus der Reserve locken.

Gegen Abend kommt Rüdiger und wir stellen uns gegenseitig die Frage, wann wohl diese bankrotte Regierung neue Steuergesetze herausbringt, um das gemeine Volk noch mehr auszusaugen. Lieber Herr Finanzminister, was halten sie von der Bürgersteigbenutzungsgebührsteuer. Die müssten dann die Fußgänger bezahlen. Dann kommt eben auf die Mehrwertsteuer noch mal was drauf, wenn neue Schuhe gekauft werden. Auf Fahrradreifen könnte man auch eine Fahrradreifensteuer erheben. Und die ganzen Katzenbesitzer kann der Steuerminister zur Kasse beten. Katzensteuer heißt das Wort dann. Wenn der wüsste, dass bei mir ein Chamäleon rumläuft, machen die ein neues Gesetz: Die Chamäleonsteuer.

[31]

Mein rechter Arm heilt langsam. Noch immer bin ich zwangsruhiggestellt. Vor neun Wochen, so glaube ich, wurde die Operation durchgeführt. Meine Arbeit häuft sich, immer mehr Papier, der Schreibtisch wird immer voller. Morgen werde ich wieder was tun und wenn das achtmal länger dauert als normal. So allmählich fällt mir die Decke auf den Kopf. Es reicht jetzt, dieses Rumsitzen, lesen, schreiben und spazieren gehen. Ach ist doch egal. Mir geht es gut. Bei dem Autounfall hätte mich auch das Lenkrad durchbohren können. So ein bisschen an den Schultern ist doch ein Witz. Nächstes Jahr ist das alles durchgestanden. Dann sage ich: Das halbe Jahr mit den Schultern war so lange wie eine Sekunde im Leben einer Eintagsfliege.

Grund zum Klagen besteht gar nicht. Manchmal genieße ich auch dieses Faulsein. Was soll ich auch sonst tun. Finanziell läuft alles. Mein Haus ist fertig und Folka kann jeden Tag besser schreiben. Den Bierdeckel und das Drucklager brauche ich auch nicht mehr. Gerade ist wieder Unwetter, Wolkenbrüche, Sturm und Gewitter und ich sitze unter der Dachverglasung meines Penthouses und schaue mir das ganze Spektakel der Naturgewalten an und bleibe trocken. Da sind so Kleinigkeiten wie vermockerte Schultern doch echt ein Witz.

Melanie hat seit gestern Urlaub. Am Montagnachmittag fuhr sie zu ihrer Schwester Margret, um mal Bobby das Fell zu schneiden, damit der arme Kerl mal wieder was sehen kann und nicht mehr so stinkt.

Sie schlief auch da, bzw. bei meinem Vorgänger, welcher der Nachbar von Margret ist, dieser frührentliche Fliesenleger mit dem schwarzen 911. Auf der Couch schläft sie, sagte sie zumindestens, als sie so gegen zehn kommt. Ob das stimmt? Gelegenheit macht Liebe. Ach, ich werd mir nicht den Kopf zerbrechen, ob sie da oben auf Volmeberg rumgevögelt hat. Es gibt eh keinen besseren als mich. Zutrauen würde ich es ihr nicht, aber was ist in Beziehungen nicht schon alles passiert? Du hörst es jeden Tag, liest es in der Zeitung und die Affären der Promis kommen ins Fernsehen. Irgendwas muss das Fernsehen ja senden. Der oder die haben es mal wieder nebenbei gemacht, alle wissen es, nur der eigene Partner nicht. Die erfahren es immer zum Schluss, da ist jemand, mit dem habe ich schon länger was. Der fickt viel besser als du und überhaupt. Irgendwann ist es bei jedem so. Na und, trotzdem geht alles weiter. Da kommt schon was Neues. Schlank, geil mit großen Brüsten und dann: Neues Spiel, neues Glück. Bei meinem Freund Frank war das auch so. Zwei Jahre hat seine Angebetete es sich bei einem anderen geholt. Sie ging immer zur Turnstunde, sagte sie und machte dann Matratzensport.

Ein Fremdfick hat auch seine Reize. Du bist dann nur noch schwanzgesteuert. Du weißt, das ist nicht richtig, aber es muss sein. Der Urtrieb kommt. Das Gehirn wird leer. Das Blut pulsiert im Günter und wenn dann noch so eine gut gebaute feuchtnasse gestrapste Katze vor dir auf der Matratze liegt oder breitbeinig im Sessel sitzt, die dann noch sagt: Komm mach es mir, ich brauch das jetzt, dann tust du es eben. Bei Frauen wird das ähnlich sein. Das weiß ich genau, denn ich hatte mal was mit einer vernachlässigten verheirateten 35-jährigen immer geilen Kuschelmaus, auf dem Parkplatz im Grand Cherokee mit Monika.

Eine Stunde vorher hast du noch zu einer anderen gesagt, dass du sie liebst. Aus den Augen, aus dem Sinn. Wie sagt der Chef vom Fiatkonzern: Frauen liebt man nicht. Frauen wollen erobert werden, bis die nächste kommt.

Melanie wollte mit Putzen anfangen. Dieser übliche Scheiß. Staubsauger, Putzeimer und und und. Das will sie machen und das will sie machen. Ich kann gar nichts machen, denn eigentlich habe ich ja keine Arme. Bei dieser Putzerei hatte sie ein neues Strandkleid, enganliegend, ärmellos und kurz, an.

Ich stellte mir mal wieder vor, wie sie wohl schwarz gestrapst in diesem Kleid aussehen würde, sagte das auch zu ihr, aber das hat sie wohl überhört. Das Kleid kam vom Versandhandel und soll 35 Euro kosten.

Ich werd dir das sponsern. Ein roter Stretchrock würde dir auch gut stehen, weiße Strümpfe und hochhackige Schuhe. Das brauchst du nicht unbedingt auf der Strasse anziehen, aber zuhause könntest du das anziehen, sagte ich zu Melanie.

Ich hatte mal einen roten Stretchrock, da war ich noch jung, hörte ich.

Willst du dich als alt bezeichnen?, fragte ich sie und ich sah ein tolles verliebtes Lächeln und hörte: 25 bin ich nicht mehr.

Über deine Optik mach dir mal keinen Kopf. Du brauchst dir doch wirklich keine Gedanken machen. Schau dir doch mal diese Tussies ab 35 an, die da draußen rumlaufen.

Ich baute uns eine schöne Tüte, schaute ihr beim Putzen zu. Ihre langen Beine, dieses Kleid, ihre Optik und diese braunen Flammenwerfer. Jetzt häng ich hier rum, bin geil und jetzt putzt die, dachte ich.

Mehrmalige Versuche, sie im Arm zu nehmen, schlugen fehl.

Ach lass mich, ich bin doch am Putzen, die ganze Arbeit und überhaupt, sagte sie.

Ich würde jetzt gerne mit dir ficken, mein Kätzchen, mich an dir festsaugen, deinen Geruch und Vanillegeschmack genießen. Wenn du keinen Bock hast, dann hast du Pech gehabt, sagte ich.

Langsam wurde sie auch geil und so taten wir es vor dem Kamin. Ach, ist das Leben schön. Es ist erst ein Uhr und wir hatten eine körperliche Vereinigung. Wenn auch nicht perfekt, aber immerhin, irgendwann bist du meine kleine Schlampe, meine private Nutte, mein Superflittchen, dachte ich. Hoffentlich kann ich dann noch.

Was ist los mit Melanie. Vor was hat sie Angst? Was ist in ihrer Kindheit passiert?

Sie redet nicht darüber. Oder hat sie kein Vertrauen?

Die Zeit wird es bringen, finde zu dir, denke ich über meine Prinzessin.

[32]

Es war mal wieder Kreativclubabend. Ulla meinte, ihre Beine, wo die Spur eigentlich neu eingestellt werden muss, würden gut als Lautsprecherunterstützungssäulen aussehen. Wir formten ihre Beine in der bekannten Technik ab und stellten uns dabei vor, wie das aussieht, wenn aus dem Boden von ihren neuen Boxen zwei Hacksen rauskommen und die Lautsprecher auf Füßen stehen. Der Joint ging oft rum und wir machten uns über unseren Verteidigungsminister lustig. Der hat in Spanien so ein Fummelchen und ist da so geil drauf, dass er erst mal in einen Klamottenladen geht und für 50000 Mark ein paar Anziehsachen kauft und sich mit einem Bundeswehrflugzeug mal eben dahin fliegen lässt, um ein Schäferstündchen abzuhalten. Leider war er so doof und hat dafür gesorgt, dass er in der Zeitung steht. Herr Schröder fand das gar nicht so gut und schickte den Rudolf einfach nach Hause.

Und ein Tennisprofi hat seine Putzfrau in der Wäschekammer gefickt und geschwängert. Als Gesprächsstoff ist das super lustig. Da war der so schwanzgesteuert, als er diese gestrapste Schönheit beim Putzen beobachtete und musste es mal eben tun. Schnell und kräftig ein paar mal hin und her und dann pumpt der Schwanz die weiße Ficksahne in die feuchte heiße Pflaume rein und kurz danach wird das Bäuchlein der Kleinen immer dicker. Los, Baby, mach die Beine breit, der Schröder braucht neue SPD Wähler.

Na ja, ich hatte ja auch mal meine Putzfrau einfach so auf der Kaminmatratze ordentlich durchgevögelt. Irene hieß die kleine Mistsau. 29 Jahre war sie damals alt, die angehende Betriebswirtschaftlerin. Putzen konnte Irene vom feinsten und als sie Samstagsmorgens so ein superenges T-Shirt trug mit der Aufschrift: Küss mich und ich den kurzen engen Rock sah, musste ich ihr einfach zwischen ihre Beine an das Teil fassen, als sie gerade den Fahrradtisch mit Glasreiniger säuberte. Heftig und schnell ging das.

Die Woche darauf sagte ich zu ihr: Irene, du könntest ja mal diese Gummihandschuhe ausziehen und stattdessen diese anziehen. Ich gab ihr eine Tüte, in dieser waren rote Spitzenhandschuhe, wo die Fingernägel noch zu sehen sind, eben so Handschuhe wie sie oft von Nutten getragen werden. Dem Günter tat das richtig gut, als er mal eben leergemacht wurde. Komm, zeig mir deinen Saft, ich will ihn jetzt sehen, sagte Irene und dann kam es mir. Schnell, heiß und weiß, dieser Saft aus dem man Kinder macht. Die dann später, wenn sie erwachsen sind, mehr oder weniger Glück haben. Einige machen am Finanzamt vorbei, andere vergehen sich an Kindern. Die Kinderschänder bekommen weniger Strafe als die Steuersünder. Mann, was ist die Welt krank.

[33]

Jetzt sitz ich wieder mit dem Scheißarmstützkissen in der Sonne. Es ist gerade mal neun, auf dem Tisch steht ein Warsteiner, in der Hand halte ich einen Riesenjoint und denke über Herrn Braun nach. Damals hatten wir nach Anleitung von Herrn Braun so 100 mm dicke sogenannte Sandwichelemente mit innenliegenden Federpaketen und Brechbolzen hergestellt.

Montags kam das ganze Zeug nach Meppen, da ist so ein Bundeswehrgelände. Das ca. 1,5 x 1,5 Meter große Teil wurde in die Wiese gestellt und der ca. 1000 Meter entfernte Panzer, ein Leopard zwei, feuerte ein 105 mm Geschoss auf das von uns hergestellte Sandwichelement. Die erste Blechwand wurde durchschossen, dann lösten sich die innenliegenden Brechbolzen und das Federpaket entspannte die eingestellte Vorspannung und gab dem Geschoss eine so gewaltige Gegenkraft, dass es nicht mehr durch die andere Blechplatte durchkam. Herr Braun meldete auf seine Erfindung Patent an. Seit dem elften September tut sich einiges in der Welt und dieses Sandwichelement kann guten Schutz gegen den bösen Terror leisten. Wann können die Menschen mal endlich in Frieden leben, denke ich, oder muss das so sein, dass sich Leute immer gegenseitig umbringen und bekämpfen?

Gegen halb fünf kommt Melanie mit Einkaufstüten und sagt: Ich schlepp mir hier ein ab und du sitzt hier und bist am schreiben. Findest du das in Ordnung. Oh, ich könnte.

Was könntest du? Ich habe meine Arme kaputt. Ich bin froh, dass ich überhaupt schreiben kann.

Wir zankten uns ein bisschen, aber doch noch ganz nett, so eben als verliebtes Pärchen, und dann sagte ich: Am liebsten würdest du mir was an den Kopf werfen.

Und dann knallte es neben meinem karierten Spiralkollegblock:

Am Kopf werfen geht ja nicht mehr, sagte Melanie.

Vor mir lag eine kleine grün gelb lackierte Blechdose, so um 8 x 5 cm und 2 cm hoch, mit zwei spielenden Kindern drauf und der Aufschrift: DA! FÜR DICH! IST ZWAR NUR WAS KLEINES, KOMMT ABER VON HERZEN.

Und der Inhalt: Goldbärchen.

Ich denke, Melanie ist verliebt. Die Goldbärchen sind lecker und ich werd mir jetzt eine neue Tüte bauen und mich um meine kleine Katze kümmern, wenn sie das möchte. Vielleicht in die Badewanne gehen und eine Runde MENSCH ÄRGERE DICH NICHT spielen. Und ihr den Vorschlag machen: Der Gewinner hat einen sexuellen Wunsch frei. Meinen weiß ich schon.

Die Badewanne fiel aus, dafür gab es lecker Essen, kaltes Bier und Fernsehen. Melanie schlief ein. Ich war nicht müde und bin bis um zwei aufgeblieben. Es regnet eimerweise. So wie es aussieht ist der Sommer wohl vorbei. Gegen acht wurde ich wach und hatte ein ganz anderes Gefühl im Arm. Mann, ey, ich kann ohne dieses Scheißarmstützkissen rumlaufen, wenn ich die Hand am T-Shirt festhalte, da wo das Herz ist. Sogleich zog ich mir ganz langsam meine Jeansjacke an und steckte den Arm in die Tasche. Es geht, wenn er entlastet ist, tut nichts weh. Bald bin ich wieder der Alte, denke ich und verdrängte erst mal die Operation des anderen Armes. Es ist schon sehr merkwürdig. Das was am rechten Arm abheilt, ich meine die Schmerzen, die langsam weniger werden, sind dafür im linken Arm mehr.

Gegen 14:00 fahren wir zu dem mit vielen Millionen Mark durchsanierten Wasserschloss und schauen uns die Baukunst des Mittelalters an. Ich bin beeindruckt von den dicken Wänden und den Riesensteinen, die hier als Fensterstürze verarbeitet wurden. Unserem Bobby tut es gut, wenn Melanie immer wieder ein Stöckchen mit einer kräftigen Handbewegung in das Gelände wirft. Irgendwann kann ich das auch mal wieder, denke ich. Danach fuhren wir zu dem größten Spielzeugladen unserer Stadt. Es war ein geiles Gefühl ohne das Schweißarmstützkissen. Meine Hand hatte ich in der Jeansjackentasche abgelegt und mein Kopf sagte: Pass auf deinen Arm auf, bewege ihn nicht.

In der Reptilienabteilung legte ich erst mal einige Tüten von kleinen Schlangen, Fröschen, Feuersalamandern und Heuschrecken in den Einkaufswagen. Immer wenn bei uns Kinder sind, dürfen sie sich zwei Tiere aussuchen und mit nach Hause nehmen. Dann kam die Autoabteilung. Da steht ein VW-Beatle Nachbau im Maßstab eins zu sechs mit Fernsteuerung, Hupe, Licht und drei Geschwindigkeiten. Und das allergeilste, das Auto hat eine gelbe Lackierung. Was soll ich mir jetzt den Kopf um 150 Euro machen, denke ich und stelle den Karton einarmig in den Einkaufswagen und wir gehen weiter zur Waffenabteilung. Hier kaufte ich mir eine wasserbetriebene Kalaschnikow. Ich wollte schon immer so eine Knarre irgendwo in der Ecke stehen haben. Mir war ja so danach.

Melanie bereitet das Abendessen vor und ich kümmere mich um mein neues Auto. Erst mal den Akku aufladen und dann die Bedienungsanleitung überfliegen. Aha, die Karre springt sogar ferngesteuert an und macht Motorengeräusche wie im richtigen Leben, nur abgasfrei. Eine Funkfernsteuerung ist gar nicht so einfach zu bedienen. Der Käfernachbau eckte überall an und hatte nach kurzer Zeit schon viele Macken und Beulen. Na und, ist doch nur ein Auto.

Bobby und Otto kamen ganz neugierig und schnupperten und schnüffelten erst mal. Als ich dann die Hupe betätigte und es Tut Tut machte, waren sie mit einem Satz weg. Otto verschwand durch die geöffnete Tür, mit flinken Bewegungen war er auf dem Dach und schaute sich alles durch die Dachverglasungsglasscheiben an. Bobby zog es vor, auf den Hof zu gehen.

Ich nahm das klingelnde Telefon ab und hörte: Tach Herr Burmann.

Hallo, Annette, ich esse gerade. Kann ich dich in einer halben Stunde zurück rufen?

Da bin ich gespannt, sagte Annette. Und wir verblieben bis gleich.

Melanie und ich aßen die lecker zubereiteten Steinbuttfilets mit Knoblauch und Pfeffersoße, redeten aber nicht besonders viel, als ich ihr sagte, dass die Anrufende eine alte Bekannte sei. Nach dem gemeinsamen Tischabräumen und ab in die Spülmaschine machte ich noch ein bisschen mit meinem neuen Auto rum und ging dann über dem Hof ins Büro und wählte Annettes Telefonnummer.

Hi, Annette, hier ist der versprochene Rückruf.

Du wolltest dich damals melden, sagte sie.

Ich hatte den ganzen Freitag immer wieder deine Handynummer gewählt und sogar vom PC einige SMS geschrieben. Nur deine Handynummer stimmte eben nicht. Und bei unserem Telefonat am Donnerstagabend erzähltest du, dass du den ganzen Tag in der Stadt bist. Anrufe unter deiner Festnetznummer gingen also auch nicht. Manche Dinge kommen eben anders, sagte ich und erzählte ihr, wie das damals nach ihrem Anruf war, als Rüdiger zu Besuch war. Und auch, dass Melanie, welche ich noch nicht lange kannte, kam, als Rüdiger nach Hause fuhr. Melanie und ich haben nun eine eheähnliche Gemeinschaft. Wir waren schon zusammen im Winterurlaub und in Ägypten. Verstanden uns anfangs super und im Moment ist oft Stress. Ich weiß nicht, ob ich an der Beziehung noch arbeite, denn ich glaube, Melanie fühlt sich auch nicht so richtig wohl. Letztes Jahr hatte ich dich oft angerufen, um eventuell noch mal die alte Sache mit uns neu anzufangen.

Folka, ich musste oft an dich denken und überlegte, ob ich nicht mal einfach auf einen Kaffee vorbeikomme. Immer wenn wir uns sahen, na ja du weißt schon, sagte Annette mit ihrer sinnlichen Stimme.

Sie erzählte noch von ihrer Arbeit als Netzwerkadmistrantin und dass sie keine Beziehung hätte. Am besten ist selber machen, mit den Männern, die sie so kennen lernt, macht das Ficken keinen Spaß, diese Schnellspritzer und Fettärsche. Nette und gute Boys sind in festen Händen, die suchen nur was für nebenbei und das ist zu gefährlich.

Schade, dass du eine Beziehung hast. Können wir uns denn noch mal sehen?, sagte Annette.

Wir haben uns gut verstanden, was spricht gegen ein Treffen. Heute geht das nicht, schon alleine wegen Melanie. Eventuell morgen, sagte ich.

Dann so gegen 20.30 Uhr, weil ich noch lange in Düsseldorf bin. Ich muss ein neues Netzwerk installieren.

In Ordnung, Annette, ich rufe dich morgen an.

Mit Bobby ging ich wieder über den Hof und in meine Hütte.

Melanie hat wohl einiges mitbekommen und sagte: Warum hast du nicht von hier aus angerufen. Du hast Geheimnisse. War das Corinna?

Nein, das war nicht Corinna. Das war Annette, wir sind befreundet und werden uns mal auf eine Tasse Kaffee treffen.

Melanie räumte die Küche auf und ich spielte mit dem Beatle, baute eine kleine Tüte und sagte zu ihr: Komm wir gehen noch etwas vor die Tür. Ich bin froh, dass ich dieses Scheißarmstützkissen wenigstens schon mal stundenweise ablegen kann.

Nein, heute nicht, ruf doch diese Tussie an und verabrede dich mit der. Ich telefonierte vorhin mit Margret und hatte etwas von deinem Telefonat mitbekommen. An deiner Stelle würde ich mir mal eine ordentliche Telefonanlage besorgen, bekam ich giftig zur Antwort.

Die Stimmung und der Abend waren erst mal gelaufen. Ich trank mir ein paar Flaschen Warsteiner, schnallte das Scheißarmstützkissen um und legte mich wie gewohnt auf Rückenlage ins Bett, konnte aber nicht so richtig einschlafen. Der tote Punkt war weg. Ich stand wieder auf, baute mir noch eine Tüte und überlegte, ob ich mir ein Taxi bestelle und zu Annette fahren soll. In Gedanken ging mir der vorletzte Treff mit ihr noch mal durch den Kopf, als ich sie zum Essen eingeladen habe und pünktlich bei ihr zuhause in dieser Bergsteigerwohnung war.

Nett und adrett stand sie vor dem Badezimmerspiegel, zog sich noch ihre Lippen und Augen nach und ich musste einfach ihren schwarzen engen BH öffnen, meinen Finger in ihr Teil stecken und dann sagte sie: Essen können wir immer noch. Von hinten auf der Couch wollte sie es besorgt haben. Bitte halt mir den Mund zu, dieses Haus ist so hellhörig, sagte sie kurz bevor sie kam und wie ein Pferd stöhnte.

Was sag ich zu Melanie, wenn ich bei Annette war. Wenn nichts gelaufen ist, kann ich ihr das so erzählen wie es war. Und wenn doch? Ich konnte mir den Ablauf gut vorstellen. In ihrer Wohnung hätten wir uns erst mal gegenseitig die Zungen in den Hals gesteckt. Sie wäre dann duschen gegangen und rot getrapst aus ihrem Badezimmer herausgekommen und wer kann da schon nein sagen?

Hin fahren - nicht hinfahren. Alleine an diesen Gedanken war ich schon voll geil. Und Melanie?

Ich ging unter die Dusche und ließ das Wasser sehr lange kalt laufen und war froh, dass ich nichts gemacht habe.

Melanie kam aus dem Schlafzimmer und ich lag nackt mit dem Scheißarmstützkissen auf der Kaminmatratze vor dem brennenden Feuer, denn nach so langen kalten Duschen braucht der Körper Wärme.

Ich streichelte sie etwas, doch leider blieb sie kühl. Manchmal fiel die Asche von meinem Zigarillo und dann schimpfte sie: Ich habe hier geputzt, pass doch mit der Asche auf und überhaupt die Decke (die wir auf dem Basar in Ägypten kauften) ist frisch gewaschen.

Abends komm ich nicht in den Schlaf, den ganzen Tag rumhängen. Wie soll ich mit zwei kranken Armen arbeiten? Noch ein Bier getrunken, eine kleine Tüte gebaut und bei Melanie gebaggert. Leider vergebens. Wir spielten noch ein bisschen mit dem Funkauto, was sehr lustig war.

Melanie ging ins Schlafzimmer und wollte lesen: Ich blieb noch eine Weile auf der Kaminmatratze mit dieser schönen handgewebten Decke sitzen, trank noch eine Flasche Bier, zog mir noch einen Paffmann rein und hörte Marillion.

Irgendwann legte ich mich neben Melanie ins Bett und streichelte sie, wie ich das so als Behinderter machen kann. Günter berührte ihren kleinen Arsch und als wir voll zugange waren, sagte ich: Es ist schön, dass es dich gibt. Unsere Lustschreie hören in dieser tiefsten Bronks nur ganz wenige und das ist uns eh egal. Melanie wollte mit dem kleinen abgespritzten Günter noch ihren Punkt streicheln, der war aber leider so überreizt, dass er bald gepinkelt hätte.

Kurz vorm Einschlafen bellt Bobby. Scheiße. Die Türen sind immer offen. Der Bobtail kann immer raus und rumlaufen wo er will. Er denkt, ihm würde das alles gehören und manchmal bellt er eben. Ich zog mir meinen Slip an und ging halbnackt mit diesem Schweißarmstützkissen zum Hof und sagte zu Bobby: Maul halten, du Schweinepriester, hier schlafen noch andere, wenn ich noch mal was höre, verkaufe ich dich zum Griechen, der macht dann mehrere Portionen Gyros von dir.

Bobby kam und legte sich lang ausgestreckt vor meine Füße und wartete auf seine Streicheleinheiten. Ich streichelte ihn noch ein bisschen und sagte. Ja, guter Hund, pass du schön auf, dass wir nicht geklaut werden.

[34]

Gegen fünf wurde ich mit einem großen Günter wach. Melanie lag nicht neben mir. Als ich sie darauf ansprach, sagte sie: Du warst so am schnarchen, da musste ich im Wohnzimmer schlafen.

Trotz meines Entschlusses, wieder früh ins Büro zu gehen, war es mir erst so gegen elf möglich. Es kamen wieder Schulterschmerzen, die mich einfach zur Ruhe zwangen. Mit der

Computertastatur auf meinen Knien schaffte ich dann doch endlich, die Abrechnungen für die Mitarbeiter fertig zu stellen, damit die Leute ihr verdientes Geld pünktlich auf dem Konto haben, um ihren Lebensunterhalt zu finanzieren.

Gegen 17:00 Uhr war ich mit Schulterzucken wieder auf dem Sofa und kurz danach kam Melanie und sagte: Bobby ist bei Margret geblieben und schau mal, was ich hier habe. Sie öffnete den Reißverschluss einer großen Sporttasche und holte einen ferngesteuerten LKW heraus.

Den hat mir Isabel, die Tochter von Margret geliehen. Komm wir fahren ein bisschen Rennen. Ich startete meinen Beatle und Melanie den geliehenen Truck. Es war die reinste Freude, die beiden Autos durch die Wohnung zu fahren. Otto war mit einem Satz in seinem kleinen Verschlag und hockte sich auf dem heißen Sandboden nieder. Da Otto ein Wüstenchamäleon ist, braucht er oft den heißen Sandboden, der durch die Fußbodenheizung auf circa 50 Grad aufgeheizt ist.

Eigentlich wollte ich ja eher kommen, aber ich habe mich da oben auf dem Volmeberg festgequasselt und schau mal, was ich hier habe, sagte Melanie und zeigte mir einen Beutel Gras. Den hab ich von Peer. Ja, Margret und Peer, den wir in Ägypten kennen lernten, sind jetzt befreundet.

Melanie und ich kuschelten auf dem Sofa, bis das Telefon ging. Das ist für dich, das ist bestimmt wieder diese Tussie, sagte Melanie. Ich ging zum Telefon und hörte Susans Stimme: Hallo, Folka, ist Melanie da.

Melanie, deine Schwester ist am Telefon.

Die beiden redeten eine Weile. Und dann sagte Melanie: Ach Scheiße, das neue Zapfhahnmädchen ist krank. Susan fragte, ob ich nicht für ein paar Stunden kommen kann.

Es war noch ein bisschen Sonne und ich legte mich mit diesem Scheißarmstützkissen in die warme Strahlung und dann fiel mir das gestrige Telefonat mit Annette ein. Ihre richtige Handynummer hatte ich ja jetzt und wählte: Hallo, Annette. Ich denke, wenn wir uns sehen, ficken wir auch sofort zusammen.

Das würde passieren, antwortete sie, aber ich glaube, du sagst das Date ab.

Ja. Die Beziehung mit Melanie wäre kaputt und zu 85 Prozent verstehen wir uns echt super. Und ich wüsste nicht, was ich sagen sollte, wenn ich von dir kommen würde. Im übrigen will ich meiner Freundin nicht wehtun.

Ich wusste, dass du so reagierst, bekam ich zur Antwort.

Wir redeten noch eine Weile und verblieben mit den letzten Worten: Man sieht sich.

Melanie kam gegen 21:00 von der Volmestube und sagte: Ruf doch mal diese Annette an und treff dich mit der. Ich schaue mir das aus sicherer Entfernung an und stell mich dann zu euch. Was ist denn an der so schönes. Wie sieht die aus? Hast du ein Foto? Trägt die rote Stöckelschuhe im Bett? Was türnt dich denn so an? Komm ruf an.

Hab ich schon. Wir treffen uns morgen in der Volmestube. Ich hab ihr von dem Konzert der bösen Mieter erzählt. Was glaubst du eigentlich von mir. Denkst du wirklich, ich setze unsere Beziehung aufs Spiel. Komm wir machen was, lass uns rausgehen, sagte ich.

Hör mal, meine ganze Familie ist auch morgen bei dem Konzert und ich will keinen Stress, antwortete Melanie giftig und gereizt.

Nein, Annette kommt nicht. Das war ein Scherz. Ich treffe mich nicht mit ihr. Können wir jetzt bitte damit aufhören. Komm wir gehen essen, sagte ich.

Melanie sollte ihrer kleinen Schwester Jill und Peer etwas Kokain aus Iserlohn besorgen. Hendrik soll da günstig drankommen. Hendrik kommt normalerweise jeden Freitag in die Volmestuben. Dann tauschen sie Ware gegen Geld. Hendrik kam nicht und Melanie hatte wohl vergessen, Hendrik anzurufen. Sie wurde etwas nervös und sagte: Die beiden haben sich so darauf gefreut, ich muss noch nach Iserlohn fahren.

Du musst noch nach Iserlohn fahren? Du hast geraucht und Bier getrunken. Wir haben eine Straßenverkehrsordnung. Ich will, dass du nicht mehr fährst. Durch Zufall eine Verkehrskontrolle, ein Kind und was weiß ich noch alles. Das kannst du deinem Gewissen doch nicht antun. Du ohne Führerschein. Drei Monate Fahrverbot. 1000 Euro Geldstrafe. Die Strafen sind viel zu niedrig für solche Rüpeltaten, sagte ich.

Kannst du nicht fahren? Nach Iserlohn und zurück, das geht doch schnell. Und dann hab ich das Zeug auch für uns, meinte Melanie.

Dieses Zeug brauch ich nicht. Das ist doch Wahnsinn. Bier trinken, Gras rauchen und dann noch das. Mein momentaner Genussmittelkonsum reicht mir vollkommen, da muss nicht noch was dazu kommen.

Es klopfte an der Glaseingangstür. Phil will seine Wäsche abholen. Ich zeigte ihm den fernlenkbaren Beatle und Phil spielt auch damit. Das ist ja ein geiles Ding. Der sieht ja echt cool aus. Ich kann damit umgehen. Ich bin voll der Freak, sagte Phil.

Phil und ich unterhielten uns noch über seine Fliesenlegerlehre, über Geld und seine Wohnung. In der Küche sagte er: Ich suche mir eine andere Wohnung. Die Leute in dem Haus gehen mir aufs Arschloch.

Wieso andere Wohnung. Mach die erst mal fertig. Du bist noch in der Lehre, redete Melanie dazwischen.

Lass deinen Sohn doch mal ausreden und hör dir seine Gründe an, ermahnte ich Melanie.

Phil erzählte, wie das in dem Haus ist, wo er eine nach seinem Geschmack eingerichtete Dachgeschosswohnung hat.

Die Leute da gehen mir auf die Nüsse, das wird jetzt ganz schnell geändert und red mir nicht immer dazwischen, Mama, sagte er zischig.

Seine Gründe und die Artikulierung gefielen mir und ich sagte: Ich kann Phil gut verstehen, arbeite dran und überlege was du tust. Gedanken können Berge versetzen. Taten entstehen im Kopf.

Phil packte seine Wäsche, welche Melanie für ihn wäscht, bügelt und faltet, in eine große Sporttasche.

Ich beobachtete ihn dabei und dachte: Das kann der ganz schön gut. Er geht da richtig mit System dran. Der kann jetzt aus der Sporttasche nach und nach seine Kleidung entnehmen. Alles in der Tasche sortiert: Socken, Hosen usw. Find ich gut, dann braucht dieser Kram erst gar nicht in den Schrank eingeräumt werden. Manche leben vom Wäscheständer und Phil aus der Sporttasche. Warum quälen wenn's auch einfach geht.

Wir redeten noch über morgen, das Konzert in den Volmestuben, und Melanie ermahnte ihren Sohn zum Sparen und dass er seine Wohnung sauber hält und seine Wäsche mal früher zum Waschen bringt. Melanie hat schon bei Margret gewaschen und getrocknet, als unsere Waschmaschine einen kleinen reparierbaren Defekt hatte. Der Schalter am Bullauge war defekt. Unser Betriebelektriker, Ralf, hat einfach die Kabel überbrückt und da lief das Teil wieder. Jetzt kann die Maschine während des Waschprogramms geöffnet werden. Ralf schnitt mit einer Flex neben dem Verriegelungsmechanismus eine 15 x 15 cm große Öffnung, um an das Innenleben der Maschine zu kommen. Gestern kam sie mit dem Wäschekorb und dem fernlenkbaren Truck.

Phil sagte: Morgen ist ja mein Putztag, aber ich habe mir einen Job für sieben Euro die Stunde angenommen. Cash auf die Hand. Da verdien ich mehr als bei meiner Lehrstelle und das mach ich morgen, dann wird eben später geputzt. Ich brauch Geld.

Ja, geht doch, langsam fängt er an zu denken. Das wird schon alles gut. Ein oder zwei Jahre noch, dann ist auch er ein gestandenes Kerlchen. Seine Entwicklung verläuft doch positiv, dachte ich.

Eine Autohupe ertönt.

Das sind meine Kollegen, die stehen mit ihrem Auto auf dem Hof. Ich geh jetzt, also tschüss, sagte Phil, schnappte sich seine Tasche und war weg. Melanie erzählte mir von Peer und dass sich auf dem Volmeberg viel tut. Der schmeichelt sich da ein. Selbst für Romeo sucht er jetzt eine Frau übers Internet. Sein Bruder ist auch schon da oben. Weißt du, wenn Elfriede, die alte Frau, die Margret jetzt pflegt, nicht mehr da ist, könnte es sein, dass Margret aus diesem im Wald gelegenen Haus ausziehen muss. Mit den Hausbesitzern kann Peer es sehr gut. Pflegt alle Blumen und Sträucher und hat sich schon seine eigene Ecke fertig gemacht. Du musst dir mal diese Marihuanaplantage ansehen, die er sich in einer Lichtung angepflanzt hat. Ich glaube, der verarscht Margret. Der nimmt sich immer mehr raus, dieser Pingel. Wenn ich den schon mit seiner kleinen Handtasche sehe und die ganzen Cremes, die der da drin hat. Weißt du, der macht da oben den Chef, meinte Melanie in Sorge um ihre Schwester.

Dann soll sie den doch nach Hause schicken und sich einen anderen suchen. Ich möchte mich aber nicht da einmischen. Vielleicht ist bei unseren Kunden ein Alleinstehender, der sich mal ein bisschen um Margret kümmern kann, sagte ich.

Scheiße, die warten auf das Kokain. Ich hab denen das versprochen. Nach Iserlohn ist doch nicht weit. Für uns ist dann auch was dabei, sagte Melanie.

Vergiss es, du kennst meine Einstellung dazu, erwiderte ich.

Melanie rief bei Margret an, sagte, dass sie nicht mehr fahren kann und auch nicht mehr tut.

Sie redeten noch eine Weile bzw. beide riefen sich gegenseitig an, weil Margrets Telefonakku wohl am Ende war.

Telefonklingeln. Ist eh für dich, sagte ich zu Melanie. Es war Stefan, Melanies noch Schwager.

Wie? Folka hat dich tatsächlich angerufen? Ich dachte, er hätte mit so einer Annette irgendwelche Klingelzeichen vereinbart, hörte ich sie in den Hörer sagen.

Ne, gestern Abend irgendwann. Ich konnte nicht drangehen, sagte Stefan.

Sie redeten und ich hörte Melanie sagen: Ich rede mit Folka darüber, ob wir noch kommen. Oder wollt ihr kommen? Wir telefonieren gleich noch mal. Und legte auf.

Ich sagte: So und du hast gestern gedacht, ich rufe Annette an. Was denkst du überhaupt von mir, dass ich ein bisschen blöd bin?

Ich hatte das so gestern Abend gedacht, als du mit dem Handy rumgemacht hast. Ich dachte, du hast die Telefonnummer von Stefan gar nicht, antwortete mir Melanie.

Und dann fing sie wieder mit diesem Treffen an. Ruf diese Annette an. Ach und Stefan kennt die auch.

Annette kenn ich schon lange und wir hatten mal ein paar Monate was und trafen uns danach eben unregelmäßig. Was ist denn schon dabei? Jetzt will ich nichts mehr davon hören, sagte ich.

Komm wir fahren zu Stefan und Moritz, sagte Melanie.

Moritz wohnt da auch? Wieso fahren? Ich denke die paar Meter können wir zu Fuß gehen. Bewegung tut dir auch gut, sagte ich.

Ja. Hausmeister Krüger. Weißt du, Romeo hat Moritz da oben auf dem Volmeberg arbeiten lassen. Streichen, Blumen gießen und kleine handwerkliche Arbeiten hat Moritz da oben gemacht. Der ist immer klamm und irgendwann war er da oben Hausmeister. Im Fernsehen lief mal so eine Sendung mit einem Hausmeister Krüger und deshalb heißt Moritz jetzt so. Mach da bitte kein Aufsehen und hau nicht auf die Kacke. Moritz ist oft bei Romeo. Ich möchte kein Gerede haben. Moritz hat viel Pech gehabt. Dem hat man eine Philippinin aufs Auge gedrückt. 3000 Mark hat er noch dafür bezahlt, dass die Familie die Frau zum Heiraten frei gibt. Jetzt geht sie anschaffen und Moritz muss noch Unterhalt bezahlen, erzählte Melanie.

Ich werde mich schon benehmen. Was ist jetzt mit zu Fuß gehen? Es wäre schön, wenn wir beide mal so die Straße runtertrotten, sagte ich.

Da muss ich wieder an den Volmestuben vorbei. Dann fahr ich eben und hole das Auto morgen früh da ab oder wir fahren mit dem Taxi und ich bezahle das, sagte Melanie.

Für 3000 Meter zu Fuß. Das hat nichts mit Geld zu tun. Es regnet nicht und die Luft ist angenehm warm. Wenn wir über die Volmebrücke gehen, kommen wir nicht an der Volmestube vorbei. Mit deinem Auto kannst du vergessen. Du trinkst da kein Wasser, das ist Warsteiner, entgegnete ich Melanie.

Ich stellte mich unter die Dusche. Den Gartenstuhl brauchte ich nicht mehr. Mein rechter Arm heilt kontinuierlich. Jeans lassen sich auch fast wieder normal anziehen. Die Schnürbänder knotet mir Melanie zu, weil dazu brauche ich Kraft aus den Armen. Die Zeit, wo ich ohne dieses Scheißarmstützkissen rumlaufen kann, wird immer länger.

Da stand ich perfekt gestylt. Melanie macht wieder die Welle. Diese Hose hast du schon mindestens drei Tage an.

Sie meinte, ich sollte die Jeansjacke gegen ein Sweatshirt wechseln.

Nein, weil meine Arme bzw. meine Hände in den Taschen der Jeansjacke besser aufgehoben sind. Jede Bewegung muss überlegt werden. Immer wieder gehen mir die Ermahnungen von Dr. Auamann durch den Kopf. Wenn sie was Unüberlegtes mit dem Arm machen, war die Operation umsonst.

Wie du wieder aussiehst. Man trägt keine Jeansjacke mehr.

Wer ist man? Ich bin Folka und der trägt diese Jacke, damit die Arme in den Taschen liegen. Ich will endlich, dass diese Arme in Ordnung kommen. Lass mich jetzt endlich wegen meiner Kleidung in Ruhe, sagte ich.

Sie wählte die Telefonnummer eines bekannten Bronxchen Taxifahrers, der sich sein Taschengeld mit diesem weißen Zeug aufbessert und sehr kurzfristig daran kommt.

Ich drückte auf die Gabel und sagte: Lass den Scheiß. Du kennst meine Einstellung.

Melanie rief über die Taxicentrale ein Auto und neben ihr auf dem Rücksitz sagte ich: Wenn ich fremdgehen will, könnte ich mich mit Stefan absprechen. Der würde mich decken. Vorher mit Stefan telefonieren und ihm sagen: Ich habe zu Melanie gesagt, ich treff mich mit dir auf ein Bier in der Stadt. Also, wenn dich Melanie darauf anspricht, sag einfach, das war ein netter Abend. Folka und ich haben uns gut unterhalten. Ja, so kann ich das machen. Das ist mir gerade eingefallen. So einfach geht ein Fremdfick.

Melanie flüsterte zurück: Was soll der Taxifahrer denken.

Ich entgegnete: Glaubst du, der hört sich diesen Schwachsinn an, den die Fahrgäste den ganzen Tag reden. Ich denke, der Mann konzentriert sich auf seinen Job, damit wir ohne Beulen am Kopf aus dieser Karre aussteigen können.

[35]

Bei Stefan angekommen, geht mir eine kleine kriminelle Handlung aus meiner Jugendzeit durch den Kopf. Ich wohnte genau gegenüber von Stefans neuer Wohnung an dieser vielbefahrenen Frankfurter Straße. Da, wo jetzt der riesige Busbahnhof steht, war früher ein großer Park mit Bänken zum sitzen und ein Rollschuhplatz. Hinter dem Park war ein sehr großer Schrottplatz. Mein Freund Klaus und ich schnitten ein Loch in den Zaun und nahmen uns so viel alte Nichteisenmetalle wie Kupfer, Messing und Blei mit, wie wir tragen konnten, und verstecken es in den Büschen des Parks. Den deutschen Schäferhund des Schrottplatzbesitzers stellten wir mit Fleischresten ruhig, die wir von der dicken Edeltraut bekamen. Edeltraut machte eine Fleischverkäuferlehre in einer Metzgerei und das war die Dicke, wo ich damals Honky tonk women hörte. Jedes Mal, wenn Klaus und ich kamen, wedelte der Hund schon mit seinem Schwanz. Ein paar Tage darauf verkauften wir dem Schrotthändler seinen eigenen Schrott.

Stefan wohnt in einer Dachgeschosswohnung mit einem ewig langen Treppenhaus. Während des Hochgehens stelle ich mir vor, wie das wäre, wenn Melanie und ich hier wohnen würden.

Wie sie die Einkaufstaschen in die fünfte Etage schleppt. Oder eine Kiste Warsteiner. Kein Aufzug. Bobby hätte gar keinen Auslauf und Hunde, die sich nicht wohlfühlen, gucken so traurig. Im Laufe der Jahrzehnte ist hier jeder Baum gefällt worden. Überall voll die Betonwüste.

Stefan hatte auf Melanies Schwester Susan keinen Bock mehr und deshalb wohnt er jetzt hier neben Moritz.

Wir begrüßten uns herzlich. Stefan zeigte uns stolz seine neue Wohnung. Melanie baute einen und bei einen Glas Warsteiner kamen wir uns, weil man sich ja gut kennt, schnell wieder nah. Moritz wollte aus seiner Wohnung noch Bier holen. Das hat sehr lange gedauert, weil er schon voll besoffen war. Zuerst war die Miniparty ganz nett. Meine Arme legte ich auf den Stuhllehnen ab. Das entspannte Sitzen tat gut. Stefan, Melanie und ich redeten über Moritz. Der Neunundfünfzigjährige, der nicht gerade Glück hatte. Irgendwann starb seine Frau. Wo er oft von erzählt. Dann verlor er seine Arbeitsstelle als Abteilungsleiter der Sportabteilung von einer Warenhauskette. Die haben sich von jemand anderem kaufen lassen. Die Filiale wurde umstrukturiert und die Sportabteilung geschlossen und Moritz nach hause geschickt. Jetzt ist er voll durchgeknallt. Letzte Woche hat er sich von Freunden 1500 Euro geliehen und zwei schwarze Nutten einfliegen lassen. Zwei Tage soll er mit diesen Professionellen rumgehurt haben. Leider sei sein Viagra ausgegangen. Stefan mag ihn sehr und die Clique hat beschlossen, ihm zum Geburtstag eine Großpackung von diesen blauen Pillen zu schenken. Das Geld hatten die Leute schon zusammengelegt. Sag mal Folka, kannst du nicht die Pillen besorgen?, fragte Stefan.

Ja, vielleicht übers Internet oder in die Schweiz fahren oder ich sage das meinem Orthopäden, wo ich nächste Woche noch mal wegen meinem Arm hin muss.

Stefan legte 400 Euro auf den Tisch und bat mich, die Sache in die Hand zu nehmen.

Moritz zeigte uns seine Wohnung. Eine sehr große Wohnung so um ca. 100 qm und alles von äußerster Sauberkeit.

Scheiße, Moritz, ich habe dir doch gesagt du sollst den Riegel der Tür vorher rausstellen. Jetzt ist die Tür zu meiner Wohnung zugegangen, sagte Stefan sehr verärgert.

Meine Jacke mit Geld und Schlüssel hatte ich in Stefans Wohnung liegen lassen. Melanie hatte keinen Schlüssel mit. Und wenn doch, wäre er wohl in ihrer Handtasche. Wer nimmt denn immer seine Brocken mit, wenn die Wohnung vom Nachbarn besichtigt wird.

Stefan, Moritz und ich fummelten mit einer Scheckkarte an der Tür rum. Moritz bekam sie dann offen.

Endlich saßen wir wieder am Tisch und Stefan fing an zu kochen. Die Proschettopasta war zu dieser späten Zeit genau das richtige. Langsam wurde ich müde und ungeduldig, meine Schulter kribbelte wieder und ich musste einfach rausgehen. Ich brauchte Sauerstoff und Bewegung. Komm, noch eine halbe Stunde, meinte Melanie, die gerade mit Moritz über die Euroumstellung diskutierte.

Stefan erzählte von seiner neuen Freundin. Weißt du, wir würden gerne im Urlaub fliegen, aber ich möchte nicht mehr dahin, wo ich schon mal war. Pia, meine Freundin, hat da andere Vorstellungen, sagte er.

Wo ist denn deine Freundin jetzt, wollte ich wissen.

Die hat heute Nacht mit ihren anderen Freundinnen ihren Doppelkopfabend, antwortete Stefan.

Ach, fahrt doch einfach ins Sauerland. Die Gastwirte sind nett. Da gibt es Warsteiner. Mach dir mit deiner Pia doch einfach ein paar schöne Tage und vögelt euch richtig aus, sagte ich zu Stefan.

Melanie fand das gar nicht gut, was ich da so sagte und meinte: Kannst du denn nicht deine Worte etwas gewählter ausdrücken?

Ach Melanie, sagte Stefan. Ich glaube, Folka hat nicht ganz unrecht. Mal eben ins Sauerland fahren und mit Pia ein paar nette Tage machen.

Ja und gegen Geschlechtsverkehr ist doch auch nichts einzuwenden. Das dauert nicht lange und tut nicht weh und soll gesund für Körper, Geist und Seele sein, meinte ich und alle lachten.

Ich dachte, es wird jetzt mal Zeit hier zu verschwinden. Ich könnte noch mit Melanie in die Stadt gehen. Morgen ist Samstag. Sie hat frei und braucht auch nicht in der Volmestube zu kellnern, nur zum Konzert irgendwann spät abends. Wir können lange schlafen oder zusammenschlafen.

Es kam mal wieder anders. Die Harmonie ist vorbei, es flogen die Fetzen. Wir fuhren mit dem Taxi zu uns, in die Stadt wollte sie nicht mehr. Wieso gibst du dem Taxifahrer nur 50 Cent Trinkgeld, wollte Melanie wissen.

Weil das genug ist, wenn jeder dem Taximann 50 Cent Trinkgeld gibt, dann hat der nach seiner Schicht doch genug nebenbei gemacht. Was mischt du dich überhaupt in meine Angelegenheiten. Nächstes Mal kannst du ja das Taxi bezahlen, sagte ich.

Im Treppenhaus brüllten wir uns an. Es war voll der Streit wegen diesem kleinkarierten Mist. Der Streit wurde immer heftiger und ausfallender. Ich bin ein richtiges Arschloch, dachte ich, als ich viele Vorwürfe hörte. Das ist scheiße und das ist scheiße.

Ich lass mir das nicht mehr gefallen. Ich zieh hier aus, brüllte Melanie.

Mach was du willst. Reisende soll man nicht aufhalten, habe ich mal gehört, sagte ich und ging ins Schlafzimmer, schnallte mir dieses Scheißarmstützkissen um und dämmerte langsam in Rückenlage ein.

Melanie holte sich Kopfkissen und Oberbett und zog es vor, auf der Kaminmatratze zu schlafen.

Gegen sieben wurde ich wach und sah Melanies Füße neben meinem Kopf liegen. Aha, jetzt schläft sie verkehrt herum, die wird schon ihre Gründe haben, dachte ich und ging in die Küche, schaltete die Kaffeemaschine ein und machte dann meine morgendliche Denkstunde. Warum ist die Pfanne so oft unzufrieden, was will sie, ging mir durch den Kopf.

Gegen zehn stand sie auf und ich sagte im normalen Tonfall: Guten Morgen Melanie. Es kam keine Antwort und ohne ein Lächeln verschwand sie ins Badezimmer und machte sich fertig. Kurz danach war sie weg.

Ich ging ins Büro und las erst mal die Tageszeitung. Ach mal sehen, wer so alles tot ist, dachte ich und dann las ich es. Die Todesanzeige. Wir, die Richter vom Landgericht, trauern um unseren geschätzten und unparteiischen Kollegen. Dr. Dr. Richard Löwenherz.

Ach jetzt ist er tot. Der ist ja jünger als ich und hat schon mit 43 die Löffel abgegeben. Samira hat jetzt eine Einnahmequelle weniger. Dreimal die Woche hat er ihre Dienste in Anspruch genommen. Kokain reichte ihm nachher nicht mehr. Er gab sich dann immer eine Spritze. Heroin, sagte mir Samira, und ich sollte bloß nicht darüber reden. Ich hab ja auch nie darüber geredet. Ich hab es ja nur aufgeschrieben. Und diese Leute sprechen Recht. Schwarze Schafe gibt es eben überall.

Gegen 15:00 Uhr ging ich zu meinem Bunker und kurz danach kam Melanie und ohne ein Wort zu sagen fing sie an zu kochen. Ich saß am Tisch und schrieb. Hin und wieder schaute sie mir über die Schulter und las sich die Seite durch, die ich gerade schrieb.

Das Essen, ein chinesisches Meeresfrüchteallerlei mit Sojasprossen und gut scharf, war mal wieder vom feinsten.

Ich geh dann mal und bringe Bobby nach Margret, sagte Melanie und war weg. Gegen 18:00 kam sie wieder mit Peer und Margret. Meinen Spiralblock legte ich hinter den Kamin. Was geht denen das an, was ich da gerade schreibe.

Durch Margret und Peer wurde die unsichtbare Mauer zwischen mir und Melanie etwas dünner. Nach einer großen Tüte kam sogar eine Unterhaltung zustande und Melanie fing mich an zu küssen und flüsterte mir ins Ohr. Können wir uns nicht wieder vertragen?

Gegen 20:00 Uhr machte ich mich fertig. Dieser alltägliche Scheiß mit duschen, anziehen und die übliche Diskussion mit Jeansjacke oder Sweatshirt.

[36]

In der Volmestube baute die Meiers Böse Mieter Band noch an ihrer Anlage rum, stellte die Schieberegler dieses Riesenmischpultes auf die akustischen Räumlichkeiten ein und Sascha der Gitarrist sprach immer ins Mikrofon: Test eins, zwei, drei. Am Tresen sprach ich mit Tim und hörte, dass er als ausgebildeter Diplomsportlehrer auch massive Schulterprobleme hat. Damit er ohne Schmerzen seine Schlagzeugstöcke auf die Trommeln haut, braucht er eben Warsteiner.

Melanies Eltern und viele ihrer Geschwister und die kleine Tilly, die neun jährige Tochter von Susan, waren auch da. Meine Augen kreisten weiter und dann sah ich meine Eltern genau am Nebentisch von Melanies sitzen. Ich machte die Personen miteinander bekannt und die in etwa gleichaltrigen Elternpaare fanden sich auf Anhieb sympathisch.

Sigrid, Melanies Mutter, fragte nach meinem Wohlbefinden und dass sie gerne mal vorbeikommen möchte.

Ich sagte: Das ist jederzeit möglich. Ich verstehe das sowieso nicht, dass du und dein Mann Udo nicht schon mal da gewesen seid. Ihr braucht kein Flugzeug. Von der Reinoldistraße zu uns sind es ca. 16,8 Minuten zu Fuß.

Wir kommen jetzt ganz schnell, denn Udo und ich sind sehr neugierig auf dein Haus. Meine Enkel erzählten, dass man bei euch an den Wänden und auf dem Fußboden mit Wachsmalstiften malen darf und dass da so ein urzeitliches Tier, was immer die Farbe verändert, rumläuft, sagte Doris und ich antwortete: Ja, das Tier ist Otto, mein Chamäleon, und mit der Wand und Bodenmalerei sehe ich das nicht so eng. So Kindergemale hat was und wenn die kleinen Strolche an den Küchenwänden mit Wachsmalstiften ihre Kunstwerke erstellen, sind sie erst mal ruhiggestellt und können ihrer Phantasie freien Lauf lassen. Das ist besser als Fernsehen. Die Kids hängen sowieso zuviel davor.

Dann kam Henry unser Vorarbeiter mit seiner Freundin Margit zu uns an den Tisch. Ich war froh, einen guten Stuhl mit Armlehnen erwischt zu haben. So konnte ich meinen Arm ablegen. Das Kribbeln und die Heilungsschmerzen waren im grünen Bereich, weil ich mich ja mal wieder eingedämmt hatte.

Folka, hast du was geraucht, hörte ich Henry sagen. Ich sah ihn an und sagte: Ich habe gerade eine illegale Handlung gemacht. Ich habe gekifft. Ich bin ein unerzogenes deutsches Sackgesicht. Ich habe gegen das Betäubungsmittelgesetz verstoßen.

Alle lachten. Meine Mutter, die zwei Stühle von mir entfernt saß, hörte wohl nicht alles und so musste ich das alles noch mal wiederholen.

Mama grinste mich an und sagte: Folka, wann wirst du denn endlich mal erwachsen? Reiß dich doch mal endlich zusammen, du wirst bald 50 Jahre alt.

Erst mal dauert das noch eine Weile und ob ich überhaupt 50 Jahre alt werde, das wissen nur die Götter, wenn es die überhaupt gibt. Ich bin mit 25 stehen geblieben und das ist voll in Ordnung, sagte ich.

Lass doch mal den Folka in Ruhe, mischte sich mein Papa ein.

Die kleine Tilly saß am Tisch von Melanies Eltern. Unsere Blicke trafen sich und sie fing an zu grinsen und verzog ihr unschuldiges kindliches Gesicht zu nicht zu beschreibenden Grimassen.

Als ich den Schreibblock sah, den sie vor sich liegen hatte, wurde ich nervös, denn ich hatte keinen mehr bzw. meiner war bis auf die letzte Seite vollgeschrieben. Nachmittags ging ich zum Kiosk, aber die hatten keinen. Im Büro war auch kein ordentlich dicker karierter Spiralblock, so wie ich ihn zum beschreiben brauche.

Rita, auch eine Schwester von Melanie, die neben Tilly saß, stand auf und ich setzte mich neben die kleine Neunjährige mit den langen braunen Haaren.

Wir gaben uns die Hand und sie sagte: Hallo, wann darf ich dich denn mal wieder besuchen kommen. Laufen wir dann mal wieder über dein Dach und beobachten dann Melanie, wie sie in der Küche arbeitet.

Du bist doch meine kleine süße Freundin und du kannst immer kommen, wenn du möchtest. Aber jetzt brauche ich deine Hilfe, denn ich habe ein Problem und denke, dass du mir helfen kannst.

Was für ein Problem hast du denn?

Ja, Tilly, ich schreibe gerade ein Buch und mein Block ist vollgeschrieben und ich konnte heute Nachmittag keinen mehr auftreiben. Ich bin ganz unglücklich. Bitte hilf mir und verkauf mir deinen Block. Du hast ja erst die ersten drei Seiten vollgemalt. Ich gebe dir fünf Euro für deinen Block.

Was für ein Buch schreibst du denn, fragte die Kleine.

Ach ich schreibe ein modernes Märchen für große Kinder und wenn du so um 18 Jahre alt bist, dann schenk ich dir eine von meinen Kurzgeschichten.

Melanie kann zu unserer Unterhaltung und bestätigte der kleinen Tilly, dass ich ein Buch schreibe und dann bekam ich ein kleines Tillyküsschen auf die Wange und hatte einen neuen 140 Blatt dicken DIN A4 Spiralblock.

Vielen Dank, meine kleine Maus, sagte ich und umarmte sie so, wie man kleine süße Mädchen eben umarmt und gab ihr einen fünf Euroschein.

Melanie, vielen Dank für deine Hilfe. Tilly hat sich ungern von dem Block getrennt.

Ich setzte mich neben meine Mutter, die mittlerweile ganz alleine am Tisch saß.

Die Bösen Mieter hatten jetzt wohl genug Alkohol getrunken und fingen langsam an. Ohne Alkohol können die nicht spielen. Jede Musikgruppe nimmt wohl irgendwas. Jimmy Hendrix hat unter Drogen die besten Gitarrengriffe heruntergespielt.

Mein Papa saß neben Sigrid und Udo und sie unterhielten sich nett. Die anderen Leute verteilten sich drinnen wie draußen und dann hörten wir das neue Stück der bösen Mieter:

Sie ist vierzig und denkt, das war es schon, so soll es sein. Wo sind meine Jugendträume? Was hat mir mein Mann alles versprochen. Jetzt kommt er von seinen Job nach hause und ich höre jeden Tag dasselbe: Das war heute wieder eine Scheiße. Ich bin so kaputt. Kannst du mir mal eine Flasche Bier bringen. Wann gibt es essen? Was kommt heute Abend im Fernsehen? Der eingesetzte Schlagzeugwirbel von Tim ging mal wieder durch Mark und Bein. BUM BUM BUM. Die Mundharmonika von Gregor durchschnitt die Luft. SCHRILL. Saschas Finger glitten an den Gitarrenseiten nur so runter. Wie bekommt er nur die langen Töne hin? Und dann geht sie ins Badezimmer und macht sich ein bisschen auf jugendlich zurecht. BUM BUM BUM. Als sie mit einem kleinen schwarzen engen Rock aus dem Zimmer kommt und ihre weiblichen Hüften schwingen lässt. BUM BUM BUM. Dann fragt ihr Mann: Ist jemand gestorben? BUM BUM BUM. Sie ist vierzig und denkt das war es schon. BUM BUM BUM.

Das neue Zapfhahnmädchen, eine gutgebaute Blonde, sorgte für neues frisches Warsteiner. Alles bestens, fast keine Armschmerzen und hin und wieder trafen sich Melanies und meine Augen. Ein kurzes Lächeln und sonst nichts.

Na ja, dachte ich. Ob das noch mal was wird. Melanies ist nicht glücklich. Irgendwas fehlt ihr. Nur was?

Mama fand die Eulenfamilie richtig nett. Ja, Melanies Nachname ist Eule, und immer wenn irgendwas über diese Familie gesprochen wird, sagte ich immer: Die Eulensippe. Uh,

Uh.

Da ist ja ein süßer netter Junge. Wer ist denn das, wollte Mama wissen.

Das ist der Bruder von der kleinen Tilly und da hinten die dunkelhaarige Katze ist die Mutter von den beiden. Susan ist Melanies Schwester, die Inhaberin der Volmestuben. Die sucht jetzt auch einen neuen Stecher. Ihr Ehemann hatte keinen Bock mehr, erklärte ich meiner Mama.

Folka, reiß dich doch mal zusammen und rede nicht immer so über Frauen, ermahnte mich meine Mama mit gutgemeinten Ratschlägen.

Ach Mama, das ist doch kein schlimmes Wort. Ich denke, wenn ich zu Susan sage: Du siehst aus wie eine dunkelhaarige Katze, dann fühlt die sich bestimmt geehrt. Was soll ich sonst sagen. Das Mädchen ist doch eine echt sympathische Erscheinung.

Die haben alle viel Ähnlichkeit miteinander und behandel mir Melanie mal nett. Wie läuft das denn so bei euch? Ist Melanies Sohn auch hier? Wie alt ist Melanies Mama? Duzt ihr euch? Wie heißt sie?, fragte mich meine Mutter ohne einmal Luft zu holen.

Sigrid ist 59 und hilft Susan schon mal in der Volmestube. Udo ist Programmierer in einer Firma, die sich mit Logistik und Materialfluss in Großhandelshäusern beschäftigt. Ein richtig heller Kopf ist das. Der denkt nur in Zahlen und Logaritmen. Sigrid hat es wohl auch nicht immer einfach gehabt bei den vielen Kindern und jetzt hat sie noch jede Menge Enkelkinder.

Wer ist denn das da hinten, fragte Mama weiter und zeigte auf eine gutgewachsene 25-jährige Blonde mit einem Gesicht, was auf jeder Titelseite von Zeitschriften ohne zu retuschieren aufgedruckt werden könnte. Die Filmbranche hat sie leider noch nicht entdeckt.

Das ist Jill, auch eine Schwester von Melanie. Ich würde mich freuen, wenn Tibor mir mal so was als seine Freundin vorstellt. Und da hinten ist Friedhelm. Der hat sich gerade als Starkstromelektriker selbständig gemacht. Die zierliche Blonde ist seine Frau Beatrix und dahinter die 18-jährige mit den rötlichen Haaren ist Arielle, die Tochter von den beiden. Neben Friedhelm steht Rita, das ist auch noch eine Schwester von Melanie. Und da vorne ist Johann, das ist Melanies jüngster Bruder.

Mann, das sind ja viele. Was machen denn so Tibor und Farina, fragte Mama und wir redeten über meine Kinder.

Warum ist denn Melanie nicht hier? Der Tisch ist doch frei.

Bei uns sind heute morgen die Fetzen geflogen. Sie will wohl ausziehen. Wenn sie sich nicht glücklich fühlt, ist das ihr Problem, sagte ich und Mama sprach:

Folka, du wirst nicht jünger und mit Melanie hast du doch einen echt guten Fang gemacht. Die ist doch wirklich nett. Was willst du denn? Werd doch mal vernünftig. Vorüber habt ihr euch denn gestritten?

Über irgend so eine kleine kleinkarierte Kacke. Ich weiß es nicht mehr so richtig. Wir waren bis heute morgen bei Melanies Schwager. Seitdem reden wir nicht mehr so richtig. Ich weiß doch auch nicht.

Die Bedienung stellte neues Bier auf den Tisch, während ich weitersprach: Ist doch alles töfte. Das Bier ist gut, die Musik ist gut und mit Melanie weiß ich nicht. Das Schicksal kann ich nicht beeinflussen. Ich habe keinen Grund zum klagen. Unser Geschäft läuft gut, meine Kinder sind gesund, noch ein paar Tage, dann ist mein Haus bezahlt und bald ist diese Armscheiße auch durchgestanden. Und wenn Melanie keinen Bock mehr hat, dann wird sie schon ihre Gründe haben. Bisher kam immer eine neue.

Ihr seid auch zu früh zusammengezogen, sagte Mama.

Ich dachte, sie ist es. Mir kann doch nichts passieren. Vielleicht renkt sich das wieder ein. Wenn nicht, bin ich erst mal eine Weile alleine und werde mir eine mieten. Rent a Girl.

So jetzt fahre ich aber nach hause. Wo ist denn schon wieder Hans. Wo der sich wieder rumtreibt, sagt Mama.

Meine Eltern verabschieden sich und sind weg.

Allmählich werde ich besoffen, meine Arme kribbeln wieder und ich bekomme Stallinstinkt und habe nur noch das Verlangen ins Bett zu gehen. Ach den Titel kann ich mir ja noch reinziehen: I can't get no Satisfaction.

Melanie setzt sich neben mir und ich sage: Ich bin gleich hier weg.

Ach komm noch eine halbe Stunde. Wann hört man schon mal so gute Livemusik, sagte sie und küsste mich.

Na gut, noch ein bisschen.

Die halbe Stunde ging schnell rum.

Margret, Peer und Melanie waren auf einmal nicht mehr da. Ich hörte aber oft Folka rufen, drehte mich um, sah aber niemand. Komisch, dachte ich, wo sind die denn abgeblieben. Selbst zum Pinkeln ging ich weiter. Machte den Reißverschluss auf, nahm meinen Günter in die Hand und pisste auf den Bürgersteig. Na und, dachte ich. Ich habe jetzt keinen Bock mich am Baum zu stellen und will ins Bett. Torkelnd ging ich weiter, sah auch schon alles doppelt und dreifach. Pass auf deinen Arm auf, dachte ich wohl noch und dann sah ich sie wieder neben mir: Melanie, Peer und Margret. Sehr komisch.

[37]

Gegen neun wurde ich Sonntagsmorgen wach und freute mich über den Schreibblock, den ich ja gestern Abend irgendwann von der kleinen Tilly erstanden habe und tatsächlich mit meinem besoffenen Kopf noch mitgenommen habe.

Wo sind denn Peer und Margret. Ist der etwa noch gefahren, als wir heute morgen hier waren, fragte ich Melanie, die gerade aufgestanden war. Ja, Peer ist noch gefahren, hörte ich und dachte: Das ist unverantwortlich. Der war doch besoffener als ich.

Ich lege mich in die warme Augustsonne und höre, wie Melanie mit Margret am Telefon redet: Ja, ich komme gleich und hole Bobby.

Kurz danach war sie weg und kam eine Stunde später wieder und ich tätschelte erst mal meinen Freund. Ja, Bobby, ist ja gut. Wo ist denn nur wieder Otto? Hast du den vielleicht gesehen. Ich glaube dieser Bobtailrüde versteht jedes Wort, denn sonst würde er wohl nicht so die Ohren spitzen.

Mit dem Scheißarmstützkissen saß ich wieder am Tisch und schrieb, rauchte mir dabei eine kleine, um meine Gedanken in Fluss zu bringen. Die ersten 15 Minuten sind immer die schwierigsten, dann geht es wie von Geisterhand und kann zur Sucht werden.

Melanie kam und schaute mir über die Schulter und ich sagte: Ich geh jetzt noch ein bisschen in die Sonne. Wenn du willst, kannst du das ja lesen. Draußen hörte ich das Vogelzwitschern und sah dann Otto vom Dach kommend wieder in die Wohnung watscheln.

Gegen 17:00 waren Peer und Margret wieder da. Peer legte mir einen Beutel Gras auf den Tisch und sagte: Bezahlt hast du ja schon gestern. Solche Sachen bezahle ich immer vorher, sagte ich und dann bauten wir einen ganz großen und ich erzählte von meinem Buch und dass ich das gestrige Zitat von Peer nicht aufschrieb.

Was für ein Zitat?, wollten alle hören.

Peer, du sagtest, dass nur schmutziger Sex guter Sex ist.

Und wieso machen wir den nicht, sagte Margret.

Es kam wieder eine lockere Unterhaltung zustande. Die gestrige Nacht und der neue Titel von den bösen Mietern. Ja, das Original ist von Udo Lindenberg. Er wird den bösen Mietern wohl verzeihen, dass sie das Stück etwas umgeändert haben.

Dann rief Farina an und erzählte, dass sie eine technische Übersetzung für den Erfinder machen soll. Dieser Mensch hat einen Bottelnekker als Patent angemeldet. Das ist so eine Maschine wie ein Gartenhäcksler. Nur dass oben leere Flaschen reingesteckt werden und unten kommen kleine Glaskugeln raus. So hat man das Flaschenvolumen von Leergut in Bars, Kneipen und Diskotheken auf ein Minimum reduziert.

Ich beantwortete meiner Tochter einige Fragen zu technischen Wörtern und musste ihr dann aus meinem Buch vorlesen.

Oh Paps, du schreibst so schön. Mach das bloß weiter. Wenn du fertig bist, dann übersetze ich das ins holländische und wir verkaufen das Buch. Ja, und Devi hat mir meine Sachen wieder vorbei gebracht. Ich bin jetzt wieder solo. Aber das ist auch nicht schlecht, so kann ich mich mal wieder auf meine Schule konzentrieren.

Wir redeten ganz offen über HIV und Sex und kamen überein, dass nichts dagegen spricht, wenn sie einen neuen Jungen kennen lernt, diesen erst mal ein paar Tage zappeln zu lassen, bevor sie mit ihm ins Bett geht.

Farina, such dir einen älteren, die sind reifer und haben meistens auch mehr Geld als die Halbgaren in deinem Alter, sagte ich.

Dann hörte ich, dass Tibor jetzt auch eine Freundin, Nancy, hat. Die könnte als Fotomodell arbeiten gehen und ist ganz nett und schlau, sagte Farina.

Ach, geht denn hier nur das Telefon. Es war der Hundezüchter von der Bobtailfabrik. Ja jetzt ist sie heiß, sagte der Mann zu Melanie am Telefon und sie verblieben bis gleich.

Och, dann hat Bobby ja gleich seinen Spaß, wenn er auf die Bobtaildame steigt und es ihr ordentlich besorgt, sagte ich.

Melanie, Peer, Margret und Bobby fuhren zur Bobtailfabrik, die auch auf dem Volmeberg liegt.

So im Sofa überlege ich, ob Melanie, nachdem Bobby den Stich mit der Bobtaildame gemacht hat, wohl sofort kommt oder noch mal zu Margret und Peer rübergeht und eventuell bei diesem Romeo, wie sie so sagt, auf der Couch schläft. Abwarten, denke ich. Alles was ich bis morgen zum Überleben brauche, ist im Haus: Bier, Quark, Makrelen in der Dose und genug Gras für einen Joint.

Soll ich Annette anrufen und ein Date vereinbaren? Wie geht das dann mit Melanie weiter? Erst mal nicht anrufen, der Tag ist noch nicht rum. Trotzdem war die Versuchung sehr groß, es doch zu tun. Was hatte sie mir immer gesagt, wenn wir es trieben: Folka, bitte leck und fick mich. Ich bin so geil auf dich, komm besorg es deiner Annette. Ich hörte Musik und lag lang ausgestreckt auf dem Sofa, den Blick nach draußen und hatte nach einer kleinen Tüte mal wieder eine Vision und war in Gedanken bei der einen oder anderen, mit der ich mal was hatte. Mein Günter regte sich aber überhaupt nicht und blieb so, wie er im Normalzustand war, eben klein. Keine noch so sexuell abgedrehte Vorlage, noch in die Hand nehmen ließen den Schwellkörper anschwellen. Bin ich bald alt, dachte ich und hörte dann im Radio von den Bundestagswahlen.

Unser Herr Schröder macht sich Gedanken über seine Wahl als weiterer Bundeskanzler, er verspricht das blaue vom Himmel. Und ich mache mir Gedanken, warum ich gerade keine Latte bekomme. Dann bleib ich doch lieber bei meiner Arbeit und bau das weiter aus, schreibe nebenbei ein Buch zumindestens so lange bis meine Armscheiße weg ist und geh dann wieder abends sporten und schlaf wie ein Baby.

Meine Gedanken drehen sich wieder um Melanie. Kommt sie? Oder bleibt sie da oben. Ihr Handy hat sie nicht mit, denn es liegt auf dem Küchentisch. Ich rufe bei Margret auf Handy an. Keiner da. Margrets Festnetznummer erhielt ich von Susan. Wir unterhielten uns noch nett über die gestrige Nacht und dann fragte sie, warum Melanie da oben auf dem Volmeberg ist. Die Bobtailfabrik hat angerufen und der Typ meinte, die Zuchtdame ist jetzt heiß und willig, sagte ich.

Mann, Folka, so ein Hundestich dauert doch nur ein paar Minuten. Vielleicht will Melanie ja auch angerufen werden. Sie ist meine Schwester und eigentlich darf ich dir das gar nicht sagen was sie mir über dich gesagt hat, also sie liebt dich wirklich. Das hörte ich so raus, von Frau zu Frau, weißt du.

Wir verabschiedeten uns bis bald und das wird schon wieder.

Der Festnetzanruf bei Margret kein Erfolg. Dann suchte ich mir die Telefonnummer von diesem Romeo aus dem Telefonbuch. Fand sie auch, wählte die Nummer. Wieder dieses doofe Freizeichen. Was nun? Der Hundezüchter, aber wie heißt der?

Ich ging zu Gregor mit einem schlechten Gewissen, weil vom Joint rauchen sind meistens die Augen etwas rötlich. Hallo Gregor, ich brauche deine Hilfe. Können wir bitte feststellen, wer alles heute Nachmittag angerufen hat, sagte ich. Wir gingen ins Büro, schalteten die PC-Anlage ein und dann bei Programmen unter Telefonanlage und ein bisschen suchen und mit der Maus hatten wir die eingehenden sowie die ausgehenden Telefonnummern. Ich glaube, mein Bruder ist der beste am PC.

Vielen Dank, sagte ich und wählte dann die Nummer von der Bobtailfabrik. Ich stellte mich vor und fragte, wie das denn mit der Begattung gelaufen ist und bekam zur Antwort, dass Bobby ein starker kräftiger Rüde im besten Alter ist und dass er die Hundedame wohl geschwängert hat. Auf meine Bitte, ob der Hundezüchter denn mal zu dieser Margret gehen könnte und dass er dann sagt, Melanie möchte mich mal anrufen, sagte der freundliche Herr: Kein Problem.

Etwa zehn Minuten später klingelte das Telefon und es war Melanie und ich sagte ihr: Das war jetzt mein Versuch, noch etwas an dieser Beziehung zu tun. Wenn du nicht weißt wo du hingehörst, dann bleib bei Margret oder schlaf bei diesem Romeo. Und legte auf.

Ich ging dann lange duschen und stellte den Wecker auf halb sechs, trank mir noch eine Flasche Warsteiner und wollte mich dann ins Bett legen und hörte Bobby die Treppe hoch wetzen. Melanie war kurz hinter ihm und sagte: Was fällt dir ein da anzurufen. Ich dachte, es ist was passiert.

Entschuldige bitte, ich werde dich nie wieder anrufen, entgegnete ich. Der Rest des Abends war gelaufen. Melanie las im Bett die Tageszeitung. Ich zog es vor zu schlafen. Mit einer Frau im Bett, die erst die Zeitung liest, geht das sexuelle nicht so gut.

[38]

Noch vor dem Weckerklappern wurde ich wach, stand sofort auf und ging duschen. Meine morgendliche Kaffee und Zigarillo Denkstunde machte ich im Büro. Mann, was haben mich meine Mitarbeiter blöd angeschaut, als sie mich sahen. Ey, Chef bist du krank?, sagte einer der Frühschichtmitarbeiter. Nein, nicht richtig, nur am Arm, aber das sieht man ja wohl. Das Scheißarmstützkissen hatte ich mir mal wieder an diesem Morgen umgeschnallt, um bloß nichts falsches mit dem Arm zu machen. Der Postberg auf meinem Schreibtisch war schon ganz schön hoch. Da ist ein Fragebogen der Berufsgenossenschaft. Bis morgen wollen die den ausgefüllt zurückbekommen. Henry hatte einen ganz tragischen Unfall. Unerklärlicher Weise stolperte er und stürzte auf ein spitz nach oben abgewinkeltes Blech und das durchbohrte ihm die Stirn genau zwischen den Augen über der Nase. Der Notarzt war Gott sei Dank zwei Minuten später da und gab Henry erst mal eine Spritze gegen die Schmerzen.

Wenn man jemanden schon mehr als 25 Jahre kennt und auch noch gut befreundet ist, dann geht das einem schon ganz schön nah. Aber was die von der Berufsgenossenschaft alles wissen wollen: Ist der Verletzte tot? Wer hat von dem Unfall zuerst Kenntnis genommen? Wie viel verdient er. Wie viel Weihnachts- und Urlaubsgeld bekommt er?

In größeren Betrieben ist wohl ein Mitarbeiter nur mit dem Ausfüllen von solchen Fragebögen beschäftigt.

Gregor legt mir einen zehn cm dicken Papierhaufen hin. Unsere Ausgangsrechnungen an die Kunden vom Juli. Mann, was hat der reingehauen. Ich müsste mich mal erkenntlich zeigen. Immerhin war ich sehr lange mit dieser Armscheiße ausgefallen und bin es eigentlich immer noch. Der rechte Arm liegt in dieser Schiene und der linke knackt, wenn ich einen Ordner von hier nach da stelle.

In der Post sind auch zwei Briefe an unser Fummelchen, unsere Mieterin, die unter meiner Wohnung wohnt. Else heißt sie und ist die beste Freundin von Bärbel. Else arbeitet auch bei dieser Bürgersteigplattenmengenermittlungsbehörde. Irgendwo müssen die Steuergelder ja auch hin.

Else lebt in Scheidung und kommt von ihrem Dirk nicht so richtig los. Oft höre ich sie quieken und dann steht Dirks 15 Jahre altes Volkswagencabrio auf dem Hof unter meinem Urlaubsort. Manchmal vergisst er das Dach zu schließen, wahrscheinlich weil er wieder so geil auf Else ist. Ach es wird schon nicht regnen, denkt er wohl. Einmal setzte ich seine Karre unter Wasser. Die Bäume und Sträucher des Urlaubsortes brauchen viel Wasser und wenn ich da mit dem Wasserschlauch rummache, läuft das Wasser wie bei einem Wolkenbruch, natürlich auch viel daneben und in das Auto. Ja, Dirk, das Leben ist hart und gemein.

Eleonore war mal Anfang des Jahres auf eine Tasse Kaffee da. Was ist denn das für ein mir bekanntes Geräusch, wollte sie wissen. Das ist Else, unsere Mieterin. Ich glaube, sie hat momentan drei Stecher. Ich glaube, ihr Chef ist gerade da, weil dieser große Toyota Supra wieder auf dem Hof steht, sagte ich.

Genießen kann die wohl und wenn einer nicht reicht, holt man sich noch zwei Männer dazu, sagte Eleonore. Du betrachtest Männer wohl als Werkzeug, wollte ich wissen. Immerhin besser als ein Vibrator. Die Batterien sind immer so schnell leer, sagte Elli.

Und dann liegt jeden Montag in der Post der neue Spiegel. Ich meine nicht das Dingen an der Wand im Badezimmer, sondern diese Zeitung. Ach jetzt haben die Parlamentarier und Hinterbänkler und PDS Bonzen mal wieder in die eigene Tasche gemacht. Ihre Flugpunkte auf ihr Privatkonto umgebucht. Dümmer kann man doch wohl nicht sein. Jetzt werden einige nach hause geschickt. Von mir aus, da sitzen eh zu viele. Sogar Frauen sind in unserer Politik. Gehören die nicht am Herd? Ich glaube, sie sind wegen ihrer Optik nach Berlin ins verglaste Parlamentshaus gezogen. Hollywood braucht die Mädels gerade nicht. Im Moment werden keine Gruselfilme gedreht. Das war aber jetzt Spaß. In Wirklichkeit sollten mal mehr Frauen, am besten jüngere, in die Politik.

Gegen 15:00 bin ich erst mal wieder in meinem Bunker. Leider wollte ich einen vollen Ordner fassen. Jetzt tut er weh. Der Arm tut weh, nicht der Ordner.

Melanie wäscht und putzt meinen Fahrzeugpark: eine Corvette Baujahr 1955. Damit soll James Dean rumgefahren sein. Andere behaupten, er sei mit einem Porsche vor die Wand geknallt. Wobei das eigentlich scheißegal ist, mit was für einem Auto sich dieser Draufgänger, der so schöne Filme wie „Denn sie wissen nicht was sie tun" gemacht hat, die tödlichen Verletzungen zugezogen hat. Der Folka als BMW Fahrer hätte ja bald mit James da oben bei dem, der die Welt erschuf, mit an diesem langen Tisch gesessen und auch mit Jules Verne über U-Boote reden können. Drei alte Daimler-Benz Cabrioles. Ein fast neuer Jaguar. Zwei gut erhaltene Motorräder. Eine Wilesco Straßenplanierraupe, die ich mal von meinem Papa geschenkt bekam, weil bei ihm zuhause nichts mehr zu planieren war. Eine Boing 747 Baujahr 1996. Ach ich liebe es, wenn die Fahrzeuge sauber geputzt in den Wandnischen stehen, meine Modelle im Maßstab eins zu achtzehn.

Dann kommt Alois, der sich noch eine zusätzliche Einnahmequelle ausgedacht hat. Außer den beleuchteten Möbelgriffen und Klobrillen macht er jetzt auch noch in fertig geschmierten Brötchen, die er im Industriegebiet verkauft. Die übriggebliebenen schenkt er unseren Mitarbeitern. Im Moment läuft er mit HIV Handschuhen rum. Seine Hände sind von Neurodermitis befallen. Er zeigt uns das. Gestern habe ich Susannes Seidenstrümpfe mit dieser Scheiße zerrissen. Ich weiß nicht, wie ich das weg kriege. Ich geh ins Salzwasser, trinke keinen Alkohol und esse kein Fleisch, sagt er.

Ist das alles ungerecht, denke ich. Er rackert sich den ganzen Tag ab. Hat Ideen, liegt keinem auf der Tasche und hat diese Scheiße. Er hat doch keinem was getan.

Bring uns bitte keine Brötchen mehr. Wir schmeißen oft viele weg. Im Moment haben wir Müllprobleme. Die Müllwerker nehmen unsere gelbe Tonne nicht mehr mit. Neulich kam da ein ganz kleiner Wicht ins Büro und machte den HB-Raketenmann. Der ca. 155 cm kleine Pykmähne sprang fast drei Meter hoch, sagte ich. Das ist die gelbe Tonne, da gehört kein Restmüll rein, die nehmen wir nicht mit. Das ist illegal und verboten, das müsste bestraft werden, sagte der Mann von der Müllabfuhr.

Komm, ich gebe dir zehn Euro, dann machst du die Kiste leer und wenn du neue Kohle brauchst oder eine Kiste Warsteiner, lass es mich wissen, sagte ich zu dem Menschen, der sich jetzt wieder etwas beruhigt hatte.

Würde ich ja gerne machen, aber meine Kollegen. Ich setze meinen Job aufs Spiel, sagte er.

Na gut, kann ich verstehen, sagte ich.

Politiker lassen sich im großen Stil schmieren, wenn ich nur an den Kölnermüllskandal denke. Das soll genau so wie bei unseren Wasserwerken gelaufen sein. Da schreibt einer eine ordentliche dicke fette Rechnung für Arbeiten, die nie ausgeführt wurden, und kassiert gut ab. Die Hälfte der Kohle geht zum Finanzamt. Die andere Hälfte wird aufgeteilt und dann geht es los. Mit Wein, Weib und Gesang. Kleine Müllwerker verlieren ihren Job. Ob das wohl alles richtig ist?

Ja und meine Freundin Bärbel ist eine ganz besondere. Im Moment hat sie eine Interessengemeinschaft mit einem Elektroingenieur, der ca. 50 Kilometer von ihr entfernt wohnt. Sie sehen sich also nicht so oft. Bärbel nennt ihn Fröschken. Jürgen ist von schmalwüchsiger Figur. Netter Kerl soweit, geschieden, zwei Kinder. Er soll es Bärbel aber immer gut besorgen, sagt sie und wenn der nicht will, dann werf ich das Fröschken an die Wand. Vielleicht verwandelt er sich dann in einen Prinzen, redet sie weiter. Wenn ich den erst mal ordentlich abfummel, dann kann Jürgen schon. Wir sehen uns ja leider nicht so oft.

Letztes Jahr telefonierten Bärbel und ich über eine sexuelle Interessengemeinschaft zwischen uns. Da ich auf filigrane Püppchen fixiert bin, hätte mein Günter Probleme. Bärbel ist 1,85 groß und ca. 110 kg schwer, aber mit einem sehr netten Gesicht und eine hervorragende Gesprächspartnerin. Sehr schlau und Steinböckin, das sagt ja eigentlich schon alles. Wenn ich mir vorher eine Riesentüte baue und du verbindest mir die Augen, küsst meinen Günter geil und ich massiere deine großen Brüste, dann geht das schon, Bärbel, sagte ich.

Musst du dann immer die Augen verbunden haben? Geht das nie ohne Augenbinde. Kannst du dich denn auch mal als Matrose verkleiden. Immer wenn ich jemanden im Matrosenanzug sehe, bin ich unten voll feucht, sagte Bärbel.

Wir plauderten noch eine Weile über das eine oder andere und verblieben auf weiterhin gute Freundschaft.

Bezüglich dieser doofen Müllprobleme kamen Melanie und ich überein, dass wir in Zukunft den Müll konsequent trennen. Also machen wir uns einen Komposthaufen. Dann fing sie wieder an zu kochen. Es gab mal wieder den besten Salat und eine richtig knusprige Forelle. Trotzdem war immer noch dicke Luft zwischen uns. Der Rest des Abends verlief normal, bis auf diese Armscheiße. Beide Schultern schmerzten und ich fand keinen richtigen Schlaf. Gegen vier stand ich dann auf, machte meine Denkstunde und Körperpflege und ging gegen sechs ins Büro und arbeitete einfach diese Papierhaufen ab. Gegen elf kam ein BTX-Fachmann von unserer Bank und stellte meinen Computer auf ein neues elektronisches Zahlungsverkehrsprogramm um. Ich würde am liebsten Feierabend machen. Jetzt brennen wieder beide Schultern. Ich hab keinen Bock mehr. Wann ist denn endlich der rechte Arm abgeheilt? Die Operation am linken wird dann auch sofort gemacht. Sport machte ich zum letzten Mal im Mai am Samstag vor dem Muttertag.

Das war ein schöner Tag. Melanie war in der Volmestube. Ich ging in die Stadt und kaufte ein wohlriechendes Parfüm und schwarze Unterwäsche. Auf dem Rückweg war ich bei meinem Freund Ludwig, der ein kleines Möbelgeschäft hat, und mir gefiel schon länger seine Uschi. Dieses filigrane Püppchen, was auf den zu verkaufenden Futonbetten sitzt. Uschi hat lange schlanke Beine, Körbchengröße C. Die Teile sind voll feste, ein faltenfreies Gesicht, lange schwarze Haare und stahlblaue Augen, die sie unter ihrer Sonnenbrille versteckt. Ludwig und ich fummelten Uschi ein bisschen ab. Sie hat sich alles ohne einen Ton zu sagen gefallen lassen, diese Schaufensterpuppe. Ein Griff ins Portemonnaie und Uschi gehörte mir. Mit dem Taxi und Uschi fuhr ich zu mir und setzte Uschi auf das Ledersofa. In meiner Sportkammer meißelte ich dann noch einskommafünf Stunden an meinem Body rum. Abends kamen Margret und Peer und wir machten einen gemütlichen Grillabend.

Ich geh und mache Armpflege, sagte ich und war fünf Minuten später auf der Coach, baute mir eine und trank eine Flasche Warsteiner. Jetzt war es wieder auszuhalten. Zwei Stunden später meldete sich Gregor über die Telefonanlage und sagte: Da ist ein Paket für dich. Ach endlich, dachte ich. Das Paket war von einem Elektronikversandhaus. Es enthielt eine Videofunkübertragungskamera und einen kleinen Bildschirm und eine Akkuladestation. Ralf hat mir die Videokamera und die Akkus mit Silikon, Tesaband und Kabelbindern auf dem Beatle montiert. Jetzt konnte ich das Auto vom Sofa aus durch das 25 m lange Haus fahren lassen und habe es von diesem kleinen Bildschirm, der auf dem Glasplattenfahrradtisch steht, beobachtet. Eine kleine Glasscheibe, wie sie bei Schweißschutzschildern benutzt werden, klebte mir Ralf mit Silikon auch noch auf den Beatle und Melanie stellte mir mein Warsteiner da drauf, wenn sie in der Küche war und die Hupe des Beatle ertönte. Das Auto steuerte ich dann zu mir ans Sofa, nahm das Bierglas und freute mich über diese Fernsteuertechnik.

Abends sprachen wir über unsere Beziehung und ich sagte ihr: Richtig glücklich fühlst du dich nicht und ich gebe uns nicht mehr al zu lange. Immerhin versöhnten wir uns, aber selbst der beste Sex kann eine Beziehung nicht zusammenhalten. Warten wir mal ab, dachte ich. Einen Wohnwagen kann ich immer noch besorgen und Melanie auf dem Hof wohnen lassen, bis sie eine neue Wohnung gefunden hat. Beim zärtlichen Kuscheln kamen wir überein, dass wir uns über zuviel Kinderkacke streiten und einfach mal wieder mehr zusammen schlafen müssen. Nach einer zärtlichen Kürstunde schliefen wir in Löffelstellung ein.

[39]

Unserem Otto ging es wohl seit ein paar Tagen nicht so besonders. Irgendwie lag er apathisch in seinem beheizten Verschlag. Selbst die neue Spezialultraviolettglühlampe, die mir Sammy lieh, half nicht weiter. Mit dem Licht dieser über 4000 LUX hellen Birne wachsen Sammys Marihuanapflanzen in drei Wochen auf viermeterfünfundzwanzig. Die Licht und Wärmestrahlen dieser neuen Erfindung sollen besser als die Saharasonne sein. Was ist nur los mit Otto? Sonst kommt er doch mindestens einmal am Tag und lässt sich wie Bobby streicheln. Ottos Körper ist unterkühlt und er watschelt auch nicht mehr zur Volme. Melanie fuhr zur bäuerlichen Absatzgenossenschaft und kaufte zwei Rattenfallen. Wie sollen wir Otto ernähren? Er ist ein Raubtier und reiner Fleischfresser. Als Nachtisch mag er sehr gerne Haferflocken. So dreimal die Woche hat er sich immer was Leckeres an der Volme gefangen. Vor drei oder vier Wochen sah ich, wie er genussvoll eine Wasserratte verspeiste, die hier zu dutzenden hinter Bobbys Revier rumhüpfen. Ein rohes Kotelett wollte Otto auch nicht. Er braucht lebendiges warmes Fleisch. Melanie halbierte das Kotelett und legte die Hälften in die Rattenfallen. Ich baute uns derweil einen kleinen und dann gingen wir Richtung Motorbootstelle. Links vom ersten größeren Volmestein legten wir die Rattenfallen unter einen Ginsterstrauch.

Melanie nahm mich zärtlich im Arm und wir saugten uns gegenseitig fest. Es fiel mir schwer, den rechten Arm in der Jeansjackentasche zu lassen. Ach wie gerne hätte ich sie jetzt so richtig mit beiden Händen gepackt und irgendwo zu einer geeigneten Stelle für zärtlichen Sex getragen. Bobby machte mal wieder die Welle, als er uns nach seiner Schnüffeltour knutschen sah. Er wird immer mehr eifersüchtig, aber auf wen? Hand in Hand schlendern wir auf diesem fast unbekannten verwachsenen Weg an der Volme entlang und standen unterhalb des Volmewasserfalls an Hugos Volmeschuppen. Das aus vierzig Meter Höhe herabstürzende Wasser macht einen überzeugenden Eindruck dieser Naturgewalt.

Wie lange war ich schon nicht mehr hier gewesen? Nach Öffnen der mehrfach gesicherten Stahltür standen wir beide in Hugos Volmeschuppen und Melanie staunte nicht schlecht. Das ist Hugo sein Spielzeug. Da wir uns immer gegenseitig helfen, hat er mir mal irgendwann angeboten, wenn ich Bock auf Motorboot oder Wasserski hätte, dann soll das kein Problem sein und warf mir die Zweitschlüssel zu.

Melanie erzählte, dass Udo früher auch mal mit ihr in einem Motorboot auf dem Hengsteysee rumfuhr und dass ihr das sehr gut gefallen hat.

Mit dem linken Arm alleine wollte ich dieses um 200 PS starke Kajütboot mit rennsportartigen Eigenschaften nicht steuern und erklärte Melanie die verschiedenen Schalter. Sie saß schon auf dem Kommandositz und drehte den Zündschlüssel rum, nachdem ich ihr bestätigte, dass beide Gasregler auf Neutral stehen und alles in Ordnung sei. Ich beugte mich über sie und dachte an meinem rechten Arm. Bloß in der Jackentasche lassen und nicht bewegen. Melanie drückte den Startknopf und der zehn Zylinder Volvo sprang an. Mit der linken Hand nahm ich Melanies und legte ihre langen Finger auf den Vorwärtsgashebel und lernte ihr das Motorbootfahren. Langsam fuhr sie die Meerjungfrau aus dem Schuppen und dann waren wir auf der offenen Volme und beschlossen, mal kurz bei der Volmestube vorbeizuschauen.

So morgens gegen neun ist da auch nicht immer das meiste los. Kapitän Blaubär, so nennen wir den alten Kapitän, der früher mit seinem Lastenschiff auf der unteren Volme rumschipperte, als diese noch schiffbar war. Herr Blaubär steht fast jeden Vormittag am Tresen. Gegen eins macht er meistens die Flatter, weil seine Lisbeth dann das Essen auf dem Tisch stehen hat. Susan schaute nicht schlecht, als sie gerade aus dem Bierkeller kam und die geliehene Meerjungfrau an ihrem Bootsanlegeplatz gut festgebunden sah. 95 Jahre ist dieser Seemann alt und gerne höre ich ihm zu, wenn er von früher, als an der Volme noch ganz viele Industriebetriebe angesiedelt waren, erzählt. Die Engländer warfen im zweiten Weltkrieg auf die beiden Schiffshebewerke ihre zerstörerischen Bomben und da war es vorbei mit dem Schiffsheben. Nach zwei Kaffee drücken Susan und Melanie sich so wie das unter Geschwistern eben gemacht wird.

Melanie steuert die Jungfrau sicher und schnell zurück. Steil nach oben ragte der Bug aus dem Wasser und langsam rückwärtsfahrend stand die Meerjungfrau wieder an dem vorgegebenen Platz.

Die Rattenfallen waren eine gute Idee. Ganz simpel und einfach funktionieren die Dinger. Die Ratte riecht das leckere Fleisch, geht in den Käfig und wenn sie ganz drin ist, fällt die Tür von oben runter und der Nager ist lebendig gefangen. Eine Ratte ließen wir frei. Bobby hatte noch seinen Spaß, als er ihr hinterher rannte, bis sie in der Volme verschwand.

Otto erlegte die Ratte mit einem schnellen Schwanzflossenschlag, fraß aber nur sehr wenig und sah richtig erschöpft und krank aus. Melanie rief Bobbys Arzt an. Dieser erklärte jedoch, dass er von Chamäleons nicht so richtig die Kenne hat und riet uns, den Tierpark zu fragen. Unsere beiden Viecher hinten auf dem Notsitz des CRX, fuhr Melanie zum Tierpark und ich genoss die Tüte, die ich mir als Beifahrer reinzog. Die Tierärztin des Dortmunder Tierparks hatte voll den Durchblick und ich war froh, dass sie keine Fragen stellte, wo ich das seltene Tier her habe. Von dieser Chamäleonart gibt es nur noch ganz wenig. Sie haben die

Eigenart, sich nicht nur ihren Umgebungsfarben anzupassen, sondern sogar noch ihren Klimabedingungen. Wir sollten Otto nicht zuviel Wärme geben, und die Frau Tierdoktor meinte, dass Otto Jodmangel hätte und als Nachtisch statt Haferflocken lieber Wellensittichfutter mit Jod S11 Körnchen, dann sei er ganz schnell wieder gesund und der alte. Den Arm schön in der Jeanstasche lassen, dachte ich. Vom Tierpark ging es in die Dortmunder City und Melanie kaufte sich ein paar neue T-Shirt und einen ganz knappen BH und mehrere Stringtanga. Baby, das steht dir ja voll gut, das werde ich dir sponsern, sagte ich. Neben einer Kneipe war ein Tiergeschäft und wir kauften zwei Kilo Wellensittichfutter mit Jod S11 Körnchen.

Die Nacht war wieder die Katastrophe schlechthin. Nach drei Stunden Schlaf stand ich senkrecht im Bett und merkte nur noch zucken und stechen. Wenn das bald nicht aufhört, bin ich bald alkohol- und marihuanaabhängig, denke ich so gegen zwei Uhr morgens. Nach einer Flasche Warsteiner und einer Tüte beruhigten sich die Schulternerven und ich dämmerte auf dem Sofa langsam ein.

[40]

Gegen neun kam Samira. Einfach so auf einen Kaffee. Soll ich dir jetzt mein Beileid aussprechen? Ich hatte das gelesen, dass dein Freier die Löffel abgegeben hat, sagte ich.

Hör bloß auf damit. Ich bin froh, dass dem das nicht bei mir passiert ist. Die haben den aus einem Zwingerclub rausgetragen. Sein ganzer Körper war mit Nadelstichen durchlöchert. Der Löwenherz war nachher nur noch ein menschliches Wrack. Er hatte auch schon seit längerem keine richtige Latte mehr bekommen. Dass denen am Gericht das nicht aufgefallen ist. Diese blutunterlaufenen Augen. Ich hatte mich manchmal richtig geekelt, wenn er diesen ausgefallenen Sex haben wollte.

Samira, ich muss ins Büro und unsere Umsatzsteuervoranmeldung fertig machen. Wenn du noch eine Stunde Zeit hast, können wir weiter quasseln. Du kannst ja in meinem Buch lesen, wenn dich das interessiert. Du stehst übrigens auch da drin.

Ich habe heute den ganzen Tag Zeit. Wo ist übrigens Melanie?

Die ist zu Margret und zum Hundezüchter. Bobby ist so ein potentes Kerlchen und im Moment sind die Hündinnen alle heiß. Melanie bessert sich ihr Taschengeld mit dem Besteigen der Hündinnen etwas auf. Heute muss ich zu meinem Doktor.

Ich bin jetzt neugierig, was du geschrieben hast. Ich lese jetzt in deinem Buch.

Ja, dann bis gleich.

Die Umsatzsteuererklärung ging diesmal schneller als erwartet. Ich mache die immer überpünktlich, damit wir beim Gesetzgeber nicht unangenehm auffallen und keine Säumniszuschläge anfallen. Meistens überweise ich dem Finanzamt auch immer etwas mehr, dann haben wir am Jahresende ein Guthaben.

Wieder bei mir, sah ich Samira auf der Terrasse nur mit einem superengen roten Slip und ohne BH in den Spiralblöcken lesen.

Ich hoffe, dass stört dich nicht, dass ich es mir bei dir bequem gemacht habe. Du schreibst ja fast alles richtig auf. Offensichtlich hast du aber vergessen, dass wir in Willingen eine ganz tolle heiße Nacht hatten, sagte Samira.

Wenn wir schon darüber reden, kann ich es dir ja jetzt sagen. Ich stand kurz davor, mich in dich zu verlieben und habe oft an dich gedacht und dich sogar manchmal als Vorlage genommen. Aber unser Altersunterschied ist einfach zu weit auseinander und irgendwann kann ich dich nicht mehr befriedigen. Und du als Thailänderin. Ich habe dir mal gesagt, dass ich der Meinung bin, dass ihr Thais einfach in euer Land gehört. An diesem Klima gehst du noch zugrunde, sagte ich.

Warum hast du mich nicht angerufen? So schönen Sex wie mit dir hatte ich danach nie wieder. Es ist ein Unterschied, ob ich das für Geld mache oder einfach so, weil wir uns gut verstehen. Es war so schön, sich einfach fallen zu lassen. Wann musst du zu deinem Doktor? Ich kann dich auch dahin fahren, wenn du möchtest. Oder kannst du mit dieser Stütze Auto fahren?

Mit diesem Scheißarmstützkissen kann ich überhaupt nichts machen. So langsam geht mir das voll aufs Arschloch. Es ist egal, wann ich beim Arzt bin. Der nimmt mich sofort dran, wenn er mich sieht. Ich gehe noch eben duschen, dann können wir weg.

Die Sonne war noch richtig super warm und es war ein voll geiles Gefühl, in diesem kleinen Mazda neben Samira zu sitzen. Ihren engen roten Rock ließ sie, so glaube ich, extra etwas hochrutschen und wenn sie einen anderen Gang einlegte, berührten ihre roten Fingernägel meinen Oberschenkel. Dann wollte sie was von Hugo hören und ich erzählte ihr, dass ich ihn schon sehr lange kenne. Er ist der dreizehn Jahre ältere Bruder von Angela und repariert nur Oldtimer. Früher war er im Formeleinsgeschäft tätig und irgendwann war ihm das alles zu stressig.

Wir gingen ins Wartezimmer und alle schauten. Ich mit diesem Scheißarmstützkissen und blauer Jogginghose, gelbem T-Shirt und Birkenstocklatschen. Samira mit dem engen roten Rock, den sportlichen schlanken Beinen mit den Stöckelschuhen und dem knatschengen weißen T-Shirt, was die Form ihrer Brüste und Brustwarzen noch mehr betonte. Dr. Auamann schaute sie bestimmt eine ganze Minute an und sagte dann: Burmann, dann kommen sie mal mit.

Im Sprechzimmer schnallte ich diese Stütze ab, zog das T-Shirt aus und Dr. Auamann drückte an der Schulter rum und bewegte meinen rechten Arm. Burmann, noch ca. drei Wochen, dann ist die Heilung abgeschlossen. Tagsüber können sie das Armstützkissen mal stundenweise ablegen, aber machen sie es bloß noch nachts um. Den genauen Befund können wir nur mit Computertomographie feststellen. Sie kommen doch aus der Bronx, da ist ein sehr guter Professor, der hat so ein Gerät.

Dann fiel mir das mit diesen blauen Pillen ein und ich sagte zu Herrn Auamann:

Herr Auamann, meine Freundin ist zehn Jahre jünger als ich und sexuell etwas zurückhaltender zumindestens am Anfang. (Mann, was kann ich lügen) Mit diesem Scheißarmstützkissen habe ich manchmal Probleme und bekomme nicht sofort eine Latte. Sie wissen schon was ich meine. Können sie mir bitte diese Viagra-Pillen verschreiben. Am besten die 100 mg Dinger, die kann man teilen, dann wird der Sex nicht so teuer.

Er grinste mich an und fragte: Ob das die kleine Asiatin mit den schwarzen langen Haaren im Wartezimmer ist.

Nein, das Mädchen war nur so freundlich und hat mich zur Klinik gefahren.

Herr Auamann sprach weiter: Burmann, sie wollen doch wohl nicht mit diesem in Heilung befindlichen Arm irgendwelchen Sex machen. Und wenn, geht das höchstens im Stehen oder sie bleiben auf dem Rücken liegen. Am besten, sie vergessen das mit Sex. Schenken sie ihrer Freundin einen Vibrator oder einen Silikonpenis oder lassen sie sich ihr Teil aufblasen. Ich werd mich hüten, ihnen diese Pillen zu verschreiben. Ich habe sie operiert und hätte gerne, dass ihr Arm wieder in Ordnung kommt. Ich will nicht daran schuld sein, dass ihnen beim Sex wieder die Sehnen abreißen, die noch nicht richtig mit dem Knochengewebe verwachsen sind.

Dr. Auamann holte seinen Rezeptblock hervor, grinste und fragte: Wie viel wollen sie? Am besten 30 Stück, antwortete ich und er sagte: Passen sie auf, was sie machen.

[41]

Samira, halt an der Dorfapotheke an. Ich muss da rein und was holen, sagte ich zu meiner Fahrerin.

Die in der Apotheke haben nicht schlecht geschaut, als sie das Viagrarezept und draußen den kleinen Mazda mit der asiatischen Schönheit sahen.

Folka, du glaubst doch nicht im Ernst, dass deine Melanie da oben auf dem Volmeberg bei diesem Romeo auf der Couch schläft. Wie naiv bist du eigentlich? Was ich in deinem Block gelesen habe. Ich glaube, Liebe macht blind. Wir fahren jetzt zu dem Burghotel und können uns ja noch etwas unterhalten. Ach, was rede ich da herum. Ich möchte, dass wir zusammen schlafen. Vor was hast du Angst?

Samira, hör auf. Das ist nicht richtig. Wir sind gut befreundet und es sollte auch so bleiben. Fahr mich nach Hause und wir trinken noch einen Kaffee bei mir, sagte ich.

Kannst du immer noch nein sagen, fragte sie mich und zog ihren engen roten Rock hoch.

Wann hast du deinen Slip ausgezogen?

Als du in der Apotheke warst.

Sie öffnete den Kofferraum und nahm eine ganz edel verarbeitete Nappaledertasche heraus und fasste meine linke Hand und ging mit mir ganz selbstbewusst durch die Hotelhalle und drückte auf die Klingel an der Rezeption. Den Hotelmenschen ließ sie erst gar nicht fragen, was wir wollten, sondern sie sagte: Wir hätten gerne ein nettes Doppelzimmer für ein paar Stunden und zwei Flaschen lieblichen Rotwein, und legte ihre Kreditkarte auf den Tresen.

Was sollte ich tun? Ich war nun mal hier und der Stress mit Melanie und die Gedanken an das Hotel in Willingen. Schließlich hatte sie mir damals bei dem Prozess geholfen und meine Wohnung gekauft.

Nach einem Joint war ich locker und legte mich auf das Bett und schnallte dieses Scheißarmstützkissen ab. Dann kam sie aus dem Badezimmer und zog die Gardinen zu, entnahm aus der Ledertasche einige Kerzen und Räucherstäbchen. Ich war mal wieder von ihrem Körperbau fasziniert. Ich dachte, du hättest dich schon ausgezogen, sagte sie und küsste mich, dass ich fast alles um mich vergaß. Melanie ging mir noch durch den Kopf und dann lag ich ohne diese blaue Jogginghose halbnackt auf dem Bett. Beim Ausziehen des gelben T-Shirts half sie mir. Wann ist diese Armscheiße weg?, dachte ich noch, als ich wieder ihre Zunge in meinem Mund hatte. Warum können sich nicht alle Frauen so festsaugen? Günter kribbelte, aber er wurde nicht groß. Folka, schalt doch mal ab. Mach deine Augen zu und mach jetzt gar nichts, sagte sie. Ich merkte nur noch ihre Zunge an meinem Günter, ihre langen schmalen Finger streichelten meine Oberschenkel, aber irgendwie ging das nicht so richtig. Günter blieb klein.

Komm, lass deine Augen zu. Ich mache jetzt was mit dir und dann dringst du in mich ein, sagte sie. Günter wurde wieder abgeleckt und ganz zärtlich massiert. Dann hatte ich auf einmal ein anderes Gefühl da unten und machte meine Augen auf, sah, wie Samira den Günter ablutschte. Was hast du damit gemacht, fragte ich sie. Ich habe dir Kokain da drauf geleckt, jetzt mach dir bloß keine Gedanken, der geht nicht davon kaputt. Wie du siehst, steht der doch wie eine Eins.

Ich sehe das nicht nur, ich merke das sogar. Das ist gar kein schlechtes Gefühl. Casanova soll das auch so gemacht haben. Das hab ich mal gelesen. Samira lutschte weiter. Dann richtete sie sich auf, griff mit der linken Hand eine kleine gefaltete Tüte, streckte ganz erotisch ihre Zunge raus und leckte sich dieses Pulver auf ihre Zunge und küsste mich. Lange und intensiv. Komm, setz dich drauf, aber brech mir die Stange nicht ab, sagte ich.

Langsam ging sie in Kniestellung runter und Günter war in ihrem nassen, heißen, geilen Teil.

Samira, hol dir was du brauchst, sagte ich.

Nach ca. 50 mal hoch und runter gehen, sagte sie: Ich kann nicht mehr. Meine Beine haben keine Kraft mehr. Dann stieß ich zu, die ganzen 17 cm von Günter im gleichmäßigen Hub. Das Festsaugen an ihren harten Brustwarzen schien ihr richtig gut zu tun. Irgendwann waren wir fast eins. Günter wurde immer härter und dann machte ich es ihr von hinten im Stehen. In meiner Behinderstellung.

Samira baute noch eine kleine Tüte und ich vergaß immer mehr wo ich war. Die Gedanken an Melanie vergingen immer mehr, so als ob ich kurz vorm Einschlafen bin und der Kopf leer wird. Ich musste mich an die Worte von Sammy erinnern. Er sagte, wenn du richtig gekokst hast, dann hast du nur noch eins im Kopf und das ist Ficken.

Sie kniete sich in Bauchlage auf das Bett und ich war wieder am Zug. Folka, pass auf deine Arme auf, dachte ich, während ich langsam in sie eindrang.

Ich kann mich nicht mehr beherrschen, sagte ich und Samira rutschte nach vorne und ich war nicht mehr in ihr drin. Leg dich hin, sagte sie und dann machte sie mich leer. Günter war voll platt.

Sag mal, wenn du so mit einem Freier vögelst, was kostet das denn dann so?, fragte ich.

Du glaubst doch nicht im Ernst, dass ich mich von meinen Kunden so ficken lasse und blank und von hinten schon gar nicht. Küssen ist eh passe. Die spritzen ab, wenn ich das will.

Samira, lass uns das vergessen. Ich weiß nicht, wie ich mich gegenüber Melanie verhalten soll, wenn ich sie nachher sehe.

Ich schreibe das nicht in die Tageszeitung, sagte sie. Sag mal, wo hast du denn das Festsaugen gelernt. Alleine schon der Gedanke, dass du an meinen Brustwarzen leckst, macht schon geil, sagte Samira weiter.

Und ich saugte mich noch mal an ihr fest und hörte sie vor Lust stöhnen und Günter wurde wieder hart und sie saß wieder auf mir drauf und ich saugte weiter und sagte dann: Ich habe die Saugtechnik früher an Weintrauben geübt und irgendwann wusste ich, wie feste ich saugen und zubeißen kann, ohne das die Traube platzt.

Ein irgendwie anderes Lächeln war auf ihrem fein geschnittenen Gesicht und dann sagte sie: Ich habe heute Geburtstag und heute morgen dachte ich, dass ich mich von Folka mal durchvögeln lasse.

Ja, dann herzlichen Glückwunsch und alles Gute.

[42]

Fahr bitte über die Frankfurter Straße. Ich muss da noch was abgeben, sagte ich zu Samira, als sie mich nach hause fahren sollte. Stefan war nicht da und so habe ich diese blauen Pillen einfach in seinen Briefkasten geworfen. Eine nahm ich mir vorher raus, man weiß ja nie.

Gegen fünf war ich wieder bei mir. Melanie war wohl noch auf dem Volmeberg und ich ging erst mal lange duschen, setze mich dann auf die Terrasse und trank ein kühles blondes Warsteiner und schlief im Gartenstuhl ein. Nach einer Stunde wachte ich mit Schulterzucken auf und hörte Melanie in der Küche hantieren. Es lagen viele essbare Sachen auf dem Tisch und der Küchenarbeitsplatte.

Meine Eltern kommen heute Abend und mein Bruder Rafael, wo ich dir von erzählte, der im Moment in England arbeitet, ist auch dabei, sagte Melanie.

Dann ist der Rest des Tages ja verplant. Den Fremdfick wird sie wahrscheinlich nicht merken, wenn gleich ihre Eltern und ihr Bruder zu Besuch kommen. Morgen hab ich das sowieso vergessen, dachte ich und fragte sie, was es denn zu essen gibt.

Ich dachte, wir essen gegrillten Tunfisch in Öl und Knoblauch. Vorweg einen Salat und ich habe ein paar Flaschen Rotwein gekauft. Es wäre schön, wenn du mal diese blaue Jogginghose und das gelbe T-Shirt ausziehen würdest und mal ordentlich rumlaufen tust, sagte Melanie.

Kurz nach dem Umziehen waren Sigrid, Udo und Rafael da und schauten sich erst mal den Bunker an und sagten, dass sie noch nie ein Motorrad in einer Küche stehen sahen. Das Essen und der Rotwein waren einsame Spitze und es wurde ein lustiger Abend. Bobby lag ermattet auf seinem vorgegebenen Platz. Melanie erzählte von der Bobtailfabrik. Dreimal hatte er es mit den Hündinnen da oben gemacht, sagte sie und ich dachte an den Stich von heute mit Samira. Bobby hat drei Stiche gemacht und ich hatte drei Stunden mit Samira.

Mit Rafael unterhielt ich mich lange. Eine deutsche Großbank, die in Manchester eine Filiale hat, hat ihn für ein Jahr dahin geschickt. Rafael ist Spezialist für Großfinanzierungen und Aktien und er sagte: Ich bin froh, dass ich in England arbeite, so kann ich die Scheiße, die mir in Deutschland passiert ist, vergessen. Seine noch Ehefrau hat nach fünf Ehejahren die Scheidung eingereicht und seine Arbeit als Finanzexperte klappte nicht mehr so richtig und sein direkter Vorgesetzter hat dann dafür gesorgt, dass er sich im Ausland den Kopf frei macht. Die Unterhaltung mit ihm über Geld, Aktien und Devisenmärkte war richtig interessant und erst später merkte ich, dass er mir einen guten Tipp über Kapitalzuwachs gab.

Gegen zwei Uhr morgens verschwanden die drei und Melanie und ich kuschelten noch ein bisschen und sind dann eingeschlafen. Gegen neun wurde ich mit Schulterkribbeln wach und stand sofort auf, schaltete die Kaffeemaschine ein und schnallte dieses Scheißarmstützkissen ab. Als der Kaffee endlich durchgelaufen war, nahm ich zwei volle Tassen und legte mich neben Melanie und wollte noch ein bisschen kuscheln, hörte dann aber, dass sie gleich wieder zu Margret wollte und nachmittags in die Volmestuben. Dann eben nicht, dachte ich und ging duschen und war eine Stunde später im Büro.

Gegen elf bimmelte der Hausrufton und Melanie erzählte, dass sie einen platten Reifen hätte, eine Schraube steckt da drin und an der Tankstelle gegenüber vom Freilichtmuseum hat sie den Reifen wieder mit Luft vollgepumpt und möchte jetzt erst mal was kochen.

Es gab frische Hühnersuppe mit viel Gemüse und chinesischen Gewürzen. Die Stimmung zwischen uns war normal. Nach dem Essen fummelten wir sogar noch etwas auf dem Sofa rum und dann machte sie sich für die Volmestuben fertig. Mit einer weißen Hose, die ihr zehn cm über die Knie geht, Turnschuhen, keine Socken und ihrem neuen BH sowie einem ärmellosen roten Shirt verließ sie das Haus. Wäre sie mir als Fremde über den Weg gelaufen, dazu noch mit den supergeschminkten Augen, die Rastazöpfe mit den bunten Perlen, hätte ich mich umgedreht und gedacht: Das ist ja ein voll rattenscharfes Baby.

Um ihren CRX kümmerte sie sich nicht. In dem Reifen war immer noch Luft. Ganz schön mutig damit zu fahren, sagte ich zu ihr. Aber so ist sie nun mal und meistens geht es ja auch gut. Nachmittags scheint noch mal die Sonne. Ich legte die Kaminmatratze auf den Urlaubsort und dann lag ich langausgestreckt mit dem Scheißarmstützkissen da drauf und hatte so eine Stimme im Gehirn, die zu mir sagte: Bitte beweg nicht deine Schulter. Sie ist noch nicht abgeheilt. Gib ihr noch etwas Zeit. Bald sind die Sehnen im Kalkgewebe verankert.

Die linke Seite schmerzte immer mehr und ich beschloss mir eine kleine zu bauen. Das THC dämmte mich gut ein und die Sonne wurde noch mal richtig heiß, die Luft stand, kein Windsog und ich legte mir ein Handtuch auf den Kopf und versuchte zu schlafen. Schwitzewarm würde Farina jetzt sagen.

Gegen 20:00 kam Melanie mit Einkaufstüten und backte zwei verschiedene Fertigpizzas, die aber wie ein Schlag in die Fresse schmeckten. Dann werden die eben nicht mehr gekauft, kamen wir überein.

Wir könnten ja mal zum Ambrocker Italiener, durch den Wald an der Baumschule vorbei, gehen. Das dauert so Dreiviertelstunde. Dann lecker Essen und gut trinken und mit dem Taxi zurück, kamen wir überein, doch dann fing es an zu regnen. Es regnete dann tagelang. In Deutschland ist Unwetter. Unsere Werkstatt wäre auch bald mit Wasser vollgelaufen. Die Kanalisation ist überlastet. In Ostdeutschland brechen die Deiche. Die Fernsehbilder, die Zeitungsberichte, überall Katastrophen. Vollgelaufene Keller, umgestürzte Bäume, tote Menschen und Tiere, einfach schrecklich.

Der Rest des Abends verlief normal. Wir schauten etwas fernsehen, meine Arme zwangen mich zur Ruhe. Jede Bewegung tat weh. Irgendwann ging das Telefon. Wir ließen es aber klingeln bzw. ich stand auf und zog das Kabel aus der Telefondose und Melanie schlief schnell ein. Ich konnte nicht schlafen. Selbst mit einem großen Joint waren die Schmerzen noch da. Zwei Flaschen Warsteiner gaben mir dann doch endlich die richtige Bettschwere.

Samstag zehnter August. Kurzschlaf, dachte ich gegen acht. Melanie war schon auf und der Kaffee schon fertig. Ich schaute ihr noch beim Schminken zu, dann ging sie zur Volmestube. Heute zu Fuß, weil die Straße gesperrt ist. Es soll eine neue Gasleitung verlegt werden. Kurz danach stand Melanie wieder in der Küche und sagte: Das Telefon gestern abend. Das war Phil. Er hat im Auto geschlafen. Sein Schlüssel liegt in seiner Wohnung. Er weiß ja nicht, dass bei uns immer die Türen offen sind.

Armer Phil, dachte ich. Melanie gab ihm den Zweitschlüssel von seiner Wohnung, der bei uns liegt, und so gingen die beiden gemeinsam zur Volmestube.

Ich saß im Sofa, schaute dem Regen zu, trank Kaffee und las die Tageszeitung. Wie ich da so ruhig rumsaß, dachte ich: Meine Arme sind ja gar nicht da. Ich habe im Moment keine Schmerzen. Bald ist das immer so. Nur noch eine Operation und nächstes Jahr weiß ich das nur noch aus meinen Tagebüchern.

Die Leute welche die neue Gasleitung verlegen, haben bestimmt beste Laune bei diesem Sauwetter. Es regnet eimerweise. Ich brauche auf jeden Fall heute die Bäume auf der Dachterrasse nicht gießen. Das hat der liebe Gott gemacht und wollte mir noch eine Tasse Kaffee holen, doch Bobby legte sich einfach langausgestreckt vor mir auf den Fußboden und gab mir zu verstehen, dass er noch nicht seine morgendlichen Streicheleinheiten bekommen hat.

Ein bisschen streicheln und freundschaftlich auf den Rippen klopfen tut jedem gut.

Ich ging mir dann die Finger waschen und wollte die Spülmaschine mit dem linken Arm leer räumen. Jede Bewegung knackte in der Schulter. Na ja. Wenigstens habe ich ein bisschen gemacht. Das Wetter klärte sich auf. Die Sonne kam etwas hervor. Der Himmel hatte sich wohl vorerst ausgeregnet.

Dienstag dreizehnter August. Melanies Urlaub ist vorbei. Jetzt sitz ich wieder blöd rum. Beide Schultern schmerzen. Das Wochenende war ganz nett.

Melanie kommt gegen 16:00 Uhr am Samstag von der Volmestube und wir fuhren nach Iserlohn zu Hendrik. Er arbeitet als Maurerpolier, ist zweckmäßig und sauber eingerichtet und hat einen BMW 735i und zwei Motorräder und ist im Moment von seinem Haus am reden, was er mal bauen will, und von dem Stress mit dem Staatsanwalt.

Eine Frau behauptet, er und sein Freund hätten sie vergewaltigt und in seiner Wohnung würden überall Drogen rumliegen. Die Bullerei brach die Wohnungseingangstür auf und machte eine Hausdurchsuchung und nahm Hendrik und seinen Freund mit zur Wache. Er erzählte uns die Geschichte. Ärztliche Untersuchungen ergaben, dass da nichts passiert ist. Die Frau wollte wohl nur mal in der Zeitung stehen. Leider hatte er etwas Kokain und gute 500 Gramm Haschisch in seiner Wohnung liegen. Die Anzeige wegen Vergewaltigung ist vom Tisch. Die Frau wird was wegen Falschaussage bekommen. Hendrik könnte als Nebenkläger auftreten. Wahrscheinlich bekommt er aber einen reingewürgt wegen Vergehen gegen das Betäubungsmittelgesetz. Wenn er vor einem Richter steht und falls Hendrik Glück hat und dieser auch kokst und hascht, dann wird er wohl ein mildes Urteil, im Namen des Volkes, bekommen.

Unsere Politiker müssten mal ein Gesetz herausbringen, dass sich alle Leute, welche in öffentlichen Ämtern arbeiten, so wie Polizei, Richter, Staatsanwälte, Oberbürgermeister, Bundeskanzler, Außenminister, Steuerminister usw. usw., einem Haar- und Pippitest unterziehen. Fällt mir gerade so ein. Meine Bekannte, die Verkehrsrichterin, hätte dann ein nicht so kleines Problem. Sie ist Dauerkundin bei Sammy und kauft so für 50 Euro die Woche den besten schwarzen Afgan. Alois erzählt mir, dass er sie auch schon mal im Rotterdamerhafenmilieu sah. Da wo der Koks umgeschlagen wird.

Melanie und ich lagen den Rest des Abends auf der Kaminmatratze und redeten, bis wir irgendwann Arm in Arm eingeschlafen sind. Den Sonntag blieben wir im Bett, schauten manchmal etwas Fernsehen und vögelten uns aus. Hemmungslos und zärtlich. Die schwarzen Strapse sind noch nicht von den Motten zerfressen. Sie zog die Dinger einfach an und sah einfach super sexy aus. Irgendwann schliefen wir ein. Ich mit dem Scheißarmstützkissen auf dem Rücken liegend.

Der Montag war mal wieder stressig. Phil kam mit Brötchen und wir frühstückten zusammen. Melanies Reifen ist noch immer nicht repariert. Den demontierte Phil von dem CRX ab, ein Taxi brachte ihn zum Reifendoktor um die Ecke. Dann wurde die Garage aufgeräumt. Überall leere Flaschen, Altpapier und ausgedienter Industrieschrott wie Anrufbeantworter, Plattenspieler und ein Geldspielautomat, der mal irgendwann nicht mehr funktionierte.

Und dann kam es mal wieder wegen irgendsoein Scheiß zum Streit. Melanies Reifen wurde nicht fertig. Phil montierte das Reserverad, ein kleiner Winterreifen, an. Melanie wollte aber nicht mit dem Auto fahren, weil das verboten sei, wie sie fälschlicherweise meinte. Sie nahm Bobby und wollte mal sehen, wie die Busse so zu ihrer Arbeitsstelle fahren. Der Rest des Tages bzw. des Abends war wie 30 Jahre verheiratet. Jeder für sich. Melanie schaute Fernsehen und ich machte Armpflege und las meine Lektüre.

Da kommt gleich eine Reportage über den CIA mit Drogen usw. Komm doch rüber, sagte

Melanie.

Wir sahen uns die Dokumentation an. Selbst der CIA schert sich einen Dreck um Gesetze. Ein Kollege, der innerhalb dieser Organisation erhebliche Korruptionsskandale aufdeckte, fiel einfach vom Hochhausdach auf den Bürgersteig. Es sah so nach Selbstmord aus. Sein Sohn, dem das alles nicht geheuer vorkam, erzählte dies unter falschem Namen und verdecktem Gesicht. Melanie machte Spagetti, die wir im Bett aßen.

Als ich am anderen Morgen gegen acht wach wurde, war sie weg. Nach meiner morgendlichen Denkstunde ging ich ins Büro und gegen elf rief ich bei ihr an.

Behindertenwerkstatt am Harkortberg, sagte die Stimme am Ende der Telefonleitung.

Guten Morgen. Burmann ist mein Name. Ist es wohl möglich, dass sie mich mit Melanie Eule verbinden könnten. Sie ist Leiterin der Arbeitsvorbereitung. Offensichtlich ist sie nicht an ihrem Platz, weil sie nicht ans Telefon geht.

Natürlich, Herr Burmann, ich lasse Frau Eule über den Lautsprecher suchen, und dann hatte ich mein Hitzkopfweibstück an der Strippe.

Hi, Baby. Wie ist der erste Tag? Wie bist du denn da hoch gekommen?

Oskar der Gärtner hat mich mitgenommen. Ich war gestern noch kurz in der Volmestube, als ich mit Bobby den Busfahrplan studierte und Oskar hat mir angeboten, wenn ich pünktlich an der Bronkskreuzung stehe, nimmt er mich mit, weil in der Nähe von uns muss er einen Gründstückszaun setzen.

Und wie kommst du zurück, wollte ich wissen. Mit dem Bus, antwortete Melanie.

Ich hol dich ab und dann holen wir deinen Reifen.

Folka, du kannst mit deinem Arm kein Auto fahren, sagte sie.

Ach Baby, mach dir mal keine Sorgen. Irgendwie komme ich schon da hoch.

Dann könnten wir ja zusammen einkaufen gehen, sagte Melanie und ich antwortete: Mal sehen, ich bin um 16:00 Uhr da.

Ey, ich freue mich auf dich. Bis gleich. Ich küss dich, hörte ich und legte auf.

Ich nahm mir drei Diclofenac, schnallte mir das Scheißarmstützkissen um, setze mich in den CRX, Bobby und Otto wie immer auf den hinteren Notsitzen. Die Jod S11 Körnchen hatten Otto zu einer zweiten Jugend verholfen. Der Chamäleonkerl war so flink und farbenwechselnd wie vor drei Jahren, als ich ihn zum erstenmal sah und mit Haferflocken lockte. Ich steuerte die Karre einarmig zum Reifenfritzen. Den kaputten hatte er schon repariert und tauschte ihn gegen den kleinen Winterreifen.

Am Harkortberg angekommen, machte ich noch etwas Stöckchensuchen mit Bobby, eben so, wie das einarmig geht. Die Diclofenac dämmen die Schmerzen ganz gut ein. Den Beipackzettel dieser Drogen liest man am besten gar nicht durch, sondern schmeißt ihn gleich in die Tonne.

[43]

Melanie kam pünktlich aus ihrem Krawattenbunker und sie fuhr uns zur Bronks und setzte mich an der Volmestube ab und ging dann einkaufen. Gernot stand am Tresen und er erzählte, dass er heute morgen so rein zufällig am Neubau des Rathauses vorbei lief und feststellte, dass an diesem Bau, wo dran steht: Die Stadt baut für ihre Bürger ein neues Rathaus, ganz viele illegale Arbeitskräfte aus Polen die Finger fliegen lassen. Vier Euro die Stunde erhalten die Bauarbeiter für ihre Dienste an dem neuen Haus, was die Mehrzahl der Bürger gar nicht will. Die Regierung verbietet das Polenarbeiten und an jeder öffentlichen Baustelle sieht man die polnischen Handwerker und der Stadtrat weiß es und alle denken, es wird schon nichts passieren. Den vorherigen Oberbürgermeister lernte ich mal in der Kneipe kennen. Richtig am stöhnen war der Ditmar, was er so alles um die Ohren hätte. Um alles müsste er sich kümmern. Hier den ersten Spatenstich machen, da ein rotes Absperrband mit der Schere durchschneiden und die ganzen Fototermine, wenn die neuen Plakatwerbetafeln für die kommende Oberbürgermeisterwahl gedruckt werden müssen. Sein vom ausgiebigen, verstressten Leben gezeichneter Kopf mit gut gekämmten Haaren ist da zu sehen. Und die Zukunftsperspektiven, die auf den Wahlplakaten zu lesen sind, also die sind schon echt gut. Los ihr Bürger, macht das Kreuz bei mir, dann geht es euch gut. Ich der neue Oberbürgermeister habe immer ein offenes Ohr für euch. Wenn ihr mich wählt, dann gibt es keine Arbeitslosen, niedrige Zinsen und Kindergartenplätze, die nichts kosten. Und der Fahrradweg an der Volme bei dem Folka vorbei, der wird auch gebaut, weil der Folka uns gar nicht mag. Wir die Ratsherren von der Stadt, wir ärgern den Folka ein bisschen, weil er uns alle nicht für voll nimmt. Das Bauamt zieht den Bauantrag vom Burmann ganz lang. Ewig lange muss es dauern, bis die Burmanns die Genehmigung haben.

Gernot erzählte von einem Fabrikbau, den er jetzt im Auftrag einer Warenhauskette abreißen soll. Ein lukrativer Auftrag. So 5000 Quadratmeter Industriehalle mit 80 Tonnen Krananlagen abzureißen. Nach und nach wurden die Arbeitsstättenverordnungen verschärft. Die staatlichen Auflagen der Gesetzgebung ließen die Allgemeinkosten dieses Stahlwerk so in die Höhe schnellen, dass die vorgeschmiedeten riesigen Schiffskurbelwellen kein Schiffsmotorenbauer mehr kaufte. Dem Inhaber blieb gar nichts anderes übrig, als den Laden zu schließen. 3000 Mann verloren ihren Job. Herr Kurbelwellenhersteller kaufte ein paar Hektar grünes Wieseland und baute da eine Fabrikhalle, so groß wie die Boeingwerke, hin. Firma Struwelpeter machte den Umzug der gesamten Produktionsmaschinen von der Bronks zur Tschechischen Republik. Jetzt werden die Wellen da geschmiedet und in die ganze Welt verschickt. Nur nicht nach Deutschland, weil die Herrn Kurbelwellenhersteller zu viel geärgert haben. Die hohen Sozialabgaben, die vielen Steuern, die unsicheren Straßen. Hier fühlt er sich wohl und seine Mitarbeiter auch. Sogar einen Werkskindergarten mit Schaukeln und Rutschbahn können die Mitarbeiterinnen und Mitarbeiter dieser Firma unentgeltlich nutzen. Wer hier arbeitet, gibt morgens seine Sprösslinge bei bestens ausgebildeten und voll im Leben stehenden Pädagogen ab. Die zweistündige Mittagspause verbringt die Familie gemeinsam. Gegen 17:00 Uhr sieht man fröhliche zufriedene Gesichter aus den Werkstoren nach Hause gehen.

Wenn in Deutschland einer einen Bauantrag einreichen würde, in dem steht: Neubau einer Fertigungshalle mit auf dem Flachdach gebauten Kindergarten, Bibliothek, Sport und Saunaraum. Also, dem Bauherrn könnte es gut passieren, dass er von Weißgekittelten, die mit dem Notarztfeuerwehrwagen kommen, eine Jacke umbekommt, an der keine Arme angearbeitet sind und die Knopfleiste hinten ist, so eine Zwangsjacke eben. Der Bauantragseinreicher würde erst mal auf seinen geistigen Zustand untersucht. Kam Benjamin Franklin nicht auch mal kurz in die Klappsmühle?

Was sollte Herr Kurbelwellenhersteller denn anderes tun? Er verkaufte seine geerbte Fabrik an die Geiz stinkt nicht und macht nicht dumm-Kette. Die werden dann hier, wenn Gernot, der Spezialabbruchmensch, alles dem Erdboden gleich gemacht hat, Himbeereis mit Sahne und Quark mit Früchten verkaufen. Doppelt so groß wie im normalen Supermarkt sind hier die Einkaufswagen. Jedermann sagt dann, geh und kauf bei Geiz stinkt nicht und macht auch nicht dumm-Kette.

Fünf Warsteiner hatte ich bis jetzt auf. Die Hupe des CRX ertönte und Melanie meinte, ich sollte wohl mal ins Auto einsteigen. Ich bat Jill, doch ihrer Schwester mal bitte zu sagen, dass ich mich hier mit Gernot festquassel und ich zu Fuß nach Hause kommen werde.

Es war äußerst interessant, dieses Abbruchgespräch. Wie Gernot das so macht, als Ein-Mann-Firma, mit einer Warenhaus-Geiz macht nicht dumm-Kette eben so einen guten gewinnbringenden Auftrag zu erhalten. Neulich erhielt er eine fette Anzeige von der Arbeitszeitdauerüberwachungsbehörde. Gernot hatte von dem Samstagsnachtdiskoabend so Sonntagsmorgens die Idee, mit seinem Riesenbagger Orenstein und Koppel die erste Krananlage von der Kranbahn herunterzuziehen und montags gleich den polnischen Schrotthändler kommen zu lassen. Richtiges Geld zahlen die Polen für deutschen Schrott, alles aus der Tasche, so auf die Hand die bunten Euronoten.

Als die neun Uhr Glocke der direkt an der leeren Industriehalle stehenden Neu-Apostolischen Kirche die Gläubigen aufrief, doch mal zum Gottesdienst zu kommen, denn hier wird gleich die Geschichte erzählt wie Eva aus der Rippe vom Adam geschlüpft ist, da drehte Gernot den Zündschlüssel rum und zog einmal kräftig, mit Hilfe seines im Baggerführerhauses eingebauten Joysticks, den Baggergreiferarm nach hinten und der schwere Brückenkran knallte auf den Fußboden. Einmal bebte die Erde. Einmal übertönte er den schwachsinnigen Glockenschlag. Und deshalb steht er mit dieser Arbeitzeitdauer- und Sonntagsarbeitenverbotenkontrollbehörde und mit der Kirchengemeinde auf Kriegsfuß. Dabei geht dieses Glockengeläute fast der ganzen Republik aufs Arschloch. Wie unangenehm ist das, wenn man Sonntagsmorgens von einer langen Partynacht endlich nach Hause kommt und noch ein bisschen rumsext und dann wie ein Baby einschläft. Leider um Punkt neun Uhr hört man dann die Glocken klingen und steht senkrecht im Bett. Gernot und ich kommen überein, dass, wenn meine Armscheiße weg ist, wir uns ein langes dünnes Seil mit Enterhaken und einfacher beweglicher Rolle besorgen. So ein Ömmes, wie er früher von dem Freibeuter Klaus Störtebeker beim Entern benutzt wurde. Der Enterhaken verfängt sich in dem direkt vor der Glocke befindlichen Lüftungsschlitzgitter. An dem dünnen Seil binden wir das dicke 35 Millimeter Turnhallenseil fest und ziehen es hoch. Dann klettern wir mit unseren Rucksäcken da rauf. Im Rucksack ist guter deutscher Bau- und Montageschaum, dieses Zeug, wo man so schönen Unfug mit treiben kann. Den Klöppel in der Glocke werden wir ausschäumen. Und alle können weiterschlafen.

Von der Stirne heiß, rinnen muss der Schweiß, heute Glocke wirst du schweigen, denn wir beide, der Gernot und der Folka, wir schäumen heute dein Krachmachdingen fest. In der Volmestube war nicht das allermeiste los. Jill hörte uns fast die ganze Zeit zu und schüttelte mit dem Kopf. Wir gaben abwechselnd eine Runde Jägermeister und als dann noch Alois kam, sagte ich nur: Jetzt muss ich hier weg, denn wenn Alois was von seiner neuen Erfindung erzählt, also ich bin schon zu besoffen, um mir das alles zu merken, denn wann soll ich das alles aufschreiben? Das Taxi brachte mich nach Hause. Dem Taximann musste ich kurz erklären, warum ich dieses Scheißarmstützkissen umgeschnallt habe. Mann, es ist richtig spät geworden. Melanie lag schon lecker eingemuckelt im Bett und schien nach ihrem ausgeglichenen Gesichtsausdruck wohl gerade einen Traum zu haben.

[44]

Mittwoch, 14. August. Die Nacht war wie alle anderen. Gegen halb acht stand ich auf und schnallte mein doofes Scheißarmstützkissen ab, ging in die Küche und sah noch kurz Melanie. Die Schulter zuckt und kribbelt. Ist der Heilungsprozess bald abgeschlossen? Die Sonne scheint wieder. Irgendwie verlaufen die Tage immer gleich.

Freitag 16. August. Gegen 12:00 Uhr meldet sich Samira und fragt, ob sie vorbei kommen dürfte. Zieh dich bitte nicht aufreizend an, denn ich weiß nicht, was dann passiert, sagte ich. Auf der Terrasse beim Kaffee und einer kleinen Tüte erzählt sie mir, was gestern passiert ist: Folka, ich fliege wieder nach Thailand. Ich brauche diesen Nuttenjob nicht mehr zu machen, denn ich habe gestern ein Haus geerbt und weißt du vom wem?

Komm, sag jetzt, sagte ich.

Der Löwenherz hat mir alles vererbt. Das Riesenhaus mit dem Billigmarkt und dem Möbelladen gegenüber von der Pauluskirche gehört jetzt mir, sagte sie.

Na, dann herzlichen Glückwunsch. Wann fliegst du denn? Was machst du mit dem ganzen Geld?, fragte ich.

Das Haus habe ich schon einem Makler zum Verkauf angeboten. Er meint, dass die Immobilie schnell über den Tisch geht. Chris behält die Wohnung in der Gneisenaustr. Ich werde wohl auf Koh Samui ein Grundstück kaufen und eine kleine Ferienanlage bauen. Wenn du und deine Melanie mal kommen wollt, ein Zimmer ist immer frei. Du warst doch auch mal auf dieser Insel. Gibt es ein besseres Eiland? Da ist immer Sonne. Keine Moskitos. Wenn du willst, kannst du auch alleine kommen. Das Leben ist in Thailand nicht teuer. Du hattest mir mal was von dieser Schiffsbaufirma Hensel und Gretel erzählt. Ich denke, dass ich da vielleicht zwei kleine U-Boote bestelle. Dann können die Touristen etwas den Golf von Thailand erkunden. Letztes Jahr lernte ich einen Surflehrer kennen. Eine kleine Hotelanlage mit zwei U-Booten und Surfbretter, ich glaube, ich brauche mir nie wieder Gedanken über Geld machen.

Samira, wenn du Probleme hast und meinen Rat brauchst. Ich helfe dir gerne. Sag mal, was ist mit dem kleinen Mazda? Chris hat keinen Führerschein. Mach mir einen guten Preis, dann kaufe ich den roten Flitzer. Melanies CRX macht nicht mehr lange. Der hat fast 190 000 auf dem Tacho, sagte ich.

Wir drückten uns und verblieben wie damals in Willingen auf gute Freundschaft. Schade, dass sie so viel jünger ist als ich bin. Nun ja, man kann nicht alles haben, dachte ich und gab ihr einen Kuss auf die Wange, als sie in ihr Auto stieg.

Abends keifte und schrie Melanie: Ich sei faul, immer zugedröhnt und würde nicht mit Bobby rausgehen. Ich zog es vor, mich von ihr zu distanzieren. Die Mutter meiner Kinder hat auch oft gekeift. Dann lieber alleine sein und mal hin und wieder mal mit Annette oder Samira rumsexen, dachte ich. Im Moment ist mir alles scheißegal. Die Schulterschmerzen sind wieder da. Die Armstütze trage ich auch wieder tagsüber. Wann ist das endlich abgeheilt? Die Tage werden immer blöder und der Stress mit Melanie. Na ja, bis jetzt kam immer eine neue und wenn sie nicht mehr will, dann ist das eben so.

Melanie hat wohl die letzten zwei Seiten gelesen (hoffentlich nicht mehr). Und wieder neuer Stress. Ich sage ihr nur: Bis jetzt ist noch nichts passiert, das heißt keine andere Frau. (Also hat sie nicht den Ausrutscher mit Samira entdeckt). Im übrigen willst du ja wohl ausziehen und deine Keiferei geht mir voll auf die Pfanne. Die Schulterschmerzen wurden wieder heftiger. Ein paar Warsteiner und ein Joint dämmten mich ein. Gegen 23 Uhr bin ich im Sofa eingeschlafen und wurde leider wieder gegen zwei Uhr morgens wach. Schulterschmerzen und ein steifer Günter passen nicht zusammen. Erst mal diese Armstütze abmachen und wieder ein Bier. Günter stand wie eine Eins. Der Druck im Kopf und diese Latte und die größte Scheiße, der Stress mit Melanie, sonst hätte ich ja mit ihr schlafen können. Ihr Teil war immer warm und feucht, wenn ich sie mal abfummelte, auch wenn sie schlief. Ich mach es mir jetzt selber. Stelle mir eine gutgewachsene Schönheit vor. In der Badewanne MENSCH ÄRGERE DICH NICHT spielen. Der Gewinner hat einen sexuellen Wunsch frei. Oder an Melanie denken, die gutgewachsene Schönheit, mit ihr in die Badewanne oder auf der Kaminmatratze zärtlichen Sex machen. Das Selbermachen ging auch nicht. Wie ich auch meine Arme legte, um den Saft aus Günter zu holen. Die Schmerzen waren fast unerträglich. Es hätte mir bestimmt gut getan und ich wäre wohl wieder eingeschlafen. Ich duschte stattdessen länger kalt als warm. Das Wasser beruhigte die Schulternerven und Günter zog sich zusammen.

Den Rest der Nacht verbrachte ich auf dem Sofa. Die rechte Schulter zuckte, kribbelte und pulsierte, aber nicht mehr so schlimm wie vorhin, sondern eher so ein Gefühl wie beim Joga oder Autogenen Training. Die linke Schulter schmerzte dagegen so, als ob da alles heißgelaufen ist. Ich bin es leid. Ich hab keinen Bock mehr auf diese Armscheiße. Bis Montagmorgen bewege ich diese Arme nicht mehr, aber dann müssen sie ran. So langsam schrumpft mein Kopf, denke ich.

[45]

Sonntag, achtzehnter August. Ich schreibe wieder. Nichts habe ich gemacht, absolute Armruhe bis eben und ein ganz tolles Körpergefühl. Die rechte Schulter kribbelt ganz wenig und bei meinen Schreibpausen zuckt der Bizeps. Die linke Seite ist ohne irgendwelche Gefühle, eben so wie das normal ist. Wie schön, ich bin schmerzfrei, die Sonne scheint und es ist noch sehr früh und ich werde mal den gestrigen Tag erzählen:

Also, es war einmal ein Samstagmorgen. Melanie kommt aus dem Schlafzimmer, gibt mir ein gequältes Lächeln und verschwindet im Badezimmer. Sie kommt nach zehn Minuten da heraus, setzt sich mir gegenüber ins andere Sofa neben Uschi, stellt ihren zwanzig cm großen, runden Schminkspiegel auf den Glasplattenfahrradtisch und fängt an mit dem Schminken. Die angespannte Lage entspannte sich und wir reden wieder zusammen. Du siehst richtig gut aus, sagte ich ihr und sie antwortet: Das macht die Schminke.

Schöne Häuser werden auch gestrichen und ich finde, du schminkst dich ganz toll, sagte ich.

Ich fahr nachher zu Margret. Bobby muss gewaschen werden. Du kannst ja diese Annette anrufen und dich mit der verabreden, sagte Melanie.

Ich verabrede mich mit niemandem. Du hast das beendet und gesagt, dass du ausziehen willst. Wie immer wegen kleinkarierter Kacke. Aber ich lasse mich nicht ankeifen. Und du fährst zum Volmeberg, schläfst bei diesem Romeo auf der Couch, wie du sagst, sagte ich.

Du glaubst doch wohl nicht, dass ich mit Romeo was mache, sagt sie.

Wenn es so ist, denke ich, dann sagst du es mir. Warum machen wir denn nichts zusammen?, fragte ich.

Vielleicht bleibe ich auch nicht solange da oben. Meine Eltern sind auch bei Margret und wenn wir zusammen da runter fahren, könnten wir ja noch bei uns etwas zusammensitzen, sagte Melanie.

Du kannst ja Udo vorbeischicken, wenn er Weizenbier mag, entgegnete ich.

Wie, ist schon wieder kein Bier da?, fragte sie.

Nein, nur noch Weizenbier. Aber das ist egal. Ich fahre kein Auto und bis Montag ist Armruhe.

Melanie ging. Ich legte mich ins Bett. Irgendwie war ich müde und kaputt und dachte: Warum habe ich immer Stress mit dieser Pfanne. Warum macht sie sich unnötig das Leben schwer mit ihrer Kocherei, Putzerei und Bügelei. Irgendwann höre ich, wie ein neuer Kasten Warsteiner neben dem Kühlschrank auf den Fußboden abgestellt wird. Melanie kommt ins Schlafzimmer und ich sage zu ihr: Komm ins Bett. Melanie zog ihre Jeans und T-Shirt aus und legte sich neben mich und ich sagte: Zieh alles aus.

Sie lächelte und ihr Stringtanga und BH waren weg. Wir schliefen ganz toll zusammen, stellten uns gemeinsam unter die Dusche und dann fuhr sie mit einigen Einkaufstüten mit Bobby zum Volmeberg.

Mein vorletzter Tag, dachte ich. Montag werde ich wieder arbeiten. Genieße heute und morgen. Folka, tu dir die Ruhe an. Andere sind ganz schlimm dran. Diese Unwetterkatastrophen im Osten. Hier scheint die Sonne. In der letzten Nacht ist viel passiert, viele Gedanken und viel Bier. Zweimal ging das Telefon. Beim ersten Mal wurde sofort aufgelegt. Beim zweiten Mal machte ich ein auf Anrufbeantworter. Hier ist der Hausmeister von Folka. Mein Chef ist nicht da, sag deinen Namen und Telefonnummer. Ich merk mir das und wenn mein Chef kommt, sag ich ihm alles und wenn er Lust hat, ruft er zurück. Bitte sprich nach dem Piepton. PIEP. Der Anrufer sagte aber nichts und legte auf. Melanie hätte was gesagt. Ich zog den Telefonstecker raus und dachte, dieses Dingen belästigt mich heute nicht mehr.

Im Sofa schlief ich ohne dieses Scheißarmstützkissen ein, wurde gegen null Uhr wach, im Radio war super Musik. Melanie hatte auch einige der Interpreten auf CD. Diese Songs stellte ich lauter, hörte dann noch im Unterbewusstsein die fünf Uhr Nachrichten und wurde gegen sieben ausgeschlafen mit angenehmen Armgefühlen wach. Na ja, dachte ich, elf Flaschen Warsteiner, fünf Joints und mir geht es gut.

Ob Melanie heute kommt und mit mir zu diesem Konzert geht, wo sie gestern von erzählte, in der neueröffneten Pizzeria hinter der Baumschule. Da könnten wir hin.

Ich denke, wir könnten an dieser Beziehung noch was tun. Nächste Woche arbeite ich eh wieder. Oder hat sich Melanie bei diesem Romeo ausgevögelt, dachte ich vorhin auf meiner Terrasse. Vorstellen kann ich mir das eigentlich nicht. Soll ich bei Margret anrufen? So wie ich das schon mal machte. Irgendwann Sonntagsabends. Da sagte ich: Ich werde nie wieder hinter dir her telefonieren. Sehe ich ihre Augen noch mal aufblitzen? Oder ihren Gazellengang mit den superlangen Beinen, ihre gerade Haltung, ihre Brüste, die mich immer faszinierten. Komm doch einfach und lass uns kuscheln ...

Gleich werde ich aufräumen. Hoffentlich bleiben meine Schultern so wie jetzt. Schmerzfrei. Irgendwann sagte Melanie nicht mehr: Ich liebe dich, und eigentlich ist das schon lange her, fällt mir noch ein. Schade eigentlich. Ich hatte mich so daran gewöhnt abends fernzusehen, mich mit ihr nächtelang auf der Kaminmatratze hinzulegen, einfach Musik zu hören. Doch anrufen? Nein, ging mir durch den Kopf. Bin ich ein Hampelmann?

Die Götter wissen warum. Falls es sie gibt.

Was machen meine Kinder wohl? Ich werde mich mal wieder mehr um sie kümmern. Und morgen arbeiten.

Telefon. Es ist Melanie: Ich kann nicht kommen. Bist du sauer? Ich liebe dich. Was machst du?

Bier trinken und kiffen. Was sonst, antwortete ich und legte auf.

Ich schlief wieder auf der Couch ein, wurde gegen zwei Uhr morgens wach und legte mich bis halb fünf ins Bett und saß um halb acht an meinem Schreibtisch. Gegen zehn zog ich mich um und machte diverse Besorgungen wie Briefmarken kaufen, und unser Infrarotmesstaster von der großen Fräsmaschine musste zur Überholung zum Hersteller geschickt werden. 500 Gramm konnte mein linker Arm ja noch so eben tragen. Bei der Sparkasse machte ich noch eine größere Umbuchung, damit das Geld nicht schimmelt.

Gegen eins wieder am Schreibtisch und Melanie ruft noch mal an: Hi, ich bins. Mir geht es schlecht.

Selber schuld, sagte ich. Wir könnten ja noch mal zusammen reden. Du weißt, wo ich wohne.

Die Aufgaben wurden erledigt, wenn auch mit den defekten Armen alles länger dauerte. Bis halb fünf waren die wichtigsten Dinge abgearbeitet.

[46]

Eine Stunde später war Melanie mit Bobby da. Otto kam sofort angewatschelt, als er Bobby hörte. Im Treppenhaus auf dem ersten Zwischenpodest machten die beiden mal wieder ihre Schwulenspiele, denn Otto ist ja auch so einer mit einer langen Latte. Melanie und ich sprachen uns über das eine oder andere aus und kamen überein, dass man es ja noch mal versuchen könnte, denn im großen und ganzen funktionierte es ja.

Als Melanie von mir hörte, dass gegen 20:00 Uhr mein längerer Geschäftsfreund Erich auf ein Bier vorbei kommen will, war sie ohne was zu sagen weg, kam dreißig Minuten später wieder und hatte so allerhand Zeug eingekauft, was die Freundschaft aufrecht hält. Als die Brocken auf dem Küchentisch standen, sagte sie: Dein Freund braucht doch was zu essen und lächelte, wie sie das früher immer machte.

Während sie da hantierte, kam Hendrik mit seinem 735i. Die beiden redeten über den Unterhalt, den Hendrik noch jeden Monat an Phil abdrücken muss. Er bat aber darum, dass Phil ihm eine Unterhaltsverzichterklärung unterschreibt, damit die Bank ihm sein Haus finanziert. Die Gesetzgebung in Deutschland ist nicht immer auf logischem Weg nachzuvollziehen.

Irgendwie kamen wir auf Eddy Schrank zu sprechen. Eddy ist der Bodyguard von Udo Lindenberg.

Och, du kennst Eddy. Was macht der jetzt so. Eddy habe ich schon ewig nicht mehr gesehen. Er hat mal bei uns den Aufpasser gemacht, als wir eine größere Party hatten, sagte ich zu Hendrik.

Eddy hat seine eigene CD herausgebracht. Den Titel Mama von Heintje hat Eddy verrockt. Ich habe die CD im Auto und hole sie mal eben, sagte Hendrik.

Als ich die CD hörte, war ich voll überrascht. Richtig gut hat der den Titel vermodernisiert. Und wahrscheinlich hat Herr Lindenberg sein super Panikorchester diese Wahnsinnstöne machen lassen.

Erich kam eine Stunde früher. Melanie machte leckere Spargelröllchen und vorweg gab es einen Krabbensalat. Erich und ich unterhielten uns auf der Terrasse. Es war immer noch sehr warm. Das Gespräch war für mich nicht uninteressant, denn wenn ich die Probleme unserer Kunden weiß, können die Geschäftsverbindungen weiter ausgebaut werden. Letzte Woche hatte Erich etwas Stress mit einem Arbeitskollegen, der aber mittlerweile durch ein Gespräch mit dem anderen Kollegen geschlichtet wurde. In dieser Stahlfirma arbeitet die Tochter seines Kollegen. Eine süße fast 17-jährige Schülerin, die sich ihr Taschengeld mit leichten Büroarbeiten aufbessert. Erich sagte: Bei diesem warmen Wetter setze ich mich mit freiem Oberkörper und kurzer Turnhose an den Schreibtisch, sonst kann ich mich nicht konzentrieren, wenn die Klamotten durch das warme Wetter am Körper festgesaugt sind. Das hat sein Kollege wohl falsch verstanden, als die Kleine in Erichs Büro mit der Abhefterei beschäftigt war. Ein vorderer Schneidezahn von Erichs Kauleiste hatte sich gelöst. 350 Euro Eigenanteil sollte er dem Zahnarzt bezahlen. Er machte aber, schlau wie er nun mal ist, einen Arbeitsunfall daraus. Beim Nachgehen seiner beruflichen Tätigkeit als Einkaufsleiter hatte er sich den Telefonhörer vor den Zahn gehauen. Den Eigenanteil bezahlt jetzt die Maschinenbauberufsgenossenschaft.

Dann kamen wir auf Frauen zu sprechen und ich hörte, dass er im Moment solo ist und was Nettes sucht. Deine Unterlegscheibe sieht ja echt gut aus, sagte er: Wo lernt man so was kennen?

Gute Weiber fallen vom Himmel. Melanie hat aber noch eine nette Schwester, die ist etwas kleiner, voll der Blondengel, 34 Jahre alt und hat eine voll töfte fünfjährige Tochter, die kleine Isabel. Von dem Stecher, den sie zur Zeit hat, wird sie sich wohl trennen, sagte ich.

Ich musste Erich einiges von Margret erzählen und als er von seinem sechsjährigen Sohn erzählte, kamen wir überein, dass man ja mal was einstielen könnte. So zufällig.

Erich ging sehr spät und Melanie schlief schon. Ich schnallte mein Scheißarmstützkissen um und legte mich neben sie. Kurz danach war ich weg, meine Gardinen fielen zu.

Gegen drei Uhr morgens wachte ich wieder auf und hatte im linken Arm diese scheiß Schmerzen und stand auf, schaltete die Kaffeemaschine ein und machte zwei Denkstunden: Anjas Mutter stirbt nicht. Erika hat einen bösartigen Tumor im Kopf. Der Krebs zerstört das ganze Gehirn. Die Sehnerven sind schon eingeklemmt. Alles was die Medizin kann, wurde gemacht. Leider ohne Erfolg. Anja, ihr Vater Hartmut und Gregor geben Sterbehilfe und wechseln sich ab, damit immer eine nahestehende Person in ihrer Nähe ist.

So um fünf taper ich mit Bobby die Straße hoch. Der Rüde hat vielleicht blöd reingeschaut, als ich ihm zu dieser frühen Stunde sagte: Komm wir schauen mal, wie es draußen aussieht. Nach dem Spaziergang war ich gegen acht im Büro und habe dort bis ca. 16:00 gearbeitet. Die Sonne gibt ihr bestes. Es sind immer noch so um 30 Grad. Bobby ist voll am hecheln und Otto liegt auf dem Flachdach und genießt die Wärme. Kurz danach kommt Melanie und es geht schon wieder los mit irgend so einer Scheiße. Da liegt was und da liegt was. Ach überall ist Arbeit, höre ich.

Mein liebes Baby, als du damals hier eingezogen bist, hatten wir vereinbart, dass du dich um den Kühlschrank kümmerst, das heißt dass er immer voll ist. Weiterhin wolltest du dich um eine Putzfrau kümmern. Was bis heute nicht passiert ist. Wenn du diese Bude immer selber sauber machst, so ist das dein Problem. Geld genug hast du ja wohl auch, um so eine Frau zu bezahlen. Würdest du irgendwo alleine wohnen, wären die ersten 500 Euro für deine Miete schon mal weg. Also lass mich jetzt mit diesem Scheiß in Ruhe, sagte ich und ging nach draußen. Jetzt musste ich mal meinen Frust loswerden und schrieb dieser Hitzkopfpfanne ein paar Zeilen: Ich habe keinen Bock auf keifen und wenn du eine räumliche Trennung willst, dann ist das in Ordnung. Bitte schone meine Nerven. Wieso haben wir so oft Stress? Und sage nie wieder, ich sei faul.

Ich legte ihr das auf den Küchentisch und ging mit Bobby zur Volme. Das Wasser tat ihm gut. Otto watschelte den direkten Weg durchs Wasser und legte sich dann zu uns.

Als ich wieder zuhause war, war immer noch eine angespannte Stimmung. Melanie ging kurz weg, um wohl noch irgendwas zu besorgen, kam wieder und machte ihr Lieblingshobby: Kochen.

Es gab was Phantastisches auf chinesische Art. Gebratene Ente halb scharf. Auch während des Essens redeten wir nicht. Ich räumte einarmig den Tisch ab, stellte die Brocken in die Spülmaschine und ärgerte mich über die Schulterschmerzen und dieses Gelenkknacken und dachte: Wieso liegen wir nicht im Bett, vertragen uns und machen Liebe. Warum hat sie jetzt mal wieder Berührungsängste oder war da was mit diesem Romeo letztes Wochenende auf dem Volmeberg?

Der Himmel wurde schwarz und dann sah ich nur noch Hagel und Sturm. Hoffentlich kommt dieses Unwetter nicht vom Osten rüber. Der Hagel knallt voll auf die Dachverglasung. Wenn jetzt die Glasscheiben versagen, sitzen wir in einer Schwimmhalle. Auch wenn der Folka die ganze Bude gegen alles versichert hat, macht er sich schon mal Gedanken.

Die Ruhe im Sofa tat meinen Armen gut. Ich hörte mir die bösen Onkels an. Die machen ja Musik wie aus dem richtigen Leben.

Das Unwetter, ich im Sofa, den Weitblick nach draußen, durch diese riesige Glasscheibe auf die Dachterrasse schauend und über den heutigen Tag nachdenkend. Das Gespräch mit Juan, der Vollblutspanier, der gerne übers Ficken redet. Rotgestrapste Schlampen mit weißen Stöckelschuhen und großen Brüsten hat er am liebsten. Und vor kurzen hat er so eine, um 33 Jahre alt, kennen gelernt. Als Rechtsanwaltsgehilfin arbeitet das Girl. Die bläst wie schmitz Katze und braucht jeden Tag ihren Morgenfick. Einmal sah er in ihren Kleiderschrank und da stand ein Kulturbeutel. Ganz viele Silikonpenisse und ein Vibrator mit Reservebatterien sollen da drin sein. Die ist anders als die letzte, wenn ich an dieses Weibstück denke, kriege ich schon wieder einen Halbsteifen, sagt er. Seinen Erzählungen glaube ich, weil er war mal vor langer Zeit mit Margret zusammen, und als sie den Juan bei uns auf dem Hof arbeiten sah, als sie mal zu Besuch war, sagte Margret: Oh, Juan arbeitet bei euch. Mit dem war ich mal zusammen. Bei dem braucht man irgendwann Gleitmittel. Jede Frau wird mal trocken. Der hat Ausdauer ohne Ende und kommt nie.

Juan, konzentriere dich auf deinen Job und versteck der Kleinen heute Abend auch ein von mir, sage ich und er fragt: Soll ich dann sagen, der war vom meinem Chef, der Stich.

[47]

Tibor kommt nicht mehr. Er hat einen Job bei dem Bottelnekker Erfinder. Nach der Schule baut er die Flaschenzerkleinerungsmaschinen zusammen. Zuerst brauchte er vier Stunden dafür. Jetzt nur noch eine Stunde und die Arbeit wird nach Festpreis bezahlt. So macht er locker 150 Euro die Woche ohne seine Schule und Freundin zu vernachlässigen, erzählte er mir stolz am Telefon. Aber Weihnachten will er kommen, aber das glaube ich nicht, denn er ist wohl jetzt so alt, um langsam seinen eigenen Weg zu gehen. Sein Abschluss auf dieser Technikschule steht kurz bevor und wenn er Maschinenbau studiert, schenke ich ihm meinen Firmenanteil für so ca. 3500 Euro im Monat. Mit dem Geld müsste ich wohl auskommen. Alles weitere könnte vielleicht den Charakter verderben?

Farina macht mit einer Freundin Urlaub in Irland. Die beiden nehmen an einem Akkordeonwettbewerb teil. Hoffentlich hat ihr Hilde genug Präservative mitgegeben. Bei den jungen Gören weiß man ja nie. Fari hat sich wieder mit ihrem Freund Devi vertragen.

Und die Party Anfang September 1997. Am ersten September war ich einschließlich der Zeit meiner Lehre 25 Jahre am arbeiten und das muss gefeiert werden. Irgendeinen Grund gibt es immer zum Feiern. Warum wird nicht mehr gefeiert? Jeden Tag, den man hier überlebt, ist doch ein Grund.

Die Vorbereitungen zur Party. Einladungen werden verschickt. Die Presse kommt. In der Zeitung steht, dass der Erlös dem Kinderschutzbund zugute kommt. Drei Bierwagen. Eine Grillbude. Zwei Profimusikgruppen. Der Sekt- und Weinbereich wird von Franziska geleitet und Eddy Schrank als Aufpasser, falls mal jemand vergessen hat, wie er sich zu benehmen hat. Viele Helfer. Es ist eine Superstimmung die ganze Nacht. Diese sonst ziemlich träge Stadtverwaltung hat schnell und unbürokratisch eine Nachtgenehmigung bezüglich des anfallenden Lärms erteilt. Die Party ging bis Sonntagabend. Und meine Mama hat mir eine gute Ohrfeige, nein, einen richtig heißen Backfisch hat sie mir erteilt und sagte, ich hätte nicht alle Tassen im Schrank.

In dem Baukran, der immerhin 25 Meter hoch ist und der Ausleger so um 28 Meter. Nun ja, Gregor und ich schalten den Kran ein, stellen die Bremse fest und hängten eine ca. 1 qm große und ca. 40 cm hohe Blechkiste an einer Vierfachhakenkette an den Kranhaken. Gregor ist am Schaltpult des Kranes. Ich bin mit einem drahtlosen Mikrofon in dieser Kiste und Gregor setzt den Hubmotor in Bewegung und ich steige langsam auf. In maximaler Höhe sehe ich die Partygäste, unser Fabrikgelände, mein noch nicht ganz fertiggestelltes Penthouse und halte die Eröffnungsrede. Das war richtig aufregend. Gut, dass das Mikrofon nicht immer funktionierte. Meine Rede war nicht so besonders gut. Gregor war schon ziemlich betrunken und ist auch kein Kranfahrer. Als er mich wieder herunterlassen wollte, vertauschte er die Schalter. Ich knallte mit dieser Blechkiste vor dieses Kleingärtnerblechhäuschen, die man in jedem Baumarkt für ein paar Mark kaufen kann, wo die Biermarken verkauft wurden. Die ältere Frau sprang erschrocken aus dem Häuschen und Mama gab mir den heißen Backfisch.

Franziska, diese Sekt- und Weinfachfrau, die hauptberuflich als Friseurin arbeitet, hatte irgendwas an sich. Sie lächelte mich an und fragte, ob sie den Job auch zu meiner Zufriedenheit ausführt. Für 15 Mark die Stunde netto und cash in die Tasche setze ich das voraus, entgegnete ich. Die Gäste sollen zufrieden sein und von dieser Party sollen noch Generationen später reden.

Komm, ich zeig dir mein zukünftiges Haus, sagte ich zu Franziska. Wir gingen dieses lange Treppenhaus hoch und ich wusste, da wird gleich was passieren. Ihr Parfümgeruch, der mich an wildwachsende Rosen, Meer und Sonne erinnerte, diese grünblauen Augen, der kurze kesse Haarschnitt, schlanke Waden, lila Kostüm und rote lange Fingernägel.

Nächste Woche fange ich mit dem Dach an und wenn alles gut geht, ziehe ich Anfang des nächsten Jahres hier ein.

Ich zeigte ihr, wie ich das so vorhabe. Hier kommt mal ein Kamin hin, mit einer Matratze davor. Kein Bärenfell, wie die Leute so sagen. Viel Glas im Dach, um Sonne und Mond zu sehen. Hier ist die Dachterrasse. Uneinsehbar mit Beschallung und drei Meter hohen Bäumen, sowie außenstehendem, freistehendem Aufzug. Ihr gefiel das alles sehr gut und wir kamen uns näher. Sie meinte, dass sie mal wieder zur Sektbar müsste, wegen Gläser neu voll machen. Die bleiben jetzt erst mal leer, sagte ich und packte Franziska, nahm sie im Arm und schneller als man denken kann, küssten wir uns. Sie saugte meine Zunge in sich hinein. Der warme Abend, unten die Partygäste, die Musik, der erotische Duft von dieser Frau, diese großen harten Brüste mit Brustwarzen, wo man mit anreißen kann. Halterlose hautfarbene Strümpfe und ein heißes nasses Teil. Komm fick mich, sagte sie, öffnete meine Hose und schon wurde Günter gut abgelutscht, dem das sehr gut tat. Günter besorgte es ihr von hinten im Stehen und kam ziemlich schnell und spritze sie gut voll, diese 26-jährige.

Mit deinem Bruder habe ich schon mal gevögelt, sagte sie. Ich wollte mal wissen, wer von euch der bessere ist. Nach einem Zwei Minuten-Fick hast du keinen Vergleich. Franziska, ich komme dich mal besuchen, dann kannst du mir die Haare schneiden. Wir rauchen uns eine Tüte und dann machen wir das noch mal, sagte ich.

Ich kann besser mit Koks vögeln, da wird man richtig geil von. Ich besorg mir das immer von den Schwarzteufelmotorradfahrern. Das wird dir gefallen, wenn ich dir das auf deinen Schwanz lecke und du in mein schwarzes Loch. Das ist voll geil, sagte sie. Hoffentlich ist da nichts passiert, nimmt dieses Saustück überhaupt die Pille, dachte ich. Ich duschte mich anschließend in unseren Waschräumen und dachte einfach, es wird schon nichts passiert sein.

Ich wollte mir dann eine Currywurst essen und ging zum Grillwagen zu Anke, die für die Grillerei zuständig war. Anke neben mir und dann kam Eddy Schrank und wollte eine Bratwurst haben.

Eddy, hast du alles im Griff?, fragte ich ihn.

Wo ich bin gibt es keinen Streit und wenn doch, dann knallt das mal eben ein bisschen, antworte er.

Nun ja, du bist ja auch eine überzeugende Person, entgegnete ich hierauf. Wer schon mal Arnold Schwarzenegger oder Hulk gesehen hat, kann sich jetzt ungefähr ausdenken, von welcher respekteinflößender Statur Eddy Schrank ist.

Wir redeten ein bisschen über Udo Lindenberg. Wie er Udo bei der Bundeswehr kennen lernte und dass Eddy oft in Hamburg ist.

Dann sagte Anke zu Eddy: Du siehst aus wie ein asozialer Trümmerhaufen und so Arschgesichter wie du kann ich nicht ab.

Sie nahm eine ein Liter große Currysoßenflasche und hielt sie vor sein Gesicht und sagte: Ich würde dir gerne deine doofe Fresse damit vollspritzen, dann siehst du aus wie du bist. Wie Scheiße.

Bevor ich was machen konnte, hatte Eddy Currysoße im Gesicht, richtig viel, es tropfte schon auf sein T-Shirt.

Weißt du was du da gemacht hast, du Würstchen, sagte Eddy und streckte seinen Arm über den Glastresen aus, packte diese kleine Anke, ca. 160 cm und um 50 Kilogramm schwer, über ihrer Brust unterhalb des Halses in ihr Jeanshemd und zog sie über die Theke und hielt sie bei fast ausgestrecktem Arm vor sich auf seine Gesichtshöhe.

Sein ganzer Körper schien eimerweise voll Adrenalin auszuschütten, diese Oberarmmuskeln, der Nacken wie bei einem Stier und diese Currysoße im Gesicht. Ich konnte nichts machen. Ich als normal gebauter Spargeltarzan.

Eddy sagte: Ich könnte dir jetzt deinen schönen blonden Kopf in die Fritöse tauchen. Weißt du was du da gemacht hast. Das hat noch nie jemand mit mir gemacht. Entschuldige dich! Es kam noch ein heftiger Wortwechsel. Anke wusste wohl wirklich nicht, was sie da getan hat.

Ich sagte zu Eddy: Bitte mach nichts. Ich kenne die, die ist sonst nicht so.

Aber heute ist sie so, sagte er, ließ sie herunter, packte sie hinten am Kragen und zog sie über den Hof in unseren Waschraum.

Bitte mach nichts, sagte ich und er antwortete: Halts Maul. Das ist eine Sache zwischen mir und diesem Dreckstück.

Anke wurde wieder normal. Zu viel Alkohol. Es tut mir leid. Ich wollte das nicht. Bitte verzeih mir, sagte sie.

Eddy wusch sich sein Gesicht, blickte zu Anke und schüttelte den Kopf und sagte: An deiner Stelle würde ich mal in eine Schule gehen, wo man Verhaltensregeln lernt - und ging.

Ich unterhielt mich noch mit Eddy und er sagte: Das ist Berufsrisiko und manche wissen eben nicht was sie tun, so wie diese Kleine.

Hat der Kerl Charakterstärke, dachte ich und trank mit ihm noch ein paar Warsteiner am Bierstand in der Produktionshalle.

[48]

Die letzte Nacht ganz schlecht geschlafen, Armschmerzen und nicht müde, trotzdem irgendwie kaputt.

Einige Stunden gearbeitet und mit Gregor über den Kauf einer neuen CNC gesteuerten Abkantpresse geredet. Stillstand ist Rückstand, kamen wir überein.

Mittwoch einundzwanzigster August. Melanie liegt im Bett und liest. Die Versuche, ein Gespräch zu beginnen, scheitern. Ich nehme sie im Arm und hätte sie gerne etwas gestreichelt, soweit das mit dieser Armscheiße geht. Leider kam keine Reaktion. Sie liegt wie ein toter Fisch im Bett und schläft ein. Die Nacht war wieder die Hölle. Armschmerzen und nicht müde. Zur Nervenberuhigung duschte ich lange, trank ein paar Flaschen Warsteiner. Gegen drei Uhr morgens legte ich mich ins Bett, konnte aber immer noch nicht einschlafen. Es fing schon an zu dämmern. Ich hörte Vogelzwitschern und Regengeräusche. Melanie schläft sehr unruhig. Ich glaube, sie hat einen anderen Typ kennen gelernt. Warum redet sie nicht?

Donnerstag zweiundzwanzigster August. Gegen halb acht wurde ich von dem Kerl mit der Kettensäge geweckt. Er zog einmal an der linken Schulter vorbei und dann war er weg. Ich sehe noch kurz Melanie, atmete ihren Parfümgeruch ein und wünsche ihr einen stressfreien Tag. Gegen elf steht das gerufene Taxi auf dem Hof und fährt mich zu meinem Operateur. Herr Auamann sagt diesmal gar nichts, als er mit dem Ultraschallprüfkopf über die rechte Schulter geht, sondern verlässt das Zimmer und kommt kurz danach mit einem anderen Arzt herein. Beide hantieren an diesem Ultraschallgerät rum und unterhalten sich in ihren medizinischen Fachausdrücken und dann höre ich: Burmann, wie das auf dem Ultraschall aussieht, also es kann sein, dass die Sehnen noch nicht richtig verwachsen sind. Wir müssen uns bei diesem Professor treffen und wenn wir die Computertomographie gemacht haben, wissen wir mehr. Bis dahin verbiete ich ihnen, irgendwas mit dem Arm zu machen. Schnallen sie sich das Armgestell wieder um und trinken guten Cognac.

Die Rückfahrt war deprimierend. Ich stand kurz vorm heulen. Soll ich mir eine scharfe Knarre besorgen? Mein Testament überarbeiten oder mir meine Lebensversicherungen auszahlen lassen? Kann nach so langer Zeit denn überhaupt noch was anwachsen?, dachte ich.

Nachmittags kam Rüdiger. Er merkte sofort, dass mit mir was nicht stimmt und hörte sich das Ultraschallergebnis an und redete auf mich ein, dass ich mir mal bis Dienstag keine Gedanken machen soll. Der Abend mit Melanie war mal nett und mal stressig. Gegen die Armschmerzen trank ich ein paar Bier und war froh, dass mir gegen 23 Uhr endlich die Augen zu fielen.

Freitag dreiundzwanzigster August. Komisch dachte ich, als ich gegen sechs Uhr wach wurde. Ich habe keine Schmerzen. Es war aber kein unbedingt beruhigendes Gefühl, denn damals sagte Herr Auamann: Wenn sie an der rechten Schulter keine Schmerzen mehr haben, dann ist die Heilung abgeschlossen, dann können sie mal ganz langsam versuchen, ihren Arm zu bewegen. Laut gestern sind da zwei Stellen nicht verwachsen. Nach meiner Denkstunde ging ich ohne Armstütze ins Büro und als zum ersten Mal das Telefon klingelte und ich zum Hörer griff und ich ihn in der Hand hatte, wurde mir bewusst, dass ich es mit dem rechten Arm tat.

Gegen elf verspürte ich Hunger und ging zu mir. Melanie, die fast jeden Freitag frei hat, war schon auf, kam mir gerade aus der Dusche entgegen und zog mich mit ins Bett. Wir machten es ganz schnell und dann noch mal. Danach sagte ich: Lass jetzt deine Augen zu und denk an gar nichts. Ich ging zum Kühlschrank und holte Erdbeermarmelade heraus und schmierte ihr diese auf ihren schönen nackten Körper.

Was ist denn das. Oh ist das kalt, sagte sie. Wir hatten beide noch ganz tolle vielleicht 15 Minuten und dann lagen wir erschöpft und keuchend nebeneinander. Na dann bis zum nächsten Streit, sagte ich noch zu ihr, als sie sich über mich beugte und ihre Zunge in meinem Hals verschwand. Nach einer Stunde erwachte ich aus einer angenehmen Dämmerung und sah Melanie an ihrem Schminkplatz sitzen. Ich geh dann mal in die Volmestuben sagte sie nach dem gemeinsamen Nachmittagessen und fragte: Wie sehe ich aus? Und ich antwortete ihr: Du siehst gut aus. So ein Morgenfick scheint dir gut zu tun.

Sonntag fünfundzwanzigster August. Der letzte Freitagabend. Melanie kam gegen 19:00 von der Volmestube mit ihrem tollem Lächeln und sagte: Ich habe beschlossen, uns mal wieder leckere Muscheln zu kochen. Sie war da so an der Küchenarbeitsplatte am rummachen und irgendwann ging die Tür auf, Bobby bellte und wir hörten: Hallo.

Es war fast die ganze Eulensippe. Sie wollten uns mal einen Besuch abstatten und hatten noch ein paar andere Figuren mitgebracht. Jeder hatte was zu trinken in der Hand und als dann gegen 21:00 Uhr auch noch welche von dem Kreativclub kamen, war die Hütte gut voll. Zuerst war alles gut lustig, dann fingen welche an zu koksen und so eine Tussie, die ich vorher noch nie gesehen hatte, warf sich ein paar Extasy Drogen rein. Einige hingen schon fast tot im Sofa, andere lagen auf der Kaminmatratze. Ich zog es vor, mich ins Schlafzimmer zurück zu ziehen, war auch schon kurz vorm eindämmern, dann kamen Friedhelm und seine Frau Beatrix und legten sich mit aufs Bett. Als dann noch Rita mit ihren Stöckelschuhen neben mir lag und mir eine CD in die Hand gab, die ich doch mal bitte in die Dolby Sorrand Anlage legen möchte, weil alle wollten jetzt einen Film sehen, rastete ich aus und sagte: Ihr geht mir voll aufs Arschloch und wenn augenblicklich nicht dieses Zimmer leer ist, werde ich ungemütlich. Alle schauten mich entgeistert an und als ich dann noch sagte: Ich meine das ernst, denn ich möchte mal Ruhe haben, verließen sie beleidigt mein Bett und gingen in die anderen Räume. Kurz danach waren alle weg. Melanie kam und sagte: Was sollen meine Geschwister jetzt von dir denken?

Das ist mir eigentlich scheißegal, was andere über mich denken, entgegnete ich und wenn deine Sippe noch mal kommt, dann haben die das zu akzeptieren, wenn ich mich zurückziehe. So einfach ist das.

Samstags wollten wir nach Dortmund fahren. Gegen zehn stand Samira in der Küche. Gott sei Dank verhält sie sich normal, dachte ich, als mir das von dem Volmarsteiner Hotel kurz durch den Kopf ging. Beim Kaffee erzählt Samira: Da war doch dieses Unwetter, erst hat der Hagel das Auto etwas bearbeitet und dann stürzte noch ein Baum auf die Motorhaube. Wir gingen runter und sahen den verhauenen Mazda. Die gesamte Karosserie sah so aus, als ob ein Kupferschmied, der normalerweise Garagentorverkleidungen herstellt, mit einem Kugelhammer ein paar Stunden auf diesem Auto rumgehauen hat. Der Baum stürzte auf dem rechten vorderen Kotflügel und hat die gesamte vordere Form des Autos ziemlich verändert. Ein außergewöhnliches Kunstwerk.

Samira, dann kann der ja nicht mehr viel kosten, sagte ich. Ist der Vollkasko versichert? Und hat das Fahrwerk einen abbekommen.

Ja, der Mazda ist versichert. Ich war schon bei der Versicherung und die meinten, das sei wohl ein wirtschaftlicher Totalschaden. Vielleicht hat er noch einen Restwert von 1000 Euro, weil die Reifen, der Motor und die fast neue CD-Anlage in dem Wagen noch sehr gut sind. Das Fahrwerk ist in Ordnung. Die Werkstatttypen sagten, dass das Auto eben nur noch Scheiße aussieht.

Samira, dafür kaufe ich das Auto, wenn du ihn mir geben tust, sagte ich.

Die paar Tage, die ich noch hier bleibe, kann ich auch mit der Löwenherzkarre, diesem Mitsubishi, rumfahren, die ich ja auch geerbt habe.

Melanie fragte, ob Samira zum Essen bleiben würde und machte ihr den Mund sehr wässerig, als sie von den Muscheln erzählte, die sie ja eigentlich gestern Abend machen wollte.

Samira und ich blieben noch eine Weile auf dem Hof. Ich setze mich in den kleinen Mazda, drehte den Zündschlüssel herum und fuhr ein paar Runden über den Hof und stellte mit Freude fest, dass mein rechter Arm auch wieder ein Lenkrad und einen Schaltknüppel bedienen konnte. Es war zwar ein anderes Körpergefühl wie sonst, aber wann fuhr ich das letzte Mal Auto ohne Armstützkissen?

Vom Büro aus rief ich Phil an und fragte ihn, ob er Zeit und Lust hätte, sich noch heute ein paar Euros zu verdienen. Kurz danach war er da. Alle Mitarbeiter hatten schon Feierabend. Ich fuhr den Mazda in die Werkstatt und erklärte Phil, wie er mal diese große Beule von dem Baumeinschlag mit dem einen oder anderen Werkzeug heraushauen kann. Ich ging mit ihm ins Lager und zeigte auf einen noch nicht ganz leeren Topf schwarzer Farbe und sagte noch: Da liegt ein Pinsel. Wenn du meinst, du kannst die Bügelfalten nicht besser glätten, dann putzt du die Karre etwas sauber und streich die um und pass auf, dass keine Farbe auf den Scheiben usw. kommt.

Kann ich nicht die Teile abkleben, wo keine Farbe hin soll, fragte er.

Eigentlich ist mir das egal, wie du das machst. Ich möchte nachher nur das Auto in schwarz hier stehen haben. Deine Mutter mag nur schwarze Kisten und ich werde ihr den schenken.

Samira und ich gingen über den Hof ins Haus und auf dem Weg fragte sie: Was hat deine Melanie, was ich nicht habe?

Die Muscheln waren mal wieder vom feinsten. Wir rauchten uns hinterher eine kleine und Samira erzählte, dass sie es fast nicht abwarten kann, endlich wieder in ihrer Heimat zu sein.

Ich musste feststellen, dass Phil gutes handwerkliches Geschick hat. Die große Beule hätte ich auch nicht besser rausbekommen. Bei dem Hagelschlagschaden war das sowieso egal, wie verbeult dieses Auto ist. Er war noch immer mit der schwarzen Farbe beschäftigt. Ich holte gelbe und zeigte ihm, wie er die eine oder andere Hagelschlagbeule mit gelber Umrandung noch besser sichtbar machen kann. Die Heckpartie war schon in schwarz gestrichen. Mit einem kleinen Pinsel und etwas gelber Farbe schrieb ich hinten drauf: Melanies Beulenexpress, sponsert by Folka. Wiederholt sich alles, dachte ich dabei und war danach wieder im Haus und hörte Samira und Melanie bei ihren Frauengesprächen zu.

Wieder mal hörte ich, dass ich ein bisschen verrückt sei, als ich Melanie das Burmann'sche Kunstwerk zeigte. Den CRX brachten wir zum Türken, der uns freundlicherweise das

Auto auf seinen Verkaufshof stellen ließ. Drei Tage später war er weg. Der Honda CRX. Manchmal sehen wir ihn sogar rumfahren. So eine junge mit lilablau gefärbten Haaren hat den von Folkas Hand gestrichenen CRX gekauft. Gute Motoren sollen die Hondamotoren sein, sagt Rüdiger. Und die 450 zwei Zylinder von Papa fährt ja auch noch. Über hunderttausend Kilometer hat dieser Feuerstuhl jetzt schon auf dem Tacho stehen. Die verbotenen Fahrten, die ich damals als 15-jähriger machte, nicht mitgerechnet.

Sonntags fuhren wir mit dem Beulenexpress zum Wasserschloss. Hier war eine Ritterausstellung und wir konnten uns eine Vorstellung dessen machen, wie das im Mittelalter so gelaufen ist. Gut, dass ich zur jetzigen Zeit auf die Welt gekommen bin, dachte ich und genoss die warme Sonne und das Warsteiner und dass Melanie neben mir stand und mal wieder dieses verliebte Lächeln drauf hatte.

Spät nachmittags gingen wir ins Kino, tranken vorher noch ein paar Warsteiner und hatten uns schon wieder am Kopf, schauten uns dann aber an und mussten beide lachen und küssten uns.

Montag sechsundzwanzigster August. Die letzte Nacht oft wach geworden. Was an der rechten Schulter abgeheilt ist, ist an der linken zu merken oder ich bilde mir das ein. Als ich dann gegen fünf Uhr aufstand, war es aber alles auszuhalten und ich freute mich auf meinen Schreibtisch.

Gregor erzählte mir, dass Erika letzte Nacht verstarb. Ich drückte ihn und sprach ihm mein Beileid aus. Es ist für mich sehr schwer, in so einem Augenblick richtig zu reagieren, wo doch alle eigentlich darauf gewartet haben, dass Erika endlich ihre Ruhe findet. Nachmittags kam Melanie mit einem geliehenen Kleinlieferwagen und erzählte, wie ihre Kollegen um den kleinen Mazda gingen und mal positive und mal negative Bemerkungen machten.

In der Garage steht noch eine Spülmaschine. Henry und Ralf luden den Ömmes in den Kleinlieferwagen, weil Margrets Maschine die Löffel abgegeben hat, und was sollen wir uns da eine Reservespülmaschine hinstellen, die, wenn man sie vielleicht mal irgendwann braucht, wenn die eigene kaputt ist, doch nicht mehr geht, weil sie eingerostet ist. Oder im nächsten Winter kaputt friert, weil keiner da dran gedacht hat, das restliche Wasser abzulassen. Also weg damit.

Du siehst irgendwie anders aus. Hast du dich nass rasiert? Dein Dreitagesbart steht dir aber besser, sagt Melanie.

Mir war danach und der elektrische Rasierapparat ist nicht mehr ganz in Ordnung. Colette bringt mir ja bald einen neuen mit. Pass auf dich auf und vielleicht sehen wir uns ja noch heute, wenn du nicht auf dem Volmeberg schläfst. Romeo hat bestimmt seine Couch frei, sagte ich.

Ach überall Spinnen. Die Spülmaschine ist ja voll mit Spinnen. Ich kann doch das Auto nicht so abgeben. Guck mal, jetzt krabbeln die Spinnen aus der Maschine und machen sich in dem Auto breit. Ich hasse diese Tiere. Ih, sagt Melanie.

Fotomodellspinnen sind das, die mit dem kleinen Körper und den langen Beinen. Mein

Schatz, die tun keinem was, sagte ich.

Ich bring jetzt eben die Spülmaschine zu Margret, fahr dann zu Katja und gebe ihr das Auto wieder und komm dann zurück, sagt Melanie, dreht den Zündschlüssel rum, lächelt und fährt vom Hof.

Ich nahm mir Bobby, der schon den Affentanz machte, als er die Leine und die Post sah. Auch wenn er ohne Leine genau neben mir herläuft, halte ich es für besser, sie doch mitzunehmen, denn ich kann nicht in dieses Hundegehirn reinsehen, noch konnte ich mich bisher mit dem Hund unterhalten. Tibor meinte, so Hunde verstehen jedes Wort. Aber Bobby hat noch nie geantwortet.

Unterweg kackt er einen Riesenhaufen, genau neben einem Baum, und schaut immer in jede Richtung, als ob ihm das peinlich sei. Jedesmal, wenn er kackt, bekommt er eine Latte, so ca. 20 cm lang und gut fleischfarben.

Und dann sah er eine kurzgeschorene Hündin mit abstehenden Ohren, so in seiner Größe. Meine Anweisung: Mach Platz hat er wohl überhört und schon war er bei dieser schwarzen Lady. Sie beschnupperten sich und ratz fatz war Bobby bei ihr drauf. Die Hündin hielt gut still und Bobby machte es ihr richtig gut.

Hoffentlich kommt jetzt nicht der Kerl, dem diese Hündin gehört, dachte ich. Als Bobby endlich fertig war, musste ich einfach meinen Spruch sagen, damit er auch hört. Wenn du jetzt augenblicklich nicht hier bist, zieh ich dir mit der Leine eins über, du scheiß Bobtail. Er kam und war richtig vergnügt. Wer ist nicht nach einem Stich vergnügt?

Der gelbe staatliche Postbriefkasten steht auf dem Weg zur Volmestube an einem Einkaufszentrum. Wie oft dachte ich: Warum stehen hier nicht zwei Briefkästen? Wie in den Niederlanden. Einer für Innerorts und einer für Außerorts. Innerorts müssten die Portokosten doch dann eigentlich erheblich günstiger sein. Da sehe ich manchmal die Post im Fernsehen. Richtig Werbung machen die und ein ganz bekannter großgewachsener blonder, so um 50 Jahre alter Dandy, der seinen Wohnsitz in Amerika hat und samstags im Fernsehen immer Wetten abschließt, sagt dann: Hört ihr Leute, ich bin ganz schlau und mein Bruder auch und wir sagen euch, wie ihr das große Geld macht. Geht und kauft Aktien von der Post, dann macht ihr das große Geld. Und alle glauben es, denn der Blonde und sein Bruder müssen es ja wissen.

[49]

In der Volmestube stellt mir Jill sofort ein frisches Warsteiner hin. Ach wie lecker. Alois kommt rein zufällig rein und kurz danach noch Rafael und so bei Bier und Tabak reden wir über alles mögliche. Bobby bekam eine Schüssel Wasser und legte sich lang ausgestreckt auf den Fußboden.

Rafael fragte mich, warum ich mal nicht mit zum Volmeberg komme und ich antworte, dass Melanie meint, dass sei nicht so gut, denn ich habe gehört, dass dieser Romeo so ein Typ ist, der auch schon mal draufhaut, wenn er schlecht gelaunt ist. Wegen meiner Armscheiße kann ich keine Ohrfeigen verteilen. Aber nächstes Jahr um diese Zeit wird das wohl kein Problem sein. Sollte jemand nach Schläge schreien, kann er sie gerne bekommen.

Rafael meinte, dass dieser Romeo eigentlich gar nicht so ist. Da Melanie sehr lange mit ihm liiert war, haben sich Udo und Romeo gut angefreundet.

Folka, was macht denn euer Wasserbett, fragte Jill.

Das liegt noch unaufgebaut in der Garage. Wenn meine Arme mal wieder richtig funktionieren, gehen Melanie und ich daran und bauen das Teil auf. Du hast ja auch ein Wasserbett. Wie schläfst du denn da drin?, frage ich und Jill sagt: Super ganz toll, vor allem im Winter ist das sehr angenehm, weil das Wasser ja durch die kleine eingebaute Heizung immer schön warm ist.

Kann man da drin auch ...? Du weißt schon, was ich meine, sage ich. Jill antwortet: Nee, ich schlaf da nur drin. Was meinst du denn?

Alle hörten jetzt zu und warteten auf eine Antwort. Und ich sagte: Ja, das eben, Geschlechtsverkehr machen. Ich wollte jetzt nicht ficken sagen.

Jill lächelte und sagte, so was würde sie nicht tun. Sie sei noch zu klein.

Alle lachten und wir kamen überein, dass Mädchen erst ab 25 Jahren Geschlechtsverkehr machen dürfen. Vorher sollen sie kochen und putzen lernen.

Jill schüttelte mit dem Kopf und sagte: Ihr habt alle einen ganz großen Knall.

Rafael erzählte von seiner Zeit als Marinesoldat, dass er viel von der Welt gesehen hat und dann fragte er, ob ich denn auch den Wehrdienst abgeleistet hätte.

Vierzehn Tage war ich dabei. Man hat mir da abnormale Persönlichkeit bescheinigt und so einen wie mich konnten die da nicht gebrauchen. Und ich wollte mich selbständig machen. Die Bundeswehrzeit hätte meine persönliche Zeitplanung durcheinander gebracht und meine Vorstellungen über Geld waren damals schon etwas anders. Mit 180 Mark Wehrsold lässt sich nicht so gut leben. Mein Alter sagte, wie ich in die Lehre kam, er hätte jetzt genug für mich getan und ich müsste jetzt mal endlich lernen, auf eigenen Beinen zu stehen. Im übrigen fiel es mir schon immer schwer, mich unterzuordnen.

Wenn in diesem Land von Demokratie gesprochen wird, also, spätestens nach dem Kasernenschlagbaum hört die auf. Damals hatte ich das Gefühl, weil ich mich sehr viel mit Geschichte beschäftigte, besonders der Geschichte und dem Lebenslauf von dem mit dem Oberlippenbärtchen, da wusste ich, dass ich da nicht hingehöre, sagte ich.

Rafael und Alois drängten mich, die Story zu erzählen. Susan kam gerade mit ihrem kleinen Kombi und parkte direkt vor der Eingangstür der Volmestube, stieg aus, ging um das Auto und öffnete die Beifahrertür und bückte sich ins Auto.

Alois stieß uns an und sagte: Jetzt guck dir mal diesen Arsch an. Nicht schlecht, kamen wir überein. Enge Jeans, einen noch engeren blauen Pullover und hohe schwarze Stiefel.

Und dann die Bundeswehr. Irgendwann nach der Musterung kam der Einberufungsbescheid. Was soll ich da, dachte ich und hab das Stück Papier zerknüllt und in den Papierkorb geworfen. Ich arbeitete bei der Firma Struwelpeter, die sich mit Betriebsumzügen beschäftigte. Zu der Zeit war ich viel in einer sehr großen bekannten Stadt, die am Rhein liegt, und musste dort CNC gesteuerte Werkzeugmaschinen mit riesigen Werkzeugwechslern und ganz großen Schaltkästen von hier nach da stellen, um die Produktivität zu erhöhen. Ständig war ein netter Mann von der Geschäftsleitung dabei und gab uns nach seinen sehr komplizierten Maschinenaufstellplänen Anweisungen.

Diese Firma stellte Fahrzeuge her und gab ihnen Namen aus dem Tierreich. Leopard, Marder, Wiesel und Fuchs. Die Arbeit war in Ordnung und die Bezahlung auch. Herr Struwelpeter war auch als Arbeitgeber sehr korrekt. Zwischenzeitlich wohnte ich wieder bei meinen Eltern, den kleinen freistehenden Pavillon von 50 qm, den ich damals mietete, gab ich auf und zog wieder in die Frankfurter Straße.

Mein Vater baute gerade sein Haus und ich bekam da eine Kellerwohnung. Donnerstagabends ging ich in die Spinne, trank mein Bier, und wie immer hatte ich einen Zigarillo an.

Dann hörte ich: Hallo, Folka. Ich drehte mich nach links, meine damalige Mitschülerin Manuela, so alt wie ich und so groß wie ich, stand neben mir. Wenn Leute, die sich damals sehr gut verstanden haben und lange Zeit nicht gesehen haben, sich wieder treffen, dann wird erst mal viel von früher geredet. Auch über die Sachen, die man nie vergisst, wie zum Beispiel, als wir das Gesetz der Kommunizierenden Röhren, der Flüssigkeitsstand in verbundenen Gefäßen ist immer gleich hoch, praktisch anwendeten und zwar draußen.

Der damalige Physiklehrer war das größte Arschloch überhaupt. Wenn wir mal im Unterricht unsere Faxen machten, gab es vom dem auch mal eine Ohrfeige. Einmal erzählte ich das meinem Vater, als ich auch mal eine bekam.

Tags darauf war mein Papa so rein zufällig auf dem Schulhof, als wir gerade Pause hatten. Hallo Papa, sagte ich und ich musste ihm dann diesen Arschlochlehrer zeigen und er sagte zu dem: Herr Justus, ich bin der Vater vom Folka und wenn den einer haut, dann bin ich das.

Wenn sie meinen Sohn noch einmal anfassen, haben sie ein Problem und zwar ein körperliches. Tatsächlich hatte ich bis zum Ende meiner Schulzeit Ruhe vor diesem nazianguhauchten Erzieher.

Herr Justus kaufte sich ein ganz neues Auto, einen DKW. Wir sagten dazu: Deutscher Kinderwagen.

Draußen war es bitterkalt und nach der Physikstunde hatten Klaus, Manuela und ich auf einmal ganz viel Auabauch und durften nach Hause gehen, was wir natürlich nicht machten. Wir besorgten uns einen Schlauch und einen Trichter, der in den Schlauch passte. Das andere Ende des Schlauches stülpten wir über das Auspuffrohr des funkelnagelneuen DKW. Das war so eine richtige Schrumpfpassung. Zuerst wollte der steife Wasserschlauch nicht über den Auspuff passen. Nachdem wir aber eine Zeitung ansteckten und den Schlauch über dem Feuer gut weich machten, passte das alles wie gekauft.

Manuela, die nicht weit von der Schule wohnte, kam mit einem vollen Eimer Wasser. Den Trichter hielten wir gut hoch und schütteten das Wasser darein. Da es so um minus zehn Grad war, fror das Wasser schnell und der Auspuff war zugefroren. Den Schlauch entfernten wir wieder, und als der Lehrer mit dem DKW weg fahren wollte, sprang das Auto kurz an und ging wieder aus. Bis zum Frühling musste er die Karre stehen lassen.

Manuela erzählte von ihrer Arbeitsstelle, wo sie als technische Zeichnerin Krananlagen malt und ich erwähnte das mit dem Einberufungsbescheid und sie sagte, dass sie sich nicht vorstellen kann, dass ich da hin gehe.

Irgendwann war ich bei Manuela zuhause. Sie hatte eine kleine Wohnung in der Hochstrasse. Es war eine zärtliche Nacht und die Bundeswehr war endgültig vergessen. Morgens früh setzte ich mich in meinen alten blauen Mercedes Benz 180B und fuhr zur Arbeit. Das Wochenende verbrachten wir zusammen. Samstagsabends gingen wir in die Disko und den ganzen Sonntag verbrachten wir im Bett. Als ich Montagsnachmittags zuhause war, lag ein Telegramm von der Bundeswehr auf dem Tisch: Sofort bei Ihrer Einheit gemäß Einberufungsbescheid melden.

Meine Mutter redete mich voll und Papa sagte: Fahr dahin, sonst kommen die Feldjäger. Die Ketten dich im Jeep fest und hauen dich in die Fresse. Diese Arschlöcher müssen doch ihre Aggressionen loswerden. Was glaubst du, wo wir leben. Hast du in der Schule nicht aufgepasst? Damit war das für Papa erledigt.

Dienstagsmorgens führte ich mehrere Telefonate mit dem Kreiswehrersatzamt. Als sie hörten, dass ich den Einberufungsbescheid in den Papierkorb geworfen hätte, sagte der Kerl am Ende der Leitung: Sie können doch nicht ihren Einberufungsbescheid wegwerfen. Das ist verboten und disziplinlos und wir haben Verteidigungsgesetze.

Natürlich kann ich den Einberufungsbescheid wegwerfen. Baut doch eine Fremdenlegion auf oder holt euch bezahlte Killer und lasst die Leute in Ruhe, die auf diese Scheiße keinen Bock haben, so wie ich, sagte ich.

Irgendwann hatte ich alles, was ich brauchte. Neumünster Ranzennaukaserne, oder so ähnlich. Am Arsch der Welt.

Gegen zehn setze ich mich in den Benz und fuhr los. Hamburg, Flensburg, Kiel und war gegen 17:00 Uhr da und stand vor dem Kasernenschlagbaum, ging in das Pförtnerhäuschen und zeigte das Telegramm und meine handschriftlichen Notizen von heute morgen. Das gibt Ärger, sagte so ein Uniformierter mit ganz vielen Balken auf den Schulterklappen.

Ich bekomme mit keinem Ärger. Machen sie mal bitte die Schranke hoch. Meinen Daimler-Benz stelle ich nicht auf ihren allgemeinen Parkplatz. Dieses Auto ist was besonderes. Wer bezahlt das, wenn einer mit einem Messer das Sonnendach aufschneidet, sagte ich.

Die ließen mich aber nicht da rein fahren und ich stellte mein Auto, nachdem ich endlich einen Parkplatz fand, zu den anderen, nahm meine Sporttasche und ging wieder in dieses Pförtnerhäuschen.

Der Soldat im Pförtnerhäuschen rief eine andere Figur in Kampfanzug und Springerstiefeln, hochgekrempelten Ärmeln und tätowierten Unterarmen und einem verbeultem Gesicht und Glatze. Heute würde jeder Neonazi dazu sagen, so scheiße sah der aus.

Wir kriegen dich hier schon klein, sagte dieser Mensch auf dem Weg zum Kompaniechef.

Wer du? Wie früh willst du denn aufstehen. Was träumst du denn so nachts. Lerne erst mal zu denken. Glaubst du deine scheiß tätowierten Arme machen mir Eindruck. So was wie dich nehm ich zum Frühstück, sagte ich.

Sein Kopf wurde vor Erregung rot und Schweiß trat aus seinen Schläfen.

Im Büro des Kompaniechefs. Ein großgewachsener mit kurzen grauen Haaren und Bratpfannenhänden, Ehering und einem markanten Gesicht. Er sagte zu seiner Sekretärin, eine ca. 45-jährige Brünette, die mal irgendwann vergessen hat, an sich zu arbeiten: Sie schreiben jetzt alles mit, was uns Herr Burmann zu sagen hat. Ich fiel ihm sofort ins Wort und sagte: Ich habe hier nichts zu sagen. Das ist hier nicht mein Laden. Was wollen sie überhaupt. Ich steh in Arbeit und Brot und sie schicken mir so ein scheiß Einberufungsbefehl ins Haus.

Dann brüllte dieser Chef mich an. Nehmen sie Haltung an. Sie sind ab jetzt Soldat und haben gehorsam zu sein.

Ich verbiete mir ihren Ton und wenn sie mich noch mal so anbrüllen, werde ich sie verklagen, wir sind hier nicht im Großdeutschen Reich, sagte ich.

Sie sollten am Freitag hier sein und heute ist es Dienstag. Ich will jetzt von ihnen hören, wieso sie erst jetzt kommen, sagte der Chef.

Ich konnte nicht und bei Anwesenheit ihrer Sekretärin rede ich nicht darüber, entgegnete ich.

Der Kompaniechef wies mich auf mehrere Gesetze hin und sagte: Ich will gleich Feierabend machen. Jetzt reden sie, denken sie an ihre Zukunft. Ich habe hier so allerhand Möglichkeiten, sie zum reden zu bringen.

Soll ich jetzt Angst haben? Aber wenn sie so neugierig sind und es unbedingt hören wollen, warum ich nicht konnte: Ich traf am Donnerstag eine alte Schulfreundin, Manuela, wieder und die hat mich an meiner empfindlichsten Stelle festgehalten und so vögelten wir das ganze Wochenende, sagte ich.

Mann, was hat die Tippse von dem blöd reingeschaut und der Chef sagte: Das hat mir noch keiner gesagt. Was bilden sie sich eigentlich ein.

Einmal ist immer das erste Mal, und sie wollten es doch hören, entgegnete ich.

Diesen Spruch habe ich bis heute nicht vergessen und wende ihn oft an.

Der Chef mit seinen ganzen Schulterbalken, Kreuzen und Blechorden, es kam mir fast wie im Karneval vor, rief per Telefon einen Soldaten, der dann ins Zimmer kam.

Der Chef sagte zu dem Soldaten: Das ist Schütze Burmann. Worauf ich sofort entgegnete: Ich bin kein Schütze. Ich bin Steinbock.

Der Chef gab dem Soldaten einige Anweisungen, wo er mich hinzubringen hätte, bzw. wo mein Zimmer ist.

Der Soldat, vielleicht drei Jahre älter als ich, war nett und sagte: Diese scheiß Bundeswehrzeit geht schnell vorbei. Ich bin nur noch zwei Monate hier. Die ganze Kaserne redet schon von dir.

In dem mir zugewiesenen Zimmer stellte ich mich den anderen Zimmergenossen vor. Normale nette Jungs aus verschiedenen Berufen. Sie putzten gerade ihre Knobelbecher und stöhnten über die Blasen an den Füßen, weil sie heute einen 35 Kilometer Fußmarsch machen mussten. Ich machte den Vorschlag, erst mal meinen Einstand zu geben. Das fanden alle gut und wir verließen die Stube. Meine Mitbewohner liefen in ihren Uniformen rum und ich in normaler Straßenkleidung. Alle zeigten mit dem Finger auf mich. In der Bierstube auf dem Kasernengelände trank ich extra viel Bier und war froh, als ich im unteren Bett mit Unterhose und T-Shirt in diesem Etagenbett lag.

Mittwochmorgens so gegen fünf früh kam einer ins Zimmer und brüllte: Aufstehen. Ich war immer noch betrunken bzw. jeder weiß wie das ist, wenn er abends zuviel Bier getrunken hat. Die Knochen sind schwer und der Kopf sagt: bleib liegen. Das tat ich auch. Mal sehen was der Tag so bringt, dachte ich und legte mich in eine andere Schlafstellung.

Kurz danach kam dieser Brülltyp und sagte. Das gilt auch für dich, das Aufstehen.

Jetzt hören sie mir bitte ganz genau zu. Erst mal habe ich ihnen nicht das du angeboten. Zum zweiten haben sie mich nicht anzubrüllen und drittens können sie sich bitte um mein Frühstück kümmern. Meine Mama bringt mir das auch immer ans Bett. Das Ei bitte gut warm und weichgekocht, sagte ich und legte mich zur anderen Seite.

Wenn sie jetzt nicht aufstehen, dann muss ich Meldung machen, sagte der Uniformierte.

Mit dem Sie, das haben sie ja schnell gelernt. Und melden können sie was sie wollen. Denken sie an das Frühstück und was ich noch vergessen habe, den Kaffee bitte mit Milch, sagte ich.

Gegen zehn kam ein Hauptgefreiter. Wenn seine Angaben richtig waren. Ich lag immer noch im Bett. Bitte, sagte er: Der Kompaniechef hat mich persönlich für sie eingeteilt. Sie bekommen gleich ihre Anziehsachen. Wir müssen in die Kleiderkammer fahren.

In einer Stunde bin ich fertig. Wo sind hier die Duschen, sagte ich.

Sie wollen noch duschen? Wir waschen uns nur, entgegnete er.

Ohne duschen und ausgiebige Körperpflege gehe ich nicht vor die Tür und falls ich letzte Nacht einen Samenerguss bekommen haben sollte: Das Zeug riecht irgendwann nach kaltem Bauer und alleine deshalb werde ich duschen. Das hat meine Mama immer gesagt, ich solle dafür sorgen, dass mein Günter immer sauber ist, sagte ich.

Der Hauptgefreite, ein Fahrer und ich fuhren in einem olivgrünen VW-Bus zu der Kleiderkammer. Ich erhielt allerhand Klamotten, die so bei der Bundeswehr gebraucht werden. Großer Ausgehanzug, kleiner Ausgehanzug, diverse Mützen, verschiedene Handschuhe. Socken und Unterhosen in verschiedenen Farben und so anderes Kram, den keiner unbedingt braucht.

Dieser Kleidersack wurde immer voller und schwerer und ich sagte zu dem Hauptgefreiten: Jetzt darf ich nicht mehr tragen, denn dieser Sack ist zu schwer. Da ich an der Wirbelsäule den Morbus Scheuermann habe, kann es sein, das ich hier einen bleibenden Schaden davon trage und dann müsste ich die Bundesrepublik Deutschland verklagen und das wollen doch wir beide nicht, oder? Ich zog meine Geldbörse aus der Tasche und zeigte ihm das Attest, was mir mein Hausarzt freundlicherweise ausstellte, als ich ihm mal von dem Einberufungsbescheid erzählte. Das zweifelt keiner an, sagte Dr. Nett. Diagnose: Morbus Scheuermann.

Der Hauptgefreite trug dann den Sack und es ging wieder zurück zur Kaserne. Hier sollte ich erst mal die neuen Sachen der Reihe nach anziehen. Spät nachmittags sollte ich das bekannte Bundeswehrgewehr, das G3, in Empfang nehmen.

So eine echte Knarre nehme ich nicht in die Hand. Ein Holzgewehr oder eine Wasserpistole wären in Ordnung, sagte ich und der ganze Ablauf dieser Organisation war gestört.

Der Kompaniechef kam und sagte: Schütze Burmann, dann hätten sie ein auf Kriegsdienstverweigerer machen müssen.

Ich antwortete: Das hatten wir doch schon gestern mit dem Schützen. So schwer kann das doch nicht sein, dass sie sich mein Sternzeichen merken. Steinbock heißt das. Merken sie sich das doch einfach.

Alle Umstehenden waren voll und gut am lachen. Der Ordensträger lief rot an und verlor seine Beherrschung und brüllte in einem wirklich nicht zu überhörenden Ton, ich solle jetzt gehen und mir meinen Trainingsanzug und Rasierzeug holen.

Och, muss ich mich jetzt schön machen. Geht es gleich in die Disko? Aber da geh ich nur mit meiner normalen Kleidung rein und auf rasieren habe ich heute noch keine Lust, sagte ich.

Wenn sie jetzt nicht dieses Gewehr in Empfang nehmen, gehen sie in Arrest, sagte der Rotangelaufene und ich fragte, ob es möglich ist, dass wir hier im Kindergarten sind.

Ich bekam eine Einzelzelle. Mit dem Trainingsanzug hatte sich erledigt. Ich wurde da so wie ich gerade angezogen war, mit diesem olivgrünen Zeug, eingesperrt. Gürtel und Schnürbänder musste ich abgeben. So alle Dreiviertelstunde ging diese kleine Sichtklappe an der Gefängnistür auf und ein Typ schaute mich kurz an, dann war die Klappe wieder zu.

Beim nächsten Mal hörte ich die Schritte und als ich das Öffnen der Klappe hörte, schlug ich meinen Kopf gegen den im Zimmer befindlichen Heizkörper. Ich glaube, so schnell wurde noch nie eine Gefängnistür geöffnet. Wieder stand ich vor dem Kompaniechef und als er hörte, dass ich mich umbringen wollte, sagte er zu meinen beiden Begleitern, dass er mit mir unter vier Augen sprechen möchte.

Herr Burmann, Ostern steht vor der Tür und was sie sich hier herausgenommen haben, das hat noch keiner gemacht. Bitte halten sie jetzt ihren Mund. Ich mache ihnen den Vorschlag, dass sie bis Dienstag morgen zwei Uhr die Kaserne verlassen. Sofern sie mir ihr Ehrenwort geben, pünktlich wieder hier zu sein.

Handschlag und Ehrenwort und ich saß kurz danach in meinem Benz und fuhr zur Bronks. Über Ostern lass ich ein Buch über Depressionen und Selbstmord und stellte mir den weiteren Ablauf meiner Bundeswehrkarriere vor.

Pünktlich war ich auf dem Kasernengelände und nachmittags hielt einer, der auch ganz viele Orden an seiner Uniform angesteckt hatte, einen Vortrag über die Rechte und Pflichten von Soldaten. Ich ging zur Toilette, schluckte acht Schlaftabletten, die restlichen 52 spülte ich ab. Die drei Verpackungen steckte ich wieder in die Tasche dieser Olivgrünenoutdoorhose. Wieder an meinem Platz auf dem Stuhl, hörte ich gerade was von bedingungsloser Vaterlandsverteidigung und mir ging die Geschichte von dem Russlandfeldzug durch den Kopf. Hunderttausend Soldaten sollen hier verheizt worden sein.

Ich stand auf und sagte: Bitte erzählen sie den hier Anwesenden nicht so viel Scheiße. Das hat schon mal jemand gemacht. Das war Adolf Hitler, der sagte das gleiche wie sie. Der hat, ach jeder weiß, was der gemacht hat. Wenn ich den angeblichen Feind in der Kneipe beim Bier kennen lerne, kann das mein bester Freund werden, und dann wurde mir schwarz vor Augen und ich fiel um.

Im städtischen Krankenhaus Neumünster kam ich wieder kurz zu mir, als ich merkte, wie man mir einen Schlauch in den Mund schob. Die Ärzte pumpten mir den Magen aus. Das war richtig unangenehm. In dem Eimer, wo ich reinkotzte, sah ich noch ein paar Pillen rumschwimmen, dann war ich wieder weg und wurde morgens mit einem dicken Schädel wach.

Etwa eine Stunde später kamen drei Bundeswehrsanitäter und brachten mich ins Bundeswehrkrankenhaus. Hier hatte ich mehrere Gespräche mit Ärzten, Zischologen und anderen Gelehrten. Der letzte sagte: Ich habe leider den Fehler gemacht und mein Studium zu früh beendet. Hätte ich noch ein Jahr länger studiert, wäre ich jetzt nicht hier. Auf jeden Fall gefallen mir so Leute wie du und ich sorge dafür, dass du Montag entlassen wirst. Eher geht das in diesem Verein nicht. Jetzt müssen erst mal ganz viele Berichte und Entlassungspapiere geschrieben werden. Verhalte dich aber bis Montag normal. Ich werde dir Bewachung mitgeben. Du kannst auf dem Bundeswehrgelände machen, was du willst.

Ich hatte ein ruhiges Wochenende. Meine persönlichen Begleiter waren normal und nett. Wir fuhren sogar nach Neumünster und gingen in die Kneipe. Montags gegen 15:00 Uhr lag so einiges an Papier bei dem Kompaniechef. Ich musste den Erhalt meines Wehrsolds quittieren und war eine Viertelstunde später auf der Autobahn auf dem Weg nach hause und freute mich auf Manuela.

Dienstag war ich bei Herrn Stuwelpeter und kündigte die Stelle. Ich wollte mal wieder was anderes machen und ging dann zu einer Fensterbaufirma, die es heute gar nicht mehr gibt. Hier hatte ich sehr viel gelernt. Gelernt, wie man es nicht machen sollte. Dieser Typ rechnete mir vor, was ihm an Umsatz verloren geht, wenn ich mal während der Arbeit eine rauchte.

[50]

Jill machte Feierabend und Susan, die schwarze Katze, zapfte das Bier wie immer sehr aufmerksam, damit keiner verdurstet. Rafael hatte richtig gut einen sitzen, rief sich ein Taxi und war kurz danach weg. Alois hatte mal wieder ein neues Patent angemeldet, aber nach vielen Warsteinern hatte ich seine neue Erfindung nicht richtig verstanden und ging langsam mit Bobby, den ich jetzt an der Leine hatte, nach hause. Bobby zog etwas, so ging der Weg auch schneller.

Melanie war nicht da. Ich ging noch duschen und legte mich ins Bett und schlief sofort ein. Gegen vier kam der Kettensägenmann und meinte wohl, ich hätte jetzt genug geschlafen. Melanie lag neben mir und ich musste einfach ihre ruhige Atmung bewundern. Sie schlief wie ein Baby.

Dienstag siebenundzwanzigster August. Ich ging zu Anja und sprach ihr mein Beileid aus. Sie erzählte mir die letzten Tage ihrer Mutter und dass ihr Papa geweint hätte. Sie nahm mich mit in die Stadt und setzte mich beim Computertomograhiedoktor ab. Herr Auamann war auch schon da. Ich legte mich in diese offene, erst vor kurzen neu entwickelte Maschine, las den Namen einer japanischen Firma und dachte: Warum steht da nicht Made in Germany dran.

Der Körper wird hier mit magnetischen Wellen durchsichtig gemacht und nach ein paar Minuten hörte ich, dass die Sehnen doch angewachsen sind. Mir einem ganz neuen Körpergefühl ging ich nach hause und kaufte mir unterwegs ein Flugzeug, was ich schon immer haben wollte. Eine JU 52 in liebevoller Kleinarbeit von der bekannten Eisenbahnfirma Märklin nachgebaut.

Tags darauf war ich früh im Büro und gegen elf wurde die linke Schulter wie gestern durchleuchtet und der Professor nahm sich richtig Zeit und hat mir alles ganz genau erklärt. Das Schultereckgelenk ist vermockert. Die Sehnen reiben über den Knochen. Deshalb die Schmerzen. Er betonte sehr ausdrücklich, wenn das nicht ganz schnell repariert wird, dann reißt da was ab. Nachmittags telefonierte ich mit Farina. Sie fragte nach meinem Wohlbefinden und erzählte, dass sie schon bei der Universität vorbei geschaut hätte. Ganz tolle Jungs sollen da rum laufen, aber sie hat sich ja wieder mit ihrem Devi vertragen. Dann sprach ich mit Tibor, der mir erzählte, dass er im Deutschunterricht eingeschlafen sei. Dieser Lehrer hat seine Tassen im Gehirn nicht richtig geordnet. Ich glaube, ich kann besser deutsch als der, sagte mein Sohn. Draußen auf der Terrasse denke ich über meine Tochter, die bald volljährig ist, nach und stellte fest, dass die Zeit wie im Flug vergeht.

[51]

Samstag, 24. November 1984. Die Sankt Burmann Gemeinde (die gibt es wirklich, es gab auch mal einen Papst, der sich Burmann nannte) in Herdecke gab meiner Firma den Auftrag, ein Edelstahlkreuz herzustellen und zu montieren. Von drei vorgelegten Entwürfen kamen das Presbyterium und der Pfaffe zu dem Entschluss, sich die moderne Variante an die schlichte Kirche montieren zu lassen. Ein 4,50 Meter hohes Kreuz aus rostfreiem, meerwasserbeständigem Edelstahl. Viele Arbeitsstunden verbrachten wir an diesem Kreuz. Freitags wurde der Edelstahl hochglanzpoliert und nun standen wir samstags gegen acht Uhr morgen vor diesem riesig hohen Kirchturm und fingen an, unser Montagegerüst aufzubauen. Der Pfarrer war begeistert, als das Kreuz endlich montiert war. Gegen vier Uhr nachmittags wieder in der Werkstatt geht das Telefon und ich höre: Ich bins, ich hab so ein komisches Gefühl. Nun ja, Hilde, wir haben vorhin dieses Kreuz montiert, wo ich dir von erzählte. Ich war froh, als ich wieder festen Boden unter den Füßen hatte. Das war vielleicht hoch.

Hilde sagte: Ich hab den ganzen Tag an dich gedacht und bin froh, wieder deine Stimme zu hören. Ich glaube, es geht gleich los.

In zehn Minuten bin ich da, antwortete ich, gab meinen Mitarbeitern noch ihr Geld für die geleisteten Überstunden und fuhr nach Hause. Hilde war voll am putzen. Ihre Tasche stand gepackt im Flur. Ich dachte nur, das ist Nestpflege. Denn als damals mein Bruder geboren wurde, hat meine Mama auch den ganzen Tag geputzt.

Hilde und ich gingen ins Krankenhaus, was nur 150 Meter von uns entfernt war. Mich schickten die einfach wieder nach hause. Gegen 23:30 Uhr rief Hilde an und sagte: Ich bin jetzt im Kreißsaal. Es geht wohl gleich los. Dieses Kind ist am boxen und treten und dann hörte ich Aua. Mit Herzklopfen lief ich den Berg hoch und rannte die Treppen im Krankenhaus zum Kreißsaal hoch und wollte gleich darein. Die Hebamme hielt mich zurück und ich musste mir erst so Plastiktütenschuhe und eine Einwegbadekappe überziehen. Hilde lag schon auf dem Entbindungsstuhl, neben ihr stand der Wehenschreiber. Dann kam wieder so eine Wehe und Hilde machte OH. Los Hilde, jetzt drück mal ordentlich. Wie lange soll das denn dauern?, sagte ich. Um fünf Minuten vor halb eins Sonntagsmorgens sah ich sie zum ersten Mal, meine Tochter.

Es ist ein Mädchen, sagte der einfühlsame und super nette Dr. Schmitz.

Wie ein Mädchen, sagte Hilde immer noch von der Geburt mitgenommen.

Wollen sie denn kein Mädchen?, fragte Dr. Schmitz.

Zum besseren Verständnis muss ich kurz erwähnen, dass wir bei den regelmäßigen Ultraschalluntersuchungen während der Schwangerschaft nie wissen wollten, was es denn genau wird.

Ja, doch, ein Mädchen nehmen wir auch, sagte Hilde.

Und haben sie schon einen Namen, sagte Dr. Schmitz und schaute mich an.

Ich hab das Kind nicht bekommen. Meine Frau hat sich fast neun Monate damit rumgeärgert und sie soll den Namen meiner neuen Supermaus auswählen, sagte ich.

Unser Kind soll Farina heißen, entschied Hilde.

Während der letzten Schwangerschaftswochen hatte Hilde das Buch von den kleinen Strolchen gelesen und fand die Farina so nett, weil das so eine nette, süße, aufgeweckte mit Zöpfen und Sommersprossen ist.

Herr Dr. Schmitz nähte Hilde so ein Stück Eingerissenes wieder zu und fragte mich, ob irgendwo an meiner Hose vielleicht ein Knopf los sei, er hätte noch etwas Faden über.

Müssen Männer denn immer Witze machen, sagte Hilde. Ich blieb noch eine Weile bei meiner Frau und hatte unseren Neuzuwachs im Arm. Die Stationsschwester kam dann und sagte etwas davon, dass Mutter und Kind jetzt Ruhe haben müssen und dass es an der Zeit ist, nach hause zu gehen.

Wie ich das hier so abschreibe kommt das gleiche schöne Gefühl wieder in mir hoch. Die superklare sternenfreie trockene kalte Luft und ein Sonntagskind. Jeden Tag ging ich ins Krankenhaus und die Krankenschwestern meinten, dass Farina zu früh geboren sei und zu leicht und zu klein ist. Immer wiegen und Tee einflößen. Bald bist du zuhause und groß wirst du von alleine, dachte ich.

Neun Monate vorher waren Hilde und ich irgendwo in der Nähe von Antwerpen. Sie wollte da Antiquitäten kaufen, weil die Belgier noch nicht so die deutschen Preise kannten, war das zu der Zeit alles billig zu bekommen. Wir nahmen ein günstiges Hotel mit einem Scherengitteraufzug. Richtig alt war dieses Gebäude. In dieser Nacht ist es auf jeden Fall passiert. Die Vereinigung der Zellen. Es kam zum Urknall und wir beide sprachen, nachdem wir voll erschöpft nebeneinander lagen und uns noch nett liebkosten: Das war heute anders als sonst, und ich wusste, dass ich die Frau die ich liebe, gerade geschwängert habe.

So im Januar hörte ich von Hilde, dass sie mal die Pille absetzen müsste. Eigentlich hätte ich gerne ein Kind von dir. Und warum machen wir das nicht?, sagte ich.

Tibor machten wir zwei Jahr später in Zandvoort über die Osterfeiertage. Wenn du noch ein Kind haben möchtest, dann muss das schnell passieren, sagte Hilde mal irgendwann. Wie soll das denn passieren? Du kriegst doch deine Beine nicht mehr auseinander, sagte ich darauf. Nun ja, wir taten es dann doch noch mal.

Das Zusammenschlafen war das gleiche Gefühl wie bei Farina. Jahre später erfuhr ich durch meine ganze Leserei, dass unsere Körper auf Schwingungen, ähnlich dem Zusammenhalt von Atomen, Molekülen und Elektronen, aufgebaut sind. Ich denke, dabei haben sich die Schwingkreise überlagert. Der Burmann'sche Fortpflanzungstrieb durchbrach die Eizellenwand und die Zellvermehrung war nicht mehr aufzuhalten. Hildes Bauch wurde immer größer.

Die Geburt von Tibor war ähnlich der seiner Schwester. Das Licht der Welt erblickte er Freitagmorgens so gegen vier. Als die Hauptwehen kamen, wäre Hilde bald eingeschlafen und ich gab ihr eine zärtliche Ohrfeige und sagte: Komm mein Schatz, jetzt drück mal ordentlich. Wie lange soll das denn noch dauern. Du liegst doch jetzt wirklich lange genug auf diesem Entbindungsstuhl. Auch Tibor hat wie Farina und wie alle Burmannesen, zusammengewachsene Zehen. Eben so Schwimmhäute mit Zehnägeln.

Auf seinem dritten Geburtstag, einem Dienstag den zweiten Januar 1990, schenkte ich ihm eine von mir selbstgebaute Werkbank mit einem original Peddinghaus Schraubstock und eine kleine Akkubohrmaschine und so allerhand anderes Handwerkzeug, was ein Schlosser eben so braucht. Einen Tag später packte ich mir eine Tasche und hielt es für besser, aus dieser Gemeinschaft die Flatter zu machen. Nun ja, einen Tag vor unserer Scheidung machten wir es noch mal. Aber das ist ja bekannt.

[52]

Donnerstag, neunundzwanzigster August. Die letzte Nacht war wie die anderen. Was am rechten Arm weniger schmerzt, ist am linken dafür mehr. Gegen elf war ich beim Auamann und wir sprachen über die Operation. Nächste Woche Dienstag wieder in die Klinik und am Mittwoch wird dann operiert.

Melanie kam diesmal überpünktlich von ihren Pflegefällen, ging duschen und kurz danach lagen wir im Bett. Wir hatten uns gerade gut ausgesext, da rappelt wieder das Telefon. Es ist Susan und sie hat große Probleme. Morgen muss sie zum Steuerberater und hat kein bisschen vorbereitet und bittet nun Melanie, ob sie nicht den Laden bis Feierabend schmeißen kann. Melanie fuhr vom Hof und ich ging noch ins Büro und lag so gegen 22 Uhr im Bett und schlief sofort ein. Gegen ein Uhr morgens kam Melanie und hatte nichts besseres zu tun als mich zu wecken.

Muss das eigentlich immer so sein, wenn du kommst, dass du mich wach machst, sagte ich verärgert. Warum bist du denn nicht so wie dein Bruder, der war heute da und hat sich ein paar Weizenbier getrunken. Der ist so nett. Ihr beiden seid so verschieden, sagte Melanie.

Also jetzt reichts mir. Such dir so einen wie Gregor und lass mich in Ruhe. Was bildest du dir eigentlich ein. Kommst aus dieser Kneipe und hast nichts besseres zu tun als mir diese Scheiße zu erzählen. Wenn du der Meinung bist, dass es nettere als mich gibt, dann geh doch dahin, sagte ich und stand auf. Leider war der Rest der Nacht gelaufen. Ich nahm mir Bobby und latschte die Straße hoch. Nach einer guten Stunde spazieren gehen, döste ich auf dem Sofa ein. Gegen acht kam Melanie und hat sich für ihr Benehmen entschuldigt.

Liebe Melanie, das sagt man nicht einfach so, was du da vorhin von dir gegeben hast. Ich bin froh, nicht mit dir verheiratet zu sein. Du kannst machen was du willst. Du kannst dir einen netteren suchen oder auch nicht. Wenn du keinen Bock mehr hast. Da oben auf dem Volmeberg, da ist doch ein Sofa frei, sagte ich, ging duschen und war kurz danach im Büro.

Gegen 12:00 Uhr geht der Haustelefonklingelton und Melanie sagt, dass in einer halben Stunde das Essen fertig ist. Etwas früher saß ich am Tisch. Es gab diesmal eine richtig leckere Fischsuppe und Melanie tat so, als ob nicht passiert sei. Was mach ich mir über diese Beziehung überhaupt Gedanken, dachte ich. Die geht eh gleich wieder und ist in der Volmestube. Ich habe Samiras Telefonnummer und die von Annette auch noch. Vielleicht fahre ich mal heute Abend zu Annette und schaue nach, ob bei ihr da unten nicht schon alles zugewachsen ist. Leider hatte ich abends wieder diese Schulterscheiße und musste mich ruhigstellen. Den ganzen Tag schien die Sonne. Die Luft stand in dem Bunker. Es war so um 35 Grad in der Bude. Ich machte alle Fenster auf und steckte alle Kerzen an, die so überall rumstehen, damit die Mücken mich nicht zerstechen. Nette einsame Romantik, dachte ich und schaute mir das Poster von Melanie an, was an der Wand hängt und wo sie als Presslufthammergirl abgebildet ist. Ja, das hatten wir Anfang April im Steinbruch fotografiert. Sie zog sich eine alte Arbeitshose und ein ärmelloses T-Shirt an und beschmierte sich mit dieser Steinbruchmotsche und hielt diesen Riesen-Presslufthammer mit Arbeitshandschuhen feste. Wenn sie auszieht, kann sie das zwei Meter große Poster mitnehmen und ich werde ein neues Bild mit Samira oder Farina machen. Gestern noch positive Gedanken über diese Beziehung. Endlich müde, noch ein Bier, damit ich auch wirklich einschlafe. Vielleicht mal ohne wach zu werden und dann der Spruch, dein Bruder ist netter als du. Jeder ist anders. Wenn die Kiste mit Melanie den Bach runter geht, suche ich mir eine wie Gitte und wenn das ewig dauert. Vielleicht hatte Ingrid recht, damals 1989 bei dem Dale Carnegie Lehrgang. Du bist Steinbock, da passt am besten eine Jungfrau zu dir, vom Sternzeichen her. Glaub mir das, ich kenn mich damit aus, ich als Hobbyastrologin, sagte Ingrid. Ist Samira nicht auch Jungfrau? Sie hat am sechsten August Geburtstag. Nein, das ist das Sternzeichen des Löwen. Aha, deshalb ist sie wohl die Dominante im Bett. Bald ist sie in Thailand, ob ich sie jemals wiedersehe?, dachte ich.

Telefon, und Melanie sagt: Ich hab das nicht so gemeint mit Gregor. Hey, ich liebe dich. Wir können ja heute Abend essen gehen. Ich lade dich ein. Nächste Woche ist deine Operation. Ich mache auch nicht mehr so lange in der Volmestube.

Melanie kam gegen 20:00 Uhr. Das Essen gehen hatten wir auf später verlegt. Schon wieder haben wir den Streit ausgevögelt.

[53]

Samstag, einunddreißigster August. Nach dem Essen beim Chinesen taten wir es noch mal auf der Kaminmatratze und ich konnte bis sieben durchschlafen, ohne einmal wach zu werden. Eben die Kaffeemaschine anmachen, duschen und ein bisschen denken, was ich so heute machen werde, wenn nicht der Mann mit der Säge kommt. Leider kam er so gegen elf und zog diese benzinbetriebene, ein Meter lange Baumsäge kurz an der linken Schulter vorbei. Melanie war seit zehn in der Volmestube und ich saß hier mal wieder mit den Armschmerzen rum und hätte eigentlich im Büro arbeiten müssen. Nach einem Joint und einer Flasche Warsteiner waren die Schmerzen zwar noch nicht weg, aber sie waren etwas weniger geworden. Nach der zweiten Tüte pulsierte die Schulter. Ich schmierte mir dann noch Diclofenaccreme da drauf und hatte jetzt so ein Gefühl wie Nadelstiche da drin.

Telefon. Ich machte einfach mal wieder so zum Spaß den Anrufbeantworter: Hier ist Günter, der Anrufbeantworter von Melanie. Melanie ist gerade im Bett und lässt sich von Folka zärtlich vögeln. Wenn du was zu sagen hast, dann spreche bitte nach dem Piepton. Piep Piep.

Ich bins, du bist verrückt. Was ist wenn dich ein Kunde anruft? Was sollen die denken?

Ach, Melanie, das ist unsere private Telefonnummer und ein bisschen Spaß ist doch nicht schlimm.

Folka, hast du gehört, dass schon wieder ein Flugzeug abgestürzt ist. Ich bin ganz traurig.

Ja, ich hörte das vorhin im Radio. Eine 747 war das. Aber so ist das nun mal. Für 8 Euro kann man einen Flug buchen. Ich weiß nicht, wie das geht. Wahrscheinlich werden die Maschinen nicht richtig gewartet und fallen dann vom Himmel. Aber deswegen hast du doch nicht angerufen.

Margret hat sich von Peer getrennt. Du könntest doch Erich einladen. Vielleicht gefallen sich die beiden ja, sagte Melanie.

Ich rief dann Erich an und erzählte ihm ein bisschen von Margret. Und wir verblieben bis spät nachmittags und könnten ja abends ins Kino gehen.

So gegen zwei war Melanie mit ein paar Einkaufstaschen an der Hand wieder da. Gegen vier kam Margret. Isabel hat sie bei Sigrid abgegeben und eine halbe Stunde später kam Erich. Wir machten die beiden bekannt und die fanden sich wohl ganz sympathisch. Da Erich seinen kleinen Sohn immer sehen und abholen kann wann er will, haben sich Margret und Erich für morgen verabredet. Sie wollen zum Tierpark fahren. Melanie und Margret machten an der Küchenarbeitsplatte rum und dann gab es Filetlendchen mit Folienkartoffel und super knackigen Salat.

Montag zweiter September. Im Büro zuerst das wichtigste abgearbeitet. Und dann die private Post. Eine Mahnung von einer Versandhausfirma. Melanie kaufte da Anziehklamotten auf meinen Namen, weil bei Neukunden geben die zwei Saunatücher als Geschenk. Jetzt zahlt die diese Scheiße nicht und diese Firma schickt mir Mahnungen, dachte ich und rief verärgert Melanie in der Behindertenwerkstatt an. Sie ging auch gleich ans Telefon und ich machte meinem Frust Luft. Sie blockte gleich ab und meinte, dass sich das überschnitten hätte. Wollte aber sofort da anrufen und sich dann wieder melden. Warum kauft sie sich nicht ein paar heiße Dessous und Stöckelschuhe beim Versandhaus oder geht mal mit mir in die Stadt? Die Rechnung, denke ich, könnte ich ja von meinem Konto begleichen. Die Anziehsachen, die sie da gekauft hat, sind eher was zum Arbeiten.

Melanie ruft zurück und sagt: Da muss noch eine Gutschrift kommen. Wir haben das wegen der Saunatücher gemacht.

Das ist mir egal. Kauf bitte nichts mehr auf meinen Namen. Ich mag keine Mahnungen. Und wenn du pünktlich bezahlst, dann kannst du noch Skonto ziehen. Jetzt wollen die auch noch Mahngebühren haben. Im übrigen haben wir genug Handtücher. Zwei mehr oder weniger ist doch Kinderkacke.

Sie ging auf mein Schimpfen nicht ein und sagte nur, dass sie das klären wollte und dass sie gerade ein italienisches Kochbuch durchblätterte und dass es heute Abend eine tolle leckere Überraschung gebe.

Mein Schreibtisch war leer. Ich verabschiedete mich von Gregor. Ach ja, morgen musst du ja wieder in die Klinik und den anderen Arm machen lassen.

Die Sonne war noch gut warm. Die Schulter kribbelte nur ein bisschen. Auf der Terrasse schrieb ich dann so einfach mal auf, was mir gerade so durch den Kopf ging. Die Sonne tut der Schulter gut, die warme Strahlung, irgendwas gutes muss da drin sein. Die große Faszination, wenn im Frühjahr die Sonne aus ihrem Versteck kommt und die Natur zum Leben erweckt. Die Tage werden länger. Die Frauen werden schöner. Die Vögel zwitschern. Ich denke an meine süße Melanie, und was wollen wir überhaupt mit Saunatüchern anfangen, wir gehen doch gar nicht in die Sauna. Irgendwann vor unserem Ägyptenurlaub fuhren wir nach Unna zur Sauna. Ein Supertag. Sonniges, fast windstilles Wetter. Melanie fährt den Lieferwagen. Ich sehe sie an. Ihre Rastazöpfe mit den bunten Kugeln. Jeans, Stiefel und nett geschminkt. Ein heißes Teilchen. Auf der Autobahn dieses Hinweisschild. Flughafen.

Komm, wir fahren dahin, sagt sie. Ich möchte das mal sehen. Ach, ich habe so eine Angst, wenn ich an den Flug nach Ägypten denke.

Der kleine Flughafen in Dortmund ist sehr gut überschaubar. Ich erzählte ihr, dass ich in diesem Gebäude mal mit dem Flugschein angefangen hab. Das aus zeitlichen und finanziellen Gründen aber dann nicht mehr weiter machte. Aber einen A 650 Bellhubschrauber wohl noch sicher starten und landen kann. Im Luftraum ist die Fliegerei schon fast wie Lastkraftwagen fahren, aber so unter Hochspannungsleitungen und unter Autobahnbrücken her fliegen oder den Helicopter fast unbeweglich in der Luft zu halten, das ist schon voll geil. Beide Füße und Hände brauchen unheimliches Feingefühl und Koordinationsmechanik. In der Flughafenkneipe tranken wir uns ein paar Bier und beobachteten die startenden und landenden Maschinen. Nach einer Stunde hatten wir gut einen sitzen und legten uns hinten in den Lieferwagen auf die Matratze, die meistens im Auto liegt und schliefen zwei Stunden. Den Kilometer zur Sauna fuhr ich und wir hatten einen ganz tollen Tag. Abends im Badezimmer schminkte sie sich wie immer ganz schnell ihr fein geschnittenes Gesicht mit den braunen Flammenwerfern und sagte: Och ich hab ja gar keinen BH an. Das sieht ja so aus, als ob ich nichts habe. Ich schaute auf ihre handgroßen Brüste und sagte: Das sehe ich nicht so. Wieso trägst du überhaupt ein BH, deine Teile stehen doch wie eine Eins. Wir gingen dann zur Volmestube. Auf dem Weg dorthin machte sie sich mal wieder über meinen angeblichen Lausbubenblick lustig und wir kamen überein, wenn wir zusammen schlafen wollen, frage ich sie abends immer, ob sie morgens eine Tasse Kaffee haben will. Wenn sie ja sagt, heißt das, dass sie Bock auf Sex hat. Möchte die Prinzessin denn morgen einen Kaffee? Kaffee wäre nicht schlecht, es könnten auch drei sein, sagte sie dann meistens nett lächelnd.

Dienstag dritter September. Dieses italienische Essen, was sie da gezaubert hat, war vom feinsten. Der Rotwein auch. Melanie hatte schon ganz gut einen sitzen. Wir legten uns auf die Kaminmatratze und sie sagte: Ich würde mich gerne von dir verderben lassen. Komm, mach mich zu deinem persönlichen Flittchen. Ich möchte mal wissen, wie das ist, wenn ich mich vorher ein bisschen als Nutte zurecht mache. Mit Romeo konnte ich das nicht. Vielleicht war ich zu verklemmt.

Oder er. Wir können ja morgen in die Stadt fahren und ein bisschen Nuttenwäsche für mein Schlampenstück kaufen, gab ich zurück. Wir liebten uns zärtlich und intensiv, soweit das mit meiner Armscheiße möglich war und schliefen in Löffelstellung auf der handgewebten Decke, die wir uns mal auf dem Straßenbasar in Kairo kauften, ein.

Bobby bellte gegen drei Uhr morgens. Was hat der nur wieder gehört?, dachte ich und bin zum Hof runter. Richtig nervös war der Hund. Ja, ist ja gut. Pass du schön auf und komm jetzt wieder hoch. Hier ist keiner, sagte ich und wollte weiterschlafen, was leider nicht so richtig ging. Ich zog mir den Jogginganzug an und setzte mich ins Sofa und hörte etwas Musik. Melanie wurde wach und ging ins Schlafzimmer. Ach ich geh mal Kontoauszüge holen, dachte ich und als Bobby sah, wie ich mir die Schuhe anzog, machte er wieder den üblichen Tanz. Bis zum Kontoauszugdrucker, der in einem videoüberwachten Raum steht, sind es etwa 15 Minuten. Die Straße war total ruhig und leer.

[54]

Gegen acht Uhr setze ich mich in den Beulenexpress und freute mich, dass der rechte Arm schmerzfrei lenken und schalten kann. Da ist zwar noch keine Kraft drin, aber alles wird gut, dachte ich. Herr Auamann begrüßte mich und dann kamen wieder die gleichen Voruntersuchungen wie bei der ersten Operation. Gegen 13:00 Uhr war alles erledigt und Herr Auamann sagte: Kommen sie morgen um halb sieben wieder. Gegen zehn werden sie operiert. Auf dem Weg zur Bronks fuhr ich einen kleinen Umweg über eine breit ausgebaute Straße und brachte die Leistung dieses kleinen Mazdas mal voll auf die Straße. Der schiebt sich richtig gut durch Kurven. Das Sechsganggetriebe ist etwas gewöhnungsbedürftig. Am Anfang der längeren, unten breiter werdenden Schnellstrasse stand so eine süße kleine, ganz verrückt angezogene und macht ein mit hochgehaltenem Daumen auf Anhalter. Ich schaue in jugendlich verträumte und unschuldige Teenageraugen und sage: Komm steig ein. Ich fuhr den Mazda, jeden einzelne Gang bis zur Enddrehzahl hochgezogen, auf seine Höchstgeschwindigkeit von ungefähr zweihundertzehn Stundenkilometer. Die längeren dunkelrötlichen Haare dieser Kleinen flattern im Fahrtwind. Das Auflegen ihrer gepflegten Hände auf ihre Knie und der angestrengte Gesichtsausdruck ließen mich, so wie ich das wollte, merken, dass die Achtzehnjährige richtig Angst hatte. Das Maximale, was der MX 5 an Verzögerung zu bieten hat, nutzte ich aus. Das Antiblockiersystem war nicht zu überhören. Das Mädchen wurde im Ledersitz immer kleiner. Dann standen wir auf dem Seitenstreifen. Ich griff in die Jeansjacke und holte mir einen Paffmann aus der Blechdose, die ich mal vor Jahren von Papa geschenkt bekam und sagte: Da ist dir ja wohl gerade voll der Arsch auf Grundeis gegangen. Du bist doch die Tochter von Friedhelm. Wir hatten uns doch mal in der Volmestube kennen gelernt, als die bösen Mieter ihr Konzert machten. Was sagt wohl dein Vater dazu, wenn er erfährt, dass du ein auf Anhalter machen tust. Weißt du, ich habe eine Tochter, die ist ungefähr so alt wie du. Beim langsamen Weiterfahren zur Stadtgrenze unterhielten Arielle und ich uns sehr nett und sie versprach mir, nie mehr ein auf Anhalter zu machen. Am Haus von Friedhelm und Beatrix setzte ich Arielle ab und wir verblieben, dass, wenn Farina mal wieder in Deutschland ist, dass die beiden sich dann miteinander bekannt machen.

Ich ging noch ins Büro, sah die heutige Post durch und hätte losbrüllen können, als ich die Belastungsanzeige der Firma Hensel und Gretel las. Gregor bleibt ruhig, was ich auch nicht anders von ihm kenne. Alles mögliche dachten wir über den finanziellen Schaden nach, der uns durch das falsche Bearbeiten der Rumpf- und Heckflossenbleche der neuen U-Boot Generation entstanden war. Ein Mitarbeiter hatte zuviel Schweißnahtfugenvorbereitung an den sieben mal dreieinhalb Meter Spezialstahlblechen abgeschliffen. Die Bauteile waren Schrott. Dann fällt die Umsatzbeteiligung ja wohl aus, kamen Gregor und ich überein. Fast 50000 Euro ist kein Pappenstiel.

Melanie hatte ihre Freistunden auf den heutigen Tag verlegt. Der Kurzbimmelton und die Displayanzeige lassen mich in kürzester Zeit erkennen: Meine Prinzessin lässt rufen. Ich nehme den Hörer ab und sage: Hallo mein Baby, was hältst du davon, wenn wir gleich in die Stadt fahren und da weiter machen, wo wir gestern Abend von sprachen, bevor wir so toll vögelten.

Ich wollte dir gerade sagen, dass dein Essenwunsch in zehn Minuten fertig ist. Es wäre nett, wenn du mal pünktlich kommen könntest, mein Schatz, sagte Melanie.

Als ich die Treppe hochging, kam mir bester wohlriechender Essenduft entgegen. Wie kriegt sie das immer so schnell hin? Kurz ausgesprochen, dann gibt es das beste Leckerchen. Eine kleine Portion französische Zwiebelsuppe. Porree, Kartoffeln mit heißem Fett und einen umlaufend braungebrannten Tiefseefisch.

Folka, denk nicht so viel an diesen Auftrag, was meinst du, wie sich euer Mitarbeiter jetzt fühlt. Die Monatsprämie von allen ist weg. Ein Arm ab ist schlimmer.

Du hast ja recht, aber ärgern tut mich das trotzdem. Melanie, was sagte denn der liebe Gott, nachdem er das Ruhrgebiet erschaffen hat, sagte ich. Ihre braunen Augen leuchteten auf und dann kam: Komm sag schon.

Der liebe Gott sagte: Essen ist fertig.

Vom wem hast du denn den?, wollte Melanie wissen.

Michael und ich redeten vorhin etwas am Telefon, unsere Internetseite muss unbedingt überarbeitet werden und da erwähnte er die Liebe Gott-Geschichte.

Komm, wir legen uns noch ein bisschen hin, sagte Melanie nach dem Essen und verschwand ins Badezimmer. Ich hörte das Duschgeräusch und stellte mich zu ihr. Ein Stich im Stehen unter dem warmen Wasser der Dusche ist eine gute Sache. Der Körper wird sauber und man kommt sich näher. Im Bett taten wir es noch mal und fuhren dann in die Stadt. Als Beifahrer fand ich das schön lustig, wenn neben uns an der Ampel die anderen Autofahrer sich diesen verbeulten Mazda ansahen.

In einem modernen Klamottenladen zog sich Melanie ein supergutgeschnittenes weißes Angoraausgehzeug an. Ein Stretchrock, der zehn cm über die Knie ging und ihre superlangen Beine noch besser hervorhob. Der enge weiße Pullover zeichnete ihre Knospen gut durch. Ich hätte sie so in der Umkleidekabine vernaschen können. Bei der Stiefelettenfarbe wurde sie unschlüssig. Als Melanie nach mehrmaligem Anprobieren am linken Fuß einen hellbraunen richtig geil aussehenden Stiefel trug und an dem anderen einen mit noch höheren Absätzen in schwarz, sagte ich: Das sieht ja voll geil aus, so verschiedenfarbige Stiefel. Schade, dass es die Schuhe nicht in der gleichen Form gibt. Das würde bestimmt heute Abend auf der Geburtstagsparty gut ankommen.

Sie konnte sich nicht entscheiden und ich sagte: Dann kauf doch beide. In der Strumpfabteilung gab es dickere schwarze Strumpfhosen und jede Menge in allen Farben und Ausführungen hergestellte Strümpfe als Halterlose oder für Strapse. Sie probierte noch einen Body mit angenähten Strumpfhaltern an und ich bekam beim Zusehen gutes Günterkribbeln, aber es blieb beim Kribbeln.

Wieso wird der jetzt nicht groß?, dachte ich. Mit einer flotten gutaussehenden Teenagerin ging ich in den Laden und mit einer Weiß was sie will-Lady kam ich heraus. Die Einkaufstüten brachten wir ins Auto und schlenderten noch etwas über den Bauernmarkt, der gerade in der Stadt war. Am Warsteiner Bierstand mit einer Portion gebratenen Champignons beobachteten wir die Leute und ich merkte, wie die Umstehenden meine süße Melanie musterten. Sie sah auch voll heiß aus und dann sagte sie: Glaubst du, dass du gleich noch mal kannst. Ich würde es mir gerne im Auto von dir besorgen lassen. Gestern hatten wir es getan, vorhin hatten wir es gemacht. Der Gedanke an sich war schon gut. Ich steckte meine rechte Hand in die Hosentasche und fühlte den Günter ab. Der schien wohl keine Lust mehr zu haben. Ich weiß nicht, ob der heute noch mal kann, sagte ich zu Melanie und da fiel mir ein, dass ich ja noch diese blaue Pille in meinem Portemonnaie hatte.

Als ich im Auto ihre langen schwarz gestrapsten Beine sah, kribbelte er so, als ob ich es drei Wochen nicht mehr gemacht hätte und ich sagte zu Melanie: Fahr hin wo du willst, denn ich möchte dich gleich quieken hören. Alleine der Gedanke, es ihr gleich irgendwo im Wald zu besorgen, war schon geil. Sie steuerte nach meinen Angaben den Mazda zum Goldberg, denn da oben kannte ich mich ja aus. Die Sonne war noch gut warm. Sie setzte sich auf die warme Motorhaube, drückte die Absätze der schwarzen Stiefel in die Hagelschlagbeulen, zog den weißen Stretchrock hoch, öffnete die Druckknöpfe ihres neuen Bodys und ich machte es ihr von vorne im Stehen. Als ich ihr bestätigte, dass an dieser Waldlichtung höchstens mal ein Reh oder ein Hase vorbei kommen kann, hörte ich, wie sie sagte: Komm fick deine Schlampe. Günter stand wie eine Eins und als sie sagte: Komm, ich will deinen Saft haben, spritz mir dein heißes Zeug rein, kam es mir. Der Versuch, die Ficksahne noch zurück zu halten, ging nicht mehr. Die Umrisse der Umgebung wurden immer undeutlicher als es mir kam. Günter wurde nicht klein und ich bewegte mich fast wie eine Maschine und dachte: Das ist ja ein Superzeug, dieses Viagra, warum habe ich mir damals keine Aktien von diesem Laden gekauft. Die müssen ja Geld ohne Ende mit diesen Ständerpillen verdienen.

Abends gings zur Geburtstagsparty nach Karen. Ihr Freund Dieter feierte seinen zweiundvierzigsten. Die Bude war rappelvoll und das Geschenk, was wir Dieter machten, kam auch sehr gut an. Dieter bekam eine Überraschungstüte für Männer, und damit Karen auch ihren Spaß hatte, schenkten wir ihr auch eine Überraschungstüte für Frauen. Die Überraschungstüten kauften Melanie und ich nach dem Goldbergfick beim Beate Uhse Laden um die Ecke. Irgendwann war ich gut angeheitert und im Taxi fielen mir schon mal die Augen zu.

[55]

Mittwoch, vierter September. In der Nacht schlief ich wie ein Baby, bin gegen fünf aufgewacht, stellte mich lange unter die Dusche und kuschelte noch etwas mit Melanie, rief ein Taxi und ließ mich zur Klinik fahren.

Dann kam sie, diese nette ca. 1,65 m große mit kurzen blonden Haaren, weiße enge Hose, weiße Birkenstockclatschen und schwarzes T-Shirt, und befreite mich von meinen Qualen. Die Schmerzen wurden immer schlimmer. Die Stationsärztin drückte mir dieses grüne

Schmerzmittel durch den Katheter direkt in die operierte linke Schulter und es ging mir sofort besser.

Wie lange arbeiten sie hier so am Tag? Ich habe sie schon heute morgen hier gesehen und jetzt ist es bald Mitternacht, sagte ich.

Das ist nicht immer so. Einmal im Monat ist jeder Arzt dran und macht nach Feierabend Bereitschaftsdienst. Sonst läuft das hier normal ab. Und ich als Assistenzärztin werde sowieso noch anders rangenommen als die Ärzte, die mit ihrer Ausbildung schon fertig sind.

Wir wünschten uns noch eine ruhige Nacht und verblieben bis morgen. Auf dem Balkon rauchte ich mir eine und nippelte an meiner Rotweinflasche. Meine Kopf- und Körpergefühle wurden immer angenehmer. Schlafen konnte ich nicht mehr und rückte diesen kleinen Tisch von diesem unpersönlichen Krankenzimmer in die Nähe dieser Energieversorgungsleiste, die in jedem Krankenzimmer an die Wand gedübelt ist, holte meine Leselampe und den Spiralblock und schrieb.

Das Taxi setzte mich vor der Kliniktür ab. Herr Auamann kam mir entgegen und sagte nach dem morgendlichen Gruß: Ich kann sie erst gegen zwölf operieren. Wir müssen noch was dazwischen schieben. Die diensthabende Krankenschwester meinte, ich könne auch noch rausgehen. Es würde reichen, wenn ich gegen halb elf wieder im Zimmer sei.

Auf einer Bank unter einem Rotdornahornbaum schaute ich mir den Friedhof dieses Klinikgeländes an und rauchte mir eine.

Diese Ruhe und doch wieder nicht. Die Vögel suchen auf den Gräbern was Essbares und zwitschern. Der Ort zum Nachdenken. Gleich werde ich operiert und darf mindestens sechs Wochen nicht den linken Arm bewegen. Der Heilungsablauf meiner rechten Schulter geht mir noch mal durch den Kopf. Der Sommer geht langsam vorbei, es wird kälter. Ich rufe Melanie an und nach dem netten Gespräch sagt sie: Ich denk an dich und mach dir keine Sorgen. Alles wird gut. Wenn ich heute Nachmittag komme, bist du schon operiert. Ich liebe dich.

In meinem Krankenzimmer wurde ich langsam nervös. Das ist ein Gefühl, als wenn ich gleich auf den elektrischen Stuhl komme, denke ich. Die Krankenschwester kommt ins Zimmer und gab mir diese Pille, die jeder vor einer Operation bekommt. Ich zog mir diese weiße Operationskleidung an und langsam dämmerte ich ein. Im Aufwachraum nahm ich noch so eben das Einstechen von Spritzen wahr und war dann weg.

In meinem Zimmer wurde ich wach und hatte wieder ein scheißblaues Armstützkissen unter der Achselhöhle geschnürt. Genau so wie bei der ersten Operation, diesmal war es der linke Arm. Die Schmerzen genau so wie damals.

An diesem Krankenbett ist so ein verchromter Galgen, da hängen so Infusionslösungen in durchsichtigen Plastikbehältern. Die Flüssigkeiten tropfen in die rechte Hand. Die Spritze hielt nur zwei Stunden. Die Assistenzärztin wollte mir kein weiteres Schmerzmittel mehr geben. Sie sagte: Frühestens in fünf Stunden kann ich ihnen noch mal dieses Zeug einspritzen. Früher geht das nicht. Wenn ihr Körper das nicht verkraftet, müssen wir sie auf die Intensivstation bringen. Ein Krankenpfleger gab mir ein weniger starkes Betäubungsgift, das aus diesem Behälter in meine Hand lief.

Es wurde nicht besser. Ich konnte nicht sitzen und nicht liegen. Nachdem der Behälter leer gelaufen war, lief ich den Rest der Nacht durch dieses Krankenhaus. Treppab und treppauf. Gegen sieben sah mich Herr Auamann und drückte mir, wie er sagte, 50 ml Spezialschmerzmittel durch den Katheter. Kurz danach waren die Schmerzen weg und ich schlief, bis meine Eltern zu Besuch kamen. Papa und Mama hatten Urlaub auf Sylt gemacht.

Wie geht es mit Melanie, wollte Mama wissen.

Ach ja, manchmal keift sie rum, aber im großen und ganzen passt das schon. Im Moment hat sie viel Stress da oben in dieser Behindertenwerkstatt. Sie überlegt, ob sie die Stelle als Leiterin der Arbeitsvorbereitung wieder abgibt. Denn ihr Chef hätte gerne, dass sie 38 statt 24 Stunden arbeitet, sagte ich.

Papa muss nachher zum Urologen, er hat sich den Penis erkältet, sagte Mama.

Papa sagte: Ach Ruth, jetzt spiel das mal nicht wieder so hoch. Der Arzt hat mir diese Pillen verschrieben, das geht schon wieder weg. Papa erzählte, dass der Urologe ihm so ein Dingen zum Abtasten in den Arsch gesteckt hätte, aber das ist gar kein schlechtes Gefühl.

Die Schwulen stecken sich auch immer irgendwas in den Arsch. Gregor, Eleonore und ich hielten uns einmal eine Rüttelflasche, wie sie Stahlbetonbauer benutzen, um den Beton zu verdichten, ans Arschloch. Eleonore hätte diese Maschine gerne mit nach Hause genommen. Wenn dieser Hochfrequenzgenerator nur nicht so laut wäre.

Wieder Schmerzen. Eine weitere Infusion und dann in den Klinikpark. Der etwas geistig Zurückgebliebene hat immer noch seinen Walkman und macht Luftsprünge und sagt: Gleich kommt Tina Turner und schaut sich mein frisch gestrichenes Zimmer an. Ein anderer älterer Mann macht ein auf Reporter. Er hat eine wohl nicht mehr funktionierende Kamera an der Hand. Er will alle Leute fotografieren und schaut in die Mülleimer und murmelt irgendwas. Ansonsten viele Behinderte im Rollstuhl, einige Leute laufen mit Krücken rum und andere so wie ich mit einem blauen Scheißarmstützkissen.

Die Klinikspaziergänge letzte Nacht. Nun ja, jetzt hab ich Muskelkater, das Laufen fällt mir schwer und ich fahr mit dem Aufzug. Ach was bin ich arm dran. Es wird Zeit, diesen Bunker schnellstens zu verlassen. Sobald dieses Schmerzmittel abgesetzt wird, bin ich hier weg. Melanie, Otto, Bobby, die Musikanlage, mein persönliches Umfeld, alles fehlt mir. Jetzt haben die mir schon wieder das Rauchen auf dem Balkon verboten. Das riecht hier wie in einer Kneipe, sagte die Nachtschwester und stellt das Abendessen auf den Tisch. Sie essen ja auch nicht viel, sagte diese etwas stämmige ca. 35-jährige mit überhaupt keiner Ausstrahlung.

Mein Fummelchen, mit der ich ein eheähnliches Verhältnis habe, kocht, ich sage ihnen, dass ist allererste Sahne. Und dieses Krankenhausessen, was für die Mehrzahl der Leute wohl in Ordnung ist, das schädigt meine Geschmacksknospen auf der Zunge. Ich glaube, die Schwester konnte meinen Worten nicht so ganz folgen, schüttelte den Kopf und ging mit dem Essenstablett aus dem Zimmer. Die hat was gegen mich. Gestern nach der Operation ging ich in die Kaffeeteria und trank zwei Warsteiner. Das steht mir ja wohl zu als deutscher

Junge. Wieder auf meinem Zimmer, gab mir die Schwester dann den Kaffee, den ich vorher bei ihr bestellte, und sagte: Herr Burmann, sie haben ja eine Fahne. Schämen sie sich denn gar nicht.

Ich habe jetzt keine Lust, darüber zu reden. Jeder Mensch braucht Flüssigkeit. Ich trinke dieses Warsteiner Mineralwasser mit dem Reinheitsgebot.

Donnerstagsabend nach dem Versuch, etwas zu essen. Mann, was bin ich verwöhnt, dachte ich. Melanie ist die beste Köchin, die ich kenne. Ich bekam noch eine Schmerzdröhnung und hatte ein ganz normales Körpergefühl, bis auf den Bein- und Wadenmuskelkater. Ich nahm mein Handy, Paffmänner und ging in den Klinikpark und von da aus zum Friedhof und setzte mich unter den Rotdornahornbaum und rief in der Volmestube an.

Warum meldest du dich nicht mit: Hier ist die Prinzessin von Folka, sagte ich zu Melanie, die mal wieder ihrer Schwester hilft, weil die immer noch kein neues Zapfhahnmädchen gefunden hat.

Ich weiß doch auch nicht immer, dass du das bist, antwortete mein Herzblatt.

Musst du doch auch nicht. Du kannst das doch trotzdem sagen. Ich wollte dir nur sagen, dass ich dich liebe. Mir war gerade so danach, sagte ich.

Ich liebe dich auch. Morgen früh komme ich, bevor ich in die Volmestube gehe. Ach, bist du wieder auf dem Friedhof, sagte sie.

Ich werde mir morgen eine andere Friedhofsbank suchen. Die Leute, die hier um mich herum liegen, die kenn ich nun schon ganz gut, sagte ich noch zu meinem Superbaby.

Ja, ich rechnete die Lebensjahre der Toten im Kopf aus und dachte: Manche sind auch nicht alt geworden. Oder die Grabsteine von Ehepaaren. Stirbt der eine, folgt der andere oder es ist umgekehrt. Trifft man sich da oben im Himmel wieder? Sitzen Albert Einstein, Franklin D. Roosevelt, Wilhelm Braun, der Gregor und mir so hilfreich zur Seite stand, Oma Emmi, mein geschätzter Opa Heinrich und Erika an einem langen Tisch und beobachteten uns? Warum passiert dann so viel Ungerechtes auf unserer Erde?, dachte ich.

Mein Handy klingelt. Auf dem Display steht Samira. Hallo Samira, sagte ich, nachdem ich die Abnehmtaste drückte.

Wo bist du? Ich sitze jetzt im Klinikpark, antwortete sie.

Ich ging zum Park und Samira und ich unterhielten uns über viele Dinge. Wie ich sie so beobachtete, diese selbstbewusste junge Frau, kribbelte Günter mal wieder. Wir könnten ja noch mal ins Volmarsteiner Burghotel gehen, sagte sie und strich mir dabei über den linken Oberschenkel.

Samira, ich glaube, das ist nicht gut. Auch wenn Melanie heute nicht kommt. Ich bin froh, dass sie nichts gemerkt hat. Im übrigen merke ich, wie die Wirkung des Schmerzmittel langsam nachlässt. Kommst du noch mit nach oben zum Anästhesisten, sagte ich.

Der Anästhesist gab mir eine Schmerzdröhnung durch diesen Minikatheter und Samira und ich gingen noch mal in den Klinikpark redeten noch eine Weile, und als sie sich in den Mitsubishi setzte, sagte sie, dass sie mal in die Volmestube fährt und ein bisschen mit Melanie reden möchte.

Du weißt, dass wir ein Geheimnis haben. Verplapper dich bitte nicht, sagte ich zu ihr und ging dann in mein Zimmer und war froh, dass mir sofort die Augen zu fielen.

Freitag sechster September. Die Schulter. Wäre ich alleine, in meinem Haus oder im Wald, ich hätte losgebrüllt. Mir fehlen die Worte, um diese scheiß Armschmerzen zu beschreiben. Ich drückte die Notklingel und ein Krankenpfleger kam.

Bitte geben sie mir eine Schmerzdröhnung und helfen mir hoch. Ich kann mich nicht mehr aufrichten, so weh tut mir alles. Bitte ziehen sie an meiner rechten Hand und dann mit einem Ruck nach oben, sagte ich zu dem Pfleger.

Ich streckte den rechten Arm aus und der Pfleger zog mich hoch. Jetzt saß ich wieder im Bett.

Ich darf Ihnen nur diese Kochsalzschmerzmittellösung eintropfen lassen. Das andere darf ich ihnen nicht geben. Sie haben da schon zuviel von bekommen, und der diensthabende Arzt schläft.

Jetzt hing ich wieder an diesem Tropf und dann kam noch einer hinterher. Die Schmerzen wurden nicht weniger, total übermüdet und Muskelkater in den Beinen. Der Krankenpfleger entfernt den Schlauch von dieser Flasche aus meiner Hand und verschloss die Kunststofföffnung mit einer 40mm langen Nadel, die am Ende einen roten Plastikstopfen hat, und ging aus dem Zimmer.

Irgendwie bekam ich die Rotweinflasche auf, die noch in meiner Sporttasche lag. Meine Zimmernachbarn hatten ihre Balkontüren verschlossen, so konnte ich mir draußen eine rauchen und an der Flasche nippeln. Die Armschmerzen kamen wieder, ein Gefühl wie mit dem Teppichbodenmesser an der Schulter rumschneiden war das.

Ich machte mich etwas frisch, soweit das mit einer Hand geht und lief wieder im Krankenhaus rum. Meine Schritte wurden immer kleiner. Mein Gang immer langsamer. So einen Muskelkater hatte ich noch nie. Als ich den Krankenpfleger sah und er mich fragte, ob die Schmerzen denn jetzt auszuhalten wären, sagte ich in einem mit Sicherheit zu verstehenden Tonfall: Ich will, dass sie diesen schlafenden Bereitschaftsarzt wecken, und sorgen sie dafür, dass der mir dieses Zeug einspritzt, sonst brüll ich diesen Bunker zusammen.

Kurz danach kam ein großer jüngerer Arzt mit der Erlösungsinjektion. Endlich keine Schmerzen. Ich frühstückte, trank Kaffee und lief etwas auf dem Flur rum. Dr. Auamann und der Stationsarzt Dr. Schmerz standen im Schwesternzimmer mit einer Tasse Kaffee in der Hand.

Na, Burmann alles klar, sagte Herr Auamann.

Ich erzählte ihm die letzte Nacht, und er hat mit dem Kopf geschüttelt und schaute Herrn Schmerz an und sagte: Wer hat gesagt, dass sie dieses Schmerzmittel nur alle sechs Stunden bekommen dürfen. Der Krankenpfleger kann das nicht. Der Arzt schläft. Ich werde hier gleich eine außerordentliche Mitarbeiterbesprechung mit der Nachtwache machen.

Beide entschuldigten sich bei mir und ich hörte noch, dass ich dieses Schmerzmittel jederzeit bekommen kann. Die Abstände würden sowieso immer größer und ich solle froh sein, dass ich in der operierten Schulter was merke, dass sei ein Zeichen von Heilung.

Dr. Schmerz spritzte mir noch mal 20ml in den Katheter und mir ging es bis zur Krankengymnastik gut, die ich auf einmal machen sollte.

Zwei jüngere Damen kamen ins Zimmer, stellten sich vor und nahmen dieses schweißblaue Armstützkissen ab und sagten: Sie lassen den Arm jetzt ganz locker, wir bewegen den jetzt, wir sagen passives Bewegen dazu. Als sie meinen Arm bewegten, konnte ich nur noch aufschreien und bat, dass sie sofort aufhören sollten. Das scheißblaue Armstützkissen wurde wieder umgeschnallt und eine der beiden murmelte: Der ist doch erst am Mittwoch operiert worden. Eigentlich ist das doch viel zu früh, jetzt schon mit Bewegungstherapie anzufangen.

Ich glaub, ich sitz im falschen Zug, dachte ich.

Meine Eltern kamen noch mal. Sehe bloß zu, dass du bald aus diesem Krankenhaus bist. Hier laufen überall Pflegefälle rum, sagte Papa.

Freitagsnachmittags kam Melanie. Wir gingen in die Kaffeeteria, kauften uns drei Flaschen Warsteiner und setzten uns im Klinkpark auf eine Bank. Vorher holte sie unseren Bobby aus dem Beulenexpress. Melanie musste ihn zurück halten, damit er mich nicht vor Freude ansprang. Das hätte dem Arm bestimmt nicht gut getan. Bobby hat sich unheimlich gefreut, als er mich sah, und wenn er noch seinen Schwanz hätte, dann hätte er den bestimmt ganz heftig wedeln lassen. Der Bobtailzüchter hatte damals sofort nach Bobbys Geburt seinen Schwanz abgeschnitten. Heute soll das verboten sein, sagte Melanie mal irgendwann.

Dr. Schmerz fuhr gerade mit seinem A180 an uns vorbei. Ein kurzer Augenkontakt und Handzeichen. Der hat jetzt Feierabend, dachte ich. Auch ganz schön weit bis nach Hause. Nach dem Autokennzeichen wohnt er in Mettmann.

Samira war gestern in der Volmestube. Wir haben uns für heute Abend verabredet und wollen in die Stadt gehen. Morgen früh geh ich noch mal kellnern und komme dann so gegen zwei Uhr wieder, sagte Melanie und drehte den Zündschlüssel des kleinen Mazdas rum und weg war sie.

Ich wollte mich etwas hinlegen und im Aufzug stand mir ein Krankenpfleger von einer anderen Station gegenüber und sagte: Ihr Katheter ist rausgerutscht. Hier ist gleich Feierabend, sehen sie bloß zu, dass die ihnen einen neuen setzen.

Ich ging zu Schwester Yvonne, die mich eh nicht leiden kann, weil ich Bier trinke und rauche, und zeigte ihr den herausgerutschten Kunststoffschlauch.

Herr Burmann, was haben sie da wieder gemacht? Bei anderen Patienten halten die mindestens fünf Tage, hörte ich und musste jetzt mal meinen Frust an dieser eingebildeten Tussie loswerden und sagte: Liebe Schwester Yvonne. Offensichtlich stimmt bei uns die Chemie nicht. Alles ist schon mal anders, und wenn ich nicht mit dem falschen Auto zur falschen Zeit am falschen Ort gewesen wäre, hätten wir uns wohl nie kennen gelernt. Jetzt versuchen sie bitte, einen Anästhesisten aufzutreiben, damit man mir hilft. Ich bezahle ja auch mal irgendwann ihre Leistungen und es wäre nicht schlecht, wenn sie mich wie einen Kunden behandeln.

Das hatte gewirkt. Schwester Yvonne telefonierte in der Klinik rum, erreichte auch noch einen Anästhesisten, erzählte ihm meine Krankengeschichte und dass der Katheter rausgerutscht ist.

Ich bin auf dem Weg nach hause, heute tue ich nichts mehr. Geben sie ihm Novalgin, das hilft auch, sagte der Arzt wohl zu Schwester Hilde.

Das kann doch nicht wahr sein, dachte ich.

Ich schluckte dieses Novalgin, und so gegen acht kam Hugo mit einer Flasche Rotwein. Wir redeten über alles mögliche. Er hat wieder ein neu zu restaurierendes Auto, einen alten 190 SL. Mit der neusten Technik versieht er das Flügeltürenmodell. Einbau eines Ecomotors, Navigation, eine moderne Bremsanlage mit ABS und Airbags kommt in das seltene Auto. Alles cash auf die Hand. Seine seriösen wohlhabenden Kunden brauchen für die Ausführung der Arbeiten keine Rechnung, weil der Gesetzgeber Spielzeuge nicht als absetzbare Kosten anerkennt.

Dann reden wir übers Ficken und ich höre, dass er Probleme mit seinem Aal hat. Das Teil steht nicht immer so wie er das will. Gegen 22:00 Uhr geht Hugo nach hause. In der Nacht schlief ich sehr unruhig, wurde oft wach und schluckte fast eine ganze Flasche von diesem Novalgin, denn ich wusste ja, wo das Zeug im Schwesternzimmer aufbewahrt wurde und hatte immer noch Muskelkater. Als die Nachtschwester zur unteren Etage ging, holte ich mir diese Flasche aus dem unverschlossenen Giftschrank. Ich bin doch nun wirklich alt genug, um nicht nach jedem Scheiß zu fragen.

[56]

Samstag, siebter September. Irgendwie schaffte ich es, mir ein frisches T-Shirt anzuziehen, nahm meine Sporttasche, ging zum Klinikpark und rief ein Taxi. Gegen neun war ich in meinem Bunker, in meiner gewohnten Umgebung. Ein Telefonat mit einem befreundeten Mediziner, ein Fax zur Apotheke und ich hatte mein Schmerzmittel und noch zusätzliche Tabletten. Am Wochenende hatte ich nur gesessen und geschlafen. Laufen konnte ich immer noch nicht richtig. Sonntags ging Melanie mit Samira, Susan und Chris zu einem Konzert in der Oberhausener Arena und kam so gegen zwei Uhr morgens nach hause und hatte nichts besseres zu tun, als mich mal wieder zu wecken. Ich wurde sehr ärgerlich und sagte: Tu mir ein Gefallen, lass mich einfach in Ruhe, am besten so lange bis diese Armscheiße weg ist.

Dienstag zehnter September. Der gestrige Tag und die letzte Nacht waren schrecklich. Immer kribbeln, viele Ameisen und Bienen sind in der linken Schulter. Die Sonne scheint noch lecker warm. Ich rückte mir den Gartenstuhl, Tisch und Fußablage behindertengerecht auf dem Urlaubsort zurecht. Die Strahlung der Sonne beruhigte kurzeitig das Fleisch, die Sehnen und die Knochen, wo da operiert wurde. Gegen Mittag trank ich mein erstes Warsteiner, immer noch Muskelkater in den Beinen. Wie viel Kilometer bin ich wohl in der Nacht von Mittwoch auf Donnerstag in diesem scheiß Krankenhaus rumgelaufen? Nach dem vierten Warsteiner ging es mir langsam besser. Gegen halb zwei kam Eleonore und kurz danach noch Samira. Samira baute eine kleine Tüte. Der Alkohol, das Marihuana, so ließ es sich aushalten, sogar die Beinmuskeln waren etwas weicher geworden. Zwei Stunden unterhielten wir uns nett und amüsant. Eleonore erzählte, die Handwerker, welche sie in Ungarn für das Umbauen ihres Hauses beauftragt hatte, sollen das Arbeiten wohl nicht erfunden haben. Als sie auf der Toilette war, fragte ich Samira, ob sie über unseren Hotelsex mit Melanie geredet hat. Nein, sagte sie und baute noch eine Tüte. Eleonore verabschiedete sich. Samira blieb noch. Gegen Nachmittag kam Melanie, gab mir einen schnellen Kuss und dann sah ich, wie sich Samira und Melanie liebevoll umarmten, so, als ob sie sich schon Jahre kennen oder verschwistert sind. Na ja, warum auch nicht, dachte ich so.

Beide stellten sich an die Küchenarbeitsplatte und kochten behindertengerechtes Essen. Fleischspieße mit Reis und knackigem Gemüse. Samira erzählte von der thailändischen Küche und dann redeten sie über das Konzert. Die Zugfahrt, die netten Kneipen und die Rückfahrt. Ein Typ aus Dortmund so um die 45, der nett und gutaussehend sei, hat die mit einem funkelnagelneuen großen BMW nach dem Konzert da abgeholt. Der ist fast immer 230 gefahren, und dieser Mensch soll ganz heiß auf Susan sein.

Ich trank mir noch ein Warsteiner. Samira und Melanie redeten auf der Terrasse weiter und ich legte mich ins Bett. Die Nacht, der normale Rhythmus, ca. ein bis zwei Stunden in Rückenlage geschlafen. Aufstehen, wenigstens das geht jetzt schon mal ohne Anstrengungen mit diesem scheißblauen Armstützkissen, nass geschwitzt und ich kann mir nicht das T-Shirt wechseln. Eine Stunde etwas an der Rotweinflasche nippeln und dieses Scheißkribbeln und Stechen im Arm, dann wieder hinlegen bis zum nächsten wach werden. Ich werde mir jetzt wieder eine von den Pillen nehmen, die Nacht ist zum schlafen da. Ich müsste ins Büro gehen und wenigstens unsere Eingangsrechnungen bezahlen wegen dem Skontoabzug. Langsam rieche ich unangenehm, die Haare sind verfilzt, die Fingernägel zu lang. Der Versuch, diese Scheißarmstütze mal an die Seite zu legen, es geht nicht. Sendet der Körper Signale zu den Nerven? Lass es sein, es ist noch zu früh. Versuch zu schlafen, leg dich wieder hin. Ich weiß es nicht.

[57]

Mittwoch, elfter September. Die Nacht war wie eine vorgegebene Gleichmäßigkeit. Gegen 23:00 Uhr schaltete Melanie die Glotze aus. Ich nahm mir einen guten Teelöffel voll Novalgin, trank viel Wasser hinterher und schlief bis um eins. Mit Kribbeln in den Fingern stand ich auf, trank etwas Rotwein, zog am Zigarillo und eine halbe Stunde später lag ich wieder im Bett. Kurz vor drei wieder dasselbe, Kribbeln in den Fingern, Schulterzucken, aufstehen. Kurz ins Sofa, bis das Kribbeln weg war. Gegen halb fünf wieder wach. Draußen ist das größte Schweinewetter, es regnet eimerweise. Ich schluckte mir eine von diesen Tramadolor Hammerdrogen, trank viel Wasser und paffte mir noch eine und lag kurz nach fünf wieder neben Melanie. Mann, hat die einen guten Schlaf. Ihre Atmung ruhig und gleichmäßig. Bis um acht konnte ich schlafen, dann kribbelten die Finger wieder. Wie im Winter, wenn die

Hand zu viel Kälte abbekommen hat. Die letzten Stunden waren so halbschlafmäßig. Das Gift der Tablette hat, so denk ich, auch mein Gehirn ruhiggestellt. Nebenbei bemerkte ich, wie der Wecker klapperte. Melanie stand sofort auf. Ich hatte ein Körpergefühl wie nach einer langen Partynacht. Der Körper matt, der Kopf leer und einen steifen Günter. Der fehlte mir jetzt auch noch. Nach dem Pinkeln war Günter wieder ruhig und auf Normalgröße geschrumpft. Auf Sex hatte ich gar keine Lust in diesem Scheißzustand. Gegen 12:00 Uhr wurde es ruhiger in der linken Schulter. Etwas frisch machen und mit Bobby ins Büro. Zwei Briefe von meinen Kindern sind in der Post und dann kommt noch ein Anruf von Fari. Wir schnatterten wieder so wie immer. Lustig, verrückt und cool. Der Brief von Tibor war supergut. Er hat, wie ich es mir wünschte, eine technische Erklärung mit Zeichnung, Leistungs- und Gewichtsangaben dieser Flaschenzerkleinerungsmaschinen gezeichnet, gemalt und geschrieben. Verdammt gut, der Tibor, sagten Gregor und Henry, nachdem sie die DIN A4 große Beschreibung studierten.

Die Eingangsrechnungen konnte ich noch fristgerecht mit Skontoabzug bezahlen. Hierbei dachte ich an Tibor. Er hat noch in seinem Brief geschrieben: Jetzt habe ich auch ein Computerkonto und kann jeden Tag mein Geld sehen. Mann, was ist das geil.

Während ich jetzt kurz vor 17:00 Uhr schreibe, denke ich: Schreib mal einfach deine Gedanken auf. Dann haben ja die Gespräche geholfen, unsere abendlichen Unterhaltungen, immer wenn Tibor in den Schulferien hier war. Tagsüber arbeiten und abends reden. Anfangs bekam er immer die größte Scheißarbeit. Dreckig und laut. Seiner Kraft angepasst und immer mindestens zwölf Stunden am Tag. Tibor sah fast wie ein Außerirdischer aus. Riesengroße Gehörschützer und einen Spezialgesichtsschützer aus durchsichtigem Polycarbonat. Die heißen, fast hellgelben Funken einer Winkelhandschleifmaschine verbrennen die Haut, und die Augenärzte freuen sich über Schleiffunken im Auge, weil das ordentliches Geld in die Kasse bringt. Leider gibt es heute noch immer Firmen, die ihren Mitarbeitern nicht ihre persönliche Arbeitsschutzkleidung zur Verfügung stellen. Ohne was zu essen, zwischendurch mal eine Flasche Dunkelbier, denn was zu essen gab es erst, als Corinna spät abends im Haus war und kochte. Bis zwanzig geht Tibor noch in diese technische Fachschule, dann könnte er Maschinenbau studieren und dann ist er fertig, so hofft er und ich auch.

Vorhin kam Melanie. Ich beschrieb ein Stück Papier so lange bis es voll war. Es sind spezielle Zeilen für mein Supergirl. Das Schreiben fand ich ganz lustig und meine linke Schulter auch, fast kein Schmerz. Ich hörte sie die Treppe hochkommen. Bobby sprang auf und rannte ihr entgegen. Den Zettel legte ich in meine wöchentliche Lektüre, den wollte ich ihr erst geben, wenn sie einkaufen fährt. Aber wie so oft im Leben kam es mal wieder anders.

Auf dem Tisch lag ein Viagrarezept, das hat mir der befreundete Arzt separat zugefaxt. Das Rezept ist auf meinen Namen ausgestellt. Melanie sah diesen mit Arztstempel und Unterschrift versehenen Zettel und sagte: Soll ich jetzt für dich in diese Apotheke gehen? Die kennen mich hier alle in der Bronx. Am Samstag habe ich dir in dieser Apotheke diese Schmerzmittel für deine Schulter gekauft. Kann ich die nicht woanders holen. Überall, aber nicht in der Bronx. Was sollen die Leute von mir denken? Erst holt die Schmerzdrogen und dann diese Fickpillen. Was kosten die überhaupt?

Das ist doch scheißegal, was die kosten. Ich soll jemandem, den ich kenne, diese Pillen freundlicherweise besorgen. Du kannst doch in der Apotheke sagen: Dann geht heute abend aber richtig die Post ab. Wie viel darf ich meinem Stecher denn davon geben? Ich hab da schon angerufen. Um kurz nach sechs liegen die da. Und die verlassen sich darauf, dass die Ömmesse da abgeholt werden, sagte ich.

Wir redeten eine Weile über diese Pillen. Was die so kosten. Wie oft man im Monat in einer intakten Beziehung rumvögelt. Der befreundete Taxifahrer hat die Teile aus der Apotheke geholt und Melanie überreicht. Jetzt liegen sie erst mal im Kühlschrank.

Melanie meinte, dass wir diese Pillen doch mal ausprobieren könnten. (Wenn sie wüsste, was ich vorher genommen habe, als sie schwarz gestrapst auf der Motorhaube des verbeulten MX 5 saß.) Verkauf doch erst mal nur eine Packung. Die andere ist dann für uns, sagte sie und lächelte. Es wurde noch sehr lustig. Wir beide machten unsere Flachsen und Günter kribbelte, als er sich das Auf der Haube-Ficken noch mal als Film ablaufen ließ: Komm, fick deine Schlampe.

Melanie räumte etwas auf und motzte mal wieder über Kleinigkeiten rum. Pass auf deine Asche auf. Leg nicht überall deine Sachen hin, hörte ich und sagte: Motz nicht rum, dass macht dumm. Rede bitte nett zu mir, dieses Gemotze tut meiner Schulter so weh. Sie ging ins Wohnzimmer und räumte dann wohl da auf, so hatte ich meine Ruhe an dem Küchentisch und musste über dieses kleine Miststück lächeln.

[58]

Beim Hoffummelchen war eine Zusammenkunft von mehren Frauen. Oft hörte ich weibliche Stimmen im Treppenhaus. Die Wohnungstür ist immer offen, damit Bobby seine nächtlichen Hofrunden drehen kann. Diese vielen Mädchen taten Bobby gut. Oh, was bist du denn für einer, du bist ja ein lieber Hund, sag mal, wie heißt du denn, eben so, wie jeder mit einem lieben großen Hund redet, der auf seine Streicheleinheiten ganz verrückt ist. Dem Otto wurde das zuviel mit der Streichelei. Er watschelte einmal durch die Küche und verkroch sich in seinen beheizten Verschlag.

Gegen 23:00 Uhr nahm ich mir eine Schmerzdroge. Vielleicht kann ich heute mal länger schlafen, mir reicht es so langsam, dieser Zweistundentakt. Schlafen, Kribbeln in den Fingern, aufstehen.

Melanie lag schon im Bett. Ich wollte mir noch eine paffen und dann nachkommen.

Dann kam Gregor und fragte nach Melanie.

Melanie, steh mal bitte wieder auf. Unser Hoffummelchen hat Besuch und eine von ihren Freundinnen ist mit dir in die Schule gegangen, rief ich.

Wir konnten Melanie aber nicht davon überzeugen, sich eben was anzuziehen und eine Etage tiefer zu gehen. Als sie den Namen der Schulfreundin hören wollte, sagte Gregor: Das soll eine Überraschung sein.

Melanie war zu müde und sagte, dass sie morgen wieder einen harten Tag hätte. Drei Kollegen sind krank und dann geht das in dieser Behindertenwerkstatt richtig ab. Wenn diese Leute nicht immer beaufsichtigt werden, machen die nur irgendwelchen nicht immer nachvollziehbaren Mist. Von einem erzählte sie mal: Also, ich hab da einen Neuen bekommen. Franz heißt der, 25 Jahre alt. Der sieht ganz normal aus, der machte zuerst auch einen normalen Eindruck, vielleicht ein bisschen sprachgestört. Die Schrauben, die er eintüten muss, die Stückzahl und Abmessungen stimmen immer. Jetzt wird der mit Medikamenten ruhig gestellt. Mehrmals am Tag verließ Franz den Arbeitsraum und wollte sich auf dem Flur einen runterholen. Melanie ruft dann einen Krankenpfleger, der sich um so was kümmert. Und Fritzchen ist auch dabei. Melanie sagte zu Fritzchen an einem Freitag: Nächste Woche brauchst du nicht zu kommen, denn du hast noch fünf Tage Urlaub. Fritzchen fand das gar nicht gut mit dem Urlaub, denn er weiß nicht, was er da machen soll und will weiter die Schrauben eintüten. Scheiß Urlaub, ich habe keinen Bock auf Urlaub, ich komme und tüte hier ein, damit die Möbelfirma diese Schrauben hat, die sie doch so dringend brauchen, soll Fritzchen gesagt haben.

Gregor und ich redeten bis morgens früh halb vier, tranken einige Flaschen Warsteiner, rauchten einige Zigarillos und nahmen uns sogar in den Arm. Wie lange schon nicht mehr?

Er würde die Firma gerne alleine weitermachen. Warum ich nicht aufhöre? Er würde mir soviel zahlen, dass ich mir über Geld keine Gedanken machen müsste. Gregor ist verstresst. Er arbeitet oft sehr lange. Immer kommen die Kunden mit neuen Aufträgen, die mal eben dazwischen geschoben werden sollen. Die Fräsmaschinen laufen sogar nachts. Mir hat man vor zwei Jahren verboten, so nah an diese hochentwickelten, numerisch gesteuerten automatischen Werkzeugmaschinen heranzugehen. Der Bildschirm fängt manchmal an zu flackern, wenn ich daran vorbeigehe. Dann arbeitete ich mal an der 13 Meter langen Fräsmaschine und habe da irgendwas falsch programmiert. Wobei das Programmieren manchmal sehr einfach ist, wenn der Nullpunkt schon vorgegeben ist. Die Werte der X und Y Achse müssen dann nur noch eingetippt werden. Enter und Programmlauf Start. Und dann knallte es wie im Krieg, als der Fräser in den U-Bootstahl fuhr. Die Maschine war kaputt. Zwei Monteure aus der tschechischen Republik ließen wir einfliegen. Fast zwei Wochen dauerte die Reparatur des verstellbaren Hochgeschwindigkeitsgetriebekopfes. Es war mir sehr peinlich, was da passiert ist. Alle Mitarbeiter kamen sofort angelaufen und ich hörte: Ach du Scheiße. Einer sagte sogar: Warum bleibt der Chef denn nicht an seinem Schreibtisch sitzen. Gott sei Dank haben wir eine Maschinenbruchversicherung, die auch Bedienungsfehler abdeckt, dachte ich bei dem Cognac, den ich mir nach dem Maschinenunfall einfach trinken musste. So kam ich dann zu dem Erbsenzähler- und Kontendesignerjob in meinem Laden.

Gregor zeigt mir seine Füße. Ganz massive Entzündungen zwischen den Schwimmhäuten und den Zehen. Auch so eine Scheiße die keiner braucht.

Diese Schmerzpille hat während unserer Unterhaltung meine Schulter ruhiggestellt. Es ließ sich aushalten. Ich konnte bis acht schlafen, dann kribbelte es wieder in den Fingern, aber nicht mehr so unangenehm wie sonst.

Gegen 10:00 war ich im Büro. Susanne, die Steuermaus, saß an meinem Schreibtisch und bereitete den Jahresabschluss des vergangenen Jahres vor. Das Finanzamt will unsere Umsatz- und Gewinnzahlen, damit die mal wieder ordentlich Steuern vom Konto abbuchen können. Die Bürgersteigplattenmengenermittlungsbehörde muss ja schließlich auch leben.

Gregor war bei Hensel und Gretel und ich schrieb in der Zeit an seinem PC einen Brief an Herrn Auamann.

Ihnen und ihrem Stationsarzt Herrn Dr. Schmerz sowie Herrn Dr. Wund meinen aufrichtigen Dank für die Operation und die Betreuung usw.

In ihrer Nähe fühlte ich mich richtig behandelt und in guten Händen.

Das andere drum und dran, die Nächte, überlastete Krankenschwestern, schlafende Bereitschaftsärzte, Krankenpfleger, die Schmerzmittel nicht spritzen dürfen, vergessen wir das. Freitagsnachmittags rutschte der Minikatheter aus unerklärlichen Gründen aus der operierten Schulter. Schwester Yvonne erreichte noch einen Anästhesisten, erklärte diesem meine Situation und die Schmerzen.

Unglücklicherweise wollte ihr Kollege mir nicht helfen, er sei auf dem Weg nach Hause. Mir wurde Novalgin verabreicht. Die Nacht von Freitag auf Samstag war sehr schmerzhaft. Nun, ich habe es überlebt und der Mensch ist Gott sei Dank vergesslich.

Samstagsmorgens entschloss ich mich, die Klinik zu verlassen. Mir fehlte mein normales Umfeld, die Kochkunst meiner Partnerin, das warme Wetter, der Liegestuhl und überhaupt.

Der Wunsch, noch mit einem Arzt zu reden, wurde ignoriert. Ein Anruf bei einem Mediziner, ein Fax zur Apotheke und ich hatte Schmerzmittel, die ich hoffentlich bald nicht mehr brauche. Die Schulter ist auf dem Weg der Besserung.

Und dreimal hatten wir gesagt: Burmann, wenn das angewachsen ist, gehen wir einen trinken. Die rechte Schulter ist in Ordnung. Der Bewegungsradius des Arms, die langsame Kraftzunahme, alles wird gut. Nochmals vielen Dank. Warum trinken wir, sie und Herr Schmerz und Herr Wund, nicht mal eine Flasche Cognac zusammen? Wenn sie Lust haben, ich lade sie hiermit ein. Wann darf ich zum Entfernen der Fäden kommen?

Freundliche Grüße aus der Bronx.

Einarmig bediente ich die Tastatur. Endlich war der Brief fertig. Jetzt schmerzte mir der Unterarm. Susanne fragte mich dann alles mögliche, um diesen Jahresabschluss fertig zu bekommen. Was will der Gesetzgeber denn noch alles wissen? Warum ist so eine Scheißsteuererklärung denn so kompliziert?

Gregor kam von Hensel und Gretel zurück, und als ich hörte, dass die ersten U-Boote den Hochseetauchschein bestanden hatten, freute ich mich sehr, denn Samira wollte ja zwei U-Boote kaufen, und weiterhin hieß es, dass wir so gut für vier Jahre Vollbeschäftigung haben und unbedingt diese neue Halle haben müssen. Warum haben wir diese scheiß Halle nicht einfach ohne Genehmigung gebaut. Wenn ich so überlege, wie viel Umsatz und Gewinn unwiderruflich verloren sind, nur weil diese Scheißbaugesetze und übergenaue und langsam arbeitende Beamte alles in die Länge ziehen. Der Beamte kann ja auch krank werden und

Urlaub machen. Dann bleibt so ein Bauantrag einfach mal drei Monate unbearbeitet zwischen einhundert anderen Anträgen liegen. Ach du armes Deutschland.

Ey, Gregor, was mir vorhin eingefallen ist, ich hatte ja auch mal so eine Scheiße an den Füßen. Unsere Freundin Lisa hat von ihrer Großmutter eine geheime Kräutersalbe. Vorher müssen die Füße in Persil gebadet werden. Es muss Persil sein, sonst geht das nicht. Warum das so ist, weiß keiner. Ich werde Lisa gleich anrufen und mir diese Salbe besorgen, sagte Gregor.

Ulla kam so rein zufällig auf eine Tasse Kaffee vorbei und erzählte, dass sie ihre Prüfung bestanden hätte, aber am liebsten bei der Stadtverwaltung aufhören würde. Diese SPD-Bratwurstdreher und Grünenreibekuchenplätzchenbäcker gehen mir langsam auf den Nerv, sagte sie. Ulla muss, was die da auf den Parteitagen sagen, in nachvollziehbaren Sätzen protokollieren. Und oft reden die eben nur viel Müll, diese Weltverbesserer, die das blaue vom Himmel lügen.

Melanie wollte mich abends waschen. Komm, ich helfe dir, ich bin doch deine private Krankenschwester. Das tut dir gut, Wasser am Körper, sagte sie.

Ich hatte vorhin mal versucht, dieses Scheißarmstützkissen abzulegen. Es geht nicht, die kleinste Armbewegung tut schon weh. Ich warte noch damit, eventuell morgen oder Samstag. Ich weiß selber, dass ich strenger als Bobby rieche. Immer neuer Schweiß kommt auf den alten und das riecht schon ganz schön asozial. Seit Samstag letzter Woche habe ich schon das T-Shirt an. Na und.

Melanie mixte uns leckere Cocktails und dann erzählte ich ihr von dem Gespräch mit Gregor, dass ich eventuell aufhöre zu arbeiten. Einmal warf sie ein: Du hast doch mal eine Meisterprüfung gemacht.

[59]

Ja, damit fing alles an. Am 25. März 1981 war ich staatlich geprüfter Schlossermeister und meldete zum ersten April 1981 den Laden als Schlosserei an. Langsam wurde es mir zu heiß. Ich hatte schon vorher Schlosserarbeiten ausgeführt, immer ohne Rechnung. Das Geld lag in der Schublade. Bei den nicht armen Leuten wurde ich herumgereicht. Ihre Häuser brauchten Treppen, Geländer und Laternen. Henry, unser jetziger Vorarbeiter und rechte Hand von Gregor, war damals so um 14 Jahre alt. Gregor und Henry kamen immer nach der Schule arbeiten. Zehn Mark bekamen sie die Stunde. Geld gab es immer samstags. Eine Werkstatt war auch vorhanden. Die alte Baubude von meinem Vater, die stand beim Bauern auf dem Feld. Der Schuppen war kleiner als das Kaminzimmer. Anfangs schnitten wir das Material mit der Flex durch. Nach kurzer Zeit hatten wir aber so alles, was in einer Schlosserei zu stehen hat, sogar Schmiedefeuer und Amboss. Das Material lag draußen in der Wiese. Ringsherum Kühe und Hühner. Hoffentlich beißen die Kühe mal nicht in das dicke Stromkabel, dachte ich schon mal. Gregor machte seine Ausbildung bei der Friedrich Uhde GmbH, genau so wie ich. Nur ein paar Jahre später. Henry lernte drei Jahre das Schlosserhandwerk bei mir. Die ersten Industrieaufträge kamen. Sogenannte Mitnehmer für die Firma Hoesch. Die Mitnehmer schoben Autofedern durch eine Metallkugelstrahlanlage, damit die Federn zum nachfolgenden Lackieren auch schön metallisch blank waren. Die Mitnehmer zerstörten sich also selber. Zu Hunderten haben wir die hergestellt. Bei Hoesch traf ich auch meinen damaligen Kollegen Frank, der wie ich auch Maschinenschlosser lernte. Er war mittlerweile Maschinenbautechniker und machte später noch seinen Diplomingenieur. Wenn ich damals irgendwas berechnet haben musste, konnte ich immer auf Frank seine Hilfe zählen. Wer braucht nicht immer Geld? Die Firma Hoesch verlagerte ihren Standort und Frank ging irgendwann nach Amerika. Im Sommer 1981 sagte Gregor, dass er einen guten Kollegen hat, der sich gerne ein Motorrad kaufen würde und eine Stelle nebenbei sucht. Dann kann der doch bei mir nebenbei arbeiten kommen. Ist der denn auch verlässlich, sagte ich.

Ich denke schon. Aber den darfst du nicht anbrüllen. Ich glaube, der ist etwas sensibel. Der Vater von dem ist etwas merkwürdig, sagte Gregor. Wir beschnupperten uns und verloren uns bis heute nicht mehr aus den Augen. Heute ist er Betriebsleiter bei der Schiffsbaufirma Hensel und Gretel. Diplomingenieur Karsten. Gregor und Karsten wurden gute Freunde und studierten Maschinenbau in Wuppertal und kamen immer nebenbei arbeiten. Wenn was berechnet und gezeichnet werden musste, erledigten die das mal eben so ingenieurmäßig und lernten technische Probleme praxisgerecht umzusetzen. Beide haben eine mathematische Logik und schachbrettartige Denkweise, einfach toll.

Die Jahre vergingen. Die kleine Firma wurde immer bekannter und ich verstresster.

Sonntagsnachmittags Anfang des Jahres 1987, es ist draußen sehr kalt und ab und zu schneit es. Hilde, Farina, der kleine Tibor und ich sind bei meinen Eltern zum Kaffee. Gregor zeigt mir stolz die Zeichnung und Berechnung eines Hydraulikzylinders, seine Wochenendhausaufgabe. Sein Professor ist sehr streng und erwartet von den Studenten schon fast unmögliches. Ich weiß nicht, ob ich da weitermache in Wuppertal. Ob ich den Biss habe, später auch mit den Ellenbogen nach oben zu kommen. Den ganzen Tag lerne ich, ob ich das jemals wieder aufholen kann, die Jahre des Studierens. Würde ich bei Uhde als Maschinenschlosser arbeiten, hätte ich jetzt bestimmt so um 25 Mark die Stunde, sagte er zu mir.

Uhde und Hoesch gibt es heute gar nicht mehr so richtig. Irgendwie verkaufen und kaufen sich die Firmen gegenseitig. Normalsterbliche blicken da nicht mehr durch.

Gregor erzählte von Gesprächen mit dem Vater seiner damaligen guten Freundin Astrid. Herr Braun gab Gregor eine andere Denkweise und kannte fast alle deutschen Industriebosse. Er war Vorstandsmitglied in einem großen international tätigen Konzern und Mitinhaber von Hensel und Gretel. Wir bauten mal ein Edelstahlgewächshaus und einen riesigen Wintergarten für seinen Palast in Bochum. Die einzelnen Elemente transportierten wir auf Skateboards durchs Dorf. So haben wir das früher gemacht, unkompliziert und schnell.

Wenn du auf dieses Studium keinen Bock mehr hast, dann fang bei mir an, als gleichwertiger Partner. Mir wird das zuviel. Ich bin fast keinen Tag vor 22:00 Uhr zuhause, sehe meine Kinder nur mittags und Hilde meckert immer. Ich habe mich damals selbständig gemacht, um weniger zu arbeiten, und jetzt arbeite ich nur noch. Ich biete dir hiermit meine

Partnerschaft an, überleg es dir. Ich kenne dich und denke, wir könnten das machen. Dein technisches Wissen und meine Kontakte.

Gregor meinte, er hätte kein Geld, um mit einzusteigen.

Geld habe ich auch nicht, arbeite deinen Anteil einfach ab und halte dich mit den Privatentnahmen etwas zurück. Über Geld machen wir uns später mal Gedanken. Jetzt wird erst mal investiert, sagte ich.

Die Werkstatt, mittlerweile die dritte, befand sich auf einem Hinterhof in der Eckeseyer Str. Ein 150 qm kleines Drecklöch. Handschlag und die Sache war besiegelt. Die Schlosserei hatte jetzt zwei Inhaber.

Auf der Rückfahrt erzählte ich Hilde davon und es gab den ersten richtig großen Ehekrach. Ich sollte das wieder rückgängig machen.

Nein, antwortete ich. Wir hatten gesagt, dass du dich aus meiner Firma raushältst, du weißt selber, dass mir das zuviel wird. Demnächst bin ich wieder gegen 19:00 Uhr zuhause und möchte dann was zu essen haben.

Karsten studierte weiter. Im Frühjahr 1990 gab er eine Party. Er war jetzt Ingenieur und Herr Braun stellte ihn als Betriebsleiter ein.

Die Werkstatt in Eckesey wurde zu klein, die Zufahrt war zu eng. Wir suchten was anderes.

Mitte 1988 fanden wir unser neues Domizil. Bronks, die Schwarzguss-Werke, seit mehr als zehn Jahren leerstehend und für damalige Verhältnisse groß genug. Auch Herr Braun fand das Gelände gut. Er wollte auch noch eine eigenständige Produktionsfirma, seine eigene, gründen und wir machten einen Deal. Herr Braun kaufte das gesamte Gelände, es wurde lange umgebaut und saniert. Der Hof gepflastert. Das Grundstück bekam einen Zaun. Ende 1989 zogen wir um. Die paar Maschinen, die wir hatten, richtig erbärmlich sah das aus, in der großen Halle, wo heute die CNC- gesteuerten Fräsmaschinen stehen.

In dieser Zeit fingen die Geschäfte mit der Firma Hensel und Gretel an. Damals baute sie Fahrzeugteile für den wehrtechnischen Bereich, bis der Staatsanwalt kam.

Viele umliegende Firmen machten irgendwelche Fahrzeugteile, die dann (ach was ist die Welt klein) in der Firma, wo ich damals als Maschinenum- und -aufsteller arbeitete, zu Fahrzeugen zusammengeschweißt und bearbeitet wurden. Sie gaben den Fahrzeugen dann diese Namen aus dem Tierreich. Marder, Fuchs und Wiesel.

Irgendwann morgens früh gegen fünf kam eine Hundertschaft von Polizisten und Staatsanwälten, trat die Hauseingangstür ein und verhaftete Herrn Braun. In Schlafanzug und Handschellen führte man ihn aus seinem Haus. Es wurde ihm sogar untersagt, noch ein paar Worte mit seiner Frau zu reden. Wie ein Schwerverbrecher wurde er abgeführt. Mir den Inhabern und Geschäftsführern der anderen Firmen machte der Gesetzgeber das gleiche. In Koblenz wurden sie einfach eingesperrt. Es wurde behauptet, dass die Bundesrepublik Deutschland mit Scheinangeboten um mehrere Millionen gelinkt worden sei. Einige der Verhafteten erzählten wohl irgendwas und wurden gegen Kautionszahlungen von mindestens einer Millionen Mark erst mal aus der Festung entlassen. Sie hatten aber absolutes Ausreiseverbot und mussten sich jeden Tag bei der hiesigen Polizei melden. Herrn Braun sperrten sie länger als ein Jahr ein. Gregor und ich besuchten ihn einmal. Es war schon sehr deprimierend, wie man ihn behandelte, denn es stand ja noch gar nicht fest, ob er wirklich was Kriminelles gemacht hatte. Ein Kinderschänder darf nach einem psychologischen Gespräch wieder nach hause und kann sich dann noch mal an den Kindergartengängern vergreifen. Die sogenannte Bronxpanzeraffäre war jeden Abend in der Tagesschau zu sehen. Die Zeitungen druckten eine zusätzliche Seite. Dann sagte so ein Oberoberstaatsanwalt zu Herrn Braun, wenn er den Gefängnisaufenthalt vergisst, dann dürfe er nach Hause. Die Akten werden in den Keller gestellt und nach zehn Jahren vernichtet. Ob die wirklich vernichtet werden, möchte ich allerdings bezweifeln. Unser Bundeskanzler kann mich ja eines besseren belehren, wenn er mal Bock haben sollte, mit mir auf meinem Urlaubsort eine Tasse Kaffee zu trinken und eine von meinen Zigarillos mit mir zu paffen. In der Bronx ist es schön! Und ich bin nett. Das sagen auf jeden Fall die meisten. Jetzt war Herr Braun wieder auf freiem Fuß, die Akten im Keller. Die Angelegenheit erledigt und Herr Braun wurde um mehr als ein Jahr seiner Freiheit beraubt.

Bei einem späteren Gespräch erzählte er uns viel über diesen unfreiwilligen Gefängnisaufenthalt und bemerkte so nebenbei, dass viele Leute den Fehler machen und vergessen, was sie gesagt haben. Vergiss nie, was du gesagt hast, brenn es in den Schädel.

Leider verstarb er kurz danach im Urlaub. Im Swimmingpool bekam er einen Herzinfarkt. Keiner, selbst seine Frau nicht, wusste, dass er einen angeborenen Herzklappenfehler hatte. Mein Bruder hatte einen guten Freund verloren. Musste dieser Mann denn so früh von uns gehen? Irgendwann waren wir mal auf dem Hof und machten an unserem mittlerweile gekauften Gebäude Betonblumenkästen fest, in die wir Efeu pflanzten, und Gregor sagte: Ob Wilhelm uns wohl beobachtet. Was denkt der wohl jetzt.

[60]

Melanie hörte mir die ganze Zeit zu und sagte, nachdem sie uns einen neuen leckeren Cocktail auf den Glasplattenfahrradtisch stellte: Kannst du überhaupt, ohne Arbeit? Meinst du, es ist noch nicht zu früh? Was machst du dann den ganzen Tag?

Ich erzählte ihr meine Gedanken. Das Haftungsrisiko müsste sowieso mal von der privaten Seite weg. Wir haben immer noch keine GmbH. Wir werden eine neue Firma gründen und ich vermiete ihm die ganzen Maschinen und das Gebäude. Und ich muss ein Hintertürchen für Tibor offen halten, denn ich glaube, er hat Spaß an Maschinenbau.

Wir redeten noch eine Weile und ich sagte zu Melanie: Also diese Pink Ladys, die du da gerade gemixt hast, die schmecken am besten. Kannst du noch einen machen?

Ich nahm mir vorher eine Schmerzdroge, um eventuell mal die Nacht durchzuschlafen, und erinnerte mich an Gregor seine Worte: Irgendwann zahlen wir mehr als eine Millionen Mark Steuern im Jahr und dieser Laden wird in ganz Deutschland bekannt.

Und ein Spruch von Herrn Braun: Denk immer daran, dass man sich auch mal vor den

Baum fahren kann. Bei mir war es kein Baum, bei mir war es ein LKW. Was ist das schon für ein Unterschied?

Nach einer weiteren Pink Lady wurde ich endlich müde und konnte bis heute morgen durchschlafen.

[61]

Freitag dreizehnter September. Ich sah noch kurz Melanie. Heute macht sie einen Betriebsausflug, ohne zu wissen wo das hingeht, man munkelt auf einem Schiff, vielleicht die Mosel? Und hinterher hat ein Arbeitskollege Geburtstag.

Vor zehn heute Abend wird die wohl nicht wiederkommen oder schläft sie da oben auf dem Volmeberg, dachte ich und hörte dann aus der Kleiderkammer: Ach was zieh ich nur wieder an. Ich habe überhaupt keine Klamotten mehr. Ich sah ihr noch beim Schminken zu und stellte fest, dass Günter auch noch lebt.

Die defekte Schulter sticht heute nur leicht, ein rundherum angenehmes Kribbeln, leider auch manchmal noch ein Stechen, dann muss ich Aua sagen. Aber es ist so ein Gefühl, alles wird gut. Nach einem äußerst kurzen Büroaufenthalt setzte ich mich hin und schrieb sehr lange an dieser Vergangenheitsstory. Gegen 16:00 Uhr kam die Sonne aus ihrem Versteck und ich döste im Liegestuhl ein und hatte einen Traum. Tibor erzählte was von einer Erfindung, leider verschwamm dann leider wieder alles. Selbst angestrengtes Nachdenken lässt es mir höchstens in meiner Phantasie erscheinen, und die hatte ich nach einem Joint genug. Zuerst wollte ich zu Gregor gehen und ihm das zuletzt Geschriebene vor seine Nase legen und sagen: Lese das mal bitte durch, das geht schnell, und wenn was nicht richtig ist, sage es mir bitte. Aber wie ich vorhin auf dem Kalender Freitag der dreizehnte las, dachte ich, wo ich eigentlich nicht abergläubisch bin: Bleib erst mal sitzen und paff dir eine.

Beim Pinkeln ärgerte ich mich über diese dreckigen, scheiße aussehenden Rostwasserspuren, die von unserer Brunnenanlage in dem eingemauerten Klo hinterlassen werden. Mit einem Spülmaschinenreinigerömmes gingen die Rostspuren sehr schnell weg. Was Melanie alles so liest, dachte ich dabei und freute mich über die Beweglichkeit meines rechten Arms. Kein Knacken und kein ungesundes Körpergefühl.

Beim Wort Ömmes fiel mir wieder Herr Braun ein. Das Wort ist von ihm. Damals, als die Geschichten mit dem Telefaxen anfingen. Dann nimmt man den Ömmes und steckt den darein. Ob er wirklich das Stück Papier meinte, was ins Telefaxgerät kommt um, die langsame träge Post und Hörfehler zu umgehen? Wie viel Seiten werden jeden Tag durch diesen Ömmesfax gejagt?

Gegen 19:00 bimmelt das Telefon.

Hier ist deine Mutter. Du meldest dich ja nie, also muss ich das tun. Farina hat angerufen. Die kommen ja morgen alle. Tibor bringt auch seine Freundin mit. Der Freund von Farina, wie heißt der noch? Heißt der nicht Daisy?

Nein, Mama. Der Junge heißt Devi. Daisy ist die Freundin von Donald Duck.

Mama sagt, dass sie morgen Abend vorbei kommen wollen, und fragt nach Melanie. Ich erzähle ihr, dass sie heute einen Betriebsausflug macht und nicht weiß, wo es hingeht.

Dann erzählte Mama, dass Papa die Autotür nicht richtig zu machte und in die Garage fuhr. Jetzt hat die Tür eine dicke Beule und ist zerkratzt. Sie musste noch mal weg fahren, weil sie ihre Brille irgendwo hat liegen lassen. Auf dem Weg dorthin fuhr sie fast auf das Auto vor ihr auf, weil ein Hund über die Straße lief. Der Autofahrer machte wohl eine Vollbremsung. Da passte nur noch ein Stück Papier zwischen. Auf dem Rückweg an der gleichen Stelle lief der Hund in Mamas Auto. Das Tier lebt aber noch. Jetzt weiß ich auch, warum das heute so ein scheiß Tag war, eben Freitag der dreizehnte.

Gegen Mitternacht war ich endlich müde, nahm mir vorsichtshalber eine Schmerzdröhnung und schlief bis heute morgen halb fünf. Die Finger waren nicht mehr ganz so kalt und ich dachte: Jetzt kann das mit der Schulter ja nur noch besser werden.

Bobby bellt, mein Freund Frank ist in Deutschland. Hi, Folka, ich wollte dir mal meinen Sohn vorstellen. Ein netter aufgeweckter, dunkelhäutiger vierjähriger Knirps. Er hatte voll seinen Spaß an dem fernlenkbaren videoüberwachten Beatle. Wir redeten über das letzte Jahr. Die Sicherheitsbestimmungen an den Flughäfen. Der elfte September, und dass Amerika von einem Cowboy, Herrn Busch, regiert wird. Melanie kam auch irgendwann. Ach ja, sie hatte noch spät angerufen und schlief mal wieder auf dem Volmeberg. Frank meinte, dass die ganz gut aussieht und ob die nicht noch eine nette alleinstehende Schwester hat. Ich erzählte ihm etwas von der Eulensippe, insbesondere von Susan. Da ist alles dran, was so ein Weibstück haben muss. Wir verabredeten uns für den kommenden Montag. Dann gehen wir in die Volmestube und Frank bekommt Susan vorgestellt.

Ich begleitete Frank und seinen aufgeweckten Sohn zum Auto und sah Hartmuts silberfarbigen Opel Rekord auf dem Hof stehen. Dahinter stand ein blaumetallic lackierter Opel Astra.

In Gregor seiner Wohnung sprach ich Anjas Vater Hartmut und dessen Sohn Dominik mein Beileid aus. Die nächste Stunde verlief ruhig. Anja lud mich zum Essen ein, weil Melanie war ja mal wieder in der Volmestube. Gregor schnitt mir freundlicherweise das Zigeunerschnitzel in behindertengerechte Stücke. Hartmut ist dem Anglerverein beigetreten. Dominik arbeitet als Feuerwehrmann. Bei der Unterhaltung verspürte ich Freude. Hartmut hat sich wohl gefangen. Was muss das für ein Gefühl sein, wenn man seine Ehefrau, mit der man 40 Jahre zusammen war, zwei große im Leben stehende Kinder hat, beerdigt. Hartmut und Dominik verließen das Haus. Liebevolles Drücken zwischen den Geschwistern und Papa Hartmut sah ich. Beim Kaffee erwähnte Gregor, dass Karsten vorgestern mal wieder Papa geworden ist. Oskar heißt der Nachwuchs. Auf die Frage von Gregor, was die Schulter macht, antwortete ich: Ich konnte heute morgen bis halb fünf durchschlafen. Das Scheißblauerechtearmstützkissen habe ich mit einem 35 cm langen Brotmesser für meinen linken Arm zurechtgeschnitten. Das nehme ich jetzt zum duschen. Am Mittwoch, also am Operationstag, duschte ich das letzte Mal. Und heute morgen. Mann, war das geil, das zuerst warme Wasser und dann das kalte. Ich muss sehr vorsichtig diesen Scheißarmstützkissenwechsel durchführen. Melanie müsste das mal filmen, wenn ich mir ein frisches T-Shirt anziehe.

[62]

Gegen 17:00 Uhr Samstagsnachmittags kamen sie mit einem schwarzen BMW. Tibor, Farina, Devi und Nancy. Kurz danach kamen Papa und Mama und die Bude war gut voll, als Anja und Gregor auch noch mit am Tisch saßen. Ich rief Arielle an, die auch kurz danach kam. Farina und Arielle verstanden sich auf Anhieb und verschwanden ins Wohnzimmer. Oft hörte man die beiden kichern, so wie fast 18-jährige Mädchen eben kichern. Die vier Küchenstühle werden dann einfach weggestellt und die Sitzbänke von einer Bierzeltgarnitur aus der Abstellkammer geholt, auseinandergeklappt und dann ist Sitzplatz ohne Ende da. Melanie machte einen Riesentopf Hühnerfrikassee. Gegen 21:00 kamen noch Denis und seine Freundin Doris, und die jüngeren Personen wollten dann mal in die Stadt gehen. Gregor, Anja, meine Eltern und Melanie redeten so einiges beim Bier und Rotwein. Es wurde immer lustiger, wie das so eben in einer Familie ist, wo es im großen und ganzen noch in Ordnung ist.

Sonntagsmorgens beim Frühstück hörte ich von meinen Kindern, dass in unserer Stadt ja der Hund begraben ist. Sie waren in einer Disko gewesen und Tibor sagte: Da ist ja jede Skihütte in Österreich besser. Nach dem Frühstück kümmerten wir uns um den schwarzen BMW, der einen technischen Defekt hatte. Das Auto nahm nicht mehr richtig Gas an, schüttelte sich und fuhr nur noch 60. Ein Servicemobil von BMW, ein Auto mit einer hochmodernen Computeranlage, und dessen Fahrer schlossen ganz viele Kabel an Devis Auto. Die Zündung soll defekt sein. Ersatzteile gib es für das 12 Jahre alte Auto nicht mal so eben. Der Servicetechniker meinte, das müsste alles bestellt werden, und es wäre wohl am besten, wenn das Auto morgen in die Werkstatt kommt.

Warum ist jetzt nicht Hugo zuhause, dachte ich, nachdem ich mehrmals bei ihm anrief. Warum hat der noch immer kein Handy?

Hassan fummelte auch noch an dem Auto rum und sagte: Die Zündung ist nicht kaputt, das weiß ich genau. Wenn das jetzt ein VW wäre, dann hätte er den Fehler schon längst gefunden. Die Motorentechnik dieser Münchenerautoschmiede ist nicht mal eben so zu durchschauen. Den BMW stelltten wir vor die Werkstatt, die auch immer unseren Fahrzeugpark wartet.

Tibor und Nancy gingen in die Badewanne. Gregor und Anja kamen noch auf einen Kaffee und Gregor sagte: Früher konnte ich mit meiner Freundin nur in die Badewanne gehen, wenn die Alten weg waren.

Dann fuhren die Holländer mit dem kleinen Polo von Anja nach Hause. Gegen Abend telefonierte ich mit meinem Papa, erzählte ihm das mit dem Autotausch und hörte dann Papas Stimme: Der Junge darf mit dem Auto nicht fahren. Wir haben damals einen Versicherungsvertrag gemacht, wo ausdrücklich drin steht, dass das Auto nicht von Personen gefahren werden darf, die jünger als 23 Jahre sind. Jetzt habt ihr keinen Versicherungsschutz! Jede Viertelstunde rief ich in Holland an. Bei Hilde und auf Farinas Handy. Keine Reaktion. Wie ich da so am Tisch saß, ging mir das mit dem Ausrücken von meiner Tochter durch den Kopf. Vorletztes Jahr war das. Eine Woche vor ihrem 16. Geburtstag. Sie hatte mal wieder Stress mit ihrer Mutter und hatte mal einen Gitaristen von einer in Holland ganz bekannten Rockband kennen gelernt. Blob aus Amsterdam. Den wollte sie dann mal eben in Amsterdam besuchen. Als mich Hilde anrief und mir das erzählte, wollte ich mich zuerst ins Auto setzen und diese kleine Göre suchen. Ein sehr diplomatischer Polizist aus dem Dorf, wo meine Kinder wohnen, hatte Farina endlich am Handy, als schon der Zug fast im Amsterdamer Hauptbahnhof einlief. Farisau nahm gleich den Zurückzug und war spät abends wieder in ihrem Dorf, wo sie Hilde von dem Bahnhof abholte. Tags darauf fuhr ich dann mal wieder diese langweilige Strecke und holte diese eigensinnige Ziege von der Schule ab und hörte mir ihre Probleme an. Farina sagte aber gleich hinterher, dass sie wohl etwas kopflos gehandelt hätte. Hilde ist eben auch verstresst, meinte sie. Auf meine Frage, warum sie sich denn, bevor sie sich in den Zug nach Amsterdam setzte, noch vorher ein großes Glas Gurken im Supermarkt kaufte: Also, Papa, stell dir mal vor, wenn mir einer an die Wäsche hätte gehen wollen, dann hätte ich dem einfach das volle Gurkenglas auf den Kopf gehauen!

Endlich kurz nach 21:00 Uhr ging Hilde ans Telefon. Ja, die sind gerade gekommen, es ist nichts passiert. Mann, war das wieder ein Scheißgefühl im Kopf. Hilde meinte, das Devi in Holland gar nicht mit einem in Deutschland zugelassenem Auto fahren darf. Auch das noch.

Der Montag verlief normal, bis auf meine Armscheiße. Devis BMW ist wieder in Ordnung. Ein dünner Schlauch, der unterhalb des Zylinderkopfes ganz versteckt im Motor verschwindet, hatte sich gelöst.

Herr Auamann rief an und sagte: Kommen sie morgen, dann ziehe ich ihnen die Fäden. Ich telefonierte mit der Polizei und mit Achim, denn jetzt wollte ich mal die Rechtslage wissen, wie das mit Autos im Ausland usw. ist.

Ein Auto darf nicht in einem anderen Land gefahren werden, wenn der Halter eine andere Person ist. Wegen Zollgesetze ist das so. Was ist das denn für ein vereintes Europa, denke ich. Was reden die Politiker denn nur immer in Brüssel. Haben die bis jetzt nur die einheitliche Währung, den Euro, auf die Beine gestellt. Na ja, es ist ein Anfang. Jedes mal, wenn ich den Kinderbeischlag überweise, brummt mir die Bank immer ordentliche Auslandsüberweisungsgebühren auf die Nebenkosten des Geldverkehrs auf. Leider ist das mein privates Konto.

Achim erzählte mir, dass er gar nichts mehr weiß. Früher hörte er sich Musik im Auto an. Und heute zieht er sich andere CDs rein. Er hat ein Abo bei der Rechtsanwaltskammer. Von denen bekommt er jede Woche eine neue CD. Die neuste Rechtsprechung ist da drauf. Jeden Tag was anderes, meinte er.

Herr Auamann zog mir die Fäden und erzählte, dass er einen Rechtsanwalt wegen meinem an ihn persönlich gerichteten Brief beauftragen wird. Die Klinikleitung hat den einfach geöffnet und das lässt er sich nicht mehr gefallen. Das soll schon das fünfte mal sein. Und die Ärzte hätten Wetten abgeschlossen, wann ich das Krankenhaus verlassen würde. Dr. Schmerz hat die Wette gewonnen.

Der Nachmittag war mal wieder voll die Scheiße. Die Schulter schmerzt wie fast am Operationstag. Vielleicht kommt das vom Fädenziehen. Melanie kocht zarte Rouladen mit einem leckeren Endiviensalat. Wie macht die wohl immer diese Geschmackkreationen?

Melanie ist jetzt auch krank. Sie hat Rückenschmerzen, Schulterschmerzen, Knieschmerzen und ist oft genervt.

Dienstags, an dem Tag vor meiner Operation, vögelten wir das letzte Mal. Ich glaube, der Sex fehlt ihr. Selber schuld, sie kann den Günter doch aufblasen und sich draufsetzen, denke ich.

Dann höre ich, dass ich wieder mein scheiß doofes Grinsen drauf hätte. Das soll aber aus meinem Kopf kommen, nicht von den Augen, die haben immer noch den Lausbubenblick drauf, sagt sie.

So, jetzt höre mir mal gut zu, meine Zuckerpuppe, in der Schule hatte ich auch Musikunterricht und ein Lied habe ich mir behalten und das werde ich dir jetzt vorsingen:

Die Gedanken sind frei, kein Mensch kann sie erraten, kein Jäger erschießen. Die Gedanken sind frei. Ei, Ei.

Wir hatten beide unseren Spaß und küssten uns.

[63]

Gegen drei Uhr morgens wurde ich wach. Mein ganzer Körper tut weh. Diese Rückenschlaferei mit dem Scheißarmstützkissen. Ich blieb dann auf, trank Kaffee, rauchte mir einen Zigarillo und wollte mich noch mal hinlegen, dachte aber, das bringt eh nichts. Also baute ich mir einen kleinen Joint mit dieser Spezialdrehmaschine von der französischen Firma OCB. Die Filter mache ich immer aus meinen Visitenkarten, so beteiligt sich das Finanzamt noch ein bisschen an meiner Raucherei. Die nett zurecht gemachten Visitenkarten werden von der Firma bezahlt und sind somit Betriebsausgaben. Ich glaube, der Gesetzgeber wird mir verzeihen, falls er jemals dieses Buch in die Hand bekommen wird. Der Folka hat doch bis jetzt noch keinen persönlich angegriffen und lustig zu lesen ist das doch auch alles, oder?

Mein Körper normalisierte sich und mir fiel der Traum, den ich kurz vorm wach werden hatte, wieder ein:

So kurz vor drei, wie ich mit einem voll steifen Günter wach wurde. Körperschmerzen, Schulterkribbeln und eine gute harte Latte. Zuerst waren die Handwerker im Haus und pfuschten rum. Überall sind Farbspritzer, nichts haben die abgeklebt oder abgedeckt. Die Bilder, sogar das Geschenk von Beate, Taler für Burmann, dieses Dagobert Duck Bild, ist versaut. Die Malerexperten brüllte ich an: Ihr geht jetzt und morgen will ich euren Chef hier sehen. Melanie redete mit diesen Edelhandwerkern und sagt: Der ist eigentlich ganz lieb, aber wenn ihr so rumpfuscht, dann brüllt der Folka und wird zum Choleriker.

Als die Männer weg waren, war erst mal Melanie dran und ich brüllte weiter: Falle mir nie wieder ins Wort und halte dich in Zukunft aus meinen Unterhaltungen raus. Du kennst doch meine Einstellung, Frauen gehören am Herd.

Nach einer längeren Diskussion gingen wir in die Badewanne und spielen eine Runde MENSCH ÄRGERE DICH NICHT. Der Gewinner hat, wie mal vereinbart, einen sexuellen Wusch frei. Dann wurde ich wach, leider. Mit dem Joint träumte ich weiter, es war ja erst vier Uhr heute morgen: Gedämpftes Licht, gute Radiomusik und Melanie macht mal wieder ein auf Cocktailmixerin. Weiß getrapst, roter enger Stretchrock und hochhackige Stiefel, die Absätze sind mit Klebeband umwickelt, damit der Holzfußboden nicht diese pfennigkleinen Beulen bekommt. Nach einigen Pink Ladys liegen wir vor dem brennenden Kamin und na ja.

Wenn Herr Auamann recht hat, kann ich das Scheißarmstützkissen in 14 Tagen stundenweise ablegen. Passen sie aber auf. Die Muskeln und Sehnen müssen erst wieder lernen. In drei Jahren dürfen sie mal daran denken, wieder Liegestützen zu machen.

Gegen sieben klappte ich den Spiralcollegblock auf und schrieb an diesem literarischen Schwachsinn weiter. Bobby kam gerade von seinem Hofspaziergang, wartete auf ein paar Streicheleinheiten, legte sich dann auf seinen vorgegebenen Platz und schnarchte.

Ich dachte an meine Arme, die Werkzeuge des Gehirns. Ich will wieder Mountainbike fahren und kreativ tätig werden. So gegen 23:00 Uhr ins Bett gehen, kuscheln und dann langsam einschlafen. Die Gedanken gehen langsam aus dem Kopf, der Körper entspannt sich und morgens klappert der Wecker.

Gegen zehn sitze ich im Büro, sehe die Post durch und telefonierte mit dem Autoversicherer. Papa hat versicherungsgesetzmäßig nicht mehr den Durchblick, weil er ja schon einige Jahre nichts mehr damit zu tun hat. Die nette weibliche Stimme am Ende der Telefonleitung sagt mir: Also, wenn das Auto von einer Person gefahren wird, die jünger ist, als es im Vertrag steht, und es kommt zum Bums, dann zahlt die Versicherung. Allerdings verlangt der Versicherer die volle Prämie zurück. Also so, als ob eine ganz normale Autoversicherung abgeschlossen wurde.

Gegen 14:00 gehe ich zum Bunker. Melanie war mit ihrer Kniescheiße beim Arzt und macht mal wieder was Leckeres. Gegrillter Seehecht mit gebräunter, Knoblauch durchzogener Buttersoße. Das Essen ging mir auf die Augen, ich musste mich einfach hinlegen. Im Sofa schlief ich so halbschlafmäßig bis um 16:00 Uhr. Manchmal war da so ein Gefühl, ein Schulterarmgefühl wie ein pulsierender Ring, der sich aus dem Kosmos um die Wunde legt und gute Energiestrahlen darein schießt. Manchmal kam es mir vor, ein elektrischer Rasierapparat geht vom Oberarmmuskel zur Schulter über den Nacken und wieder zurück. Die Finger schlafen nicht mehr ein und ich dachte so nebenbei auf dem Weg zum Büro, eigentlich so wie bei dem rechten Arm nach zwei Monaten. Alles wird gut.

Ich sah noch kurz Gregor. Ein kurzes Gespräch über den Hallenneubau, dann musste er mit Henry kurz weg und sagte: Bis gleich. Das gleich dauerte wohl etwas länger als eingeplant, gegen 19:00 machte ich dann Feierabend und sah Hartmut mit seinem Opel auf dem Hof fahren.

Hallo, Hartmut, was macht die Angelei?
Hartmut erzählte mir sehr viel über das Angeln. Tier- und Landschaftskunde hat er da. Aber bald darf er die Angelrute schwingen.
Anja stand auf dem Balkon und ich wünschte ihr einen schönen Flug.
Ja, morgen früh geht es los. In acht Stunden sollen Gregor und Anja dann in New York sein.

[64]

Donnerstag, neunzehnter September. Bis um vier konnte ich schlafen, dann kam wieder der übliche Scheiß. Schulterstechen, jucken usw. Gegen sieben war ich im Büro und sah noch kurz Gregor und wünschte ihm eine gute Reise usw. Nach drei Stunden einarmigem Arbeiten hatte ich mal wieder einen abgekachelten Computer. Ein Fehler war in diesem neuen angeblich schnelleren BTX Zahlungsverkehrsprogramm. Nach mehrmaligem Ein- und Ausschalten und Telefonieren mit dem Bankmenschen ging das dann aber wieder normal.

Spät nachmittags kam Karsten und wir sprachen über diverse Änderungen an den Blechen der neuen U-Bootgeneration. Diese U-Boote sind wahnsinnig geil. Firma Hensel und Gretel hat die Auftragsbücher voll. Manche Leute bestellen sich einen Maybach und manche ein U-Boot, was voll straßentauglich ist, und wenn man Lust hat, fährt man den Ömmes ins Wasser, schaltet den roten Knopf um, die Türen werden durch die kleinen Servomotoren sofort wasserdicht verschlossen und leise zirpsen die Unterwassermotoren. Das Lenkrad lässt sich bei den Unterwasserfahrten wie ein Joystick bewegen. Wie ein Flugzeug in der Luft kann das U-Boot unter Wasser fahren. Die umlaufenden Spezialglasscheiben lassen die gesamte Unterwasserwelt erkennen. Neuerdings wird eine unterwasserfunktionierende Radaranlage eingebaut. Jeder U-Bootfahrer erkennt sofort herannahende Felsen oder Hindernisse. Desweiteren verhindert diese endlich mal wieder in Deutschland entwickelte Technik die Kollision mit anderen Wasserfahrzeugen oder Hindernissen. Bald ist das neue automatische Navigationssystem einbaufertig. Sollte man in der Nordsee abtauchen und als Ziel die Themse in der Computertastatur eintippen, dann kann man sich hinlegen, in den eingebauten Betten ein Unterwasserpöpken machen oder einfach schlafen. Kurz vor Erreichen des Ziels ertönt die Weckerhupe. Immer voll automatisch. Sogar der Kaffee ist dann fertig. Das einzige, was die Besatzung noch an dieser Hightechkaffeemaschine machen muss, ist: Hin und wieder 50 Kilogramm Kaffeebohnen darein schütten.

Karsten erzählte noch stolz von dem kleinen Oskar und dass er des Nachts auch die Windeln wechselt, so wie sich das eben gehört. Kindchenkontakt heißt das.

Gegen 18:00 lag ich im Sofa und dachte an das gestrige Telefonat mit Farina: Papa, ich bin mit meiner Periode überfällig. Diese Kleine ist genau so wie ich. Dickköpfig und eigensinnig. Sie wird ihr Dingen schon durchziehen. Hoffentlich.

Scheiße, auch das noch und dann wieder Schmerzen in beiden Schultern. Melanie geht in die Volmestube. Nach einem kleinen Joint normalisierte sich mein Körpergefühl und dann hörte ich Stöckelschuhe. Hallo, Samira, sage ich zu ihr, die mal wieder wie aus dem Ei gepellt aussieht. Sie nimmt neben Uschi Platz, schlägt ihre Beine übereinander und lässt wohl mal wieder ihren Rock bewusst etwas hochrutschen. Wir beginnen ein lockeres Gespräch und ich erzählte ihr von meiner Tochter mit der überfälligen Periode und dass Melanie es nie erlaubt hätte, dass Tibor mit Nancy in die Badewanne geht.

Na und, die Badewanne ist zum Baden da, und MENSCH ÄRGERE DICH NICHT spielen kann man auch da drin. Deine Melanie ist doch bestimmt in der Volmestube, und was spricht dagegen, wenn wir beide mal wieder eine Runde spielen würden, sagt Samira.

Mein liebes süßes Fummelchen, der Gedanke an sich ist schon geil, aber mit dieser Armscheiße, und was wäre, wenn Melanie heute in der Volmestube nicht so lange arbeitet, und ich kann es mir nicht immer nur von dir besorgen lassen, sage ich.

Was soll ich lange drum herum schreiben. Sexuell ist sie schneller als Melanie, schließlich hat sie ja mal damit gutes Geld verdient. Sie ging zum Kühlschrank, holte eine Flasche Warsteiner und zwei Gläser, baute eine kleine Tüte und kurz danach saß ich ohne Jogginghose im Sofa und Günter sagte zu meinem Kopf: Jetzt block das bloß nicht ab, denn das tut verdammt gut, dieses Vorhaut vor- und zurückschieben mit den langen roten Fingernägeln. Folka, sag es mir, wenn du soweit bist, ich will deinen Saft runterschlucken, sagte Samira. Komm, Baby, saug dich feste und mach mich leer, sagte ich und dann kam es mir und sie saugte weiter und weiter.

Samira, was soll ich mir den Kopf machen, letzte Woche hatte sie einen Betriebsausflug und schlief wieder da oben auf dem Volmeberg. Die kann mir viel erzählen von Romeos Couch. Wie lange bleibst du noch in Deutschland?

Das kommt darauf an, wann dieses Haus verkauft ist und ich möchte mit dir zu Firma Hensel und Gretel fahren. Du hast mir jetzt schon so viel von diesen U-Booten erzählt. Ich will mich mal darein setzen, sagte sie.

Günter musste jetzt Pippi machen. Ich nahm mir meine Unterhose und die blaue Jogginghose mit und kam Gott sei Dank wieder angezogen aus dem Bad, denn Melanie hatte tatsächlich heute nicht so lange gemacht und klagte über Knieschmerzen.

Jetzt saßen wir zu dritt auf dem Sofa. Uschi kann ich ja nicht mitzählen, denn die ist ja stumm und taub. Wenn diese Armscheiße vorbei ist, werde ich mir von Hassan einen gut erhaltenen ledernen Autositz besorgen, unten ein paar alte U-Eisen dran schweißen und Uschi mit Kabelbindern und Tesaband gut auf diesem Sitz befestigen. Ihr ordentliche Sachen anziehen und dann mit Hilfe des Baukrans auf mein Dach stellen. Die U-Eisen dienen nur dazu, dass der ganze Kram ordentlich schwer ist und nicht beim nächsten Sturm wegfliegt, denn dann kommt der Staatsanwalt. Ich freue mich aber jetzt schon, wenn dann der Kaugummikauer vom Bauamt kommt und sagt: Auch so was muss in Deutschland genehmigt werden. Irgendwann werde ich einen zwei Meter großen Gartenzwerg neben Uschi aufs Dach stellen. Mal sehen was die dann vom Bauamt sagen. Denn der Gartenzwerg ist ein ganz schlimmer. Er holt sich nämlich immer einen runter, dieser Dauerwichser, weil Uschi ja so gut sexuell stimulierend ist. Was einem alles so bei einem Joint einfallen kann.

Melanie und Samira reden mal wieder über Frauenkram und dann ging das Telefon und Hilde sagte: Wenn ihr mit dem Auto kommt, weißt du, eine von unseren Katzen ist krank und braucht Tropfen. Ich blockte gleich ab und rief: Melanie komm mal bitte. Hilde muss dir was erzählen. Melanie und Hilde schnatterten längere Zeit. Ich saß so lange daneben, auf dem Küchentisch, und hatte meinen tollen Spaß dabei. Nach dem Telefonat sagte Melanie: Hilde legt ein Foto auf den Tisch von der Katze, die diese Tropfen braucht, denn die sind nicht da, weil die ganze Familie einen Ausflug zu einem Freizeitpark macht, der ist schon längere Zeit geplant. Der Wohnungsschlüssel liegt in der Fahrradsatteltasche. Ich muss dann über den Zaun klettern und den Schlüssel zum Haus usw. usw. Frauen denken schon mal merkwürdig, dachte ich. Foto von der kranken Katze. Eine Schleife um den Hals reicht doch oder ein Halsband, dann weiß doch jeder, dass das die kranke Katze ist. Also die Katze mit dem roten Halsband, die ist krank und braucht die Tropfen. Jetzt muss Tibor mit seiner Digitalkamera diesen kranken Bols fotografieren, dann Fotonacharbeit machen und noch etwas dazu schreiben: Hallo, ich auf dem Foto, ich bin die kranke Katze und brauche Tropfen, damit ich ganz schnell wieder gesund werde und Mäuse jagen kann. Vielen Dank, Melanie, für deine Hilfe.

Samira und Melanie beschlossen noch in die Stadt zu gehen. Es sah richtig geil aus, wie sie sich im Badezimmer gegenseitig schminkten. Als Melanie in die Kleiderkammer ging, sagte ich zu Samira: Das hat vorhin sehr gut getan, aber bitte verlier kein Wort darüber, denn ich liebe Melanie und eigentlich glaube ich ihr, dass sie da oben auf dem Volmeberg auf der Couch schläft.

Die beiden waren weg. Ich blieb im Sofa und trank mir ein paar Flaschen Warsteiner. Kurz vor Mitternacht beschrieb ich einen Zettel und legte ihn ins Waschbecken: Bitte lass mich schlafen, wenn du wieder da bist.

Melanie hatte ja die Angewohnheit, mich immer zu wecken, wenn sie mal spät von der Volmestube oder sonst wo her kommt.

[65]

Freitag, zwanzigster September. Um kurz nach drei wurde ich mal wieder mit kalten Fingern wach und stand auf. Mein Kopf war noch vom Bier benebelt. Ich paffte mir eine und trank einige Gläser Leitungswasser. Melanie ist nicht da, aber zwischenzeitlich muss sie mal gekommen sein, denn Phil seine Wäsche, die abends noch auf dem Küchentisch lag, ist weg. Na, ja, dachte ich und legte mich wieder hin und konnte bis um halb sieben durchschlafen. Melanie lag auf der Kaminmatratze. Morgen, sagte ich leise, leg dich doch ins Schlafzimmer, hier geht gleich das Telefon. Da hinten hast du Ruhe. Ich muss anmerken, in der Küche stehen zwei Telefonapparate, ein geschäftlicher und ein privater. So bin ich auch vom Haus aus für die Kunden zu erreichen. Und manche rufen schon mal sehr früh an

Melanie fing mal wieder an zu keifen. Was ich mir einbilde. Dieser Zettel und überhaupt. Es begann mal wieder ein heftiger Streit und sie meinte, dass es jetzt reicht und dass sie ausziehen will, packte auch tatsächlich ein paar Sachen ein und rief eins ihrer Geschwister an: Hol mich hier ab.

Leg dich doch noch mal hin und lass uns nachher darüber reden. Tu jetzt nichts, was dir hinterher leid tut, sagte ich.

Nein, ich bin hier weg. Dann ging sie und nahm Bobby mit.

Erst riefen unsere Kunden an und dann rief ich Hilde an: Wir kommen nicht, tut mir leid, Melanie ist heute morgen ausgezogen. Lass Devi kommen. Der Junge ist doch vernünftig und kann Auto fahren. Wenn der Bundesgrenzschutz ihn anhält, werde ich denen das schon so verklickern, dass dieses verbotene Autofahren nichts mit irgendwelchen schwachsinnigen Zollgesetzen zu tun hat. Versichert ist das Auto und der Versicherung ist das egal, wer den fährt.

Der Tag ging schnell vorbei. Melanie verdrängte ich erst mal aus meinem Kopf, bis das Telefon klingelte.

Hi, ich bin es. Fahren wir denn morgen nach Holland?

Nein, Devi bringt den Polo und ich denke, sieben Stunden im Auto sind für meinen Arm nicht gerade gesundheitsfördernd. Und ich kann mich daran erinnern, dass du heute morgen die Flatter gemacht hast.

Schade ich hatte mich so darauf gefreut und wollte mich eigentlich bei dir entschuldigen. Ich bin bei Margret. Wir könnten doch auch, wie Hilde vorgeschlagen hat, eine Nacht da schlafen und erst am Sonntag zurückfahren, dann sitzt du nicht so lange im Auto.

Nein, ich hab das jetzt so eingestellt und ich denke, es tut uns vielleicht mal ganz gut, wenn wir uns erst mal nicht mehr sehen und über diese Beziehungskiste nachdenken, und vielleicht mal morgen Nachmittag über das eine oder andere reden.

Ich spielte noch etwas mit dem Beatle bis der Akku leer war und war froh, das ich gut müde ins Bett fiel. Gegen sieben schlug ich die Augen auf, meine Finger waren wieder taub, aber schon auf dem Weg zur Kaffeemaschine war alles wieder normal. In der Schulter tat nur noch eine Stelle weh. Na, dann will ich mal duschen gehen, dachte ich nach der morgendlichen Denkstunde. Zwei Tage hatte mein Oberkörper kein Wasser gesehen. Warum auch? Melanie war eh seit gestern weg und der linke Arm hatte gestern absolute Ruhe. Ich ging zuerst in die Kleiderkammer, eine frische blaue Jogginghose, Unterhose, Socken und ein Handtuch. Auf dem Sofa neben Uschi dieses Scheißblauearmstützkissen abgelegt, dann das T-Shirt ausgezogen. Ganz vorsichtig, ohne auch nur den linken Arm einen Millimeter zu bewegen. Ohne mich gestern bettfertig umzuziehen, hatte ich mich, wie ich oberkörpermäßig angezogen war, mit dem gelben T-Shirt und dem Scheißblauenarmstützkissen ins Bett gelegt. Nur diese blaue Jogginghose und die Socken hatte ich ausgezogen, und da reicht der rechte Arm völlig für aus. Dann hab ich den linken Arm ja gestern gar nicht bewegt, dass wird ihm gut tun. Und tatsächlich, als ich so gegen zehn entspannt auf dem Sofa saß und über Melanie und Samira nachgedacht habe, wobei die Gedanken sofort wieder verschwanden: Der linke Arm fing an zu zucken, da wächst gerade wieder was zusammen, ich merk das, konzentrierte Körperschwingungen und unsichtbare Strahlung drängen zu einer Stelle meines Körpers. Zu einem operierten und in Heilung befindenden Schultereckgelenk. Jedoch hatte ich gedankenverlorenerweise bei dieser Auszieherei die behindertengerechte Reihenfolge nicht eingehalten, meine selbst vorgegebene: zuerst Hose, dann Socken, dann das Scheißlinkearmstützkissen. Ach was soll es, jetzt saß ich nackt auf dem Sofa und dachte: Dieses Scheißblauearmstützkissen hat den gemeinen Namen gar nicht verdient. Es hilft mir doch, den Arm zu gesunden, dass ich wieder wie früher werde. Aber welchen Namen nur? Ach komm, erst mal noch einen Kaffee und einen Wilhelm zwei Zigarillo und denken.

Gesundungshilfe ist zu lang und auch irgendwie nicht treffend, es muss ein Name oder Wort sein, welches Wärme, Zuversicht und ein positives Körpergefühl ausstrahlt. Und dann hatte ich das Wort. Ist doch klar. Sonne ist das Wort. Das Leben, ihre Strahlung, fast jeder mag und braucht sie. Selbst Kellerasseln und leider auch Zecken, die nun wirklich keiner braucht. Sonne ist gut. Leider bist du heute wieder in deinem Versteck. Wie gerne würde ich mir jetzt auf dem Urlaubsort eine gute CD und eine Riesentüte reinziehen. Nun man kann nicht alles haben. Wenn ich so überlege, bin ich ja zur richtigen Zeit zur Welt gekommen und vielleicht auch am richtigen Ort. Ich meine die technischen, medizinischen und wirtschaftlichen Fortschritte gegenüber vor 100 Jahren. Die demokratische Grundordnung eingeschlossen, ebenso Menschenrechte. Aber leider auch mit Scheißbaugesetzen!

Und ein schlauer Kopf hat sich diese Sonne ausgedacht, um Menschen, welche Schulterprobleme haben, zu helfen. Ein Gedanke, ein gutes Computerprogramm, eine CNC-gesteuerte Schaumstoffbearbeitungsmaschine, zwei mit Klettverschlüssen versehene Tragegurte, und der Prototyp ist fertig. Nachher liegen die Sonnen jeweils in linker und rechter Ausführung in den Körperhilfebedarfsregalen.

Ein Autounfall, ein Röntgenologe, ein guter Schulteroperateur und dieser Sonnenerfinder und gute Zeiten, was will ich mehr?

Mein rechter Arm stützt den linken und ich gehe unter die Dusche und denke: Toll, jetzt brauch ich die Duschsonne auch nicht mehr. Ein wirklicher Fortschritt. In der Dusche lege ich den linken Arm auf der Wasserarmatur ab und genieße den Regen. Das Abtrocknen dauert sehr lange. Jeder, der sich gerade diesen Scheiß durchgelesen hat, kann ja mal versuchen, sich mit einer Hand abzutrocknen und auch anzuziehen. Aber es geht. Und jeden Tag geht es schneller und besser. Als ich wieder mit der blauen Jogginghose und dem gelben T-Shirt und der Sonne unter der linken Achselhöhle im Sofa sitze und so denke, dass ich ja mal so allmählich ins Büro könnte, höre ich wieder Stiefelschritte. Mein erster Gedanke war Samira. Günter kribbelte bei dem Denken, denn er hatte das von vorgestern wohl noch nicht vergessen. Es war Melanie und sie kam mir mal wieder mit ihrem bezaubernden Lächeln entgegen, so als ob überhaupt nichts gewesen wäre und sagte: Schau mal, was ich hier habe und legte mir die heutige Tageszeitung auf den Tisch, und wen sah ich da? Gregor mit seiner Mundharmonika mit einem ganz langen Artikel. Er und seine 40 anderen Kollegen werden beschrieben. In New York in einer Bar spielt er Mundharmonika. Mann, echt cool. Bis jetzt war der Tag doch wirklich toll.

[66]

Devi kam so gegen 20:00 Uhr. Er hat sich ein bisschen verfahren. Ein kleiner 15-jähriger Holländer gab ihm auf dieser langweiligen Strecke als Beifahrer Begleitschutz.
Ihr fahrt aber heute nicht mehr zurück. Ich möchte das nicht. Devi, ihr beiden seid sechs Stunden Auto gefahren. Wir gehen gleich irgendwo essen. Morgen früh nach dem Frühstück könnt ihr wieder fahren. Ist der kleine Polo denn noch in Ordnung?
Devi meinte, dass der Polo erheblich weniger Treibstoff braucht als sein BMW. Und dass Farina beabsichtigt, sich so eine kleine Möhre, wenn sie mal ihren Führerschein hat, zu kaufen.
Warum musste denn meine Tochter mit zu dem Familienausflug, dachte ich. Na, sie hatte ihren Alten ja auch letzte Woche gesehen. Die Abstände werden eben immer größer.
Melanie machte den Vorschlag, beim Ambrocker Muscheln zu essen. Auf dem Weg dorthin sagte sie zu Devi, der uns mit seinem BMW chauffierte: Bleib mal stehen, uns kommt ein Bus entgegen und ein Bus hat Kraft.
Ich war mal so vor fünf Jahren in dieser Kaschemme. Hier hat sich ja überhaupt nicht verändert, sagte ich leise zu Melanie, weil sie den Inhaber von der Volmestube her kennt.
Der Wirt und Koch begrüßte uns.
Einen Chefkoch stellte ich mir in sauberer heller Kleidung vor. Dieser Mensch hatte seine karierte Kochhose wohl schon länger an. Außerdem müsste er mal dringend einen Zahnarzt konsultieren. Zu trinken gab es nur großes Bier. Meine Frage, ob ich denn auch das Bier in kleineren Gläsern bekommen könnte, wurde von der Kellnerin, die offensichtlich die Gattin des Kochs ist, einfach damit abgetan, am Tisch nicht. Die beiden Holländer tranken Kola und aßen Pizza. Melanie und ich verspeisten Muscheln in Tomatensoße. Na ja, das Essen geht so, mal schauen, was der Abend so kostet. Melanies Muscheln schmecken besser und ihre hergestellten Portionen sind auch größer, dachte ich. Der Abend war zu teuer. Hätte der Kerl mir weniger Euros abgenommen, wäre das noch in Ordnung gewesen.
Auf der Rückfahrt meinte Melanie, dass der Eppenhauser Straßenitaliener es besser drauf hat. Super Essen, schnelles gut gezapftes Bier, sogar Warsteiner, und der Preis passt auch.
Wieder im Bunker tranken wir noch eine Weile und machten so deutsch-holländischen Spaß. Devi, behandel mir meine Tochter bloß ordentlich, sonst kann es passieren, dass ich dir einfach deinen Ömmes abschneide, dann hast du den nur noch zum Pippi machen. Und warum bist du so geil auf meine Tochter gewesen, die bekommt jetzt ihre Regelblutung nicht. Ihr jungen Burschen habt, wenn ihr so eine kleine Maus seht, den Verstand im Schwanz. Aber ändern kann ich jetzt auch nichts mehr.
Hinten am Hals und am linken Ohrläppchen, da hat sie das besonders gern, das ist ihre Kraulstelle, denn das musste ich immer machen, wenn wir zusammen kuschelten. Als sie so um 13 war, hatte sich das mit Papakuscheln erledigt.
Oh, ich bin immer ganz lieb zu deiner Tochter, sagte Devi. Ein bisschen eifersüchtig bin

ich ja, dachte ich. Aber so ist der Lauf der Dinge.

Nach dem Frühstück verabschiedeten wir uns herzlich von den beiden und der BMW verschwand vom Hof. Anja war froh, dass sie ihren kleinen Polo wieder hatte.

[67]

Melanie legte sich noch mal hin. Es war eine fast grausame Distanz zwischen uns. Irgendwelche Gedanken über unsere eventuelle Noch-Beziehung verdrängte ich sofort und einmal dachte ich: Sprich dich mit ihr aus und beende das Ganze, das ist vielleicht für beide besser. Ob ich Angstgefühle habe vor eventueller Ausrasterei, sei es von mir oder von Melanie, weiß ich nicht.

Ich gab ihr aber zu verstehen, dass das mit meinem Arm zur Zeit mein einziges wirkliches Problem ist und alles andere, von der Firma mal abgesehen, ist mir egal. Also mach kein Stress, sagte ich zu ihr, als es mal wieder um so kleinkarierte Kacke ging.

Frühnachmittags rief Samira an und verabredete sich mit Melanie, mal in die Dortmunder City zu fahren um ein bisschen an den Geschäften rum zu bummeln. Kurz danach stand sie mit einem, so glaube ich, neuen dunkelblauen Kostüm bei uns in der Küche und gab Melanie und mir einen freundschaftlichen Kuss auf die Wange. Die beiden schminkten sich wieder gegenseitig und ich setzte mich mit meiner blauen Jogginghose und meinem gelben T-Shirt und der Armsonne in die leere Badewanne und Folka schaute den beiden zu. Günter fand das auch gut. Manchmal kam Samiras steiler Schenkel aus der geöffneten Knopfleiste ihres Rocks und ich sagte: Wenn du das morgen bei Hensel und Gretel anziehen tust, also das sieht gut aus. Als ich das ausgesprochen hatte, wurde ich erst mal böse von Melanie angeschaut und ich hörte, ob ich nichts besseres zu tun hätte als bei der Schminkerei zuzusehen.

Fröhlich und lachend gingen die beiden und ich setzte mich ins Sofa und las etwas über Brennstoffzellen und Hybridantriebe.

Melanie kam gegen 19:00 Uhr zurück und kurz danach rief Rita an und sagte: Kommt doch in die Volmestube, es ist fast die ganze Familie da.

Komm doch auch mit, wir finden schon ein ruhiges Plätzchen für dich, sagte Melanie. Nein, ich habe Angst, denn wenn mich einer am Arm anrempelt, kann es sein, dass der Arm dann Aua hat, sagte ich.

Als sie weg war, dachte ich: Jetzt redet die mit Rita. Rita wird Melanie raten, ganz schnell die Flatter zu machen. Ich glaube, meine Art, wo nicht jeder mit fertig wird, verärgert manche Leute, oder sie sind nicht kritikfähig. Irgendwelches Herumreden kotzte mich schon immer an. Früher sagte ich das sogar zu meinen Kunden, wenn sie da den Geldscheinemann rausließen, dass mir ihre Art nicht gefällt. Wenn sie, wie viele Artgenossen, etwas mehr Geld als andere haben und den Kaiser von China machen.

Die Leistung, die sie von mir haben wollen, kostet eben so viel. Der Betrag ist im voraus auf unser Geschäftskonto zu überweisen. Nach Zahlungseingang werden wir mit den Arbeiten beginnen und fristgerecht liefern.

Einmal wollte ein ganz bekannter Bauträger, der aber nur noch auf dem Papier existierte, von uns eine größere Treppenanlage haben. Der schriftliche Auftrag lag auf dem Schreibtisch und mein Freund Achim sah das zufällig und sagte, dass er nicht dafür arbeiten würde, weil der platt ist. Das war ein guter Tipp. Der Bauträger zahlte vorher, und als die Treppe zu seiner vollsten Zufriedenheit in seiner Prunkvilla eingebaut war, sagte dieses arrogante Arschloch, wenn wir nicht auf Vorauszahlung gedrängt hätten, dann wären wir mit leeren Taschen nach Hause gegangen.

Manche Kaisertypen sagten, dass noch keiner so was gesagt hätte, so mit Vorkasse und so. Hier bei uns wird das aber so gemacht. Entweder sie akzeptieren das oder gehen zu unserem Mitbewerber Herrn Aufschneider, der seinen Laden ja nicht weit von uns hat. Meistens machte ich gute Geschäfte damit, zumindestens hatten wir keinen Zahlungsausfall. Bei den besonders Reichen, nicht weil sie reich waren, sondern eben durch diese arschlochmäßige Art, waren die Arbeiten sowieso doppelt so teuer wie für normale nette Kunden.

Und auch diese Mitmenschen, die einen ständig belästigen. Kann ich mal euren Lieferwagen haben. Den bekommt man dann wieder leergefahren und versaut zurück und ein Mitarbeiter oder ich müssen erst mal zur Tanke und einen Reservekanister befüllen. Zu einigen habe ich auch schon mal gesagt, dass sie mir voll aufs Arschloch gehen. Klar, Freunde gewinnt man dadurch nicht, aber die Nerven bleiben verschont.

Melanie wird heute nicht mehr kommen, dachte ich. Der ganze Familienrat in der Volmestube, außer Margret, die mal irgendwann anrief, um sie zu sprechen. Melanie kam doch und kochte sogar eine leckere Kleinigkeit, eine Mailänder Gemüsesuppe, dann waren wir wieder räumlich getrennt.

Die Musik wurde leiser. Melanie drehte den Verstärker runter und sagte: Die Musik hört man bis ins Schlafzimmer und ich muss morgen früh raus.

Gegen Mitternacht legte ich mich neben ihr ins Bett mit einem angenehmen Armgefühl und total toll müde im Kopf. Mit den Gedanken: Wieder ein Tag rum und bald kann ich die Sonne abschnallen.

Die Nacht war wie all die anderen davor. Ich sah noch kurz Melanie und ging über den Hof ins Büro. Die Fertigungsabsprache mit Henry klappte hervorragend. Nach der unbedingt zu erledigenden Büroarbeit und einigen Telefonaten war ich wieder unter der Dachverglasung und las in meiner wöchentlichen Lektüre und war in Gedanken bei Farina. Die Pille danach, das las ich gerade. Kindersex und Aufklärung. Wann bringt diese Weltfremderegierung mal so ein Gesetz raus, dass man denen wirklich den Pimmel abschneidet, die sich an den Kindergartengängern vergehen. Mein Günter mag keine kleinen Mädchen, aber riechen tun sie gut, diese Kleinen. Und tolle Blicke haben sie drauf, wenn sie sagen: Folka, kannst du noch mal den einäugigen Zyklopen von der unbewohnten Insel machen. Und meine Tochter bekommt nicht ihre Periode. Warum habe ich sie auch damals nicht zugenäht, da unten am Dingen.

Ich hör mal wieder Treppensteigen und Pfeifen. Hallo, Alois, du kleines möbelgriffbeleuchtetes Sackgesicht. Ja, so oder so ähnlich begrüßen sich ehemalige Kreativclubmitglieder.

Hey, ich komme gerade von Susan und was habe ich gehört? Melanie will ausziehen. Komm erzähl.

Ich erzählte Alois kurz die Geschichte von Freitagmorgen und auch davon, was mir mit Samira passiert ist, weil ich genau weiß, dass er den Mund halten kann. Und ich las ihm meine letzten geschriebenen Seiten vor und beim Kaffee kamen wir mal wieder überein, dass Frauen nicht immer nachvollziehbare Gedanken haben.

Er und Susanne haben auch Stress und sie tanzt ihm auf dem Kopf rum, aber sonst ist sie ganz konkret, höre ich und denke, was denn wohl konkret heißen mag.

Wir reden über Geschäfte machen und dass Susanne bald eine Bilderausstellung in Oxford macht und dass sich in Haspe bekannte Persönlichkeiten ihren Kopf abformen lassen. Gegen Geld, wie sie wohl versteht. Und ich soll aus meinem Buch vorlesen. Das wollen die Leute hören, meint Alois.

Von mir aus, lese ich das alles vor, bald kann jedermann ab achtzehn Jahren das eh überall für ein paar Euro kaufen und in sein Bücherregal stellen. Und ich werde mir eine Videokamera im Badezimmer andübeln, und wenn da mal wieder MENSCH ÄRGERE DICH NICHT drin gespielt wird, dann können sich das alle ansehen, die mit ihrer Kreditkarte bezahlen, so macht man das doch heute übers Internet. Michael, der Webseitenfachmann, richtet das schon ein.

Aber wenn ich vorlese, dann geht vorher der Hut rum und hinterher auch. Von dem Geld kaufe ich dann ordentliches Spielzeug, gute Kinderbücher (oder ich schreibe mal eins, denke ich) und sponser das einem Kindergarten.

Die freuen sich, die kleinen Strolche, wenn ich mit einem vollen Lieferwagen zum Kindergarten fahre und dann da rein gehe und sage: Alle mal rauskommen. Der Weihnachtsmann ist jetzt schon da, mitten im Herbst.

Und nachmittags erzählen die Knirpse dann ihren Eltern, der Folka war heute da, als Weihnachtsmann verkleidet mit einer Tankwasserpistole auf dem Rücken und schenkte uns Spielzeug. Wieso hatte der so eine große Wasserpistole mit, wollten die Eltern wissen. Mit der Kalaschnikow ist er im Spielzeugladen betteln gegangen. Papa, was meinte der Folka denn wohl damit?

Alois sein Handy klingelte. Er verabredete sich mit Susanne zum Eis essen.

Ich blätterte ein bisschen in Melanies Frauenzeitungen herum und schaute mir die netten Girls in neuer Mode an und las einen interessanten Artikel, wie sie ihn verführen kann, so mit heimlichen Treffs oder Sex im Hotel und die neuesten Dessous, die sie so unten drunter zu tragen hat, wenn sie ihn mal verführen will. Auf dem Urlaubsort ließ ich meine Seele baumeln bis das Telefon bimmelte. Es war Herr Gretel und berichtete mir, dass er keine U-Boote mehr hat. Am Samstag kamen fünf Saudische Wüstenscheiche und waren von diesem Land- und Wasserfahrzeug so begeistert, dass sie alle, die zum Verkauf fertig waren, gekauft und gleich mitgenommen haben. Ihre Rolls-Royce lassen sie in den nächsten Tagen von dem neuen deutschen Lastenluftschiff, dem Cargolifter, abholen und nach Riad bringen. Die netten weiß vermummten Wüstenbewohner brauchen jetzt kein Boot mehr, um ihre ägyptischen Freunde in Luxor zu besuchen. Ganz normal fahren sie durch ihr Wüstenland und kurz vor dem roten Meer drücken sie den roten Tauchknopf und dann geht es automatisch weiter. In ein paar Tagen sind aber wieder neue fertig, es muss nur noch die Elektronik und die Sauerstoffaufbereitungsanlage eingebaut werden. Es tat ihm sehr leid, denn eigentlich wollte sich Samira ja heute nachmittag da rein setzen und mal eine Probefahrt machen.

Ich rief Samira an und erzählte ihr, dass leider kein Fahrzeug mehr da ist.
Kann ich denn auf einen Kaffee kommen, fragte sie.
Ja, klar meine Tür ist doch immer offen.

Kurz danach stand sie neben mir am Küchentisch, ich telefonierte gerade mit einem Kunden, der einiges über den Fertigungsstand seiner Bauteile wissen wollte. Ich bin jetzt in meiner Wohnung und werde gleich zurück rufen, sagte ich.
Samira, koch mal bitte Kaffee, ich muss noch mal eben rüber und was abklären, sagte ich und fuhr abwärts zum Hof. Henry zeigte mir die Bauteile und wir kamen überein, dass sie wohl übermorgen zur Abholung bereit stehen würden.
Unser Kunde freute sich sehr über den Rückruf und freute sich noch mehr, dass die Bauteile schon übermorgen fertig sind.
Der Kaffee war schon durchgelaufen und ich musste mal wieder feststellen, dass Samira echt rattenscharf aussah. Sie hatte das gleiche dunkelblaue Kostüm wie gestern an, die Jacke hing über den Stuhl. Das weiße ärmellose enge T-Shirt betonte die Form ihrer Weiblichkeit. Wir saßen am Tisch und redeten über einiges und sie kramte dann in ihrer Handtasche rum und legte mir ein neustes Blutergebnis vor. Ganz unten las ich: HIV negativ.
Ich denke, dass du bei deinem Job immer aufgepasst hast, und eigentlich hätte ich auch nichts anderes erwartet. Aber was willst du?
Folka, ich bin eine Frau und möchte mich auch mal richtig fallen lassen und so lange ich noch in Deutschland bin, werde ich den Sex mit dir machen, sagte sie.
Samira, und was ist mit Melanie? Ich hoffe du hast dich nicht verplappert.
Nein, ich finde sie richtig nett und irgendwie sind wir ja wohl auch gut befreundet. Lass uns doch einfach zusammen ein Geheimnis haben, sagte sie und machte ihre Beine auseinander.
Wie ich die Kleine da sitzen sah, die schwarze Unterwäsche, das Ende ihrer halterlosen Strümpfe, die feste braune Oberschenkelhaut, dieser geilmachende Parfümgeruch, und an das letzte Mal dachte, an den Stress mit Melanie und ob sich das überhaupt noch mal einrenken wird, hörte ich einfach auf Günter und wir taten es lange und gut. Ich mit der Sonne unter dem Arm. Ich legte mich auf die Kaminmatratze, hier setzte sie sich auf ihn, dann saß sie im Ledersofa in fast jeder Stellung taten wir es, eben so behindertengerecht. Gegen halb vier nachmittags verschwand sie und im Treppenhaus küssten wir uns noch mal lange und

intensiv. Richtig wohl fühlte ich mich nicht unter der Dusche, denn eigentlich halte ich nichts von dieser Fremdgeherei, aber die Kiste mit Melanie. Ist da überhaupt noch was?

[68]

Ich ging wieder ins Büro und wieder Telefon und auf dem Display sehe ich eine bekannte Telefonnummer. Hi Hugo, mein Freund, alles klar. Ja, hörte ich, er fragte, ob er mal auf einen Kaffee vorbei kommen könne. Hugo musste sich mal frei reden. Seine Ehe ist die reinste Katastrophe.

Aber letzte Woche hat er eine so um die fünfzig kennen gelernt und da kam mein Geschenk, diese blauen Stehaufmännchenpillen, gerade richtig. Als er mir im Krankenhaus erzählte, dass sein Aal nicht immer so oft kann wie er das will, und als ich samstags den Medizinmann anrief, fiel mir das wieder ein und nun liegen diese Pillen ja im Kühlschrank und ich erzählte ihm, wie mein Papa die Viagra im Kühlschrank liegen sah: Ach Papa, die sind für Notfälle, wenn Günter mal keinen Bock hat, dann überliste ich ihn ein bisschen mit diesen Rücklaufventilschließern. Die kann man auch teilen oder sogar vierteln, hab ich vom Medizinmann gehört.

Hugo lachte sich seine durchtrainieren Bauchmuskeln weh, als er die Papageschichte hörte und dann unterhielten wir uns über die gestrigen Wahlen und dass er auch nicht zur Wahl ging. Die CDU hat ihr Geld einfach im Koffer zur Schweiz gebracht. Die SPD mischt den Müll in Köln zu Geld und die FDP lässt den Guido mit seinem feuerroten Spielmobil durch die Lande fahren. Und einen großen Fallschirm haben sie dem Möllemann gesponsert, weil der springt so gerne vom Himmel und macht den Kasper.

Hugo wollte das Geschenk nicht annehmen, das sei zu teuer und so weiter. Lieber Hugo, sagte ich: Wir kennen uns jetzt seit gut 25 Jahren und immer, wenn ich mit meinen Motorrädern oder Autos was hatte, dann hast du mal eben die Kisten wieder fertig gemacht. Der reparierte Motor von der gelben Sau läuft immer noch wie gerade eingefahren. Und nie hast du mir Geld abgenommen und deiner neuen fünfzigjährigen Lady kannst du ja mal zeigen, wo es langgeht.

Ja, dann vielen Dank, sagte Hugo und erzählte von seiner Neuen. Hugo steht auf Frauen wo richtig was dran ist, so welche im Dirndl, wo die dicken Brüste herauszuspringen drohen. Der Arsch so breit ist, das manche Männer Breitarschweiber sagen. Eben diese vom Wesen unheimlich netten Frauen mit den leuchtenden Augen, die immer bei dem bayerischen Oktoberfest die fünf Liter Münchener Löwenbräu austragen. So eine hat er jetzt als seine Freundin und er gedenkt sich ein Schwedenhaus an seinen Volmeschuppen zu bauen und aus dem ehelichen Haus die Flatter zu machen und dann mit seiner drallen blonden Fünfzigjährige da unten an der Volme rumzumachen. Im übrigen sei er dann näher an seinem Schnellboot.

Als er dieses so sagte, wusste ich, dass ich bald meinen alten Kumpel als Nachbar habe, denn sein Volmeschuppen liegt ja nur so um acht Minuten von mir entfernt.

Hugo und ich hatten unseren tollen Spaß. Dann kam Melanie mit Einkaufstüten und ich machte die beiden bekannt. Ich machte die KAWA an und Hugo hörte die Steuerkette mit einem Schraubendreher ab, so wie das eben Motorenmechaniker machen. Die Schraubendreherklinge wird auf den Steuerkettendeckel gehalten und das Ohr legt man auf den Griff. So hören Fachleute in den Motor rein und machen einen akustischen Check. Melanie schüttelte mit dem Kopf und sagte mal wieder: Musst du denn unbedingt die Kawasaki in der Küche laufen lassen? Hugo und ich erfreuten uns jedoch an dem Sound der vier in eins Auspuffanlage und er gab noch mal Gas so wie das die Wilden an der Ampel machen. Auf dem Hof sagte Hugo: Deine Kleine sieht ja aus wie die Schlagzeugerin von den Corrs, eben nur mit schwarzen Rastazöpfen und bunten Perlen. Ich hätte dir gar nicht so einen guten Geschmack zugetraut und bei deinem rüpelhaften Auftreten wundert mich das schon, dass du so ein Klasseweib aufgerissen hast. Schade, dass Melanie so schlank ist.

Jetzt hör aber auf Hugo: Deine Schwester sieht ja wohl auch supergut aus und wenn ich eine haben wollte, dann habe ich sie auch fast immer bekommen. Vier Versuche hat eine Frau. Melanie brauchte nur drei.

Hugo ließ sich das von mir erklären mit den vier Versuchen und ich sagte: Ja, wenn ich eine nett finde und keine Beziehung habe, dann bagger ich eben viermal. Wenn man mehr macht, ist man ein Hampelmann und den wollen Frauen auch nicht.

Hugo gab mir recht und wir beide kamen überein, dass wenn man nicht aufpasst, uns die Frauen auf dem Kopf rumtanzen.

Angela lässt dir übrigens immer schöne Grüße ausrichten, sagte Hugo. Ich weiß das übrigens, dass du dich letztes Jahr mit meiner Schwester am Bahnhof getroffen hast.

Ja und, entgegnete ich, als du mir Anfang Juni die Berliner Telefonnummer gegeben hast, musste ich einfach die Telefontasten runterdrücken und hatte Angela auch sofort an der Strippe und als sie mir erzählte, dass ihr Physiker was nebenbei hat, trafen wir uns am Hauptbahnhof und haben uns im Hotel Targan so richtig gut ausgevögelt. So wie früher. Und dann machten wir es vierzehn Tage später wieder, als sie mal wieder auf der Durchreise nach Breckerfeld war. Angela hat auch eine unheimlich geile erotische Ausstrahlung. Ihre Brüste stehen vom Silikon wie bei einer gut entwickelten 25-jährigen. Ihr Dingen ist immer noch kletschnass. Im Bett ist sie die absolute Vollschlampe und bekommt nicht genug. Bei Angela müsste ich auch Viagra nehmen. Auf der Straße sieht sie allerdings sehr damenhaft und konservativ aus. Das Schlampige hat sie sich abgewöhnt. Zweimal am Tag geht sie in die Badewanne, läuft mit den teuersten Klamotten rum. Ihr physikalischer Kerl muss Geld wie Dreck verdienen. Wir beschlossen dann aber, uns nicht mehr zu treffen.

Hugo und ich umarmten uns, wie man das eben so macht, wenn man sich gut kennt. Er setzte sich in sein Oldsmobil und fuhr vom Hof.

[69]

Die unsichtbare Mauer scheint dünner zu werden. Das Essen war echt gut. Es gab frischen gut braungebratenen Lachs. Beim Schreiben spürte ich fast keinen Schmerz in den Armen. Der Montagabend verlief ruhig. Leider konnte ich mal wieder nur bis kurz nach Mitternacht schlafen. Nach einer Sofastunde lag ich wieder im Bett und wurde vom Weckerklappern wach.

Im Büro verging der Vormittag sehr schnell. Konzentriert arbeiten konnte ich allerdings nicht, wieder waren Heilungsschmerzen da. Nachmittags kamen Gregor und Anja aus New York. Gegen Abend erzählte Gregor von der Reise und wie das so ist in den Staaten.

Die Spannung zwischen mir und Melanie löste sich. Manchmal war es auch ganz lustig. Melanie ließ sich Badewasser einlaufen und machte Körperpflege. Ich holte einen Aschenbecher, mein Bierglas und was zu rauchen. Mit den Füßen schob ich das kleinere Sofa, wo sonst Uschi drauf sitzt, vor die geöffnete Badezimmertür und schaute Melanie einfach zu. Waschen der Rastazöpfe, Schaum auf ihren langen schmalen, vom Handballspielen durchtrainierten Armen, Schaum auf ihren kleinen festen Brüsten, überall Schaum. Nach dem Abspülen erfolgte langsames Abtrocknen, dann verzierte sie sich mit einem roten Handtuch, das so aussah, als ob Melanie einen kurzen roten Rock trägt. Um ihren Busen wickelte sie ein hellblaues Handtuch. Die Handtücher blieben aber nicht al zu lange an ihrem schlanken Körper. Die Knoten der Handtücher öffneten sich und die Handtücher lagen auf dem Fußboden. Sie nahm den Bademantel, zog ihn an, ohne den Gürtel umzuschnallen und dann saß sie neben mir auf dem Sofa. Einarmig zog ich Melanie den Bademantel aus. Sie drückte auf alle Lichtschalter, die sie vom Sofa aus erreichen konnte, und jetzt saßen wir im dunkeln. Wer ist eigentlich besser von den beiden, dachte ich, als wir uns zärtlich küssten, bis das Bierglas umfiel, was auf dem Fußboden stand. Melanie kam mit dem Fuß da dran und dann kippte es eben um. Das Sofa schoben wir wieder an seinen alten Platz und sexten über eine volle Led Zeppelin CD lang, weil ja meistens die Repeat-Taste gedrückt ist. Irgendwann lagen wir auf der Kaminmatratze und machten es hier noch mal. Ich in meiner behinderten Rückenlage und auch mal auf den Knien von hinten in sie eindringend.

Der Mittwoch fing mal wieder mit Schulterzucken und Heilschmerzen an. Im Büro machte ich nur das wirklich Notwendige und dann war einfach Armpflege angesagt. Melanie kam später als sonst von der Behindertenwerkstatt, hantierte zuerst in der Küche rum und wollte nach dem Duschen was kochen. Auf das Waschbecken legte ich ihr einen Zettel.

Liebe Melanie, wie du gestern Abend in gekniter Stellung mir deinen schönen Arsch entgegenstrecktest und mir mit deinem erotischem Stöhnen sagtest: Ich brauch das so, würde ich dich gleich gerne ganz toll verwöhnen, deinen geil machenden Geruch einatmen, mich an dir festsaugen und wenn du willst in dich eindringen. Wenn du gleich aus dem Bad kommst und im Kaminzimmer zum Fenster schaust, wirst du mich mit geschlossenen Augen nackt auf dem Sofa sitzen sehen. Ich bin gespannt, was du mit mir anstellst.

Ich zog mir die blaue Jogginghose aus, nippelte noch mal an dem Wodka-Orange, zog an meinem Joint und schloss die Augen, als sich die Badezimmertür öffnete.

Ich hörte die Schritte, die immer näher kamen, und ihre Zunge drang in meinen Mund. Melanie zog meine Zunge in sich hinein. Günter bekam eine außerordentliche Sonderbehandlung. Ich überlegte noch kurz, wer eigentlich von den beiden besser ist. Samira oder Melanie?

Dann holte sich Melanie, was sie braucht. Tiefe langsame Stöße in Reiterstellung. Wenn ich jetzt nichts mache, dachte ich, dann ist der Günter gleich leer und eine gute halbe Stunde tot.

So, jetzt bis du dran, sagte ich, setz dich hin und lass deine Augen geschlossen. Ich lutschte sie von oben bis unten ab und hörte an ihrem feuchtheißen Teil auf und genoss, wie sie immer feuchter wurde.

Die Babyölflasche hatte ich vorher griffbereit in Sofanähe hingestellt und ich flüsterte ihr ins Ohr: Komm Baby, dreh dich rum, ich mach es dir von hinten.

Ja, besorg es mir, das tut so gut, sagte Melanie und meinte noch, ob das Babyöl nicht dem Leder des Sofas schadet, wegen Flecken und so weiter. Wenn deiner Haut das gut tut, dann dem Sofa auch, erwiderte ich ihr beim einarmigen Einölen. Als Melanie sagte: Komm, mach es mir noch mal ganz schnell und spritz mich voll, das ist so schön warm, gab ich alles und war kurzzeitig bewusstlos.

Melanie machte uns noch einen neuen Wodka-Orange und irgendwie kamen wir auf weiße Diolenkittel zu sprechen, so Teile eben, wie sie früher von unseren Müttern in der Küche getragen wurden.

Also, wenn du nichts da drunter hast oder nur diese Nuttenwäsche, die du bei dem Goldbergfick anhattest, dann liegst du schneller auf dem Tisch als du denkst.

[70]

Ich konnte bis kurz vor sechs Donnerstag, den 26. September, durchschlafen. Die Armheilung macht Fortschritte, nur noch der kleine Finger ist gefühllos, aber von dieser Rückenschlaferei ist alles verspannt.

Gegen sieben sagte ich mit einer Tasse Kaffee in der Hand: Guten Morgen, aufstehen, die Sonne lacht. Ich sah Melanie noch beim Schminken zu, und als sie von dem Schminkplatz aufstand, packte ich sie am Bademantel. Sie drehte sich so geschickt herum und stand dann nackt vor mir, lächelte und sagte: Warum hast du mich nicht um sechs geweckt, dann hätten wir da weiter gemacht, wo wir gestern Abend aufhörten.

Gegen neun war ich in der Werkstatt. Unser Mitarbeiter Bernd, der Bobby schon einige Tage nicht gesehen hat, streichelte den Hund und sagte: Hund, wo warst du denn so lange? Hast du Urlaub gemacht?

Die Schulter macht sich wieder bemerkbar. Ich glaube, dass diese Armscheiße bald durchgestanden ist. Es ist ein Gefühl, welches ich in der rechten Schulter am Ende der Abheilung hatte. Hoffentlich geht das so weiter, die Tage werden immer blöder. Ich mag nicht mehr lesen, die Sonne geht so langsam weg.

Das, was büromäßig zu erledigen war, ist abgearbeitet und Melanie erzählte mir am Telefon, dass der Ökodorfmetzger heute fertig eingelegten Sauerbraten im Angebot hätte und ob ich mir mal wieder richtig den Bauch voll hauen möchte. Du kannst doch auch Samira anrufen und sie zum Essen einladen, sagte sie noch und wir verblieben bis heute Nachmittag.

Als Günter den Namen Samira hörte und heute Abend den leckeren Sauerbraten mit Klößen und frischem Rotkohl, dachte ich, sie könnte doch auch eigentlich schon gleich kommen, denn bis halb fünf war die Bude ja sturmfrei.

Eine Stunde später saß die kaffeebraune Schönheit weiß gestrapst mit roten Stöckelschuhen auf dem Küchentisch und ich saß mit der Armsonne auf dem Fußboden und saugte mich an ihrem Teil fest. Einarmig streichelte ich das Nylon und endlich sagte Samira: Folka, du ziehst jetzt diese scheiß blaue Jogginghose aus und dringst in mich ein.

Samira hob ihre Beine hoch, so wie das Sportler bei erschwerten Sit ups machen. Günter tastete sich millimeterweise vor und als er langsam wieder zurück wollte, schaute sie mich an und sagte: Warte mal. Ihre Beine umklammerten meinen Rücken, ich merkte die pfenniggroßen Stöckelschuhabsätze. Ihre langen roten Fingernägel lagen vor meinen durchtrainierten Bauchmuskeln und streichelten sie.

Samira sagte: Folka, du denkst jetzt einfach ich bin ein kleines Flittchen. Komm stoß zu. Ich habe das gerne, wenn du es mir ganz schnell und heftig machen tust.

Es ging wirklich ganz schnell. Hätte ich einen Pulsmesser umgehabt, das Dingen wäre auseinandergeflogen, so pulste es in den Schlagadern.

Samira las in meinem Buch und ich ging ins Büro. Gregor und Juan unterhielten sich über den Fertigungsstand der U-Bootpropeller. Die Maschinen müssen die ganze Nacht laufen, damit Hensel und Gretel endlich mal ihre überfällige Lieferzusage bekommt.

Bobby lag auf dem roten Industrieklinkerfußboden und hörte uns mit angespitzten Ohren zu. Ein ehemaliger Mitarbeiter, Schneemann, kommt mal wieder einfach so zu Besuch und will mir die Hand geben. Bobby springt sofort auf, fletscht die Zähne und stellt sich zwischen mich und Schneemann.

Ja ist ja gut, komm Bobby, mach Platz. Schneemann ist in Ordnung. Der tut mir nichts. Gregor und Juan meinten, dass Bobby ja verdammt gut aufpasst.

Ja, der ist voll eifersüchtig. Weißt du, wenn ich Melanie anfasse, dann knurrt der sofort. Gestern Nachmittag habe ich ihn richtig geärgert, sagte ich und ging zu Gregor, der auf seinem Schreibtischstuhl saß und drückte kurz Günter gegen seine Schulter. Das hab ich gestern Nachmittag bei Melanie gemacht. Bobby wurde voll nervös und ich sagte zu ihm: Ja, Bobby, jetzt rubbel ich mir einen ab und du musst zuschauen, aber ich werde mir einen Anglerstiefel besorgen und dann kannst du dir bei mir einen abrubbeln oder Melanie muss mal wieder zur Bobtailfabrik.

Wir hatten alle unseren Spaß und Juan fragte, was Melanie denn da gesagt hat.

Also, Folka, ärger nicht immer den Hund. Du weißt doch, dass der eifersüchtig ist.

Ich gehe und mache wieder Armpflege, sagte ich und ging mit dem Bobtailrüden über den Hof. Sein Spielball lag da so rum und wir spielten dann kurz dieses normale Herrchenhundballspiel.

Ein kurzer Besuch beim Drucker. Was ein Buch drucken kostet und wie man am besten an die Sache dran geht.

Melanie und Samira machen an der Küchenarbeitsplatte rum und ich sitze am Tisch und schaue den beiden zu. Die verstehen sich ja richtig gut, denke ich, und was will ich eigentlich mehr. Melanie ist nett, leider nicht immer, wenn sie ausrastet, dieses Hitzkopfweibstück, sieht gut aus, hat ihren eigenen Kopf und vögelt auch noch gerne. Und Samira ist gut befreundet mit Melanie und will ihren unersättlichen Sex mit mir machen, solange sie noch in Deutschland ist. Wie lange bleibt das wohl unser Geheimnis, dachte ich noch. Der Trend sollte zur Vielweiberei gehen, ging mir noch bei einer kleinen Tüte durch den Kopf.

Die frische klare Gemüsesuppe mit Safran. Der Sauerbraten mit dem frischen Rotkohl und hinterher die Birnen. Wir hatten alle drei den Bauch total voll und beschlossen, uns einen Film reinzuziehen.

Ich lag rechts im Bett. Melanie neben mir und Samira da neben. Melanie spielt unter der Decke etwas an Günter rum. Warum liege ich nicht in der Mitte und lasse mich von beiden etwas abfummeln, dachte ich kurz bevor mir die Augen zu fielen.

Gegen vier Uhr morgens wurde ich wieder mit Schulterkribbeln wach und stellte fest, dass die beiden Weiber auf der Kaminmatratze im Wohnzimmer schliefen. Samira wurde wach und sagte: Du bist gar kein Schlosser, du bist Waldarbeiter, denn du schnarchst wie ein Baumfäller, und da haben wir beschlossen, hier zu schlafen.

Ich paffte mir eine und legte mich wieder hin und wurde gegen acht zärtlich von Samira geweckt. Melanie ist arbeiten. Komm, Folka, entspann dich, wir haben doch lange Zeit, hörte ich sie in Rückenlage in mein Ohr flüstern.

Ob die Polen recht haben, dass Sex mit Wodka der beste ist? Etwas benebelt von gestern Abend bin ich immer noch und dem Günter geht es voll gut. Wer ist eigentlich kuscheliger von den beiden, denke ich nach der zärtlichen körperlichen Vereinigung mit Samira und schlafe wieder langsam ein.

[71]

Der Sonntagmorgen, die Sonne lacht und ab geht es in den Wald. Melanie, Bobby und ich mit der untergeschnallten Armsonne. Ganze sechs Stunden waren wir unterwegs. Etwa auf halber Strecke kam ein Ausflugslokal. Die Blicke der anderen Leute auf meine Armsonne. Was hat der denn wohl an seinem Arm?

Irgendwann kamen wir vom Weg ab. Es ging nur noch steil den Berg runter. Wenn ich mich jetzt auf die Fresse lege, war die Armreparatur umsonst, dachte ich und musste wirklich sehr aufpassen.

Das Gelände wurde wieder etwas flacher und Melanie und ich machten ein paar sexistische Witze. Ja, Melanie, hol mal die Decke aus dem Rucksack und lass uns hier irgendwo hinlegen. Schade, dass ich armbehindert bin. Der Himmel ist so herrlich hellblau. Ja, Baby, schau dir noch mal die Bäume an, denn gleich siehst du nur noch den Himmel.

Da unten ist doch eine Straße, dass kann doch nur der Steinbruch sein und tatsächlich. Poh ey.

Riesige Baumaschinen stehen hier rum. Caterpillar und Mitsubishifahrzeuge mit Reifen, die über zwei Meter im Durchmesser sind. Ganz dicke Hydraulikmeißel hängen an den langen Greifarmen. Die Reifen sind mit Stahlketten umwickelt. Überall liegen Felsbrocken rum. In der Woche werden hier Straßen in den Berg gesprengt. Anfang April machten wir hier die Fotoarbeiten. Melanie mit Presslufthammer und einem Riesenjoint auf dem Zahn im Steinbruch arbeitend. Sonntags ist hier Totenstille, bis ich einen Stein mit dem Fuß zum seitlichen Straßenende rolle, es geht fast senkrecht runter, vielleicht 50 Meter tief. Der Stein fällt runter und reißt andere mit. Ein wahnsinniges Getöse, so eine Steinlawine.

Melanie meint, ich sei manchmal wie ein Kind. Musst du immer Unsinn machen, sagt sie. Dann erklomm ich einarmig diese drei Meter lange Leiter zum Führerhaus eines Caterpillar. Die Fahrzeugtür ist nicht verschlossen und ich nahm Platz. Sogar mit Radio, erst mal einschalten, leider steckte nicht der Zündschlüssel. Das hätte mir bestimmt Spaß gemacht, einarmig mit dieser Kampfmaschine in dem Steinbruch rumzufahren.

Können die Deutschen denn nicht so Riesen-Baumaschinen bauen. Die fertig bearbeiteten Bleche können doch die Baumaschinenhersteller bei uns kaufen, denke ich.

Der Rest des Weges ging an der Volme entlang. Welche Freude für Bobby. Erst mal schwimmen gehen.

Abends beim Fernsehen. Die Nachrichten, das übliche bla, bla, bla.

Staatsverschuldung, Arbeitslosigkeit und Herr Schröder hat sich nach der gewonnen Wahl erst mal versteckt. Sogar die Mehrwertsteuer auf Lebensmittel, sogar auf Trinkwasser und Hundefutter, soll angehoben werden. Ach wie phantasielos.

Melanie, kauf das Hundefutter beim Bobtailzüchter, sag ihm, dass du keine Rechnung brauchst, dann sparst du die Mehrwertsteuer, weil er die als Vorsteuer absetzt und lässt noch einen kleinen Rabatt. Bei dieser blutsaugenden, weltfremden Regierung kann man doch nicht mehr anders.

Nach ein paar Bier werden wir beide müde und schliefen zärtlich in Löffelchenstellung ein.

Die Armheilung geht kontinuierlich weiter, die Schmerzen werden weniger und ich habe mir vorgenommen, am Montag wieder richtig zu arbeiten.

Die Armsonne muss ich noch immer umgeschnallt haben. Die Computertastatur lege ich auf die Oberschenkel und so wühle ich mich dadurch, durch die Buchhalterei usw.

Abends gab es die beste Rehkeule mit Rosenkohl, Spätzle und Hallimasch. Melanie hatte die kurz vorher aus dem Wald geholt.

Dienstag führte ich ein Gespräch mit der Polizei. Im Karteikasten unter wichtige Telefonnummern fand ich die direkte Durchwahl von Herrn Müller, Polizeioberhauptmann oder so ähnlich.

Herrn Müller schenkte ich mal ein Alublech und er sagte, wenn die Burmanns mal einen polizeilichen Rat haben müssten, dann sollten wir einfach anrufen.

Ich hätte auch bei der Dortmunder Flugschule anrufen können, aber ich wollte mal einfach so wissen, was die hiesige Bullerei so alles drauf hat. Mir war eben so danach.

Guten Morgen, Herr Müller. Sie kennen doch das Burmann'sche Firmengelände. Mein Sohn, der Tibor, fährt immer mit dem Auto auf unserem Gelände rum. Da es sich um ein nicht von der Öffentlichkeit benutzbares Grundstück handelt, darf der Fünfzehnjährige das. Wenn sie sicher sind, dass ihr Sohn nicht das Grundstück mit dem Fahrzeug verlässt, ja. Falls doch, haben sie ein nicht kleines Problem, sagte der nette Polizist.

Herr Müller, meinem Sohn die Autofahrerei und mir die Fliegerei. Ich erwerbe bald einen kleinen Helicopter, der einen Turbinenschaden hat, aber nach Einbau eines sehr großen ca. 150 Kilowatt schweren Elektromotors mit einer Hochgetriebeübersetzung drehen sich wieder die 12 Meter langen Rotorblätter. Das Fluggerät braucht so wie jeder elektrische Rasenmäher eine Steckdose. Ohne Strom nichts los bei meiner Sonntagsfliegerei, denn nur sonntags geht das, weil da laufen die großen Fräsmaschinen nicht und ich habe den vielen Strom zur Verfügung, den ich für den 150 Kilowatt Motor brauche.

Aber wenn ich höher fliege als das Stromkabel lang ist, dann reißt der Stecker aus der Steckdose. Bei einem Rasenmäher ist das nicht so schlimm. Der bleibt dann einfach stehen. Passiert mir das aber bei dem Helicopter, dann stürzt der Ömmes ab und ich muss dann wohl einen Arzt konsultieren. Deshalb soll als Zugentlastung des Stromkabels mein Helicopter an einem ca. 8 mm Stahlseil angebunden sein. Das Stahlseil wird unten an dem Gegengewicht des Baukranes befestigt. Ich kann dann nur noch so hoch fliegen wie das Stahlseil lang ist.

Herr Burmann, sie meinen doch sicher einen Modellhubschrauber? Ich bin jetzt 25 Jahre in Sachen Verkehrsrecht bei diesem Haufen. Meine Chefin, die Polizeipräsidentin, schickt mich laufend zu Fortbildungskursen, aber so eine Frage kann ich nicht beantworten.

Wer hat denn von so was Ahnung? Ich möchte doch nur wissen, wie hoch ich fliegen darf. Hundert Meter, sagt mir mein Gefühl, sind zu viel, das lässt der Gesetzgeber nachvollziehbarer Weise nicht zu. Aber so ca. 25-30 Meter muss doch erlaubt sein, wegen allgemeiner optischer Dachkontrolle.

Herr Burmann, jetzt will ich das selber wissen. Ich rufe sie gleich zurück, sagt Herr Müller und wir verbleiben bis nachher.

Da habe ich diesem Mann damals so ein Blech geschenkt und jetzt besorgt er mir die Informationen, die ich brauche, und ich kann mich auf meine Arbeit konzentrieren. Die Papierhaufen werden immer kleiner. Die Sache ist schon ganz gut überschaubar.

Wenn die Armsonne mal endlich im Schrank liegt, werde ich mir wieder meine Muskeln und Sehnen mit in Ordnung machen des Büros dicker machen. Meine Arme sehen ja nun schon wirklich wie bei einem Fünfjährigen aus. Im Büro muss unbedingt eine übersichtlichere Ordnung rein. Nun ja, die Architektur in dem Krawattenbunker, die verschiedenen Steinsorten, der hohe Raum mit der waagerechten und schrägen Dachverglasung, die ohne vorher jemanden von einer Baubehörde zu fragen einfach darein gemacht wurde. Nach gängigen Regeln der Technik, wie sich wohl versteht. Die Wände in erdfarbenen Farben durch

Wischtechnik mit dem Naturschwamm liebevoll behandelt. Alles Ideen von Gregor und mir, denke ich.

Telefon, oh Holland laut Display. Hi, Paps hier ist Fari. Ich habe meine Blutung schon seit drei Tagen. Es tut mir leid, dass ich mich erst jetzt melde. Ich habe es vergessen.

Wenn du was brauchst, dann rufst du sofort deinen Alten an, sonst nicht, aber das ist nicht schlimm. Ich habe da auch schon mal drüber nachgedacht, wenn du so früh ein Kind bekommst. Dann musst du mir das für vier Jahre aufs Auge drücken. So hast du wenigstens Bock, dein angefangenes Studium schnellstens zu beenden, sagte ich zu meiner lieben Tochter.

Das würdest du tun, fragte Farina zurück und ich antwortete ihr: Ja, meinst du, ich kann das nicht mehr? So ein bisschen Trockenlegen, durch die Wohnung tragen und sagen: Nun komm mal du kleiner Pinipurk, mach mal dein Bäuerchen, und schaukeln und Fläschchen geben und mit dem Kinderwagen um den Teich gehen und auf dem Spielplatz etwas mit den jungen Müttern flirten. Der Folka hätte dann da ein auf verlassenen Alleinerziehenden gemacht. In der Woche bin ich dann mit dem Kindchen in der Spielkreisgruppe. Während der Kindergartenstunde gehe ich solange in die Volmestube und trinke mir ein paar Warsteiner. Aber jetzt kann ich das ja erst mal vergessen.

Farina erzählte von ihrer Schule und von Devi und ich sagte ihr, dass ich mich in Zukunft da raus halte, nur Devi hat nicht immer die Weißheit mit Löffeln gefressen, aber die Weißheit kann ja noch kommen, und dass es schön wäre, wenn sie mit Verstand vögelt. Nimm die Pille und lass Devi ein Kondom benutzen.

Ja, Papa, du hast ja Recht. Es waren ganz schreckliche Tage mit der überfälligen Periode. Wenn ich nicht als Opa dein Kind großziehen kann, dann werde ich vielleicht doch den angefangenen Flugschein weitermachen. Dann leihen wir uns eine kleine Pieper und schauen uns das alles mal von oben an und fliegen mal so einfach nach Sylt zum Kaffeetrinken. Wieso muss ich überhaupt diese Flugprüfung ablegen? 26 Flugstunden habe ich doch schon gemacht und das deutsche Funkzeugnis in der Tasche. Die Verständigung mit dem Tower hat doch bisher immer gut funktioniert. Nach einer gültigen Fluglizenz fragte bisher noch niemand.

Oh, Papa, das wäre ja geil. Tibor will dich auch noch mal sprechen.

Hallo. Papa. Ich habe mir einen Motorroller für 650 Euro gekauft, aber ich habe Mama mein ganzes Geld für dieses Haus geliehen, was sie sich kaufen will. Könntest du mir das nicht irgendwie geben?

Tibor, irgendwie geht das nicht, das geht per Auslandsüberweisung. Ich brauche deine Kontonummer. Das Geld lasse ich dir zukommen, aber ich ziehe das bei der nächsten Kinderbeischlagzahlung ab.

Das meinte Mama auch, vielen Dank Papa.

Ja, so ist das. Früher hat mir mein Alter geholfen, wenn ich mal was brauchte. Heute mach ich das mit meinen Kindern. So langsam habe ich aber keinen Bock mehr auf Zahlemann.

Gregor ist im Krankenhaus. Leider ist seine Rückennarbe nicht richtig verheilt und wird noch mal teilweise aufgeschnitten und neu vernäht.

Herr Müller von der Polizei ruft zurück und sagt: Herr Burmann, sie haben mich ganz schön auf Trapp gebracht. Keiner meiner Kollegen konnte ihre Frage beantworten. Aber meine Chefin wusste Rat. Die untere Luftfahrtbehörde ist für so etwas zuständig. Fakt ist, dass sie den Helicopter keinen Zentimeter vom Boden bewegen dürfen. Wegen Luftfahrtgesetze usw. ist das.

Vielen Dank, Herr Müller, wenn sie noch mal ein Stück Blech brauchen. Wir haben hier immer was rumliegen.

Unsere Bullerei, das sind schon besondere, wenn man sie kennt. Als unbestechlich möchte ich die nicht bezeichnen, eher nach dem Motto: Eine Hand wäscht die andere.

[72]

1992 war ich auf dem Weg zur Arbeit. Die Nacht hatte ich bei Corinna verbracht. Nach der morgendlichen gymnastischen Sexstunde war es schon kurz vor sieben, also ab die Post.

Da steht ja der kleine rote Flitzer, dieser unscheinbare VW Scirocco mit der aufgemotzten Audi 5 E Maschine, härteres Fahrwerk, Domstreben usw. Für kleines Geld kaufte ich den von meinem Freund Frank, als er sein Flugticket für die Staaten in der Tasche hatte.

Zündschlüssel rein und dieses 160 PS Antriebsaggregat wartete auf seine Benzininjektion. Auf dieser vier Kilometer langen neu asphaltierten Straße passierte es dann. Straße und Reifen waren eine Einheit. Die Pirellis saugten sich feste. Kein Auto vor mir und das geile Gefühl von Schub und Beschleunigung. Der Drehzahlmesser bei 6000, die Tachonadel weit über einhundert, alles ist gut überschaubar. Da hinten an der T-Kreuzung ist die Ampel rot und ein Auto steht davor und will, das sehe ich am Blinker, nach links abbiegen.

Der Scirocco rollt aus. Scheiße, die Ampel ist immer noch rot, ich habe jetzt keinen Bock, hier an dieser schwachsinnigen Ampel zu warten. Ein kurzer Blick nach links und rechts sowie in den Rückspiegel, die Luft ist rein. Langsam fahre ich über die Bordsteinkante und umfahre die rote Ampel. Dann geht es einen Berg hoch, noch mal Gas und jetzt wird langsam gefahren. Ein Wohngebiet links und rechts parkende Autos. Die Schulkinder sind schon unterwegs. Ich halte an und mache diese Handbewegung, dass die Kinder eben wissen, jetzt können wir gehen.

Ein Blick in den Rückspiegel. Wo kommen die denn her? Die Polizei steht hinter mir. Das Blaulicht ist eingeschaltet.

Ich steige aus und bekenne mich gleich schuldig. Ja, ich weiß, ich bin da vorhin über die rote Ampel gefahren. Meine Mitarbeiter stehen vor verschlossener Werkstatttür, meinen Führerschein kann ich ihnen nicht zeigen, weil ich den nicht mithabe. Hier ist meine Visitenkarte. Der ältere Polizist schaut sich die gelbweiße, mit patentiertem Logo verzierte Visitenkarte an und sagt: Ach du Scheiße, Folka Burmann.

Sehen sie zu, dass sie um elf in ihrem Laden sind. Wir kommen sie dann besuchen.

Ich fuhr weiter und dachte: Ich bin da gerade bei rot über die Ampel gefahren, habe meinen Führerschein nicht mit und die lassen mich weiterfahren.

Gregor war kurz vor mir da. Bei unserer morgendlichen Besprechung erzählte ich die Story und erwähnte, dass der ältere Bulle mir irgendwie bekannt vorkam, aber ich konnte ihn nirgendwo hinstecken.

Gegen elf kamen die beiden Polizisten. Der ältere war am grinsen und hielt die Handschellen hoch.

Was glauben sie, wie ich meinen jüngeren Kollegen bearbeitet habe, der muss noch Punkte sammeln und ist beruflich sehr ehrgeizig. Ich weiß selber, dass diese Ampel morgens um sieben der größte Schwachsinn ist. Wir standen hinter den Bäumen und viele Autofahrer machen das so wie sie. Da ist eine gute Einnahmequelle. Sie als Unternehmer ohne Führerschein. Ich heiße übrigens Axel. Und du hast mir mal günstig ein Gitterrost verkauft. Jetzt brauch ich wieder eins, sagte Axel.

Axel, morgen früh ist das Gitterrost da, sagte ich.

Zwischen Axel, Gregor und mir entwickelte sich Sympathie. Wir erfuhren vom Bullenleben. Einfach ist das auch nicht. Die haben ganz schön Leistungsdruck. Die Hagener Musikgruppe EXTRABREIT singt ja auch: Und sie rauchen milde Sorte, denn das Leben ist ja hart genug. Der Vorgesetzte erwartet nach Dienstschluss Geld oder Strafmandate.

Jahre später rief ich Axel abends zuhause an und erzählte ihm die folgende Geschichte:

Ich bin heute mit der gelben Sau gefahren. Eben so wie ich das immer mache, zwischen den Autos rumkurven, auch mal rechts überholen. Irgendwann klopfte mir ein Kollege von dir auf die Schulter. Er meinte, er sei die ganze Zeit mit seiner BMW hinter mir her gefahren. Der Typ hat alles mit einem Bleistift in so ein kleines Buch geschrieben und vielleicht kannst du dem mal ein Radiergummi geben.

Axel wollte wissen, wie der Kollege aussieht.

So ein großer Zwei Meter Kerl mit kurzen blonden Haaren. Ein ziemlich arrogantes Arschloch.

Axel rief mich tags darauf an und sagte: Alles klar, dein Name ist wegradiert. Aber reiß dich in Zukunft zusammen. Ich bin bald in Rente. Dieser Bullenladen kotzt mich an.

[73]

Gregor hat das Krankenhaus verlassen. Wir reden über den Hallenneubau und rufen Willibald, unseren Architekten an.

Hallo Willibald, was macht der Bauantrag? Da muss jetzt schnell was passieren. Es kommen bald neue Hochwassergesetze, und da die Halle an der Volme gebaut wird -

Ja, ich habe das schon eingestellt. Nächste Woche komme ich vorbei, dann sind die Formulare fertig. Ihr braucht nur noch zu unterschreiben, sagte Willibald.

Die Unterhaltungen mit Willibald sind oft amüsant. Er kennt so einige aus der Szene, auch viele Möchtegerne mit ihren Roleximitationen.

Wenn mein Arm abgeheilt ist, werden wir mal wieder Freitagsnacht auf Strecke gehen und unseren Marktwert testen, kamen wir überein.

Weißt du, Willibald, man hat mir einen abgestürzten Hubschrauber mit Turbinenschaden angeboten. Jetzt verhandel ich mit denen über den Preis, aber ich glaube, wir werden nicht handelseinig. 5000 Euro wollen die für den Schrotthaufen haben. Ich werde mir einen selber bauen, der fliegt zwar nicht, aber so als Dekoration auf dem Flachdach meines Hauses. Ja, das ist Kunst. Burmann Airkraft. Warum steht denn der Helicopter auf dem Dach?

Nun, ja, wenn mal die Steuerfahndung kommt, dann flieg ich weg. Lustig, oder nicht.

Mittwochsabend zweiter Oktober. Melanie hat neue Lautsprecherboxen gekauft. Die alten, immerhin jetzt zehn Jahre benutzten, wollten durch das ewige Übersteuern nicht mehr. Aus den Hochtönern kam nur noch Vogelzwitschern. Bei Kerzenschein, Musik und Wodka ging der Abend schnell rum. Keine Armschmerzen. Ich war den ganzen Tag im Büro und irgendwann sackte ich im Sessel zusammen. Zuviel Gras und Wodka. Die gebratene Ente. Wie toll, dachte ich, Donnerstagsmorgens am Tag der deutschen Einheit. Ich habe bis sieben durchgeschlafen ohne einmal wach zu werden.

Gegen neun rief ich Sascha, unseren Klempner an: Hi, Sascha. Es tut mir sehr leid, dass ich dich auf dem heiligen Feiertag belästige, aber irgendwann muss letzte Nacht die Heizungsanlage ihren Geist aufgegeben haben. Melanie friert sich den Arsch ab. Aus der Dusche kommt nur noch kaltes Wasser.

Ich komme gleich, erst mal frühstücken usw.

Dann bis gleich, das Tor ist offen.

Melanie bereitete das Frühstück vor. Leckere warme Brötchen, ein Ei, frischer aromatischer Käse, Tomaten und Zwiebeln. Besser als im teuersten Nobelrestaurant.

Die neuen Lautsprecher machen ordentlichen Alarm, sogar Bobby spitzt die Ohren, wenn die Hochdrucktöner ihre Schallwellen ausbreiten. Otto hat sich in seinem Verschlag versteckt. Der Riesenbasslautsprecher lässt Fußboden und Sofa erzittern.

Melanie erzählt, dass die in diesem Saturnladen einen Beamer im Angebot haben. Wir fahren da morgen hin und wenn mir das gefällt, kaufe ich uns das, dann haben wir ein privates Kino und machen die zweite Bronxfilmnacht.

Gregor hatte letztes Jahr in seinem Haus die erste gemacht. Das war so eine Woche nach Corinnas Auszug. Leider lief da keine rum, an der ich irgendwas Weibliches fand. Jeder hat ja so seine Vorstellungen von Frauen. Der eine steht auf mollige, der andere auf Frauen, die viel Geld haben, und der Folka steht auch filigrane Püppchen mit eigenem Kopf. Günter wurde immer kleiner. Trotzdem war der Filmabend echt super nett. Um die hundert Personen waren da. Kunden und Freunde. Theo gegen den Rest der Welt und das Video von den Noise Millers haben wir uns durch einen geliehenen Beamer angesehen. Alois war bei den Noise Millers als Gitarrist mit eingefärbten blauen Haaren. Das Video wurde auf unserem Firmengelände gedreht. Eine echt gute Kulisse und ein bisschen Geld gab es auch noch dafür. Überall Kameramänner, die größten Autos und überhaupt so Filmerei, dass ist eine andere Welt. Die Joints gingen pausenlos um, jede Menge Alkohol, die Mädchen eine besser als die andere, zumindestens optikmäßig.

Zwölf Jahre später, letztes Jahr bei einem unserer Kreativclubabende sah ich sie wieder. Die berühmte Maskenbildnerin Marga. An der kleinen Farina hatte sie damals richtig Spaß. Sie schminkte ihr das Gesicht, wie eine Wildkatze. Hilde fand das gar nicht so gut.

Die Heizung lässt sich heute nicht reparieren. Die Spule des Magnetventils ist durchgeschmort und so kommt das überteuerte Gas nicht zum Brenner. Warum hat der Heizungsgroßhändler keinen Notdienst an Sonn- und Feiertagen. Schlafen die denn alle? Sascha kommt doch auch, denke ich.

Und wie wir früher diesen Schlüsseldienst hatten, immer Nacht- und Feiertagseinsätze, oft sogar mit dem Finanzamt, wegen längst überfälliger Steuerzahlungen. Da haben wir gutes Geld verdienst. Die Oberfinanzverwaltung hat unsere Rechnungen immer prompt und ohne Abzug bezahlt.

Der Heizungsgroßhändler soll sich mal eine ordentliche Musikanlage und eine weiche Sitzgelegenheit, eventuell noch eine Minibar in seine Halle stellen, und dann kommen die Klempner und Heizungsfachleute und kaufen die Ersatzteile, dass die Wohnungen und das Wasser auch an Feiertagen warm sind. Geld lässt sich auch heute noch verdienen, wenn dieses doofe Gesetz mit Feiertagsarbeitenverboten nicht da wäre, denke ich im Sofa, eine weiche CD von Yellow, mit einem Supermarihuanarausch.

Die neuen Boxen machen konzertmäßigen Sound. Die Druckwellen der Basslautsprecher könnten Häuser zum Einstürzen bringen, wenn ich die Musikanlage ins Freie stellen und den Röhrenverstärker voll aufdrehen würde. Und das für ein paar Euros. Dreimal wurden die Teile reduziert. Keiner wollte daran. Nun stehen sie hier und berieseln mich mit bester Musik. Melanie kommt und küsst mich. Mann, ist das alles geil und der Feiertag hat ja erst angefangen. Und sollte es kalt werden, dann kommt Holz in den Kamin und wir werden die Musik von der Kaminmatratze aus hören.

[74]

Im Radio läuft Elton John. Genauso wie damals 1998 in London im Wimbledonstadion mit Susanne und Gustav. Elton John live. Crocodile Rock. Es geht durch Mark und Bein. Schade, dass die Schulter diese im Moment nicht unangenehmen Heilungsschmerzen hat, aber nach diesem Riesenjoint könnte ich mich so an Melanie vergreifen, die in der Küche wohl wieder Leckerchen kocht.

Das Konzert in London musste ich mir einfach gönnen. Nach fast zwei Monaten Dauerkopfschmerzen, die ihren Höhepunkt morgens um eins hatten. Zu dieser Zeit hatte Gregor seine Anja kennen gelernt. Folka ging um diese Zeit spazieren, das war das Beste, um gegen den Kopfschmerz anzugehen. Gregor sein Zimmer wurde durch Kerzenschein erleuchtet.

Irgendwann hatte ich sie soweit, diese gern als Flittchen zurecht gemachte Petra von der

Blücherstrasse. Samstagsabends war ich bei ihr, und kurz bevor Günter zum Zug kam, etwa gegen vierundzwanzig Uhr dreißig kamen wieder diese Nadelstiche von mehreren tausend, in meiner rechten Gehirnhälfte.

Tut mir leid, Petra, Günter hätte dir jetzt gerne gezeigt, dass er das ganz gut kann. Aber mir platzt gleich der Kopf. Ich gehe, denn das kann ich dir nicht antun, manchmal schreie ich vor Schmerz.

Ich verließ ihre nette kleine Wohnung und ging zu Fuß bei lauer Luft nach Hause. Endlich war ich am Volmelauf und konnte die rechte Schläfe auf das Geländer legen. Der kalte Stahlhandlauf kühlte meinen fast auseinander springenden Kopf. Bei allen Spezialisten, die die Medizin so hat, war ich. Alexandra, eine sehr kenntnisreiche Heilpraktikerin, akupunktierte mich. Das Gehirn wurde geröntgt. Augen- und Ohrenfachärzte sagen: Gute Augen und Ohren. Die Kopfschmerzen kommen woanders her. Vier Zähne ließ ich mir ziehen. Selbst Schmerztabletten halfen nicht, weder Alkohol noch Gras. Dr. Webermann war der letzte, wo ich war. Den hat man mir empfohlen. Endlich mal einer, der richtig zuhört.

Klar, Schmerzen, insbesonders Kopfschmerzen, die immer zur gleichen Zeit auftreten, das sind Körpersignale. Es kann zum Beispiel ein krankes Organ sein, sagte Dr. Webermann.

Burmann, du siehst gesund aus. Du hast einen Phantomschmerz, und wenn du mir nicht glaubst, dann kann ich dir ein paar medizinische Fachbücher mitgeben, da steht das drin.

Dr. Webermann machte dann einige Untersuchungen. Herzschlag. Puls. Ein- und Ausatmen und a machen. Er zog seine Schreibtischschublade auf und legte eine Pillenverpackung auf den Tisch und gab mir 20 Stück davon. Gegen zehn Uhr abends nimmst du eine und machst das so lange bis die Pillen verbraucht sind. Den Beipackzettel gebe ich dir nicht, denn das brauchst du nicht zu wissen. Nach drei Tagen geht es dir besser. Mach dir keine Gedanken. Leute, die nicht ganz richtig im Kopf sind, die müssen davon fünf Stück am Tag nehmen. Fahr nur kein Auto damit, weil dir alles scheißegal ist.

Und so war es auch. Diese doofen scheiß Kopfschmerzen gingen tatsächlich weg. Vielleicht hatte ich auch in meinem Haus nicht immer ganz schadstofffreies Zeug verarbeitet. Was sagt schon so ein blauer Engel, der einfach auf einen Farbeimer aufgedruckt wird?

Nach dem Londontrip wollten Susanne und ich nichts mehr mit Gustav zu tun haben. Der Typ war die ganze Zeit auf nass. Immer wenn es ums Bezahlen in den netten Londoner Pubs ging, musste er zur Toilette. Susanne und ich haben den das ganze Wochenende durchgezogen. Seinetwegen verpassten wir das Flugzeug und konnten erst spät nachmittags mit einer Propellermaschine vom anderen Londoner Flughafen gegen erhebliche Mehrkosten zurück fliegen.

Auf einer unserer Partys sprach ich Annette an: Hör mal, Gustav sagt, dass er immer stundenlang mit dir vögelt und dass du wie ein Pferd stöhnst. Ich glaube nicht, dass Gustav mit seiner schlampigen Figur so lange auf dir rumrutscht.

Annette lachte sich kaputt. Wir verabredeten uns und hinterher fragte ich sie, wer denn besser ficken kann. Tatsache war dann, dass sie mit Gustav nichts mehr anstellte, sondern vier Monate lang fast jeden Tag zu mir kam. Einmal in der Badewanne beim MENSCH ÄRGERE DICH NICHT Spiel sagte ich zu Annette, dass Gustav auch sagte, dass sie nicht an seinem Teil mal die Zunge usw.

Annette entgegnete: Glaubst du, ich nehme jeden Schwanz in den Mund. Sie konnte das auf jeden Fall recht ordentlich. Günter hat sich immer gefreut. Sperma soll ja gut für die Entwicklung der weiblichen Brust sein. Immer, wenn ich mir vorher einen Sahnequark mit 40 Prozent Fett gegessen habe, soll der weiße Saft gut schmecken. Manchmal standen frische Erdbeeren mit Sahne auf dem Tisch. Voll geil war dieser Erdbeersahnegenuss, denn nachher wurde der Günter leergesaugt. Alleine der Gedanke ließ ihn kontinuierlich zum Himmel wachsen.

[75]

Freitags war mal wieder dicke Luft. Melanie hatte wieder eine dicke unsichtbare Mauer gebaut. Der Einkaufsbummel fiel aus. Was soll ich auch mit einem Beamer? Ich ging ins Büro und schaute mir vorher den Fräsmaschinenumbau an.

Hakan, der Sohn vom Hassan, absolviert bei uns ein Praktikum. Er studiert in Aachen an der Technischen Hochschule Maschinenbau. Hakan wird bald neunzehn, ist leidenschaftlicher Fußballspieler und geht mit Power an die ihm gestellten Aufgaben.

Er sieht mich und fragt: Wie geht es Farina? Bestell ihr einen schönen Gruß von mir.

Ja, die beiden haben sich auf einer unserer Partys kennen gelernt. Farina findet Hakan richtig cool. Das sagen so heute die Teenies.

So einen bräuchte meine Tochter. Der würde ihr schon zeigen wo es lang geht, denke ich bei unserer weiteren Unterhaltung.

Die Arbeiten an der Maschine gehen zügig voran. 35 Jahre ist diese Maschine nun schon alt. Die haben wir mal fast geschenkt bekommen. Die Firma Daniel, welche der Hauptzulieferer von ganz bekannten Automarken ist, sponserte die uns.

Die sogenannten Nullserien wurden bei uns hergestellt. Immer wieder anders. Unsere Schlosser und Werkzeugmacher trinken zu viel Kaffee, meinte die Geschäftsleitung der Firma Daniel und ließ deshalb viel bei uns herstellen, bis die Teile serienreif waren.

Ja, mit dieser Maschine fing die Metallverarbeitung richtig an. Die Aufträge wurden immer komplizierter und so kauften wir zwei funkelnagelneue Fräsmaschinen mit Computer und Bildschirm. Die Fertigungsabläufe gehen wie von Geisterhand. Richtig geil sieht das aus, wenn der Fräser die U-Bootbleche bearbeitet, Bohrungen herstellt und Gewinde schneidet.

Mit der neuen automatischen Steuerung wird uns die Dropp und Rein noch jahrelang ein gutes Betriebsergebnis und Geld in die Tasche bringen und durch die anfallenden Steuerzahlungen einen kleinen Teil zum allgemeinen Wohlstand beitragen, so wie sich das eben gehört.

Sascha hat das Ersatzteil in den Heizungskessel eingebaut und wir gehen zu mir in den

Bunker auf einen Kaffee.

Melanie bereitet sich für die Volmestube vor und sieht mal wieder echt rattenscharf aus. Sascha erzählt von seinem Haus, was er gerade baut. Er weiß nicht, wie er das alles bezahlen soll. Seine Frau hat so einen extravaganten Geschmack. Jetzt sollen überall Terracottafliesen da rein gelegt werden und eine sündhaft teure Edelstahltreppenanlage.

Nee, ich bleib bei meiner Billigbauweise. Klare Linien und putzfreundlich ohne diesen ganzen Schnickschnack, sage ich.

Sascha erzählt noch, dass er heute morgen bei der Schraubenhandlung Schnell und Fest gewesen ist, und Lutz hätte sich mit Corinna getroffen. Lutz hörte, dass sie bei mir wegen dem Südafrikastich rausgeflogen ist und dass der Schwarze wieder Sonnenschirme aufstellt. Corinna hatte wohl gemerkt, dass er wohl nur eine Aufenthaltsgenehmigung für unser Schlaraffia-Deutschland haben will, denn hier sind ja so töfte Einwanderungsgesetze. Da hat sich Lutz mal bei Corinna gemeldet, um mal einen Stich zu machen.

Och, dann hat das ja gar nicht lange gehalten. Sie wollte doch einen Massagesalon mit dem Schwarzen eröffnen. Er soll ihr angeblich aus der Hand fressen. Und wenn sie gestrapst mit Rollschuhen durch die Wohnung fahre, dann tut der alles für mich, hörte ich sie damals sagen.

Wie bitte? Die ist gestrapst mit Rollschuhen gefahren, fragte Sascha.

Ja, so hin und wieder hat sie das gemacht, um ihre Oberschenkel gegen diese Orangenhaut, die ja oft bei Frauen kommt, zu schützen. Sie hatte eh einen Schönheitstick. Der Schwarzenfick war das Beste, was mir passieren konnte. Früher oder später hätte ich eh einen Wohnwagen auf das Firmengelände gestellt und zu Corinna gesagt: Du schläfst ab sofort im Wohnwagen. Nachts hätte ich den Lieferwagen mit der Anhängerkupplung davor gespannt und wäre dann irgendwo zu einer vielbefahrenen Strasse gefahren und hätte den Wohnwagen dann da abgestellt. Das Mädchen hätte bestimmt blöd reingeschaut, wenn sie da morgens früh die Wohnwagentür öffnet und schaut direkt auf den Supermarkt.

Sascha und ich hatten voll den Superspaß. Und dann erzählte er, dass er sich beim Ficken die Stange durchgebrochen hätte. Das soll sehr schmerzhaft sein. Auf jeden Fall haben die Ärzte ihm das Teil wieder richtig zusammengenäht und er will sich nicht mehr auf dem Rücken legen, denn dabei ist das passiert, das Latteabbrechen.

Ein Liedermacher, der es in hervorragender Weise versteht, sich zu vermarkten, so stand ja mal in der Bildzeitung, dem soll das auch schon zweimal passiert sein, als er mit seiner Verona rumgesext hat. Corinna sah so ähnlich aus wie die Feldbusch, nur dass ihre Haare immer andere Farben hatte. Einmal im Monat brachte Corinna zweihundert Mark zum Friseur.

Wir hörten Treppenhausschritte und dann stand Samira in der Küche und lächelte mich gut an, sagte Hallo und gab mir ein Küsschen auf die Wange und fragte, ob ich Zeit hätte. Sascha verabschiedete sich und warf Samira noch einen längeren Blick zu, der bei ihren Beinen anfing und bei den Augen aufhörte.

Wir drückten und küssten uns wie man das eben so macht. Dann setzte sie sich, schlug die Beine übereinander und redete wie der Wasserfall vom oberen Volmelauf:

Ich werde erst mal nicht nach Thailand fliegen. Ich war gestern mit Herrn Gretel essen und er hat mir ein Angebot gemacht, was ich sofort annahm. Mein geerbtes Geschäftshaus werde ich nicht verkaufen. Ich bring es als Einlage mit in die Firma Hensel und Gretel. Deren Verwaltungsgebäude ist viel zu klein. In das Haus kommt unten, wo jetzt der Möbelladen ist, die U-Bootverkaufsausstellung hin. Jedermann soll sofort sein Modell mitbekommen, so als ob du nach Peek und Cloppenburg gehst und dir eine Hose kaufst. In die oberen Stockwerke kommen die Konstruktionsabteilung und der Verwaltungskram. Auf dem Flachdach baue ich mir ein Haus, so wie du. Und weißt du, was ich vorhin gesehen habe, als ich auf dem fußballfeldgroßen Dach stand. Genau, dein Haus habe ich gesehen. Und wenn das alles so klappt wie ich mir das vorstelle, dann können wir uns nächstens immer zuwinken. Da ich vier Sprachen perfekt beherrsche, habe ich die Stelle als Verkaufschefin ab sofort. Horst gibt mir gleich so einiges an Literatur, z. B. Wie funktioniert ein Sonar. Die Strömungslehre vom Ozean. Der gefährliche Felsen am Kap der Guten Hoffnung. Das Buch: Fehlersuche an den Brennstoffzellen und Funktionsweise der Sauerstoffaufbereitungsanlage werde ich mir sofort als erstes durchlesen und hoffentlich auch begreifen. Bisher habe ich mich für son technischen Kram nicht begeistert. Mir reichte es immer, wenn Technik funktionierte. Ich mach lieber Shopping und lese deinen literarischen Schwachsinn. Du könntest dir übrigens mal wieder eine nette sexistische Geschichte ausdenken. Ich werde mal irgendwann dafür sorgen, dass dein Buch verfilmt wird, das verspreche ich dir.

Samira, bitte bleib auf dem Teppich. Es freut mich, dass du in der Schiffsbaufirma mit eingestiegen bist. Dein geplantes Urlaubsparadies auf Koh Samui läuft doch alleine. Die Konstrukteure von Hensel und Gretel, die planen dir mal eben eine Ferienanlage. Und in eurem Land sind nicht so arschlochmäßige Baugesetze wie hier. In Thailand reichen eine Zeichnung und eine Statik, dann kannst du anfangen. So einfach ist das. Samira, warst du gestern nur mit dem Horst Gretel essen, fragte ich sie.

Oh, schau mal an, der Folka ist eifersüchtig, sagte sie.

Samira verneinte das mit nach dem Essen. Sie betonte, dass sie das sehr gut trennen könnte. Im übrigen hätten wir ja wohl ein Verhältnis und dann sagte sie voller Überzeugung, so dass es mir kalt den Rücken runterlief: Du kannst mich und Melanie in jeder Stellung und überall ficken, wann und wo du willst. Ist dein Günter einmal woanders drin, dann schneid ich ihn dir ab.

Kurz danach kam Melanie. Bobby lief ihr schon entgegen. Ich bekam einen schnellen Wangenkuss und Samira auch. Die beiden waren sofort am reden und lachen. Da war so ein Artikel über irgend so eine Frau, in irgend so einer Frauenzeitschrift, die hat das und das gemacht.

Ich ging ins Wohnzimmer und hörte einfach Musik. Samira kam und sagte, dass sie dann mal zum Horst Gretel fährt und sich die Bücher holt.

[76]

Der Rest des Freitags war, wie sagt man, in Familie machen. Melanie mixt mal wieder ein paar nette Pink Ladys und macht den DJ.

Folka, du musst noch die Kerzengeschichte aufschreiben, die du mir mal erzählt hast, sagte Samira Samstagsnachmittags bei Kaffee und Kuchen. Melanie war mal wieder in der Volmestube und wir hatten ja noch Zeit ohne Ende.

Also gut. Damals beim Konfirmandenunterricht. Ich glaube, mein Papa hat mich dahin geschickt, dass ich mal was vom lieben Gott höre. Diesen dicken Pastor konnte keiner der Konfirmandenschüler so richtig ab. Klaus, Arnold und ich saßen immer in der hintersten Reihe und wurden oft zur Ruhe ermahnt.

Ich werd jetzt mal ein kleines Feuerwerk machen, sagte ich zu meinen Kollegen. Herr Pastor, ich muss mal zur Toilette.

Nein, Folka, du bleibst sitzen bis der Unterricht zu Ende ist, dann kannst du zur Toilette.

Ich muss aber jetzt und nicht erst, wenn der Unterricht zu Ende ist.

Der Pastor ließ mich gehen. In der Toilette holte ich aus meiner Tasche eine normale Kerze, ein paar zusammengesteckte Legosteine und einen ganz dicken Kanonenschlag. Den Klodeckel ließ ich runter, steckte die Kerze an, ließ etwas Wachs auf diesen schwarzen Plastikdeckel tropfen und drückte die Kerze fest. Den sieben cm hohen Legosteinklotz stellte ich vor die Kerze, legte den Chinaböller auf die Legos und schob die Zündschnur in das seitliche Loch der Kerze, was ich zuhause reingebohrt hatte.

Nach Betätigen der Wasserspülung schloss ich die Tür auf und setze mich wieder auf den Platz in der hinteren Reihe. Mir gingen richtig die Knochen, gleich wird es knallen und dann gibt es Ärger.

Scheiße, ich habe das Toilettenfenster nicht geöffnet, ging mir durch den Schädel. Der Druck von diesem Böller wird die Glasscheibe zerstören.

Herr Pastor, ich muss noch mal zur Toilette, sagte ich beim Aufstehen und war schon weg.

Gott sei Dank, die Kerze ist noch nicht so weit abgebrannt, dass die Flamme an die Zündschnur kommt. Ich öffnete das Fenster und ging wieder in den Konfirmandenraum.

Folka, du hast wohl Durchfall, sagte der Pfaffe.

Nee, Herr Pastor, ich habe nur was vergessen und setzte mich neben Klaus und Arnold und flüsterte: Gleich mach es bum. Kurz danach gab es einen voll lauten Knall. Wie im Krieg.

Der Pastor wollte mir eine Papierrolle, die er gerade in der Hand hielt, vor den Kopf werfen und schrie: Folka, raus hier.

[77]

Samira baute einen ziemlich großen Riesenjoint und fragte: Wann kommt wohl Melanie aus der Volmestube. Sie hat ihren Schlüssel nicht mit. Wir könnten ja die Tür abschließen und nicht ganz so laut vögeln, kamen wir überein, als sie den Günter in ihren langen schlanken Fingern auf maximale Größe massierte. Komm, mach mir den Hengst, sage sie und kniete sich ins Ledersofa. Ihre Ellenbogen lagen auf der Sofalehne. Ihren Kopf hatte sie auf den Armen abgelegt und ich machte mal wieder Behindertensex von hinten im Stehen.

Wir gingen danach beide unter die Dusche. Den linken Arm legte ich auf die Wasserentnahmestelle und ließ mich von Samira gut einseifen. Folka, dass reicht für heute. Lass noch etwas Standfestigkeit für Melanie. Ich möchte nämlich nicht, dass sie etwas merkt, dass wir regelmäßig was machen, sagte Samira.

Melanie kam so gegen sieben aus der Volmestube und hatte wohl gute Laune. Ich schnallte die Armsonne ab und legte den linken Arm in die Jogginghosentasche und lief etwas auf dem Hof rum. Als ich wieder im Bunker war, räumte ich mit dem rechten Arm die Spülmaschine leer und freute mich, dass ich nun schon besser die Brocken in den Küchenoberschrank stellen konnte. Das ist ja eine äußerst gute Gymnastik und Muskelaufbauübung, dachte ich dabei. Ich baute dann noch einen und schaute Melanie beim Kochen zu und dann hörte ich: Du hast immer so ein scheiß doofes Grinsen drauf. Ich glaube, du verarscht mich. Du liebst mich nicht. Ich bin doch nicht blöd. Was glaubst du eigentlich, wer du bist.

Was ist denn jetzt schon wieder, sage ich zu ihr und laufe gut THC angeheitert durch den Bunker und setze mich dann neben Bobby und Otto und frage: Ey, ihr beiden, ob Melanie wohl was gemerkt hat, dass ich auch mit Samira immer öfters sexe. Was meint ihr?

Bobby hat mich nur angeschaut und gab mir dann zu verstehen, dass er auch mal wieder ein paar Streicheleinheiten braucht. Otto schloss einfach seine Augen.

Als ich wieder im Sofa saß, kommt Melanie und fragt ob ich denn großen Hunger hätte und dass sie ja eigentlich noch Samira einladen könnte. Die Chinesische Reispfanne wird bestimmt lecker.

Samira war kurz danach da und als die beiden da an der Küchenarbeitsplatte rummachten, dachte ich, ob die vielleicht was zusammen haben und stellte mir so einiges vor.

Das Essen war mal wieder das Beste am Abend. Die beiden Weiber beschlossen, mal so einfach in die Videothek zu fahren und einen Film zu leihen.

Beim Filmsehen sagte ich: Mir wird das alles zuviel. Ich kann nicht mehr in dieser Rückenlage liegen. Komm, wir holen das Ledersofa ins Schlafzimmer.

Samira und Melanie schleppten das kleinere Sofa ins Schlafzimmer und stellten es hinter der Matratze ab.

Wo hast du die Sofas überhaupt her, wollte Melanie wissen.

Ach, immer wenn sich meine Eltern was Neues kaufen, dann hole ich mir die gebrauchten Brocken, so geht das nicht an meinen Geldbeutel, sagte ich.

Der Abend war sehr nett und amüsant. Ich saß da auf dem Sofa mit der linken unterschnallten Armsonne. Die rechte Hand hielt einen Pink Lady und vor mir auf der Matratze lagen Samira und Melanie. Beide nur mit Slip und ärmellosem Shirt bekleidet.

Die beiden sind ja wirklich sehr gut befreundet. Aber wie lange geht das wohl noch gut.

Was passiert, wenn Melanie mal erfährt, dass ich schon längere Zeit mit Samira rummache. Was die eine nicht hat, das hat die andere, dachte ich und schlief im Sofa ein.

Montag siebter Oktober. Gegen kurz nach drei wurde ich wach. Melanie und Samira liegen im Wohnzimmer auf der Kaminmatratze. Schnarche ich denn so oft, dachte ich.

Nach einer Flasche Warsteiner bekam ich endlich wieder Bettschwere und konnte bis um sieben durchschlafen. Die Gefühle im linken Arm haben sich seit den letzten drei Tagen nicht verändert. Macht die Heilung denn keinen Fortschritt? Im Büro machte ich so verschiedene Dinge, die eben gemacht werden müssen, und dann hatte ich mal wieder mein Töchterchen am Telefon. Farina wollte Gregor sprechen, der aber gerade nicht da war.

Bezahlt mir denn Gregor wirklich den Führerschein, wie er gesagt hat, fragte mich dann Fari.

Wenn er das sagte, dann tut er das auch. Ich werde ihm sagen, dass er dich gleich anruft.

Gegen 18:00 Uhr machte ich Feierabend mit Kribbeln und Krabbeln in der Schulter. Komm, ich bau mir eine und höre dann in A Gadda da Vida. Phantastisch diese Musik, dieser Sound, echt gute Lautsprecher.

Melanie mixte noch einen Pink Lady und dann hatte ich endlich die erforderliche Bettschwere und schlief wie ein Baby bis zum anderen Morgen. Manchmal schnallte ich die Sonne ab. Dann rief Mama an und sagte: Ich habe Papa vorhin ins Krankenhaus gefahren. Nur das ihr Bescheid wisst: Papa hat eine Arterienverkalkung in der Leistengegend.

Ich werde heute Nachmittag mit Melanie ins Krankenhaus fahren und meinen Alten davon überzeugen, dass er sofort einen Hund zum Spazierengehen bekommt. Dann bleiben die Beine in Bewegung und dann passiert so eine Scheißarterienverkalkung erst gar nicht.

Der Fräsmaschinenumbau macht Fortschritte. Bald werden sich die neuen Motoren drehen und der große Messerkopf wird sich durch den U-Bootstahl fressen.

Melanie rief an und erzählte, dass sie nach der Arbeit noch mal kurz zum Volmeberg fährt und dann in die Volmestube, um was ins Sparfach zu werfen, denn sonst gibt es irgendwie Strafgeld.

Wir plauderten noch etwas. Mit Papa seiner Arterienverkalkung habe ich ihr nicht gesagt und wir verblieben bis gleich.

Gegen 17:00 ging ich zum Bunker. Die Sonne kam noch mal richtig durch. Jetzt steht sie aber schon so tief, dass ich mich mit geöffneter Balkontür im Sofa raumseitig sonnen kann. Irgendwann kommt Melanie mit Einkaufstüten und schwer am atmen die Treppe hoch und sieht genervt aus. Warum benutzt du nicht den Aufzug, selber schuld, sage ich.

Wir reden auch nicht viel und ich dachte mal kurz, ihr das zu sagen, dass ich schon längere Zeit mit Samira nebenbei ordentlich rumgesext habe und ob es nicht einfach besser wäre, diese Beziehung zu beenden. Samira wird durch ihren neuen Job bald keine Zeit mehr haben, und wenn Melanie weg ist, dann bin ich eben wieder alleine. Aber bis jetzt kam immer eine Neue.

Phil und seine neue Freundin kommen heute Abend zum Essen, sagte sie und küsste mich. Warum ist die immer so launisch, dachte ich nach diesem zärtlichen Dauerbrenner.

Das Essen mit dem frischen Gemüse, in allerhand leuchtenden Farben und dieser Geruch von dem gegrillten Geflügel. Jeder Chinese könnte bei Melanie in die Lehre gehen. Wir hauten voll rein und verwöhnten die Zunge. Leider konnte uns Phil seine neue Freundin nicht vorstellen. Sie hatte eine Führerscheinfahrstunde, was sich so eben kurzfristig ergeben hätte.

Mein Arm meldete sich leider wieder mit Schmerzen und nicht kontrollierbarem Zucken. Es wurde immer unangenehmer. Ich baute mir einen ganz großen, und nach zwei vollen Wodka-Orange fiel ich endlich übermüdet und gut besoffen sowie vollgekifft ins Bett und schlief bis um kurz nach sieben.

[78]

Mittwoch, neunter Oktober. Ein tolles Gefühl, keine Armschmerzen. Bald ist alles gut. Die Sonne wird abgeschnallt. Ich kann meinen Arm sogar schon fünf Zentimeter vom Körper wegheben. Gute zwei Stunden sitze ich im Sofa und lege den Arm mal so oder so ab. Nach einer halbe Stunde duschen, mal heiß, mal kalt, beruhigten sich die Nerven noch mehr. Der Tag fing wirklich super an.

Der Fräsmaschinenumbau steht kurz vor dem Ende. Ein Blick in die große Getriebekastenöffnung. Ich sehe überdimensionierte Zahnräder, Wellen und elektromagnetische Kupplungen. Echter guter deutscher Maschinenbau, gebaut für die Ewigkeit. Amen.

Ein Stahlhändler kommt und fragt, ob sich das denn lohne, so eine alte Kiste auf neue Technik umzubauen. Ach, auch so einer, der keine Ahnung hat. Weder von Maschinenbau, noch vom Auftreten gegenüber eventuellen neuen Kunden. Auf seiner phantasielosen Visitenkarte steht auch noch Diplomingenieur, aber welche Fachrichtung? Vielleicht als Konditor?

Ich zeige auf unsere spanische Fräsmaschine, die sogar noch ein bisschen größer als die Dropp und Rein ist, und sage: Dieses süße schnuckelige Fräsbaby wiegt neun Tonnen, so wie sie da steht, komplett mit Schaltschrank, Hydraulik und Kühlschmiereinrichtung. Die Dropp und Rein bringt so um die 30 Tonnen auf die Waage, aber ohne Zusatzteile, nackt eben.

Ich möchte aber nicht mit ihnen über Maschinenbau diskutieren, sondern über Stahlpreise.

Haben sie denn auch Feuerzeuge und Kugelschreiber? Ihre Mitbewerber schenken uns immer so was, um die Freundschaft zu erhalten. Privat trinke ich Bisonwodka, mein Bruder bevorzugt lange gelagerten schottischen Whisky.

Mit dem Kerl ließ sich schlecht reden. Ich schickte ihn zu unserem Nachbarn, der auch in Metallverarbeitung macht. Vielleicht kann er dem seinen übertreuerten Stahl verkaufen.

Ralf, der Steuerungsspezialist, der gerade den Schaltschrank verdrahtet, sagte: Der Typ eben hat auch nicht alle gerade sitzen. Der müsste mal unbedingt zum Zahnarzt und zum

Frisör.
Hallo, Mutchen, wenn du gleich zu Papa fährst, kannst du mich dann abholen?, sagte ich zu meiner lieben Mama am Telefon und sie antwortete: Ich muss mich nur noch schminken, in 30 Minuten bin ich da.
Bis gleich, ich bin im Büro.
Ich zog mich um. Die blaue Jogginghose aus und Jeans an, die Sonne ab und dann ganz langsam mit hängendem linken Arm ein neues frisches T-Shirt usw. Ohne die Armsonne fuhr ich mit Mama ins Krankenhaus. Der linke Arm blieb ruhig in der Lederjackentasche.
Papa macht den Strahlemann. Alles nicht so schlimm. Übermorgen soll er wieder entlassen werden. Morgen gehen die Ärzte an seine Arterie und prokeln da ein bisschen rum.
Deine alte Schulfreundin Marianne ist auch auf dieser Station. Sie liegt ein Zimmer weiter, sagt Papa.
Dann lass ich euch jetzt mal alleine und besuche Marianne, sage ich.
Marianne sitzt auf dem Krankenbett. Sie ist über meinen Besuch sichtlich überrascht und freut sich sehr. So um die fünf Jahre haben wir uns bestimmt nicht gesehen.
Komm, wir gehen in die Raucherecke. Marianne, was machst du für Sachen, sage ich und sie erzählt: Ach, alles Scheiße. Mir ging es immer schlechter, oft schlapp, immer müde, kein Hunger. Ich habe Leberkrebs und nichts wird mehr wie früher. Die Chemotherapie hat nicht angeschlagen, und was machst du so, Folka? Hast du Jacqueline mal wieder gesehen? Deine Firma, läuft das alles? Bist du liiert?
Ich erzählte ihr kurz die Armgeschichte und von der neuen U-Bootgeneration sowie von Melanie.
Mann, was waren wir früher durchgeknallt, die Nächte an der Glörtalsperre. Du vögelst wie eine Maschine, sagte Marianne mal als Achtzehnjährige zu mir.
Mama kam dann dazu. Ach, erst mal eine rauchen.
Hallo, Marianne. Wir haben uns ja lange nicht gesehen. Wie geht es dir und deinen Eltern? Wohnen die noch in der Elisabethstrasse? Wie alt ist dein Sohn?

[79]

Vom Krankenhaus ging ich zu Fuß. Es war ein schöner sonniger Tag. Der Arm ruhte in der Tasche, die Schmerzen waren im grünen Bereich.
Na, dann gehe ich mal zum Hörgeräteladen und mache mich mal schlau.
Der Hörgeräteakustiker gab mir eine ausführliche Beratung. Einen Hörtest führte er durch. Sie hören die hohen Töne nicht richtig. Die Batterien halten 14 Tage. So ein Hörgerät kann sieben Jahre alt werden. Beim Duschen sollten die Teile aus dem Ohr genommen werden.
Wir verblieben, dass ich mit meiner Krankenkasse über die Kostenübernahme rede.
Langsam ging ich Richtung Bronks, schaute mal bei Ludwig vorbei und er fragte nach Uschis Wohlbefinden. An der Volmestube konnte ich nicht vorbei gehen. Alois und Gernot

standen am Tresen. Mittlerweile hatte ich schon das fünfte Warsteiner. Unser Gespräch drehte sich um Geld und Steuern, alles sei so teuer geworden, und wir beschlossen, eine gute soziale Tat auszuführen. Wir werden die Landeszentralbank überfallen. Zweihundertfünfzigtausendmillionen Euro liegen in dieser Festung, in kleinen, großen und bunten Geldscheinen. Das weiß ich genau, denn wir haben mal für einen sehr netten Mann, der da richtig in der Zentralbank was zu sagen hat, eine innenliegende mehrgeschossige Treppenanlage mit den besten verschleißfesten Granittreppenstufen und hochglanzpoliertem Edelstahlgeländer für sein schnuckeliges Häuschen hergestellt.

Alarmanlagendrähte sollen in dem Beton der Landeszentralbank mit eingegossen sein. Der riesige Manganhartstahlpanzerschrank steht nicht auf dem drei Meter dicken Betonfußboden, sondern hängt an oberschenkeldicken hochvergüteten Stahlseilen unter der Decke. In der Luft schwebt also der Tresor. Wenn den jemand knacken kann, dann sind das die drei Panzerknacker von Walt Disney. Aber wie erreicht man die? Die schönen bunten Euronoten wollen aber gar nicht im Tresor liegen. Sie wollen in die Freiheit und Leute sehen.

Wir werden bei der Polizeihubschrauberstaffel Nordrhein-Westfalen einen Bell A 650 klauen, weil so einen habe ich schon oft geflogen, und diesen mit Videokameras versehen und fernlenkbar machen. Das Fluggerät wird vom Simulator geflogen, so richtig führerlos. Einen ferngesteuerten Leopard Panzer besorgen wir uns von dem Truppenübungsplatz, der in unserer Nähe ist und dann starten wir die Aktion. Vorher geht natürlich erst mal ordentlich der Joint rum, dann sind wir drei enthemmter und lockerer.

Der Panzer, der mit Bomben und Granatattrappen versehen ist, rollt an. Der Bell landet und aus dem Lautsprecher spricht die Stimme: Hier spricht Robin Hood. Dies ist ein Überfall. Liebe Landeszentralbankangestellte, sie schaffen jetzt ganz schnell alles an Geldscheinen in die Flugmaschine, andernfalls fährt der Panzer mal ein bisschen durch die Stadt. Die sonst nicht so schnellen Beamten stopfen schuhkartonweise die schönen bunten Euronoten in die Flugmaschine. Ratz fatz ist der Bell schnell voll. Die Rotorblätter setzen sich in Bewegung, das Fluggerät steigt hoch und dann hören es alle: Liebe Mitbürgerinnen und Mitbürger. Hier spricht Robin, es gibt gerade Steuerrückerstattung im großen Stil. Sammelt das Geld ein, verteilt es an die Armen und Schwachen und verkonsumiert es, kauft euch was Schönes, macht den Kühlschrank voll. Alois betätigt den roten dicken Türöffnerknopf. Das Funksignal betätigt die elektrische Verriegelung der Hubschrauberbodenklappe und es regnet ganz viel Geld.

[80]

Ein roter Honda S 2000 hält direkt vor der Volmestube, Samira steigt aus, stellt sich zu uns am Tresen und gibt mir ein freundschaftliches Küsschen und erzählt, dass sie vorhin bei Rüdigers Hondavertretung war und nicht mehr nein sagen konnte, als sie dieses Auto Probe gefahren hat.

Folka, komm, wir fahren ein bisschen rum, sagt sie und drückt auf den Startknopf, wo draufsteht Engine, und dann geht es Richtung Autobahn. Dieses Cabrio hat ja mehr Schub als damals der AMG, denke ich, als Samira das Gaspedal bis unten durchtritt. Gute 280 Stundenkilometer zeigt die Tachonadel an. Rüdiger hat, wie Samira es wollte, den Drehzahlbegrenzer ausgebaut. Die Autobahnauffahrt lässt sie rechts liegen und biegt die nächste Straße links in das Waldgelände ab und fährt langsam den ausgefahrenen Waldweg hoch und schaltet das Hochleistungsaggregat aus und sagt: Was hältst du davon, wenn du mich mal einfach ein bisschen abfummelst. Dein rechter Arm scheint ja wohl wieder in Ordnung zu sein und es wäre schön, wenn du mal wieder ein paar nette Fingerspiele mit deiner Samira machen würdest. Sie öffnete die Tür und zog sich am Waldweg aus und saß dann nackt im Auto. Sie holte dieses weiße Pulver aus ihrer neuen Handtasche, nahm meinen Zeigefinger und lutschte ihn ab. Nein, Samira machte ihn mit ihrer geilen Zunge richtig nass und streute dann Kokain auf meinem Finger. Dann nahm sie meine Hand, und der Zeigefinger war in ihrem feuchten heißen Teil. Samira stöhnte so wie Samira eben stöhnt, wenn der Finger in diesem feuchten heißen Teil ist. Dann stand sie nackt mit ihren roten Stöckelschuhen, leicht gebückt hielt sie mir ihren Knackarsch entgegen und stützte sich auf dem Kotflügel des Hondas ab. Ein Specht unterbrach seine Arbeit und schaute uns die ganze Zeit zu. Oh, ist das gut, sagten wir fast gleichzeitig.

Langsam fährt sie den Honda zur Bronks und sagt, dass sie gleich noch nach Hensel und Gretel will. Die Spätschicht montiert nachher die Wasserstofftanks an den fast fertigen U-Booten und Samira will bei der Probefahrt dabei sein, denn Samira muss ja schließlich wissen, was sie verkauft.

Donnerstag zehnter Oktober. Die letzte Nacht sehr unruhig geschlafen. Die Schulter macht unkontrolliertes Zucken. Hoffentlich war das gestern kein Fehler, ohne die Armsonne ins Krankenhaus, die vielen Warsteiner in der Volmestube, der Sex mit Samira im Wald, und Melanie ist ja schließlich auch noch da und brauchte auch noch ihre Streicheleinheiten. Da hat sie sich doch tatsächlich einen Diolenkittel gekauft und machte ein auf gestrapste Küchenschabe. Das Oberbett lag auf dem Küchentisch und auf dem Fußboden lag die Ägyptendecke. Melanie saß schwarz gestrapst mit roten Stöckelschuhen und vergoldetem Fußkettchen breitbeinig und gut einparfümiert auf dem Küchentisch und sagte: Es wäre schön, wenn du mich mal wieder richtig verwöhnen würdest. Das tat ich dann auch bis Bobby von seiner Hofrunde kam, und dieser eifersüchtige Bobtailrüde machte den Affentanz und heulte wie ein Werwolf. Los jetzt, Bobby, beweg deinen Arsch, sagte ich. Er ging durchs Treppenhaus zum Hof. Ich hinterher und dann wollte ich die Glaseingangstür abschließen. Hierbei machte unser Hoffummelchen gerade ihre Wohnungstür offen. Ach, ist doch scheißegal, dachte ich, wenn mich die Mieterin mal mit einer guten Latte sieht.

Beim Weitermachen mit Melanie auf dem Sofa freute ich mich, dass Melanie mal wieder so richtig aus sich herauskam und auch mal sagte, wie sie es besonders gerne hat. Als ich dann hörte: Komm, spritz mich voll. Ich möchte jetzt deinen heißen Saft spüren, kam es mir und meine Augen nahmen nur noch Umrisse wahr. Meine Ohren hörten Melanie vor Lust stöhnen.

Der Fräsmaschinenumbau ist fertig. Nur noch ein paar Kleinigkeiten wie Verfahrwegeinstellungen, Endschaltermontage und die Keilriemenabdeckungen sind noch anzuschrauben. Gleit- und Bettbahnöl in die Zentralschmiereinrichtung.

Gegen 14:00 Uhr habe ich wirklich heftige Schulterschmerzen und taste mit der rechten Hand über die Operationsnarbe und hätte bald aufgeschrieen. Soll ich mir eine Schmerzdröhnung geben, diese Tramadolorpillen mit den riesigen Nebenwirkungen, oder reicht die Hausmedizin, etwas Marihuana habe ich noch und baue mir einen fast pur. Es ist noch gut warm und ich genieße die schöne klare Luft im Liegestuhl, bis Melanie kommt und mal wieder genervt aussieht. Sie erzählt, dass sie nachher mal wieder in die Volmestube geht, um ihrer Schwester zu helfen.

Melanie, ich finde es nicht gut, dass du die Nachtschicht in der Volmestube machst. Es ist in Ordnung, wenn du mal Susan helfen tust. Nur ich hätte es lieber, wenn meine Freundin nicht morgens gegen drei Uhr alleine auf der Straße rumläuft, sagte ich.

Melanie machte noch eine Kleinigkeit zu essen. Zuerst gab es Tomatensalat und dann gegrillten Lachs. Dann war sie weg. Jetzt saß ich wieder alleine auf dem Sofa und die Schulter kribbelte wieder. Das bisschen Gras, was ich noch hatte, rauchte ich pur aus der Wasserpfeife und hatte dann, so würde ich sagen, wenn die Erzählungen aus dem Hanfbuch stimmen, einen LSD-mäßigen Rausch. Was heißt überhaupt LSD? Lustig sind Dinosaurier oder Leise sind Dämonen? Nach ein paar Flaschen Warsteiner sackte ich endlich zusammen und wurde gegen Mitternacht wieder mit Armschmerzen und einem doofen Geschmack im Mund wach. Die Schulter beruhigte sich nach ein paar Minuten. Ich überlegte, ob ich mal einfach in die Volmestube gehe und Melanie überrasche. In Gedanken ging ich die Reihenfolge durch: Armsonne abschnallen, langsam ausziehen, duschen und frische Sachen anziehen. Nein, ich werde mir noch ein Warsteiner trinken und einfach versuchen, wieder einzuschlafen.

[81]

Freitag, elfter Oktober. Gegen fünf schlage ich die Augen auf. Melanie liegt nicht neben mir. Ich gehe zur Kaffeemaschine und schalte sie ein und sehe im Wohnzimmer die beiden Weiber auf der Kaminmatratze schlafen. Meine Denkstunde mache ich am Küchentisch und bin gegen acht im Büro. Gegen neun geht das Haustelefon und Melanie erzählt, dass Samira gestern noch in die Volmestube kam und ordentlich getrunken hat und da haben die beiden eben beschlossen, dass Samira mal wieder bei uns schläft und dass sie gerade auf dem Weg zum Bäcker sei, um frische Brötchen zu kaufen. Kommst du gleich frühstücken, fragt Melanie und ich gehe dann über den Hof zum Bunker.

Ein Frühstück mit zwei attraktiven Frauen hat so richtig was Gutes. Melanie und Samira kümmerten sich um alles. Der Kaffee wurde nachgeschüttet, die Brötchen geschmiert.

Telefon. Ja, ich bins, Alois. Bleibt das heute Abend bei unserem Kreativclubtreffen? Hast du die Telefonnummer von Sammy? Dann bring ich eine gute Mischung mit. Wie geht es deinem Arm?

Ich hoffe, der Operateur hat alles richtig gemacht, sonst gehe ich mit der Kalaschnikow da hin, sage ich und wir verbleiben bis heute Abend.

Samira erzählte uns von der Probefahrt des neu entwickelten U-Boots, was sie eigentlich nicht machen dürfte, da wir aber für Hensel und Gretel die ganzen Bleche bearbeiten, sagt sie, wissen wir es sowieso bald. Richtig am schwärmen ist sie. Wie das wohnmobilmäßige Fahrzeug mit den Spezialreifen ins Wasser fährt. Und der untere Glasboden. Ach, man kann die ganze Unterwasserwelt beobachten, die Inneneinrichtung ist schon fast Luxus, an alles haben die Konstrukteure gedacht. 250 Meter kann man damit abtauchen. Durch den Brennstoffzellenantrieb sind die Motoren fast geräuschlos und der Kaltvergaser liefert den erforderlichen Atmungssauerstoff über mehrere Wochen.

Gegen halb zwölf verabschiedet sie sich und wir verbleiben bis nächste Woche, denn morgen fliegt sie nach Griechenland, um einen ganz bekannten Reeder davon zu überzeugen, dass er ein U-Boot in seiner Schiffsflotte zu haben hat. Melanie und ich wünschen ihr viel Erfolg und drücken uns gegenseitig.

Der Kreativclubabend war mal wieder das Gipsen und Philosophieren schlechthin. Bis Samstagsmorgens haben wir rumgemacht. Zuerst hatte Melanie bei dem gemeinsamen Frühstück noch gute Laune und fängt an, mir einen Brief zu schreiben, weil sie über ihre Gefühle nicht so reden kann, sagt sie. Ich wollte sie im Arm nehmen und sie reißt sich los, nimmt den Brief und zerknüllt ihn und stopft ihn dann in den Karton von den neuen Lautsprecherboxen, den wir im Moment für das Altpapier nehmen.

Melanie, können wir uns bitte unterhalten?

Nein, jetzt nicht, ich habe keine Zeit und Lust, sagt sie in einem anderen Tonfall als sonst.

Dann eben nicht. Schade, ich dachte wir sprechen uns mal aus, sagte ich noch und ging ins Büro, schaltete den PC an und ließ die Finger fliegen, wie das so mit einem in Heilung befindlichen Arm geht.

Was will ich? Nächste Woche kann ich bestimmt die Armsonne ablassen und mich allmählich wieder an langes konzentriertes Arbeiten gewöhnen. Wahrscheinlich muss ich meine persönliche Alkohol-Marihuana-Entzugskur machen. THC soll ja nicht abhängig machen. Bis jetzt lief doch alles ganz ordentlich. Der Folka hat nette aufgeweckte Kinder gezeugt, ein Haus gebaut, fünf Bäume gepflanzt und das Fundament für eine gut laufende Metallverarbeitungsfirma gelegt, die mittlerweile zehn Familien ganz gut leben lässt. Die letzten Zeilen sind Melanie gewidmet.

Ich glaube, Rafael hatte recht, damals in der Volmestube. Wir unterhielten uns gerade über die Marine und Bundeswehr und Aktien und ich höre noch seine Worte:

Ich an Melanies Stelle hätte mir erst mal eine eigene Wohnung genommen, die muss erst mal zu sich selber finden.

Heute morgen bei unserer Kuschelei dachte ich, alles wird gut, und dann kam doch wieder diese unsichtbare Mauer. Das Zusammenleben mit dir war am Anfang so schön. Jetzt haben wir uns nichts mehr zu sagen. Du kannst machen was du willst, wenn du keinen Bock mehr hast, dann ist das in Ordnung. Zu einer Beziehung gehören zwei, vielleicht ein paar Kompromisse, aber nur ein Paar. Und ich wollte immer mal wieder mit dir richtig verliebt Hand in Hand durch die Stadt schlendern. Ja und vorhin, als ich dir beim Frühstück machen zusah, kribbelte es in mir. Es war aber nicht Günter, es war in meinem Kopf, und ich dachte: Schade eigentlich, sie kann wohl nichts dafür. Dann wollte ich dich im Arm nehmen, du blocktest sofort ab.

Ich bin davon überzeugt, dass ich dich sehr zärtlich behandelt habe. Ich sah dich nie als Lustobjekt. Günter braucht Befehle vom Kopf. Du bist so wechselhaft. Du ziehst aus, kommst einen Tag später wieder und tust so, als ob nichts gewesen wäre. Vielleicht bin ich auch zu sensibel oder einfach blöd, oder nicht mehr dein Typ. Und wenn ich schon mal dabei bin. Ich weiß nicht, ob du es schon gemerkt hast oder ob dir Samira was erzählt hat. Ich habe mehrmals mit ihr geschlafen. Aber manchmal dachte ich, ihr beiden habt auch irgendwas zusammen.

Ich hörte mal von dir, deine Augen haben mal wieder diesen Lausbubenblick drauf, aber das ist schon lange her. Egal, ob unsere Beziehung schon längere Zeit gestört ist, ich würde gerne dein Freund sein. So oder so, denn sehr oft gabst du mir dieses Gefühl wieder, was ich schon seit längerer Zeit vergessen hatte. Eben so Glücksgefühle oder so kosmische Liebestrahlen. Ich kann das nicht ausdrücken. Aber mach dir keine Sorgen um mich. Es ist mir schon mal passiert, da liebte ich eine fast bedingungs- und kompromisslos.

Bitte lass uns reden oder schreibe einfach deine Gedanken auf.

[82]

Dienstag, sechsundzwanzigster November. Gestern feierten wir Farinas Geburtstag und sind auf der Autobahn nach Vlissingen und wollen uns die Universität, wo Farina ihr Kommunikationsstudium macht, ansehen. Arielle ist auch mitgekommen. So zwei Tage einfach mal die Schule ausfallen lassen ist doch nicht so schlimm. Arielle und Farina verstehen sich mittlerweile so gut, dass sie fast jeden Tag zusammen telefonieren oder mal eine E-mail schreiben. Farinas Uni ist eine voll moderne Einrichtung. Zwei ihrer Lehrer hat sie uns vorgestellt. Echt nette Leute sind das. Der Unterrichtsraum ist riesengroß. Die Klasse besteht aus 21 Schülern. Alles, was man sich nur vorstellen kann, wird hier geboten. Neulich brauchte Farina ein Buch, was aber nicht in der Schulbibliothek stand. Eine Wort zum Dozenten und drei Tage später ist es da, das gewünschte Buch, und steht der Allgemeinheit zur Verfügung. Selbst das Mittagessen ist vom feinsten und kostenlos. 650 Euro Schulgeld muss ich zwar für die Schule von Farina pro Jahr abdrücken, aber es fehlt an nichts. Selbst eine Zugfahrkarte, die es erlaubt, noch eine andere Person zu jeder Tag und Nachtzeit innerhalb der Niederlande mitzunehmen. Die jungen Leute sind nicht mehr alleine und bei der Zugfahrerei lassen die Kids die Finger von den Autos. Die Rohstoffreserven bleiben verschont und die Studenten sind gut drauf und hauen ihr Studium mal eben so weg. Wenn ich mir die deutschen Universitäten dagegen ansehe. Diese überfüllten Hörsäle. Überall fehlt es an den Schulen. Neueste technische und medizinische Verbesserungen, die durch die Köpfe der angehenden Wissenschaftler gehen, können nicht realisiert werden, weil die Geräte, die man dafür braucht, nicht gekauft werden können, weil kein Geld da ist. Die Leute in der Regierung bauen lieber Burgen, so wie das heute noch die Zehnjährigen im Sandkasten machen. Die Regierungsleute bauen Steinkohlenburgen, die langsam Grünes ansetzen. Da lassen sie die Kohle aus der Erde holen, die keiner braucht, und der Steuerzahler bezahlt den vom Staat unterstützten schwachsinnigen und gefährlichen Kohle-Untertageabbau. Und die Unis bekommen kein Geld. In den Kindergärten fehlt das Spielzeug. Dann war es ja richtig, dass Hilde damals den Entschluss gefasst hat, nach Holland zu ziehen. Vielleicht brauchte sie ja auch nur einen töften durchgeknallten Papa für ihre Kinder.

Die Tachonadel steht bei fast 190 Stundenkilometer. Unser Fahrzeug lässt sich ja nicht vom Radarstrahl der holländischen Polizei messen. Nach dem Schulbesuch werden wir an der Stelle, wo sonst die Fähre nach England ablegt, mit etwa 60 Stundenkilometer einfach in die Nordsee einfliegen und abtauchen. Mittlerweile sind wir im Rhein, aber wir bewegen uns wie ein normales Boot, das heißt wir fahren über Wasser. Los, Melanie schalte auf Tauchen, da vorne ist die Wasserschutzpolizei. Das U-Boot der neuesten Generation taucht sofort unter und wir sehen so allerhand Zeug auf dem Rheingrund liegen. Fahrräder, Autos und einen Menschen, so in dreißiger Jahre Kleidung. Seine Beine sind mit einer dicken Stahlgliederkette umwickelt. Am Ende hängt ein schweres Betongewicht. Bald sind wir wieder in der Volme, müssen nur noch zwei Wehre erklimmen, da wo früher mal die Schiffshebewerke gestanden haben, und stellen dann unser Spezialfahrzeug in die Garage und werden den Kamin anstecken und das machen, was Spaß macht.

[83]

Ich hätte auch noch schreiben können, dass wir noch mal kurz in Rotterdam gewesen sind, weil da ist das weiße Pulver billiger und mit einem U-Boot klappt doch die Übergabe besser als auf der Strasse. Aber das glaubt ja doch keiner. Und es stimmt auch nicht, denn alles, was hier über angebliche Drogen geschrieben wurde, ist aus dem Kopf entstanden. Wie war das noch am Anfang, als Samira sagte: Ich als passionierte Kokserin werde dir auch mit Rat und Tat zur Seite stehen. Nur um einfach mal darauf aufmerksam zu machen. Ich habe auch noch keinen bösen Marihuanaraucher kennen gelernt. Und meine Bekannte, die Verkehrsrichterin, ist auch eine sehr Nette. Nur der Gesetzgeber mag das nicht so, das Marihuanarauchen und das Koksen. Was hatten der Liedermacher und der Fußballtrainer denn schon Böses gemacht? So hin und wieder eine Nase gezogen haben die sich, um mal anders drauf zu sein. Eleonore hatte auch recht, damals als sie mir sagte: Ihr seid doch alles Mutanten.

Der Liedermacher schrieb so schöne Lieder, der Fußballtrainer zeigte den Leuten, wie ein Fußball zu bewegen ist. Die sowieso überlasteten Gerichte hatten auf jeden Fall mal wieder zwei Akten mehr. Das Fernsehen hatte auch wieder eine Story, um dem normalen Volk mal wieder eine Neuigkeit zu berichten. Die beiden wurden verurteilt und sollten eingesperrt werden. Leider gab es keine freien Gefängniszellen. Der Gesetzgeber entschloss sich einfach, zwei Kinderschänder wegen angeblich guter Führung in die Freiheit zu lassen, damit die Kokser eingesperrt werden können. Was dann die beiden Kinderschänder gemacht haben, stand ja dann ganz groß in jeder Tageszeitung. Selbst unabhängige geistig höher gelegene Zeitungen berichteten und erwähnten die Hintergründe einer maroden mittelalterlichen Justiz mit überarbeitetem und verstresstem Wachpersonal. Eine großzügige Spende hätte es doch auch getan als Kokserstrafe, so als Verurteilung.

Ich lag also doch mit meiner Vermutung richtig. Melanie und Samira haben was zusammen. Irgendwann bemerkten sie, dass sie lesbisch veranlagt sind. Immer wenn Melanie, wie sie sagte, da oben auf dem Volmeberg bei Romeo auf der Couch schläft, war sie bei Samira. Irgendwann haben die beiden sich dann so gut verstanden, dass sie einfach beschlossen hatten, mich da mit einzubeziehen, eben auf ihre Art. Der Bunker ist groß genug und einmal dachte ich ja auch: Der Trend sollte zur Vielweiberei gehen. Auf jeden Fall bin ich gut ausgelastet. Das Wasserbett ist mittlerweile auch aufgebaut. Es war zuerst etwas gewöhnungsbedürftig, aber nach mehrmaligem Üben klappte es hervorragend. Der Sex zu dritt. Sollte ich irgendwann mal schwächeln, was spricht dagegen, so fünf Minuten vorher eine blaue Pille zu nehmen oder ein bisschen weißes Pulver auf die Eichel, dann steht der Günter wie eine Steinsäule und kann es machen, bis er bröckelt.

Meine Arme sind gut abgeheilt und ich kann auch schon wieder ein volles Paket Zucker am ausgestreckten Arm in der Hand halten. Bald muss ich mit meinen beiden Weibern ein sehr ernstes Wörtchen reden. Meine Sportkammer wurde zur zweiten Abstellkammer umfunktioniert. Da gehst du doch fürs erste nicht rein, meinte Samira mal beim Aufräumen. Wer hat eigentlich den größeren Sauberkeits- und Ordnungstick von den beiden, denke ich oft. Jetzt sagen zwei Weiber: Ach Folka, jetzt ist schon wieder die Asche von dem Joint auf die Erde gefallen. So Anfang Februar werde ich mal langsam mit Sport anfangen. Das einzige, was ich an Sport während dieser Armscheiße machte, war der mit Samira und Melanie und einmal jeden morgen Sits up. Bei 122 Stück hörte ich heute morgen auf. Diese Sit ups machen keinen Spaß mehr. Ich denke, dass Gernot die Zweimal-nach-oben-am-Baukranhochkletterwette gewinnen wird. Na und, das Wettgeld wird eh verspendet. Dieses Mal soll es zum Kinder- und Jugendzirkus Canneloni gehen. Richtig toll machen die Kinder ihre Vorstellungen. Und für die Großen gibt es Warsteiner und Glühwein und Bratwurst. Erich ist da auch, als Ehrenamtlicher, und die kleine Tilly und die noch kleinere Stefanie und die Isabelzuckerpuppe sowie der Sohn vom Erich. Ach, ich vergesse immer seinen Namen. Ja richtig. Denis heißt er. Denis soll der beste im Flickflack machen sein.

Drei mal die Woche trainieren die Kinder bei ehrenamtlichen Sportlehrern. Tim der Schlagzeuger ist auch dabei, als Übungsleiter.

Hin und wieder ist Premiere. Dann treffen sich die Sponsoren und reden über Geschäftemachen, Geld und Ficken.

Beim letzten Mal erzählte Friedhelm, dass Arielles Regelblutung auch überfällig ist. Hat man denn immer nur Sorgen mit dem Blagenzeug?

Die nächste Wette wird Gernot verlieren, dann sponsert er das verlorene Wettgeld irgendwo hin und wir haben mal wieder so richtig töften Spaß, wenn wir mal wieder unsere Späße machen. Neulich war mal wieder so ein Steuerkasper dran. Bald sollen die Steuerfahnder auch sonntags arbeiten. Trödelmärkte sollen die kontrollieren. Dabei sollte die Regierung doch froh sein, wenn der alte Pröttelkram den Besitzer wechselt, irgendwo ein leeres Regal schmückt und nicht in der Müllverbrennungsanlage zu Asche verbrannt wird. Wie nett sieht so ein altes eisenbeschlagenes Wagenrad aus der Kaiserzeit im Türeingangsbereich halb schräg an der Wand stehend aus. Jetzt soll der arme Teufel, der sich den ganzen Tag mit diesem alten Wagenrad da hinstellte, auch noch Steuern zahlen. Jeden ersten Sonntag des neuen Monats ist auf dem Parkplatz der Geiz stinkt nicht und macht auch nicht dumm Kette von der Steuerfahndung kontrollierter staatlich anerkannter Trödelmarkt, ist auf einer großen Plakatwand zu lesen. Ob da noch jemand hingeht? Die Deutsche Demokratische Republik lässt grüßen.

[84]

Gestern vor vier Wochen saßen wir im Flugzeug. Eine Stunde dauerte unser Aufenthalt in Bangkok, dann kam die Propellermaschine und brachte uns nach Koh Samui. Melanie, Samira, Chris und Folka.

Komm rutsch mal rüber, sagte Samira auf thailändisch zu dem jüngeren Cessnapiloten und dann steuerte Folka den zweistündigen Direktflug. Schon von weiten sahen wir die fast goldgelbe Big-Buddha-Bronzestatur in der Mittagssonne aufblitzen.

Hi, Tower. Hier ist Flug 0815 von Bangkok kommend. Wir erbeten Landeerlaubnis, sagte Samira auf thailändisch ins Mikrofon. Melanie lag vollgedröhnt mit Tavor auf der hinteren Sitzbank. Immer noch hat sie Angst vor und bei der Fliegerei. Etwas merkwürdig war es mal wieder, als ich ohne Fluglizenz auf der Rollbahn die kleine Cessna nach Samiras Dolmetscherei zu dem vom Tower angewiesenen Platz steuerte. Der Pilot gab mir die Hand und hielt den Daumen hoch als er von Samira hörte, dass ich einen Bell A 650 durch einen Eisenbahntunnel fliegen kann.

Das Taxi holte uns ab und wir machten genau da Urlaub, wo ich damals mit Eleonore des Nachts am Strand rumgesext habe und dem Meeresleuchten zusah.

Die Besitzer der Ferienanlage und Samira wurden schnell handelseinig und nun heißt die Ferienanlage: Samiras Eiland.

Die Ferienanlage wird von Chris geleitet. Einen sehr netten superdurchtrainierten Ex-Big-Buddha-Mönch hat sie als Freund und sagte beim spätabendlichen Cocktailtrinken am Strand: Ich wollte schon immer mal verheiratet sein. Kurz danach waren die beiden in ihrem Pavillon und man hörte leises, wie für einander geschaffenes, sexuelles Lustgeschrei. Melanie, Samira und Folka gingen dann auch kurz danach in ihre Hütte und vögelten sich gut aus. Voll geil ist es, wenn ich meinen beiden Weibern bei ihren zärtlichen Liebkosungen zusehe.

Manche schauen Formel eins, sehen Fußball, bewegen den Kopf beim Tennisballzusehnspiel nach links und rechts. Der Folka hat zwei töfte Weiber. So hat jeder sein Ding.

Samira ist so ein Verkaufstalent, dass die Firma Hensel und Gretel rund um die Uhr am schweißen und bauen ist. Und irgendwann haben wir vielleicht mal eine Baugenehmigung, um endlich mal die Computer numerisch gesteuerte Abkantpresse zu kaufen und in den Neubau zu stellen. Die U-Bootbleche könnten dann viel schneller fertig werden. Es ist ja schon eine neue Generation in Planung, so kleine mit herausklappbaren Flügeln. Wie ein Rochen werden sie geräuschlos durchs Wasser segeln. Es soll bitte keiner denken, ich sei ein Phantast. Jules Verne, Marconi und Daniel Düsentrieb waren auch keine. Und wer hätte jemals gedacht, dass die Menschen mal zum Mond fliegen. Das stimmt nun wirklich nicht, denn den Film machten die Amis mal eben so in Hollywood.

Zum Schluss möchte ich mich aufrichtig bei Melanie und Samira bedanken. Wie oft hatten sie ein langes Gesicht gezogen, wenn ich mich nicht auf die Kaminmatratze legen wollte, oder ein MENSCH ÄRGERE DICH NICHT SPIEL in der Badewanne ausfallen ließ, sondern ins Büro ging und meine Tagebuchaufzeichnungen überarbeitete und dieses Buch schrieb. Michael und Daniela werden diesen ganzen literarischen Schwachsinn durchlesen und überarbeiten und da, wo erforderlich, die Groß- und Kleinschreibung verbessern, da wo Doppelpunkte hin müssen, das werden sie auch machen, hoffe ich. Alles finden sie bestimmt nicht. Können sie nicht und wäre auch schade drum, haben sie gesagt. Trotzdem vielen Dank noch mal, Ihr beiden, für Eure guten Ratschläge.

Denn mit Grammatik und Zeichensetzung hatte ich es noch nie so. Der Folka interessierte sich mehr für die Naturwissenschaften, Technik und schöne Mädchen. Aber das ist ja jetzt bekannt. Ich weiß noch nicht, was ich meinen Eltern sagen werde, wenn sie den ersten Druck dieses Buchs in der Hand haben.

Papa sagt bestimmt: Was hast du denn da schon wieder gemacht. Was habe ich nur beim Folka falsch gemacht, wird Mama sagen.

Ja, und Susanne meinte noch beim letzen Mal, als sie die Burmann'sche Steuererklärung auf einhundertprozentige Richtigkeit überprüfte, denn sonst steht es in der Zeitung unter der Rubrik: der Staatsanwalt gibt bekannt. Der Folka las der Steuermaus Susanne ein paar Zeilen aus seinem Buch vor und Susanne sagte: Deine Mutter hat es auch nicht immer einfach gehabt mit deinem Papa und deinem Bruder Gregor und mit dem Folka.

So als nächstes plane ich, den Urlaubsort zu vergrößern. Über den betonierten Lagerschuppen drüberweg bis zur Volme will ich den vergrößern. Scheiß doch was auf Baugesetze. Laut unserem neuen Superminister soll ja mal wieder was in Deutschland passieren. Hoffentlich das Richtige! Ganz hinten am Ende werde ich meinen beiden Weibern eine Sauna hinbauen und mir eine lichtdurchflutete Schreibkammer mit dem größten Bildschirm und außenstehendem Computer, damit mir dieses doofe Lüftungsgeräusch nicht auf die Pfanne geht. Es gibt zwar mittlerweile so kleine wassergekühlte Rechner. Die sind mir aber zu teuer, als Erbsenzähler sollte man nicht vergessen, dass das Geld nicht auf der Straße zu finden ist. Leider nicht.

Vielleicht schreib ich auch wieder auf 140 Seiten dicken so genannten Kolleg-Blöcken mit Kästchenpapier und lasse das von meinen beiden Weibern abtippen, dann haben sie was zu tun. In der Zeit koche ich überbackenes Brot mit französischem Camembert und Spiegeleiern für drei Personen, denn das ist das einzige, was der Folka kochen kann.

Ach übrigens, mittlerweile keift Samira noch mehr rum als Melanie. Wiederholt sich denn alles?

Hoffentlich nicht alles. Zum Beispiel mit einem Auto eine Drehung machen und in einen Lastkraftwagen knallen, oder so Fahrradstürze im Wald, die sind auch voll scheiße. Aber was sagt Gregor oft: Alles wird gut.

Gerade öffnete ich die heutige Post und musste mich mal wieder über diesen scheiß Handwerkskammerbeitrag ärgern. Per Gesetz müssen die Handwerker ihr mühsam verdientes Geld fristgerecht da hin karren. Andernfalls kommt der Gerichtsvollzieher. Wie konnte es passieren, dass sich diese mittelalterliche Institution bis heute nicht verdrängen ließ. Ob wohl zu viele Lobbyisten, die zu sehr an sich selber denken, in dieser Regierung sitzen und darüber bestimmen, was für das deutsche Volk gut oder böse ist.

Ach ist doch auch scheißegal. Samira kommt nachher und ich denke, wir werden uns eine schöne Tüte bauen und ... auf Melanie warten.